SOPHIE LARK

KING MAKERS

JAHR 2

ROMAN

Aus dem Englischen
von Martin Winkler

BLOOM

MIX
Papier | Fördert gute Waldnutzung
FSC® C083411

Penguin Random House Verlagsgruppe FSC® N001967

Die Originalausgabe erschien 2021 in einer früheren Fassung unter dem Titel *The Rebel* auf Englisch und *Der Rebell* auf Deutsch.
Die überarbeitete Fassung, auf der diese Ausgabe basiert, erschien 2024 unter dem Titel *Kingmakers – Year Two* bei Bloom Books, an imprint of Sourcebooks, Naperville, Illinois.

Übersetzung: Martin Winkler
Redaktion: Anita Hirtreiter
Umschlaggestaltung: t.mutzenbach design, München
nach einer Originalvorlage von Sourcebooks
Umschlagdesign Serie: Emily Wittig
Umschlagdesign: Nicole Lecht/Sourcebooks
Umschlagmotive: © iStockphoto (morita kenjiro, VikaSuh, designprojects, vectortatu)
Illustrationen im Innenteil: © Line Maria Eriksen
Satz: GGP Media GmbH, Pößneck
Druck und Bindung: CPI books GmbH, Leck
Printed in the EU
ISBN: 978-3-453-29282-6

www.penguin.de/verlage/bloom

KINGMAKERS

JAHR 2

SOPHIE LARK

Für Aida.
Der Apfel fällt nicht weit vom Stamm.

XOXO

Sophie Lark

Soundtrack

Vintage – Blu DeTiger
Astronaut In The Ocean – Masked Wolf
Money – The Flying Lizards
i can't breathe – Bea Miller
Paint It Black – Vanessa Carlton
Drugs – UPSAHL
Often – The Weeknd
Can't Help Falling In Love – Kina Grannis
Take On Me (MTV Unplugged) – a-ha

Spotify   Apple Music

Hinweis

Die Kingmakers-Serie ist eine Dark Mafia Romance in einem Universitäts-Setting. Sie handelt von jungen Menschen aus kriminellen Familien. Dieser Roman enthält potenziell triggernde Inhalte. Auf Seite 438 findet sich eine Triggerwarnung (Achtung, Spoiler!).

WAS BISHER GESCHAH:

Trotz Deans Versuchen, ihre Liebe zu vergiften, können Leo und Anna der Anziehungskraft ihrer Seelenverwandtschaft nicht widerstehen.
Anna weist Dean zurück, der sich auf einen dunklen Pfad der Rache begibt.

DIESES JAHR:

Eine verbotene Liebe entflammt zwischen Miles, einem furchtlosen Rebellen, und Zoe, der unfreiwilligen Verlobten des skrupellosen Rocco.

Neu auf Kingmakers ist Cat, Zoes kleine Schwester, ein schüchternes Mauerblümchen, das eigentlich nie auf der Mafia-Universität hätte landen sollen. Cat muss in der Höhle der Wölfe bestehen und sich besonders vor der Aufmerksamkeit von Dean Yenin in Acht nehmen …

KINGMAKERS
JAHR 2
MILES
ZOE
CAT
OZZY
ARES
ANNA
LEO
CHAY
LUTHER
DEAN
HEDEON

KINGMAKERS
JAHR 2
JASPER
ROCCO
WADE
DAX
SILAS
MISS ROBIN
RAKEL
CARA

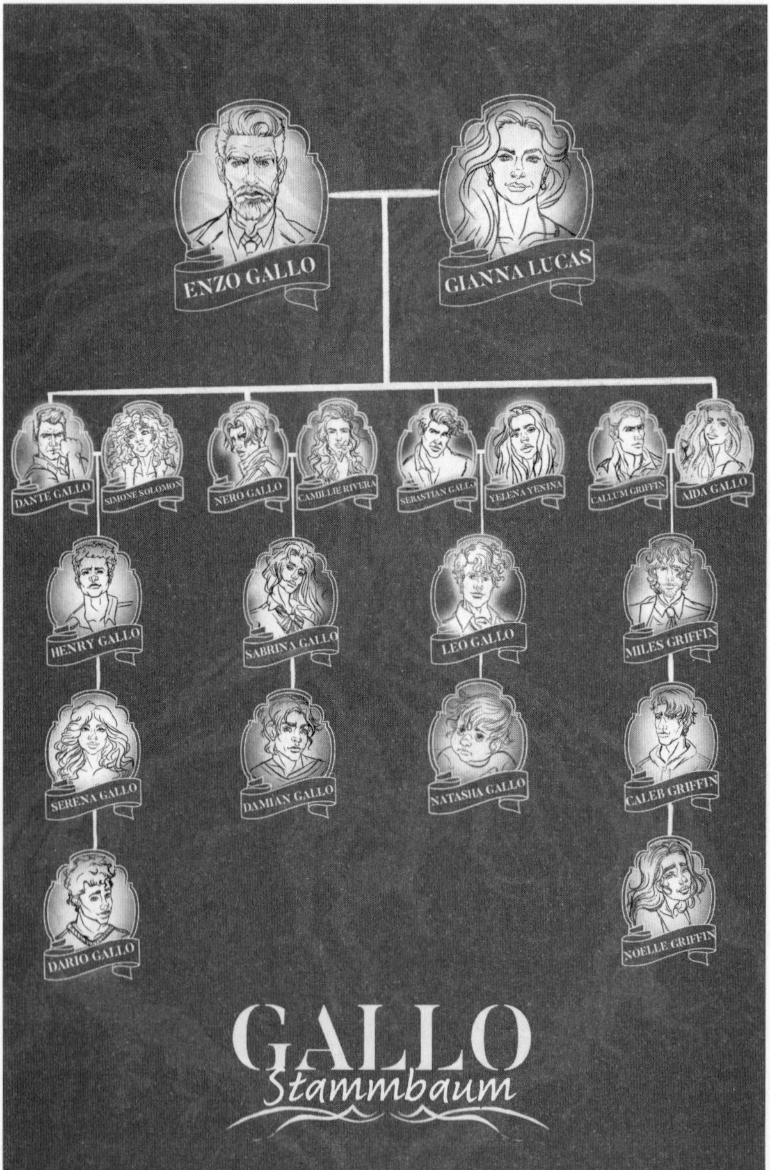

ENZO GALLO
GIANNA LUCAS
DANTE GALLO
SIMONE SOLOMON
NERO GALLO
CAMILLIE RIVERA
SEBASTIAN GALLO
YELENA YENINA
CALLUM GRIFFIN
AIDA GALLO
HENRY GALLO
SABRINA GALLO
LEO GALLO
MILES GRIFFIN
SERENA GALLO
DAMIAN GALLO
NATASHA GALLO
CALEB GRIFFIN
DARIO GALLO
NOELLE GRIFFIN
GALLO
Stammbaum

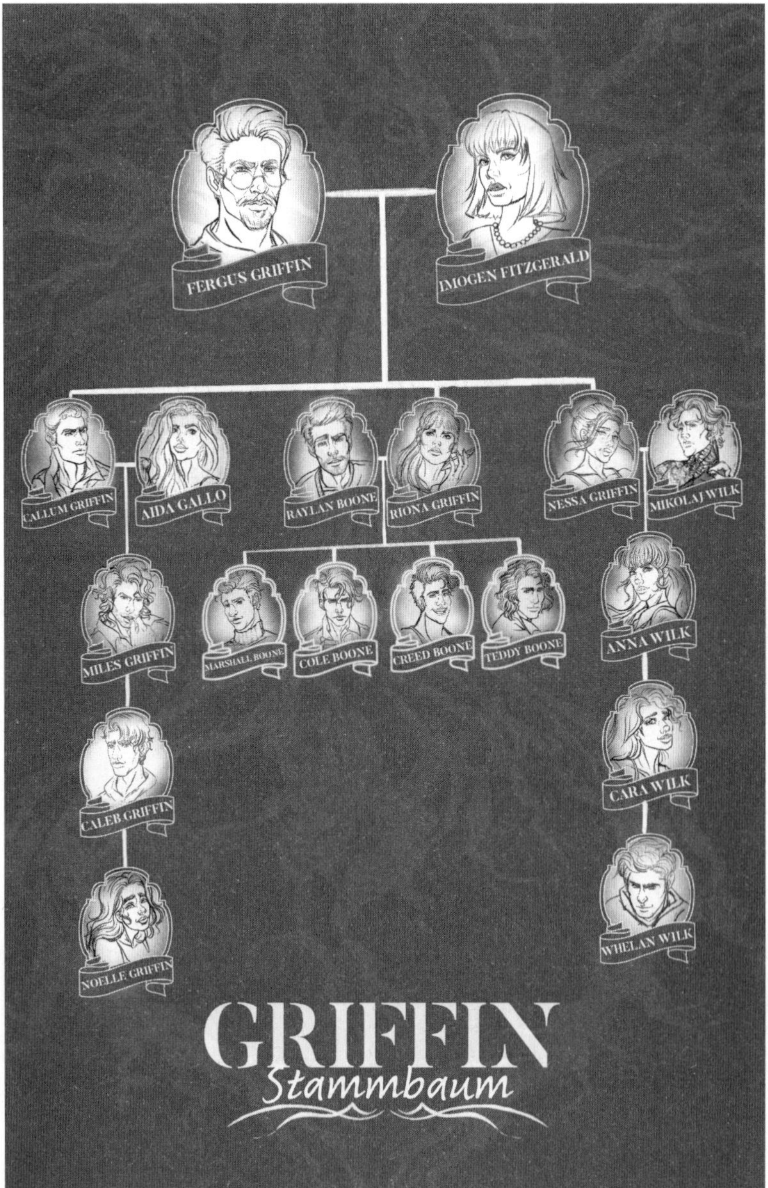
FERGUS GRIFFIN
IMOGEN FITZGERALD
CALLUM GRIFFIN
AIDA GALLO
RAYLAN BOONE
RIONA GRIFFIN
NESSA GRIFFIN
MIKOLAJ WILK
MILES GRIFFIN
MARSHALL BOONE
COLE BOONE
CREED BOONE
TEDDY BOONE
ANNA WILK
CALEB GRIFFIN
CARA WILK
NOELLE GRIFFIN
WHELAN WILK
GRIFFIN
Stammbaum

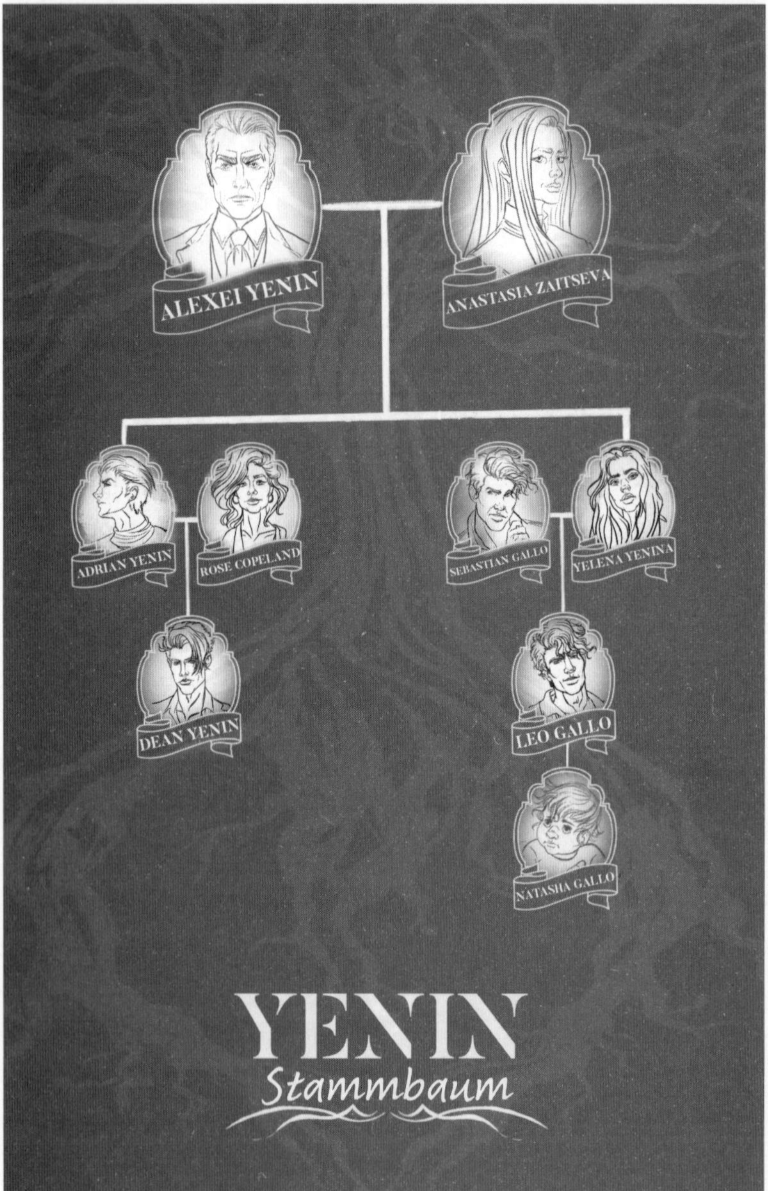
ALEXEI YENIN
ANASTASIA ZAITSEVA
ADRIAN YENIN
ROSE COPELAND
SEBASTIAN GALLO
YELENA YENINA
DEAN YENIN
LEO GALLO
NATASHA GALLO
YENIN
Stammbaum

Kapitel 1

Zoe

Heute Abend ist meine Verlobungsparty.

Ich war noch nie weniger begeistert, etwas zu feiern.

Meine Stiefmutter Daniela schickt ihr Team von Fachkräften, um sicherzustellen, dass ich perfekt aussehe, damit Rocco und seine Familie sicher sein können, dass sie ihr Geld gut investiert haben.

Sie kommen um drei Uhr nachmittags in mein Schlafzimmer und verbringen die nächsten vier Stunden damit, jede noch so kleine Stelle meines Körpers zu schrubben, zu peelen, zu waxen, mit Feuchtigkeit zu versorgen, zu bemalen und zu grundieren.

Als ich wissen will, warum sie meinen Intimbereich enthaaren, streiten wir gleich.

»Es ist die Verlobungsfeier«, sage ich zu Daniela. »Nicht die Hochzeitsnacht. Ich erwarte nicht, dass mir jemand unter den Rock schaut.«

Ich starre meine Stiefmutter an, die bereits mitten in ihren eigenen anstrengenden Vorbereitungen für die kommende Nacht steckt. Sie hat eine Schlammmaske im Gesicht und ihr Haar in Lockenwicklern von der Größe einer Suppendose hochgesteckt. Was alles andere als lächerlich aussieht, sondern sie nur noch herrischer erscheinen lässt, denn die Lockenwickler umschließen ihren Kopf wie eine Krone, und die Maske verdeckt die wenigen Anzeichen von

Emotionen, die Daniela jemals verrät. Ich kann nicht sagen, ob Daniela tatsächlich jegliches menschliche Gefühl fehlt oder ob sie es bloß sehr gut verstecken kann.

Daniela ist lediglich zehn Jahre älter als ich.

Ich war neun, als meine Mutter starb – und neuneinhalb, als mein Vater wieder heiratete.

Er benutzte meine Mutter wie einen alten Schwamm, ließ sie vierzehn Schwangerschaften, zehn Fehlgeburten, zwei Totgeburten und die beschämende Ankunft von mir und meiner Schwester Catalina über sich ergehen, von denen keine einen männlichen Erben hervorbrachte.

Diese letzte Totgeburt kostete sie das Leben. Sie verblutete im Krankenbett. Wie der dunkelste Teil von mir vermutet, hielt mein Vater den Arzt zurück und ließ zu, dass das Leben aus meiner Mutter entwich – als Strafe dafür, dass auch dieses letzte Baby ohne Herzschlag ein Mädchen war.

Mein Vater bekam einen Wutanfall.

Es gab keinen Trost für Catalina und mich, keine Zeit für Trauer um unsere Mutter. Stattdessen bestellte er Blumenmädchenkleider.

Er traf schon Vorbereitungen für die Heirat mit Daniela, der jüngsten Tochter eines rivalisierenden galizischen Clanchefs. Ihre Schwestern hatten ihren Ehemännern jeweils zwei Söhne geschenkt, was in den Augen meines Vaters ein Beweis dafür war, dass Daniela ebenfalls fruchtbar und nützlich sein würde.

Daniela wurde in den Flitterwochen schwanger, aber ein Bluttest zur Geschlechtsbestimmung zeigte, dass der Fötus schon wieder weiblich war. Mein Vater zwang sie, das Kind abzutreiben.

Das weiß ich bloß, weil ich hörte, wie er sie stundenlang anschrie und sie dazu drängte, es zu tun. Danach war sie mehrere Wochen lang krank.

Keine Ahnung, wie oft sie noch gezwungen wurde, diesen Vorgang zu wiederholen.

Irgendwann hörte mein Vater auf, auf das Schicksal zu vertrauen, und wandte sich der Wissenschaft zu.

Sie gingen zu Fruchtbarkeitsspezialisten. Daniela durchlief mehrere IVF-Runden, bei denen ihre Eizellen entnommen wurden, nur um das Geschlecht im Voraus zu bestimmen.

Keiner dieser Versuche war erfolgreich. Daniela gebar überhaupt keine Kinder.

Eigentlich hätte sie mir leidgetan. Doch dieses Gefühl würde mir gegenüber nie erwidert werden.

Daniela hasst mich. Sie hasst auch meine Schwester.

Ihre Loyalität gilt ganz meinem Vater, egal wie er sie behandelt. Sie ist sein ständiger Spion, fungiert als Aufseherin für Catalina und mich und hilft, alle heimtückischen Pläne meines Vaters für uns auszuführen.

Wie diese Verlobung.

Es war Daniela, die den Deal mit Rocco Prince und seiner Familie eingefädelt hat. Sie sagte Roccos Mutter, dass ich intelligent, fleißig, gehorsam und unterwürfig sei. Und natürlich auch schön.

Als ich erst zwölf Jahre alt war, schickte sie den Princes Fotos von mir, wie ich im Badeanzug am Pool lag.

Ihr erster Besuch folgte bald darauf. Rocco war dreizehn – bloß ein Jahr älter als ich –, aber ich merkte bereits, dass mit ihm etwas ganz und gar nicht stimmte.

Er kam in den Garten, wo ich auf einer Bank unter den Orangenbäumen saß und ein Buch las. Als ich ihn herankommen sah, stand ich auf und strich den weißen Rock des Sommerkleides glatt, das Daniela für mich ausgesucht hatte.

Damals war ich unwissend genug, dass ich noch Tagträume von einem besseren Leben hatte. Ich hatte Filme wie *Dornröschen* oder *Die Schwanenprinzessin* gesehen, in denen der Prinz und die Prinzessin von ihren Eltern verlobt wurden, aber ihre Liebe war echt.

Als ich also hörte, dass Rocco mich besuchen würde, stellte ich mir vor, er wäre gut aussehend und süß und wir würden vielleicht Brieffreunde werden.

Ich war erfreut zu sehen, dass er groß und schlank war und schwarze Haare hatte, die im Kontrast zu seiner blassen Haut standen. Er sah aus wie ein Künstler.

»Hallo«, begrüßte ich ihn. »Ich bin Zoe.«

Er warf mir einen abschätzenden Blick zu und antwortete zunächst nicht. Dann sagte er: »Warum liest du?«

Was mir seltsam vorkam. Er fragte nicht: »*Was* liest du?«, sondern: »*Warum* liest du?«

»Willst du mich beeindrucken?«, fuhr er fort.

Etwas irritiert schüttelte ich den Kopf. »Ich lese immer samstags. Wenn keine Schule ist.«

Ich hatte ihm nicht erzählt, dass es bei mir zu Hause nichts anderes zu tun gab – Cat und ich durften weder fernsehen noch Videospiele spielen.

Er hob meinen Roman von der Bank auf, begutachtete den Einband und warf ihn verächtlich wieder hinunter. Ich war verärgert, versuchte jedoch, es nicht zu zeigen. Schließlich war er mein Gast, und ich wusste bereits, dass wir eine gemeinsame Zukunft haben würden.

»Du bist hübsch«, sagte er leidenschaftslos und musterte mich erneut. »Aber zu groß.«

Wenn das bedeutete, dass er mich nicht heiraten wollte, begann ich bereits zu glauben, dass das eine gute Sache sein könnte.

»Du lebst in Hamburg?«, fragte ich und versuchte, meine wachsende Abneigung zu verbergen.

»Ja.« Rocco warf sein dunkles Haar zurück, was Stolz oder Verachtung hätte sein können, ich konnte es noch nicht sagen. »Warst du da schon mal?«

»Nein.«

»Das habe ich mir gedacht.«

Ich bemerkte kleine schwarze Flecken in dem Blau seiner Augen, als hätte jemand seine Iris mit Tinte bespritzt.

»Was ist das für ein Geräusch?«, fragte Rocco.

Ein Papagei kreischte im Orangenbaum, flog tief über unsere Köpfe hinweg und kehrte dann zu seinem Ast zurück.

»Er ist verärgert, weil er da oben ein Nest voller Jungen hat«, entgegnete ich. »Er will, dass wir gehen.«

Rocco griff in seine Jacke und holte ein Luftdruckgewehr heraus. Es war klein, nur so groß wie eine Pistole. Zuerst vermutete ich, es sei bloß eine Spielzeugpistole, und dachte, es sei kindisch von ihm, sie herumzutragen.

Er richtete die Waffe auf den kleinen grünen Papagei und verfolgte seine Flugbahn im Visier. Ich dachte, er würde nur so tun, um mich zu beeindrucken. Dann drückte er auf den Abzug. Ich hörte ein scharfes Zischen der Luft. Der Papagei verstummte, wurde mitten im Schrei unterbrochen und fiel wie ein Stein in das Blumenbeet.

Ich schrie auf und lief zu ihm hinüber.

Ich hob ihn von der Erde auf und sah das kleine dunkle Loch in seiner Brust.

»Warum hast du das getan?«, schrie ich.

Ich dachte an seine Jungen oben im Nest. Jetzt, da der Papagei nicht mehr krächzte, konnte ich ihr leises Fiepen hören.

Rocco stand neben mir und blickte auf den moosfarbenen Vogel hinunter, dessen Flügel eingeknickt und staubig waren. Er sah erbärmlich aus in meinen Händen.

»Die Küken werden warten und warten«, sagte er. »Dann werden sie irgendwann verhungern.«

Seine Stimme war leer und ausdruckslos.

Ich sah in sein Gesicht. Ich sah dort kein Schuldbewusstsein oder Mitleid, nur Leere.

Abgesehen von dem kaum merklichen Kräuseln seiner Lippen.

Diese kleinen schwarzen Flecken auf seiner Iris sahen aus wie Schimmel. Als wäre da etwas Ranziges in ihm, das ihn von innen her verfaulen ließ.

»Du bist schrecklich«, sagte ich, ließ den Vogel fallen und wischte mir unbeholfen die Handflächen an den Seiten meines Kleides ab.

Dann lächelte Rocco und zeigte gleichmäßige weiße Zähne. »Wir lernen uns gerade erst kennen.«

Mein Eindruck von Rocco hat sich auch nach zunehmender Bekanntschaft nicht verbessert.

Jedes Mal, wenn ich ihn sehe, verabscheue ich ihn noch mehr.

Heute Abend wird von mir erwartet, dass ich mit ihm tanze, mich an seinen Arm schmiege und ihn anschaue, als ob wir verliebt wären. Es ist alles eine Inszenierung für die Gäste. Er kann mich genauso wenig leiden wie ich ihn.

Das Einzige, was er an mir mag, ist, wie sehr ich ihn verachte. Das genießt er.

Das ist der Mann, für den Daniela verlangt, dass ich meine Muschi waxen lasse.

Ich starre sie mit tiefem Misstrauen an und frage mich, was sie weiß, das ich nicht weiß. Warum hält sie es für wichtig, dass ich vom Kinn abwärts völlig unbehaart bin? Was erwartet sie, was passieren soll?

»Ich werde es nicht tun«, sage ich zu ihr. »Er fasst mich heute Nacht nicht an.«

Daniela neigt den Kopf zur Seite und sieht mich mit verengten Augen an.

Sie ist sehr schön, das kann ich nicht bestreiten. Sie hat den strengen Blick einer Heiligen auf einem Gemälde. Wie eine Heilige verehrt sie einen grausamen und rachsüchtigen Gott: meinen Vater.

»Du solltest besser lernen, ihm zu gefallen«, sagt sie leise. »Es wird so viel schwerer für dich sein, wenn du kämpfst. Die Dinge, die ein Mann seiner Frau antun kann, wenn sie mit ihm gefangen ist, ganz allein in einem großen Haus wie diesem, mit nur seinen Soldaten um sie herum …« Sie blinzelt langsam auf eine Art und Weise, die mich immer an ein Reptil erinnert hat. »Du solltest lernen, wie man ihm schmeichelt. Wie man ihm assistiert. Wie du ihm mit deinem Körper dienen kannst …«

»Lieber sterbe ich«, sage ich ganz offen.

Sie lacht leise. »Oh, du wirst dir *wünschen*, du wärst tot …«

Sie nickt ihrem Team von Kosmetikerinnen zu, die mich daraufhin fast mit Gewalt auf die Liege drücken, meine Beine spreizen und heißes Wachs über meine gesamte Muschi, bis zum Anus hinauf, verteilen. Danach reißen sie das Wachs streifenweise ab, bis ich überall kahl wie ein Ei bin.

Daniela schaut sich das Ganze an und begutachtet anschließend das Endergebnis. Sie prüft meine nackte Muschi auf jedes Anzeichen einer Verformung, die ihre Pläne durchkreuzen könnte. Dann nickt sie zustimmend.

»Als ich deinem Vater vorgestellt wurde, wurde ich vor einem Dutzend seiner Soldaten nackt ausgezogen, und sie haben mich bewertet wie ein Pferd auf einer Auktion«, sagt sie. »Sei froh, dass es nur Rocco ist, den du beeindrucken musst.«

Sie überlässt mich den Kosmetikerinnen, damit sie ihre eigene Verschönerung durchführen kann.

Daniela hat bereits die Kleidung und den Schmuck ausgewählt, den ich tragen werde.

Die Kosmetikerinnen führen ihre Anweisungen aus und stecken mich in ein erdrückendes langes Kleid, das meine Brüste anhebt und meine Taille auf einen Bruchteil ihrer üblichen Größe zusammenschnürt. Das Kleid ist golden und glitzernd und hat die Art von Ärmeln, die gar keine Ärmel sind, sondern nur Stoff, der über die Schultern fällt. Mein Haar ist auf meinem Kopf aufgetürmt, mit einem goldenen Band als Diadem.

Es ist alles unbestreitbar schön, von tadellosem Geschmack.

Ich bin ein goldenes, glitzerndes Geschenk.

Ein schwarzes Kleid wäre passender. Ich fühle mich, als würde ich zu meiner eigenen Beerdigung gehen.

Ich bin wie diese Jungfrauen, die die Inkas den Göttern opferten: die Sonnenjungfrauen. Das ganze Jahr über wurden sie mit Köstlichkeiten gefüttert – Mais und Lamafleisch. Sie wurden gebadet und mit gefiedertem Kopfschmuck und exotischen Muschelhalsketten verschönert. Und dann wurden sie zu den Berggräbern getragen, um darin als Opfergabe für einen Gott eingeschlossen zu werden, der ihren Tod herbeisehnte.

Catalina kommt in mein Zimmer, ebenfalls angezogen für die bevorstehende Nacht.

Der Spitzname Cat passt perfekt zu ihr, denn sie ist klein und geschmeidig und bewegt sich so leise wie eine kleine schwarze Katze. Sie hat ein hübsches herzförmiges Gesicht, große dunkle Augen und ein paar Sommersprossen auf der Nase. Zu diesem besonderen Anlass hat sie ein blasses lavendelfarbenes Kleid angezogen.

Obwohl wir nur ein Jahr auseinander sind, sieht sie viel jünger aus.

Sie war schon immer schüchtern.

Ich kann sehen, wie nervös sie wegen der Party ist, weil alle uns anstarren werden. Zum Glück für sie wird die meiste Aufmerksamkeit auf mich gerichtet sein. Und sie muss sich keine Sorgen machen, in einen hasserfüllten Ehevertrag hineingezogen zu werden – zumindest noch nicht. Das war Teil meiner Abmachung mit meinem Vater: Cat muss nicht heiraten, bevor sie das Studium abgeschlossen hat, und ich auch nicht.

Mein Vater und meine Stiefmutter erlauben mir, die vollen vier Jahre nach Kingmakers zu gehen, solange ich zustimme, direkt nach dem Abschluss Roccos Frau zu werden.

Es war ein letzter, verzweifelter Trick meinerseits, um das Unvermeidliche hinauszuzögern.

Sie haben nur zugestimmt, weil Rocco ebenfalls in Kingmakers ist, ebenso wie viele seiner und meiner Cousins und Cousinen, die immer in der Nähe sind, um mich auszuspionieren und sicherzustellen, dass ich nicht trinke oder mich verabrede oder irgendeine der Regeln der Verlobung verletze.

Kingmakers ist keine normale Hochschule.

Es ist ein privates College für die Kinder von Mafia-Familien aus der ganzen Welt, das sich auf Visine Dvorca, einer winzigen Insel in der Adria, befindet.

Einen einsameren und isolierteren Ort kann man sich nicht vorstellen.

Und doch habe ich mein erstes Jahr regelrecht genossen.

Es war das erste Mal, dass ich von meinem Vater getrennt lebte. Die Erleichterung, die ich fühlte, als ich allein in meinem beengten Wohnheimzimmer war, hatte ich noch nie zuvor erlebt. Wenn ich zum Unterricht ging, konnte ich frei studieren und lernen und sogar Freundinnen finden, ohne ständig verurteilt und kritisiert zu werden.

Kingmakers ist eine Burganlage, beinahe eine Stadt für sich. So groß und weitläufig, dass ich Rocco die meiste Zeit leicht aus dem Weg gehen konnte. Da er ein Jahr über mir ist, haben wir keine gemeinsamen Kurse.

Die Erleichterung, die ich spürte, war aber auch schmerzhaft.

Weil ich wusste, dass es nicht von Dauer sein kann.

Das Auskosten der Freiheit könnte mich am Ende nur noch mehr verletzen.

Ich fühlte mich auch schuldig, Cat hier allein zu lassen. Es war ein hartes Jahr für sie. Das kann ich sehen, wenn sie sich auf die Kante meines Bettes setzt. Auf Geräusche reagiert sie mit einem Zusammenzucken, das sich verschlimmert hat, seit ich weg war.

Doch sie sollte bald genug die gleiche Freiheit erleben – sie wurde in Pintamonas angenommen und wird im Herbst gehen, genau wie ich.

Cat ist eine begabte Künstlerin. Sie liebt Zeichnen, Malen und Grafikdesign. Am College wird sie aufblühen.

Je weiter sie sich von unserer Welt entfernt, desto besser wird es ihr ergehen. Vielleicht entkommt sie ihr ganz, auf irgendeine Art.

»Du siehst umwerfend aus«, sagt sie und sieht mich bewundernd an.

Cat ist so unschuldig. Ich habe immer versucht, sie vor den hässlicheren Dingen in unserem Leben zu schützen. Zum Beispiel davor, wie sehr ich Rocco verabscheue.

Sie weiß, dass ich nicht begeistert bin, in die Ehe gedrängt zu werden. Aber ich habe ihr nie gesagt, wie sehr er mir Angst macht. Das würde sie am Boden zerstören. Es gibt nichts, was sie tun kann, um mir zu helfen.

»Die Princes werden von dir sehr beeindruckt sein«, sagt Cat aufrichtig.

»Du siehst auch schön aus.«

»Ich habe etwas für dich gemacht«, meint Cat.

Behutsam legt sie mir ein Armband in die offene Hand. Es ist zart und filigran, ein Netz aus winzigen goldenen Perlen, aufgereiht auf geflochtenen Drähten. Sie muss stundenlang mühsam daran gearbeitet haben, um diese zerbrechlichen Stränge zu flechten.

Es bringt mich zum Weinen.

Zu wissen, dass man geliebt wird, wirklich geliebt, von zumindest einer Person, macht einen riesigen Unterschied.

Ich lege meinen Arm um meine Schwester, umarme sie fest und schließe meine tränenden Augen.

»Danke, Cat«, flüstere ich.

»Ich helfe dir, es anzulegen.«

Sie legt es um mein Handgelenk und macht den winzigen Verschluss zu. Es passt perfekt.

Daniela wird wütend sein, wenn sie sieht, dass ich ihren akribisch vorbestimmten Look ergänzt habe, aber das ist mir scheißegal. Ich kann Cat gar nicht sagen, wie viel es mir bedeutet, etwas zu tragen, das mir tatsächlich gefällt. Bestimmt ist das ein gutes Omen in dieser schrecklichen Nacht.

»Wir gehen besser hinunter«, sage ich zu meiner Schwester.

Obwohl Cat und ich früh dran sind, warten unser Vater und unsere Stiefmutter bereits in der luftigen Eingangshalle. Das zeigt, wie sehr sie darauf bedacht sind, das Geschäft mit der Familie Prince abzuschließen.

Daniela hat ein schlichtes bronzefarbenes Kleid angezogen und die Haare zu einem eleganten Chignon hochgesteckt. Mein Vater trägt ein schwarzes Samtjackett mit einem passenden bronzefarbenen Einstecktuch. Er ist ein Mann von beachtlicher Statur, obwohl Daniela immer noch darauf achtet, Absätze zu wählen, die sie mindestens ein paar Zentimeter kleiner als ihn erscheinen lassen. Er hat eine Mähne grauen Haares, die ihn wie einen alten Löwen aussehen lässt, und eine breite, aristokratische Nase. Sein Mund ist der einzige Schwachpunkt an ihm – seine Lippen sind dünn und fleischlos, stets an den Ecken nach unten hängend.

Sie drehen sich um und mustern Cat und mich, als wir die Treppe hinunterkommen. Ich schiebe mein linkes Handgelenk in die Falten meines Rocks, damit Daniela das Armband nicht gleich bemerkt.

Daniela runzelt die Stirn, unzufrieden mit etwas an unserer Erscheinung. Vielleicht sind es Cats fliegende Locken, die sich trotz aller Bemühungen der Profis nicht bändigen lassen. Vielleicht findet sie, dass meine Taille nicht schmal genug aussieht. Es ist immer irgendetwas und meistens nichts, was wir wirklich ändern könnten.

Mein Vater nickt zustimmend, also schweigt Daniela.

»Verbeuge dich vor Rocco, wenn er ankommt«, sagt mein Vater.

Bei dieser Aufforderung zucke ich zusammen, doch ich unterdrücke meine rebellische Seite. Ich hasse diese formale Parade der falschen Zuneigung. Ich hasse es, dass von mir erwartet wird, mich zu fügen und den ganzen Abend vor all diesen hasserfüllten Fremden zu simulieren.

Also folge ich meinem Vater aus dem Haus zu der wartenden Limousine.

Wir leben in einer Villa im traditionellen Stil in Sitges, an der Südküste von Barcelona. Mein Vater hat dieses Haus wegen des ungewöhnlich großen Grundstücks und des freien Blicks auf das Meer gekauft. Auf dem Grundstück befinden sich ein Spa und eine Sauna, ein türkisches Bad, mehrere Teiche mit exotischen Fischen, ein großer Essbereich im Freien und ein Obstgarten – natürlich auf allen Seiten von Hecken und Steinmauern umgeben.

Er hält sich selbst gern für einen Ehrenmann, obwohl wir von Fischhändlern abstammen.

Anfangs waren die galizischen Clans alle Fischer.

Dann war der Golf von Biskaya leer gefischt, und sie wandten sich stattdessen dem Tabakschmuggel zu. Der Schmuggel war weitaus lukrativer, als es die Fischerei je gewesen war. Die Flotten vervielfachten sich, und die Fischer wurden reich mit leeren Netzen, aber Laderäumen, die mit Tabak, Haschisch und Kokain gefüllt waren.

Die Galizier knüpften Kontakte in Kolumbien und Marokko. Spanien wurde zur Anlaufstelle für den überwiegenden Teil des nach Europa geschmuggelten hochwertigen Kokains.

Wir bauten Verteilungsrouten nach Portugal, Frankreich und Großbritannien, wir schlossen Bündnisse mit den Albanern und der türkischen Mafia, um auch Heroin einzuschleusen. Wir kauften Politiker und gewannen die Liebe des Volkes durch das Sponsoring von Festivals, Bildungsstätten und Fußballmannschaften. Juventud Cambados hatte die bestbezahlten Fußballspieler des Landes, obwohl sie in einer Kleinstadt beheimatet waren – alles dank des Schmuggelgeldes.

Und was eine lokale Operation zwischen den eng verbundenen galizischen Clans war, wurde zu einem internationalen Unternehmen. Die Clans begannen gegeneinander zu kämpfen. Lang gehegte Feindseligkeiten flammten wieder auf, dieses Mal mit exponentieller Kraft dahinter.

Aus Drohungen wurde Entführung. Aus Entführung wurden Folter und Mord. Ein Kreislauf blutiger Vergeltungsmaßnahmen spaltete die Clans.

Hier befindet sich mein Vater nun: gefangen zwischen dem mächtigen Alonso-Clan, der sich mit den Briten verbündet hat, und der Familie Torres, der die Volkspartei und der galizische Premier gehören.

Mein Vater braucht einen Partner, sonst wird er von einem der anderen Clans verschluckt. Oder noch schlimmer, unter ihren Stiefeln zerquetscht. Er will mit aller Kraft an seinem Imperium festhalten.

Hier kommt die Familie Prince ins Spiel.

Die Princes besitzen das mächtigste Vertriebsnetz in Deutschland. Mit unserem Produkt und ihrem Netzwerk werden wir alle unermesslich wohlhabend werden.

Für den kleinen Preis meiner Heirat mit Rocco Prince.

Ich bin sicher, seine Eltern wissen, dass sie einen Psychopathen großziehen.

Er war in verschiedenen Internaten in ganz Europa untergekommen, um die Gerüchte über seine Grausamkeit, seine Verderbtheit und seine sinnlose Gewalt zu vertuschen.

Ich bezweifle, dass es in Deutschland eine Mafia-Familie gibt, die ihm eine ihrer Töchter geben würde.

Aber ein verzweifelter Spanier … ja, mein Vater wird mich gern ausliefern. Solange er den Schutz bekommt, den er braucht.

Als wir auf dem Rücksitz der Limousine Platz nehmen, öffnet mein Vater eine Flasche gekühlten Champagner und füllt vier Flöten. Seine Hand ist selbst bei den unvorhersehbaren Bewegungen des Autos ruhig, während wir in die Stadt gefahren werden.

»Auf die Sicherung unseres Reichtums!«, sagt er und hebt sein Glas.

Daniela sieht zu, wie ich meines in einem Zug leer trinke.

Sie pflegten die Inka-Jungfrauen mit Alkohol und Kokain abzufüllen, um sie gefügig zu machen. Um ihnen zu helfen, ihr grausames Schicksal zu akzeptieren.

»Nimm doch noch ein Glas«, sagt Daniela zu mir. »Für deine Nerven.«

Wir fahren zu den königlichen Werften nach Port Vell hinunter. Die alten mittelalterlichen Werften wurden zu großartigen Veranstaltungsorten für Hochzeiten und Galas umgebaut. In den riesigen Räumen, in denen einst die Überreste von Schiffen aufbewahrt wurden, tummelt sich heute die Elite der spanischen Gesellschaft in Smoking und Robe, ihr vornehmes Lachen hallt hoch oben in den Dachsparren wider.

Es ist fast Mitternacht. In Barcelona isst man nicht vor zehn Uhr zu Abend. Diese Party wird erst in den frühen Morgenstunden ihren Höhepunkt erreichen. Ich bin schon erschöpft, wenn ich nur daran denke.

Mein Vater nimmt meinen Arm in einen stählernen Griff

und lenkt mich unnachgiebig in die Mitte des Raumes, wo ich sehe, wie Dieter, Gisela und Rocco Prince sich zwischen ihren vielen Bewunderern tummeln.

Die Princes sehen genauso königlich aus wie ihr Name. Mit seinem makellos gestutzten schwarzen Schnurrbart und seinem militärisch anmutenden Smoking könnte Dieter ein Kaiser sein. Gisela ist blond und blass, außerdem deutlich jünger als ihr Mann. Dazwischen steht Rocco. Sein schwarzes Haar ist aus der Stirn gekämmt und sein mageres Gesicht sauber rasiert. Seine Wangen sind so hohl, dass ein dunkler Schatten vom Ohr bis zum Kiefer verläuft.

Mein Vater schubst mich nach vorne, sodass ich gezwungen bin, vor Rocco in eine tiefe Verbeugung zu sinken. Als er an der Vorderseite dieses lächerlichen Kleides herunterschaut, spüre ich seinen Blick. Er lässt mich einen Moment zu lange in dieser Position verharren, bevor er seine kühlen, schlanken Finger unter mein Kinn legt und mein Gesicht nach oben zieht.

»Hallo, meine Liebe«, sagt er mit seiner weichen, sinnlichen Stimme.

Seine Finger fühlen sich so glatt und kalt an wie der Schwanz einer Schlange. Am liebsten würde ich vor seiner Berührung zurückschrecken.

Stattdessen richtet er mich auf und lässt seine Fingerspitzen über mein Schlüsselbein und den Ansatz meiner Brüste wandern, ehe er mich loslässt.

Ich verbeuge mich ein wenig vor seiner Mutter und seinem Vater. Dieter Prince nimmt meine Hand und hebt sie zu einem kurzen, trockenen Kuss an seine Lippen. Seine Gleichgültigkeit ist mir viel lieber als die absichtliche Quälerei seines Sohnes.

Gisela Prince trifft kurz meinen Blick und schaut dann weg. Ich habe kaum mit Roccos Mutter gesprochen, aber wenn sie etwas über ihren Sohn weiß, muss sie ein gewisses

Maß an Schuldgefühlen wegen des Schicksals haben, das mir bevorsteht. Ich nehme an, es gibt einen Grund, warum die Princes nie weitere Kinder hatten. Vielleicht hatten sie Angst, dass Rocco ein Baby im Schlaf erwürgen würde.

»Wollen wir tanzen?«, fragt Rocco.

Er wartet nicht auf meine Antwort, sondern nimmt einfach meine Hand und zieht mich auf die Tanzfläche, die bereits mit tanzenden Paaren gefüllt ist. Die leichte, trällernde spanische Gitarre steht in scharfem Kontrast zu dem angespannten Widerwillen, den ich spüre, als Rocco mich berührt.

Die Musiker spielen etwas Langsames, aber sobald Rocco mich auf der Tanzfläche hat, schnippt er mit den Fingern und befiehlt ihnen, stattdessen zum Tango zu wechseln.

»Ich weiß nicht, wie man Tango tanzt«, sage ich und versuche, mich zu entfernen.

Er zerrt mich an seinen Körper und legt die Hand um meinen Nacken. Seine Finger graben sich in das verletzliche Fleisch an der Seite meines Halses.

»Lüg mich nicht an«, zischt er mir ins Ohr.

Die beiden Bandoneonspieler beginnen mit der Einleitung, ihre Finger fliegen über die Saiten. Rocco schiebt seinen einen Oberschenkel zwischen meine und lässt mich über sein anderes Bein nach hinten kippen, bis es sich anfühlt, als würde meine Wirbelsäule brechen. Dann reißt er mich wieder in die Höhe. Unsere Körper sind von der Brust bis zur Hüfte aneinandergepresst, sein Gesicht ist nur wenige Zentimeter von meinem entfernt. Er zwingt mich, ihm in die Augen zu sehen. Er zwingt mich zu sehen, wie sehr er das genießt.

Anschließend schreitet er vorwärts und stößt mich in vier langen Schritten zurück. Rocco ist schlank, aber furchtbar stark – an seinem Körper gibt es nichts außer Muskeln und Sehnen. Sich gegen ihn zu wehren, ist sinnlos, vor allem, wenn alle Augen im Raum auf uns gerichtet sind und ich keine Szene machen kann.

Er hebt seinen Arm über meinen Kopf und dreht mich wie einen Kreisel, danach beugt er mich wieder zurück und entblößt meine Brüste vor der Menge noch mehr, als sie es ohnehin schon waren.

Das ist der eigentliche Zweck unseres gemeinsamen Tanzes – damit Rocco seine Kontrolle über mich zeigen kann. Es ist keine Leidenschaft in seinem Tango, keine Sinnlichkeit. Seine Bewegungen sind schnell und technisch präzise, aber ohne jedes Gefühl. Bei diesem lateinamerikanischen Tanz geht es nur um das Begehren. Die Musik ist rau, eindringlich, voller Hitze.

Es gibt keine Wärme in Rocco.

Ich glaube nicht, dass er überhaupt Lust empfindet.

Er stellt meinen Körper zur Schau, weil er weiß, dass es mir peinlich ist. Sein ganzes Vergnügen entsteht aus meinem Unbehagen – meinem Wunsch, ihm zu trotzen, im Gegensatz zu meiner völligen Unfähigkeit, dies zu tun.

Ich fühle mich wie eine Marionette. Ich tanze gern – die wenigen Male, die ich es genießen konnte, ohne dass jemand zusah. Rocco vergiftet das, wie er alles vergiftet. Mein Gesicht steht in Flammen, Säure bildet sich in meiner Kehle. Das Lied scheint endlos zu dauern. Die Menge um uns herum verschwimmt zu lauter Augenpaaren, die uns anstarren.

Endlich hört die Musik auf, und es gibt höflichen Applaus von den Gästen. Diese Party ist so eine verdammte Scharade. Keiner hier interessiert sich für Rocco oder mich oder unsere bevorstehende Hochzeit. Alle Anwesenden sind voll auf die Geschäfte konzentriert, die sie heute Abend machen wollen, ihre Kontakte und Vereinbarungen.

Rocco hat mich nicht losgelassen.

»Ich habe genug getanzt«, sage ich. »Ich brauche einen Drink.«

»Natürlich, meine Liebe.«

Rocco genießt es, so zu tun, als wäre er der vernarrte Verlobte. Er benutzt diese Kosenamen und tut so, als läge ihm mein Wohl am Herzen. Dabei macht er das in Wirklichkeit bloß aus reinem Spaß.

Deshalb zwingt er mich, seinen Arm zu nehmen, als wir auf die Bar zugehen. Er will mich in seiner Nähe haben, und er will, dass ich ihn die ganze Zeit berühre.

»Nur ein Wasser, bitte«, sage ich zum Barkeeper. In der Limousine habe ich schon genug getrunken. Ich will in Roccos Gegenwart nicht benebelt sein.

»Zwei Scotch«, bestellt Rocco.

Der Barkeeper gehorcht ihm, nicht mir. Er gießt den teuren Schnaps über einzelne Eiskugeln, dann reicht er uns die Drinks.

»Zum Wohl!«, sagt Rocco. Seine blauen Augen bohren sich in meine.

Ich schlucke den Drink hinunter. Je schneller ich diese Nettigkeiten hinter mich bringe – mit ihm tanzen, mit ihm trinken, mit ihm sprechen –, desto schneller können sich unsere Wege wieder trennen.

»Lass uns einen Spaziergang entlang des Jachthafens machen«, sagt Rocco.

»Ich … ich denke nicht, dass wir die Party verlassen sollten«, erwidere ich.

Ich will nicht mit ihm allein sein.

»Unsinn«, sagt Rocco leise. »Es wird erwartet, dass das glückliche Paar sich davonmachen will.«

Ich stelle mein Glas auf der Bar ab, die Eiskugel dreht sich wie ein einsamer Planet.

»In Ordnung«, sage ich. »Mit diesen Absätzen werde ich nicht weit kommen.«

»Du kannst dich bei mir anlehnen«, entgegnet Rocco mit einem dünnen Lächeln.

Um diese Zeit sollten sich viele Menschen im Jachthafen aufhalten. Die Docks sind gesäumt von Restaurants, Nachtclubs und Geschäften. Trotzdem weiß ich, dass er mich nicht ohne Grund dorthin mitnimmt. Er hat immer einen Grund.

Ich schaue mich nach Cat um, als wir gehen – in der Hoffnung, Blickkontakt zu ihr herzustellen, damit sie weiß, wo ich hingegangen bin. Sie tanzt mit einem Partner meines Vaters, einem lüsternen alten Sack mit einer fleckigen Glatze, der sie viel zu nah an sich hält und ihr Gott weiß was ins Ohr flüstert. Cats Lächeln wirkt gekünstelt.

Sie sieht mich nicht.

Rocco bemerkt jedoch, wohin ich blicke, und lächelt auf eine Weise, die mir überhaupt nicht gefällt.

Er legt meine Hand noch einmal in seine Ellenbeuge und beginnt, mich zum Hafen zu führen.

»Du stehst deiner Schwester sehr nahe, habe ich recht?«, sagt er.

»Nicht mehr als andere auch.«

Ich habe instinktiv gelogen, denn Rocco wird jedes Druckmittel nutzen, um mich zu belästigen. Er soll nicht wissen, dass sie das Einzige auf der Welt ist, das mir wirklich etwas bedeutet.

Aber das ist ihm längst klar. Er stellt keine Frage, ohne die Antwort schon zu kennen. Und er weiß immer, wenn ich lüge.

»Hat sie das Armband für dich gemacht?«, fragt er und berührt es mit seinem langen, schlanken Zeigefinger.

Ich ziehe mein Handgelenk zurück, irritiert und empört. Ich will nicht, dass er das Armband beschmutzt.

»Nein«, lüge ich wieder.

Das ist mein einziger Schutz vor ihm – mich zu weigern, ihm wahrheitsgemäß zu antworten, selbst bei den kleinsten Details. Ich versuche, eine Mauer um mich herum zu errichten, um ihn von allem Echten abzuschirmen. Das ist der einzige Weg, mich zu schützen.

Doch ich glaube, es gefällt ihm, mich zum Lügen zu bringen.

Das ist es, was er will: mich zu brechen. Um mich zu verbiegen und zu verändern.

Wir kommen an einem Fischrestaurant vorbei. Die offene Terrasse ist voller Gäste, die ihren Wein und pochierten Fisch genießen.

Schneller, als ich blinzeln kann, packt Rocco meinen Arm und zerrt mich in die enge Gasse zwischen zwei Restaurants. Er drückt mich gegen die Wand, der Geruch von leeren Muschelschalen und Fischgräten füllt meine Nasenlöcher.

Dann nimmt er meinen Kiefer in die Hand und drückt kräftig in beide Wangen. Der Druck des Fleisches gegen meine Backenzähne ist intensiv schmerzhaft. Er zwingt mich, den Mund zu öffnen.

»Du warst letztes Jahr in Kingmakers nicht sehr freundlich zu mir«, zischt er. Seine Nase ist nur wenige Zentimeter von meiner entfernt. »Ich hatte fast das Gefühl, du gehst mir aus dem Weg, Zoe.«

Mein nackter Rücken ist gegen die dreckige Gassenwand gepresst. Mein Kiefer schmerzt, und ich fühle mich unglaublich verletzlich, da meine Lippen auseinandergedrückt sind. Ich rechne damit, dass er versucht, mich zu küssen.

Stattdessen spuckt er mir in den Mund.

Der kalte Speichel trifft auf meine Zunge. Instinktiv schlage ich nach ihm, löse mich und drücke ihn von mir weg, während ich würge und kotze. Der ungewollte Scotch kommt hochgeschwappt, und ich erbreche auf den Zement, wobei meine nackten Zehen in ihren goldenen Sandalen bespritzt werden.

Mein fuchtelnder Arm schlägt Rocco ins Gesicht. Er

blickt mich finster an, entweder wegen des Schlags oder wegen meiner extremen Reaktion auf seine Spucke in meinem Mund. Wenigstens will er mich jetzt nicht mehr anfassen, nachdem ich mich übergeben habe.

»Ich erwarte, dass sich deine Einstellung im September verbessert«, sagt Rocco kalt.

Danach schreitet er von mir weg und lässt mich allein in der Gasse zurück.

Meine Beine zittern so stark, dass ich es nur mit großer Mühe zur Party zurückschaffe.

Kaum habe ich den Raum betreten, erscheint Daniela an meiner Seite und zischt: »Bring dein Make-up in Ordnung, du siehst aus wie eine Nutte.«

Ich stolpere in Richtung der Toiletten. Tatsächlich tränen meine Augen vom Erbrechen, und meine Wimperntusche ist verschmiert, als ob ich in dieser Gasse einen begeisterten Blowjob gegeben hätte.

Daniela hatte kein Problem damit – das war es, was sie von mir erwartete. Es ist die mangelnde Vorsicht bei meinem Aussehen, die sie nicht ertragen kann.

Roccos Spucke in meinem Mund war beinahe so schlimm wie die Alternative.

Ich spüle meinen Mund am Waschbecken aus, spüle immer wieder, bis ich wieder schlucken kann, ohne zu würgen.

Mir gefällt diese neue Forderung von Rocco nicht, aber ich sehe nicht, wie er sie durchsetzen will. Ich habe zugestimmt, ihn nach dem Collegeabschluss zu heiraten. Doch ich habe nie gesagt, dass wir in Kingmakers beste Freunde sein würden.

Den Rest der Nacht lässt er mich in Ruhe, und ich glaube, ich bin relativ glimpflich davongekommen.

***

Am nächsten Morgen frühstücken mein Vater und meine Stiefmutter mit Dieter und Gisela Prince, um sich von ihnen zu verabschieden, bevor sie nach Hamburg zurückfahren, und um zweifellos Details ihrer neuen Verbindung zu besprechen.

Ich bin nicht eingeladen. Meine Laune steigt, denn ich weiß, dass ich Rocco erst wiedersehen werde, wenn ich das Schiff nach Kingmakers betrete.

Wenn wir uns wiedersehen, habe ich wenigstens meine Freundinnen um mich herum – Anna Wilk und Chay Wagner zum Beispiel, die im ersten Jahr mit mir im selben Wohnheim wohnten. Sie sind beeindruckende Frauen, beide richtige Erbinnen, die tatsächlich die Unternehmen ihrer Familien erben werden, anstatt den Titel nur dem Namen nach zu bekommen und dann sofort verheiratet zu werden.

Anna wird die polnische Mafia in Chicago leiten – sie wird ein Dutzend *Braterstwo* unter ihrem Kommando haben. Chay ist die Erbin der Berliner Night Wolves, einer russischen Motorradgang. Mit den beiden Mädchen an meiner Seite habe ich keine Angst, selbst Rocco und seinen Freunden gegenüberzutreten.

Das heißt, bis mein Vater Cat und mich in sein Arbeitszimmer ruft.

Ich hasse es, das Büro meines Vaters zu betreten. Das ist ein Ort, an den ich nie beordert werde – es sei denn, ich stecke in Schwierigkeiten. Kalter Schweiß bricht mir auf der Haut aus, als ich nur einen Fuß über die Schwelle setze.

Cat ist noch mehr verängstigt. Sie hat ihre Zähne fest zusammengebissen, damit sie nicht klappern.

Wir betreten sein Arbeitszimmer, das dunkel und bedrückend ist. Die Wände sind mit raumhohen Regalen aus Ebenholz ausgekleidet, die größtenteils mit Fossilien statt mit Büchern gefüllt sind. Mein Vater ist unheimlich stolz auf seine Sammlung, zu der mehrere in Kalkstein konservierte Libellen, das Becken eines Wollnashorns und ein kompletter Archäopteryx gehören.

Ich achte nicht darauf, denn ich sehe Rocco Prince neben meinem Vater stehen. Rocco trägt einen dunklen Anzug und eine Krawatte, außerdem prangt eine rubinrote Anstecknadel in seinem Revers, die wie ein Blutstropfen schimmert, als sei er ihm aus dem Mundwinkel geronnen.

»Setzt euch«, sagt mein Vater und deutet auf die Stühle vor seinem riesigen, glänzenden Schreibtisch.

Cat und ich nehmen Platz, während mein Vater in seinem eigenen großen Stuhl sitzen bleibt und Rocco neben ihm steht wie ein König und sein Henker.

»Dein Verlobter macht sich Sorgen um dich«, erklärt mein Vater und blickt mich unter seinen Augenbrauen griesgrämig an. »Er sagt, du warst gestern Abend schlecht gelaunt.«

Ich werfe einen kurzen Blick auf Rocco und versuche, seine Absicht zu erraten.

Er bestraft mich, weil ich ihn gestern Abend geohrfeigt habe. Aber was genau will er?

Ich weiß nicht, was ich darauf antworten soll. Argumentieren wird mich nur in noch mehr Schwierigkeiten bringen.

»Es tut mir leid«, sage ich.

»Rocco sagt, du warst das ganze letzte Jahr in Kingmakers unglücklich. Er sagt, du schienst einsam zu sein.«

Meine Augen huschen zwischen dem finsteren Blick meines Vaters und Roccos leerer, teilnahmsloser Miene hin und her.

Was ist das für ein Spiel?

Versucht er, mich dazu zu bringen, zu versprechen, dass ich ihn im College anschmachte?

Versucht er, mich zum Aussteigen zu bewegen? Nein … Rocco hat noch zwei weitere Jahre in Kingmakers. Er will mich dort haben, wo er ein Auge auf mich haben kann, da bin ich mir sicher.

»Am Anfang war dort alles so neu für mich«, sage ich vorsichtig. »Aber ich denke, ich habe mich schließlich angepasst.«

»Dein Verlobter ist da anderer Meinung. Nach einiger Diskussion habe ich mir einen Weg überlegt, wie du dich in deinem zweiten Studienjahr wohler fühlen kannst.«

Ich versuche zu schlucken, doch mein Mund ist zu trocken.

»Was?«, frage ich.

»Cat wird mit dir nach Kingmakers gehen.«

Cat gibt ein erschrockenes Quietschen auf dem Sitz neben mir von sich.

Bevor ich mich zurückhalten kann, schreie ich: »Was? Das kannst du nicht tun!«

Das Gesicht meines Vaters verfinstert sich, und er senkt den Kopf wie ein Stier, der zum Angriff ansetzt. »Wie bitte?«

Ich sehe den Anflug eines Lächelns auf Roccos Lippen. Ich spiele ihm direkt in die Hände. Indem ich meinen Vater herausfordere, bestärke ich ihn höchstens noch in seiner Entscheidung.

Ich versuche, einen Rückzieher zu machen. »Ich meinte nur … was ist mit Pintamonas? Cat wurde bereits angenommen …«

»Sie geht dahin, wo ich ihr sage, dass sie hingehen soll«, knurrt mein Vater.

»Ich fühle mich in Kingmakers sehr wohl! Ich habe mich schon daran gewöhnt, Cat muss nicht …«

»Die Kunsthochschule ist sinnlos«, unterbricht mich mein Vater. »Rocco hat mir erzählt, was er in Kingmakers alles lernt, die Vielfalt der Fähigkeiten, die in den verschiedenen Abteilungen gelehrt werden. Cat ist schüchtern. Feige, um genau zu sein. Es würde ihr guttun, die wahre

Arbeit der Mafiosi zu lernen. Und sei es bloß, damit sie zu schätzen weiß, was ihr Mann tut, wenn die Zeit gekommen ist.«

Cat wirft mir einen verzweifelten Blick zu, der mich anfleht, mir etwas auszudenken, wie ich sie aus dieser Situation herausholen kann. Ich habe ihr erzählt, wie anspruchsvoll Kingmakers ist, wie brutal es sein kann. Für mich ist es eine willkommene Ablenkung. Für Cat wird es die Hölle auf Erden sein.

»Bitte, Vater«, sage ich, »Cat ist sensibel. Sie könnte verletzt werden …«

»Es wird Zeit, dass sie härter wird«, entgegnet mein Vater unbarmherzig. »Mein Entschluss steht fest.«

Rocco hat die Entscheidung getroffen – mehr oder weniger. Dann manipulierte er meinen Vater so, dass dieser dachte, es wäre seine Idee.

Ich will Rocco nicht ansehen, aber ich kann mir nicht helfen.

Ich richte den Blick auf ihn und funkle ihn zornig an.

Er lächelt nur und zeigt seine scharfen weißen Zähne. »Mach dir keine Sorgen, meine Liebe«, sagt er. »Ich kümmere mich um deine Schwester.«

Kapitel 2

Miles

Zur Veröffentlichung von Iggys Album schmeiße ich in einer alten Holzkohlefabrik in Bucktown die größte Party des Sommers.

Ich habe schon für einige ziemlich coole Veranstaltungen gesorgt, aber diese übertrifft sie alle.

Ich fordere jeden Gefallen ein, den Leute mir schulden, um The Shakers für die Eröffnung der Party zu bekommen. Das ist entscheidend, um erstklassige Gäste anzulocken und den Eindruck zu erwecken, dass Iggy noch berühmter ist als die beliebteste Band in Chicago.

Ich baue die Bühne und das Soundsystem auf dem Dach auf und besteche die diensthabenden Polizisten im Voraus, damit sie jegliche Lärmbeschwerden ignorieren.

Dann ergänze ich die Gästeliste mit Models, Influencern, Musikern und Fotografen beiderlei Geschlechts plus all den sexy jungen Prominenten aus dem Kreis meiner Eltern. Außerdem weise ich sie darauf hin, niemandem von dem privaten Event zu erzählen, damit ich sicher sein kann, dass sie jedem letzten Idioten, den sie kennen, eine Nachricht schicken werden.

Ich bekomme die Geschenksäckchen billiger, indem ich mit Freunden verhandle, die ihre Luxuswaren in die Chicagoer Elite bringen wollen.

Und schließlich stibitze ich einen Frachtwagen von

Moët & Chandon vom Bahnhof, denn ich will Fontänen von Champagner, und es gibt keine Möglichkeit, das Spitzenprodukt zu einem vernünftigen Preis zu bekommen.

Es gibt keinen besseren Ort für eine Party als eine alte Fabrik. Die riesigen offenen Räume, die klobigen Öfen in der Ecke, die kahlen Betonwände und die nackten Balken über den Köpfen … all das verleiht eine raue Authentizität, die man in einem Veranstaltungszentrum niemals finden würde. Die Schickeria will das Gefühl haben, dass sie an einem geheimen und heruntergekommenen Ort ist, und die Künstler müssen sich wie zu Hause fühlen. Ich habe vier meiner Jungs, die für die Sicherheit sorgen.

Sosehr ich auch den Anschein eines ausgelassenen Spektakels erwecken möchte, heute Abend muss alles reibungslos laufen. Iggy steht kurz davor, einen siebenstelligen Deal mit einem Plattenlabel in Los Angeles zu unterschreiben. Sie wollen Musik von der Straße, aber keine kriminellen Vorwürfe gegen ihren neuen Star.

Ich kenne Iggy, seit wir Kinder waren. Sein Vater chauffierte meinen Vater herum, als er Bürgermeister der Stadt war. Iggy und ich drängten uns auf dem abgeschirmten Vordersitz, hörten Musik und spielten mit den Lichtern, während meine Eltern hinten saßen und Strategien für die kommende Nacht ausarbeiteten.

Iggy ist wahnsinnig talentiert. Seine Verse sind eingängig, und seine Reime sind so dicht und miteinander verbunden, dass ich das Gefühl habe, seine Songs fünfmal hören zu müssen, bevor ich sie wirklich würdigen kann.

Iggy ist ein Schatz, mehr ein Poet als ein Gangster. Seine einzige persönliche Schwäche ist seine Bereitschaft, den falschen Leuten zu vertrauen.

Was uns zum größten Störfaktor des Abends führt – Iggys Scheißonkel.

»Declan Poe kommt nicht durch diese Tür«, sage ich zu meinen Handlangern Beckett und Anders und nicke in Richtung der doppelten Stahltüren am Eingang. »Wenn ihr ihn seht, ruft ihr mich. Wartet nicht darauf, dass er Ärger macht.«

Ich leite die Party wie ein Maestro vor einem Orchester. Während ich die Illusion von freier Bewegung und freier Wahl schaffe, setze ich die Getränke, das Essen, die Musik, die Beleuchtung und den Fluss der Gäste mit akribischer Präzision ein.

Ich gleite durch die Menge und bringe ruhmgierige Models mit schmierigen Produzenten und brillante Videofilmer mit Marketingvertretern zusammen. Jede Verbindung bringt mir einen neuen Gefallen ein, denn ich bringe die Leute mit genau dem zusammen, was sie brauchen.

Ich treibe auch Iggy an. Er hasst Auftritte und wird jedes Mal nervös.

»Es ist nicht einmal ein Konzert«, sage ich zu ihm. »Die Leute sind nur hier, um abzuhängen. Es gibt keinen Druck.«

Es gibt eine verdammte Menge an Druck. Mehr Druck als in einem Dampfkochtopf. Aber es wird Iggy nicht guttun, das zu hören.

Alles ist tadellos. Bis ich einen weiteren ungebetenen Gast entdecke.

Sie steht drüben an der Bar, nippt an einem Glas meines extrem teuren gestohlenen Champagners und trägt ein Minikleid, für das weniger Stoff verwendet wurde als für ein großes Einstecktuch. Ich kann mindestens sechs verschiedene Männer sehen, die um sie herumstehen und auf ihre Chance warten, zuzuschlagen, während sie mit dem neuesten Spieler des lokalen Baseballteams plaudert.

Der Spieler sieht aus, als hätte er einen Schlag auf den Kopf bekommen. Er starrt Sabrina mit einem benommenen Gesichtsausdruck in die Augen und schafft es nicht, den

Strohhalm an die Lippen zu führen. Als er versucht, einen Schluck seines Cocktails zu nehmen, stößt er sich stattdessen an die Nase. Sabrina unterdrückt ein Kichern und beißt sich auf die Lippen.

Ich schiebe mich durch die Menge und packe sie am Arm.

»Entschuldige«, sage ich zu dem Spieler.

Er schüttelt den Kopf und erwacht aus seiner Trance. »Hey!«, sagt er. »Wir haben uns gerade unterhalten!«

»Sie wird dich direkt ins Gefängnis bringen«, informiere ich ihn. »Sie ist sechzehn.«

Dem Spieler fällt die Kinnlade herunter.

Sabrina sieht mich finster an, ein Ausdruck, der sie nur noch schöner aussehen lässt. Meine Cousine ist verdammt gefährlich.

»Lass mich los«, sagt sie kühl.

»Keine Chance. Du bist ein Eindringling.«

»Ach ja?«, entgegnet sie und wirft ihr langes dunkles Haar zurück über ihre Schultern. »Ihr lasst hier jeden rein. Der Kerl hat am Donnerstag drei Homeruns verschenkt.«

Ich ziehe sie weiter in Richtung Ausgang.

»Ja. Jeder ist willkommen außer dir.«

»Warum?«

»Weil ich nicht will, dass Onkel Nero mir den Kopf abreißt.«

Jetzt wird Sabrina richtig sauer.

»Ist das dein Ernst?«

»Mein voller Ernst.«

»Miles!«

»Sabrina!« Ich bringe sie den ganzen Weg nach draußen in die efeubewachsene Gasse neben der Fabrik. »Schau, ich verstehe dich. Du hasst es, wie ein Kind behandelt zu werden, und willst einfach nur tanzen, ein paar Drinks haben und diese Kerle zu deiner Belustigung in Verlegenheit bringen. An einem normalen Abend hätte ich kein Problem damit. Aber hier steht viel auf dem Spiel, und ich kann nicht gleichzeitig ein Auge auf dich haben.«

»Ich brauche dich nicht als Babysitter!«

»Ja, ja, ich weiß – du kannst auf dich selbst aufpassen. Geh und tu das auf einer anderen Party, denn dein Vater ist bereits sauer auf mich.«

Ich pfeife, um die Aufmerksamkeit eines Taxis zu bekommen, das eine weitere Ladung von Partygästen bringt.

Sabrina zieht die Augenbrauen hoch.

»Du hast sein Auto gestohlen.«

»Ich habe es mir für ein Fotoshooting geliehen. Und ich habe es gleich wieder zurückgebracht.«

»Mit Sand im Motor.«

Ich schiebe sie auf den Rücksitz des Taxis.

»Gute Nacht!«, sage ich und schlage ihr die Tür vor der Nase zu.

Was auch immer Sabrina mir zuruft, geht im hämmernden Bass unter, der aus der Kohlefabrik dringt.

Mit einem Seufzer der Erleichterung wende ich mich wieder der Party zu.

Ich liebe meine Cousine, aber ihr Vater ist ein kaum zivilisierter Psychopath, und meine Nacht braucht nicht noch mehr Komplikationen.

Außerdem muss ich mich auf Iggy konzentrieren. Ich höre, wie The Shakers abklingen, was bedeutet, dass er in ein paar Minuten dran ist.

Ich gehe aufs Dach zurück, hinter die Bühne in den kleinen Umkleideraum, den ich für ihn eingerichtet habe. Iggy brütet über seinem Textblatt, das wie das Tagebuch eines Verrückten aussieht, denn es ist voll mit Kritzeleien, durchgestrichenen Zeilen und winzigen Pfeilen, die auf Überarbeitungen hinweisen.

Er blickt auf, als ich eintrete, schiebt sein struppiges Haar aus den Augen und grinst mich verschlafen an.

»Die Band klingt großartig«, sagt er.
»Du wirst besser klingen.«
»Nicht zu viele Leute da draußen?«
»Nein«, lüge ich. »So gut wie gar nicht.«
Im hellen Bühnenlicht wird Iggy keinen Unterschied sehen, bis er mit der Show fertig ist.
»Das ist gut«, seufzt er.
Iggys normale Sprechstimme ist so weich und langsam, dass mich die Verwandlung zu seinem rasanten Rappen jedes Mal erschreckt.
»Wenn dein Album so in den Charts landet, wie ich denke, ist dir der Vertrag mit Virgin sicher«, sage ich.
»Das werden wir noch früh genug herausfinden«, erwidert Iggy.
Mein Telefon surrt in meiner Hosentasche. Ich ziehe es heraus und sehe eine Nachricht von Anders:

Poe kam mit drei Kerlen an, aber ich sagte ihm, er solle sich verpissen. Ich glaube, er ist gegangen.

Ich wusste, dass er nicht widerstehen kann, seine hässliche Visage zu zeigen, doch ich bin froh, dass Beckett und Anders einschüchternd genug waren, um ihn abzuschrecken. Wenn er zurückkommt, werden wir eine viel unfreundlichere Unterhaltung haben.
»Gibt es ein Problem?«, fragt Iggy.
»Nein«, antworte ich und stecke mein Handy wieder zurück. »Bist du bereit?«
Iggy faltet sein Textblatt zusammen und stopft es in seine Tasche. Ich weiß, dass er schon alles in seinem verrückten Hirn gespeichert hat – er geht es nur gern durch, um sich zu vergewissern.
Die Menge johlt und jubelt, als The Shakers sich verabschieden.

»Klingt nach vielen Leuten«, sagt Iggy zurückhaltend.

»Du schaffst das«, versichere ich ihm.

Ich führe ihn zur Treppe, die auf der Rückseite der Bühne nach oben führt. Der Tontechniker klemmt Iggys Mikrofon an und gibt ihm auch das Handmikrofon. Die ersten Takte von *Deathless Life* erklingen.

Iggy nimmt die Schultern zurück, und ich sehe, wie er sich verwandelt – seine Augen verengen sich, seine Lippen spannen sich an, seine Finger umklammern das Mikrofon.

Danach springt er die Treppe hinauf und beginnt mit der Geschwindigkeit eines Auktionators zu schreien:

Sie sagten, ich sei begraben
Ausgetrocknet und tot
Ich steige aus dem Grab empor
Und zerbreche den Stein auf ihrem Kopf

Ich bin atemlos und rücksichtslos
Steige kontinuierlich auf
Trinke das Glas bis auf den Grund
Und esse die Limette auf …

Als er den Refrain anstimmt, singt das ganze Publikum laut den Text mit. Iggy wird wissen, dass die Fabrik voll ist, eine Masse von Menschen, die jede mögliche Brandschutzvorschrift missachten, aber das ist jetzt egal, er ist in seinem Element.

Ich habe meinem Handlanger Kelly gesagt, er soll das Ganze auf Video aufnehmen. Heute Abend schicke ich es dann an Victor Kane, und ich will verdammt sein, wenn er den Vertrag nicht auf der Stelle unterschreibt. Iggy geht nach Los Angeles, wo er frei von seinen blutsaugenden Verwandten sein wird.

Gerade als ich in Triumphgefühlen schwelge, summt mein Telefon wieder.

Ich ziehe es heraus und sehe Sabrinas Nummer.

Meine Cousine würde nicht anrufen, nur um zu betteln, wieder auf die Party gelassen zu werden.

Ich hebe das Telefon an mein Ohr und ahne schon, was ich gleich hören werde.

»Dein Handlanger braucht eine Lektion in Manieren«, sagt Poe in seiner verrauchten Stimmlage.

»Er hat den Knigge-Test im Mitarbeiterhandbuch nicht bestanden«, antworte ich.

»Du aber auch nicht, was?«, spottet Poe. »Ihr seid alle ein Witz.«

»Ich würde das bestenfalls einen Scherz nennen.«

»Mal sehen, wie lustig es ist, wenn ich deine Cousine erwürge und ihre Leiche in die Gasse werfe.«

Ich lasse einen langsamen Atemzug aus. »Keine gute Idee. Weißt du, wer ihr Vater ist?«

»Es ist mir *scheißegal*, mit wem ihr Mistkerle verwandt seid«, zischt Poe. »Komm hier runter und lass deine verdammten Handlanger im Lagerhaus.«

»Es ist eine Fabrik«, korrigiere ich ihn. »Aber na gut, ich komme.«

Ich bin verärgert, dass ich während Iggys Auftritt gehen muss. Noch mehr ärgert mich, dass sie Sabrina mit reingezogen haben. Wahrscheinlich sprang sie aus dem Taxi, kaum dass es um die Ecke bog. Sie war schon immer ein Magnet für Ärger.

Als ich an Beckett und Anders vorbeigehe, die die Tür bewachen, fragt Letzterer: »Stimmt was nicht, Chef?«

»Eine kleine Unannehmlichkeit«, sage ich.

Ich könnte Anders einen Anschiss geben, dass er mich nicht angerufen hat, als Poe auftauchte, wie ich es ihm gesagt hatte – aber das war so oder so zu erwarten.

»Warte zwölf Minuten«, weise ich Anders an, »dann komm in die Gasse.«

Er nickt langsam, seine Augen sind auf meine gerichtet. Ich merke, dass er mir im Moment lieber folgen würde, doch er wird tun, was ich ihm sage.

»In Ordnung, Boss«, sagt er.

»Zwölf Minuten.« Ich tippe auf die Uhr an meinem Handgelenk. »Benutze die Seitentür.«

Anders wirft einen kurzen Blick auf seine eigene Uhr, um die Zeit zu bestätigen, und nickt.

Ich gehe an der langen Schlange von Leuten vorbei, die immer noch darauf warten, hineinzukommen, und neidisch zum Dach hinaufblicken, wo Iggys spektakuläre Performance weitergeht.

Dann biege ich um die Ecke in die enge Gasse, wo Poe mit seinen drei Schlägern wartet.

Die Gasse ist eigentlich ganz hübsch. Die Fabrikwand ist mit einer dicken Schicht aus Hängeefeu bewachsen, und die gegenüberliegende Seite wird von einem kunstvollen schmiedeeisernen Zaun begrenzt. Der enge Raum trichtert den Schall, sodass Iggys Konzert viel weiter weg klingt, als es tatsächlich ist, und ich meine eigenen Schritte auf dem Beton widerhallen höre.

Poe hat einen seiner idiotischen Freunde an der Öffnung der Gasse postiert, ein rattengesichtiges Arschloch in einer übergroßen Lederjacke. Als ich vorbeigehe, grinst er mich an. Poe und seine anderen beiden Schläger halten Sabrina am Ende der Gasse vor einem verschlossenen Tor fest.

Der größte Kerl hält Sabrinas Arme hinter ihrem Rücken verschränkt, eine Position, die ihr knappes Kleid noch weiter nach oben zieht. Sein Freund – ein stämmiger Kerl mit tätowierten Tränen auf beiden Wangen – steht etwas hinter ihr, damit er die Aussicht genießen kann. Wenn er nicht so sehr damit beschäftigt wäre, auf ihren Hintern zu starren, würde er vielleicht das Glitzern von Metall auf ihrem Oberschenkel bemerken.

Sabrina sieht mir in die Augen. In ihrem Gesicht ist kein Anzeichen von Angst oder Reue zu sehen. Nur pure, brennende Wut.

Es sieht nicht so aus, als hätten sie sie verprügelt, also ist Poe vielleicht nicht so dumm, wie er aussieht.

Er sieht echt ziemlich dumm aus. Er ist eine wandelnde Zeichentrickfigur – sein blockartiger, rechteckiger Kopf sitzt auf einem genauso dicken Hals, sodass er vom Schädel bis zu den Schultern eine lange Säule bildet. Sein Haarschopf ist so hoch rasiert, dass sein Haarbüschel wie ein Toupet auf dem Kopf sitzt. Dazu kommen ein hängender Schnurrbart und Bugs-Bunny-Zähne.

Dennoch wäre es ein Fehler, ihn witzig zu finden. Poe ist die Gewalt nicht fremd. Der gefährlichste Mann ist der, der nichts zu verlieren hat.

Poe ist ein sechsfacher Sträfling, kleiner Drogendealer und Fentanyl-Süchtiger, der kurz davor steht, seine letzte Essensmarke zu verlieren. Er wird sich mit aller Macht an Iggy klammern. Es sei denn, ich mache dem ein für alle Mal ein Ende.

»Du bist verdammt respektlos, Junge«, zischt Poe. »Du schmeißt eine Party für Iggys Album und lädst nicht mal seinen Manager ein?«

»Du bist nicht sein Manager«, antworte ich. »Und du hast recht, ich respektiere dich nicht. Du bist ein Blutsauger. Du hast Iggy ausgeblutet, seit er seinen ersten Song veröffentlicht hat. Du tust einen Scheißdreck für ihn.«

»Ich tue alles für ihn!«, schimpft Poe empört. »Wer hat seiner Mutter geholfen, die Miete zu bezahlen, nachdem sein Vater gestorben ist? Wer hat seine Weihnachtsgeschenke gekauft?«

»Du hast ihnen hin und wieder fünfzig Dollar rübergeschoben, damit du ihr Haus benutzen konntest, um deine Drogen zu verstecken«, schnaube ich. »Und das einzige Weihnachten, an das ich mich erinnere, ist das, an dem du eine Fußfessel hattest und einen festen Wohnsitz für deinen Bewährungshelfer brauchtest.«

Wenn jemand Iggys Miete bezahlte, dann war es mein Vater, der Iggys Mutter half, einen Job als Assistentin im Rathaus zu bekommen, nachdem sein eigener Vater im Alter von nur achtundvierzig Jahren an einem Schlaganfall gestorben war.

»Ich muss mich vor dir nicht rechtfertigen!«, schreit Poe. Sein Gesicht hat die Farbe einer Rübe. »Du glaubst, du kannst mir meinen Neffen wegnehmen? Ich habe deine verdammte Cousine. Entweder du zerreißt jetzt den Scheißvertrag mit Virgin, oder ich knall die Kleine hier ab!«

»Das wird nicht passieren«, sage ich. »Iggy geht weg. Du bleibst hier. Das ist schon entschieden. Aber ich bin bereit, die Bedingungen zu besprechen. Wir können heute Abend alle glücklich nach Hause gehen.«

»Scheiß auf deine verdammten Bedingungen!« Poe lacht mir ins Gesicht. »Sieh dich um! Wir sind zu viert und du bist allein.«

Ich tue so, als würde ich seine drei Schlägertypen mit einem gewissen Respekt begutachten. Tatsächlich bestätige ich nur ihre genauen Positionen. Und Poes auch.

Ich warne ihn noch einmal. »Das hier muss nicht hässlich werden.« »Oh, wir sind weit über das Hässliche hinaus«, spottet Poe. »Du glaubst, du machst hier einen Deal? Ich schieße dieser Schlampe ins Gesicht, nur damit du weißt, wie der Hase läuft!«

Er zieht eine ramponierte .45er aus dem Bund seiner schmutzigen Jeans, richtet sie auf Sabrina und spannt den Abzug. Sabrinas Nasenlöcher blähen sich auf. Ich schätze, ich habe noch etwa zwei Minuten, bevor sie etwas Verrücktes tut. Was gut mit meiner eigenen Zeitlinie übereinstimmt.

Poe will das Zuckerbrot nicht sehen – es ist an der Zeit, die Peitsche hervorzuholen.

»Ich bin froh, dass du Schusswaffen erwähnt hast, Poe«, sage ich.

Ich gehe langsam vorwärts, sodass ich mich zwischen Poe und Sabrina positionieren kann. Poe ist das egal – er hat kein Problem damit, stattdessen seine Waffe auf mein Gesicht zu richten. Mit ausgestrecktem Arm dreht er sich, sodass er mit dem Rücken zur efeubewachsenen Wand steht und Poes zwei Schläger hinter mir sind.

»Es ist schwer, eine Waffe loszuwerden«, sage ich. »Ich meine, sie wirklich loszuwerden. Man kann die Seriennummern abfeilen und sie in einen Fluss werfen. Aber sie ist immer noch da und wartet nur darauf, gefunden zu werden. Und manchmal will man sie nicht in den Fluss werfen. Die verdammten Dinger sind teuer. Manchmal ist die Versuchung, sie zu behalten, einfach zu groß …«

»Was laberst du da für einen Scheiß?«, sagt Poe. Sein Schnurrbart zittert.

»Iggy und ich sind schon sehr lange befreundet«, fahre ich fort. »Ungefähr so lange, wie das Weihnachten her ist, von dem wir gerade sprachen … Ich habe die Hälfte der Ferien bei ihm verbracht. Du erinnerst dich wahrscheinlich …«

Poe sieht mich mit zusammengekniffenen Augen an, den Finger um den Abzug seiner Waffe gekrümmt. Ich mag es nicht, dass er sie so hält. Er ist nervös genug, um mich aus Versehen zu erschießen.

»Iggy und ich hatten gerade angefangen, Gras zu rauchen. Ich glaube, wir waren vierzehn, fünfzehn vielleicht. Wir mussten sein Zeug irgendwo verstecken, damit seine Mom uns nicht verpfeift. Wir bauten den Lüftungsschacht ab und steckten unsere Tütchen hinein. Komisch, wir waren nicht die Ersten, die da was versteckt haben …«

Poe ahnt, worauf ich hinauswill, doch er glaubt es nicht ganz.

»Du warst gerade aus dem Knast gekommen, nachdem du mit ein paar Kumpels einen Supermarkt überfallen hattest. Jemand hat den Kassierer angeschossen, er starb zwei Tage später. Die Cops dachten, du warst es, aber sie konnten es nicht anhand des Überwachungsvideos beweisen und sie hatten die Mordwaffe nicht. Du hast sie versteckt. Allerdings nicht sehr gut. Onkel und Neffe denken wohl ähnlich, denn Iggy hat sie aus dem Lüftungsschacht gezogen.«

»Schwachsinn«, zischt Poe. Er schüttelt den Kopf, macht aber trotzdem einen Schritt zurück, sodass er fast an den Efeu gepresst ist.

»Ich fürchte nicht«, sage ich leise. »Natürlich wusste ich damals nicht, was das für eine Waffe war oder woher sie kam. Aber als du angefangen hast, von Iggy eine vierzigprozentige Provision zu verlangen … da habe ich deine alte Akte ausgegraben. Ich habe überprüft, welches Kaliber die Kugel hatte, die sie aus dem Hals des Kassierers geholt hatten. Und ich habe mich daran erinnert, was wir an Weihnachten gefunden haben. Ich brauchte nur eine Stunde, um zu Iggys Haus zu fahren und den Schacht noch mal zu überprüfen.«

»Ich weiß nicht, wovon du redest«, sagt Poe. Sein Kiefer scheint ruhig, doch er schwitzt.

»Die Waffe war noch da. Ein .357er Magnum-Revolver mit einem Kratzer quer über den Griff. So verschmutzt, wie sie war, glaube ich, dass du deine Fingerabdrücke nicht einmal abgewischt hast.«

»Na und, verdammt noch mal!«, schreit Poe trotzig. »Das heißt gar nichts.«

»Das bedeutet eine Menge«, sage ich. »Für mich sieht es

so aus, als ob der einzige Beweis, den die Cops brauchen, diese Waffe ist. Sie wissen, dass du in der Nacht an der Tankstelle warst. Sie konnten nur nicht beweisen, wer den Abzug betätigt hat. Es gibt keine Verjährungsfrist für Mord, was für ein Pech …«

Poes Griff um seine Waffe ist nicht sehr stabil. Er schaut zwischen mir und dem schlaksigen Arschloch, das Sabrina festhält, hin und her. Ich hoffe, mein Druckmittel reicht aus, damit wir die Sache friedlich beenden können. Aber ich behalte auch Poes anderen Schläger im Auge und zähle die verbleibenden Sekunden der zwölf Minuten.

»Du bist ein verdammter Lügner!«, schreit Poe. »Du hast doch gar keine …«

In diesem Moment wird er von der schweren Metalltür unterbrochen, die ihn direkt in den Rücken trifft. Er hat sie nicht gesehen, direkt hinter ihm, verdeckt vom Efeu. Anders kommt mit Höchstgeschwindigkeit durch die Seitentür und trifft Poe so hart, dass er mit gespreizten Beinen nach vorne auf den Bürgersteig fällt, der mehrere Hautschichten von seinem Gesicht abkratzt.

Da ich genau auf diesen Augenblick gewartet habe, bin ich gegenüber den beiden anderen Idioten im Vorteil. Ich stürze mich auf den mit dem tätowierten Gesicht und vertraue darauf, dass Sabrina den anderen Kerl für eine Sekunde im Griff hat.

Mein Vater hat mir immer gesagt, ich soll klug angreifen, nicht hart. Wenn das Adrenalin hoch ist, neigt man natürlich dazu, mit Schwung anzugreifen. Doch man muss sich zügeln, wenn man strategisch vorgehen will.

Fäuste sind überbewertet – zu leicht bricht man sich beim ersten Schlag die Hand. Es ist besser, die Knie und Ellbogen einzusetzen.

Ich stürze mich mit einem langen Knie auf den Typen mit den tätowierten Tränen und nutze den vollen Schwung meines Ansturms, um meine Kniescheibe direkt in seinen Bauch zu rammen. Als er sich krümmt, stoße ich meinen Ellbogen hart in seinen Nacken.

Direkt neben mir hat der andere Schläger den Fehler gemacht, Sabrinas Arme loszulassen. Vielleicht dachte er, sie würde hilflos dastehen, während er sich in den Kampf stürzt. Da hat er sich geirrt.

Mit einer schnellen Bewegung zieht Sabrina das kleine silberne Messer, das an ihren Oberschenkel geschnallt ist, und sticht ihm quer ins Gesicht, wobei sie seine Wange vom Ohr bis zum Kiefer aufschlitzt. Er schlägt sich die Hand an das Gesicht, Blut fließt durch seine Finger, und Sabrina nutzt diesen Augenblick, um ihm in die Rippen zu stechen. Er fällt um wie ein Stein. Ihr Messer ist noch immer in seiner Seite.

Das Rattengesicht vom Eingang hat erkannt, dass seine Bewachung der Gasse sowohl erfolglos als auch nicht mehr notwendig ist, also stürmt er auf mich zu und versucht, seine Waffe aus seiner flatternden Lederjacke zu ziehen. Ich werfe ihm mein Handy hart ins Gesicht und treffe ihn mit einem befriedigenden Knirschen auf den Nasenrücken. Dann verpasse ich ihm noch einen rechten Haken, der ihm den Rest gibt.

In der Zwischenzeit kämpft Anders mit Poe, der es geschafft hat, seine Waffe zu behalten, obwohl er kurzzeitig mit der Schwerkraft kollidiert ist und sich sein Gesicht aufgeschürft hat. Poe drückt wild den Abzug, feuert zwei Schüsse in die Luft und einen, der nur knapp mein Ohr verfehlt.

»Vorsicht!«, rufe ich.

»Tut mir leid«, knurrt Anders. Er reißt Poe die Waffe aus der Hand und schlägt ihm damit auf den Kiefer. Ein Zahn fliegt aus Poes Mund und landet neben Sabrinas Schuh.

»Bäh«, sagt sie.

Ich reiße dem Rattengesicht die Pistole aus der Jacke und gebe ihm einen weiteren Tritt in den Bauch, um ihn daran zu erinnern, dass er unten bleiben soll. Danach untersuche ich den verletzten Schläger, den Sabrina außer Gefecht gesetzt hat.

»Sabrina«, sage ich mit einem irritierten Seufzer, »musstest du auf die Leber gehen? Ich hatte nicht vor, heute Abend eine Leiche zu vergraben.«

Der Kerl sieht zu mir auf und zieht eine schmerzhafte Grimasse. »Ich bin nicht tot«, beteuert er.

»Das wirst du sein, wenn ich das Messer aus dir herausziehe«, sage ich.

Es steckt komplett in seiner Seite, und es sind Sabrinas Fingerabdrücke darauf.

Sabrina blickt teilnahmslos auf ihn hinab. »Du könntest ihn zu einem der Unterschlüpfe bringen«, sagt sie. »Oder du ziehst das Messer einfach heraus und lässt ihn am Rand des Highways liegen.«

»*Ich* mache gar nichts«, entgegne ich. »Ich muss die Party zu Ende bringen. Du und Anders, ihr nehmt ihn mit.« Dann richte ich mich an Anders. »Geht über die Seite raus«, sage ich und nicke in Richtung des verschlossenen Tores. »Ich will nicht, dass ihn irgendwelche Gäste sehen.«

»Was ist mit den anderen drei?«, fragt Anders und blickt auf die halb bewusstlosen stöhnenden Arschlöcher hinunter.

»Sie können nach Hause laufen oder ihr verdammtes Taxi selbst bezahlen.«

Morgen werde ich die Magnum an meinen Lieblingspolizisten bei der Chicagoer Polizei schicken. Nicht weil ich gern petze – das tue ich nicht. Es geht ums Prinzip.

Ich war bereit, Poe eine letzte Chance zu geben, solange er Iggy danach in Ruhe lässt. Ich würde immer lieber einen Verbündeten als einen Feind haben.

Aber Poe weigerte sich, einen Deal zu machen. Also muss er die Konsequenzen tragen.

Nachdem ich einen letzten Blick auf Sabrina geworfen habe, um sicherzugehen, dass es ihr gut geht, kehre ich in die Fabrik zurück. Ich schicke Beckett hinaus, um Anders beim Aufräumen zu helfen, und dann schaffe ich es gerade noch rechtzeitig aufs Dach zurück, um zu sehen, wie Iggy sich verbeugt. Soweit ich das beurteilen kann, war die Musik laut genug, um die Schüsse zu übertönen. Oder die Leute dachten, es wäre ein Teil der Hintergrundmusik – es ist heutzutage der letzte Schrei, »reale Klänge« zu verwenden.

Der Rest des Abends verläuft friedlich. Videos von Iggys Auftritt gehen auf allen möglichen Plattformen viral. Als sein Album um Mitternacht erscheint, wird *Deathless Life* in der ersten Stunde hunderttausendmal heruntergeladen.

Victor Kane schickt mir ein Foto von Iggys Vertrag mit seiner Unterschrift, die mit Tinte darunter gekritzelt ist.

Iggy und ich feiern, indem wir ein Bad im Champagnerbrunnen nehmen.

»Danke, Mann«, sagt Iggy und stößt mit einem leeren Glas an – er hat zu viel intus, um zu merken, dass er es bereits ausgetrunken hat.

»Du hast eben Talent«, entgegne ich. »Ich musste einfach bloß dafür sorgen, dass du im Rampenlicht stehst.«

Iggy stellt sein Glas ab und versucht, seinen verschleierten Blick auf mich zu richten.

»Warum kommst du nicht mit mir nach Los Angeles, Mann?«

»Das werde ich«, sage ich. »Aber jetzt noch nicht. Ich habe noch zwei Jahre College vor mir.«

»Wozu brauchst du einen Abschluss?«, fragt Iggy. »Du bist doch schon ein verdammtes Genie.«

»Es geht nicht um den Abschluss«, sage ich, »sondern um die Verbindungen.«

Obwohl Iggy und ich uns immer nahestanden, habe ich ihm nie gesagt, wie es in Kingmakers wirklich ist. Das kann ich niemandem erzählen, der nicht selbst ein Mafioso ist.

Die Insel ist isoliert und streng reglementiert. Alle Studierenden dürfen nur einen einzigen Koffer mitbringen, und die Liste der verbotenen Gegenstände umfasst Alkohol, Drogen und jegliche Elektronik.

In Kingmakers mache ich genau das, was ich in der Highschool gemacht habe, aber in einem viel größeren Maßstab: Ich bin Dealer. Ich biete Schmuggelware an, die über ein Netzwerk von Fischern und Einheimischen auf die Insel geschmuggelt wird.

Seit ich zwölf war, habe ich jeden Cent gespart, um mein ultimatives Ziel zu erreichen.

Ich möchte ein echter Kingmaker sein. Der Ernenner von Stars. Schöpfer von Musik, Mode und Kino.

Ich will nicht Justin Bieber sein – ich will Scooter Braun sein.

Ich habe kein Verlangen nach Berühmtheit. Die wahre Macht ist der Mann hinter dem Vorhang. Der Produzent im Mittelpunkt der globalen Gesellschaft.

Ich will hundert Iggys finden und tausend Alben veröffentlichen. Ich will die nächste *Avengers*-Lizenz produzieren. Und ich will die Milliarden von Dollar an Werbeeinnahmen kontrollieren, die mit alldem verbunden sind.

Bei diesem Traum gibt es einen entscheidenden Faktor: Ich muss ihn allein verwirklichen.

Ich baue mein Imperium auf, ohne einen Cent von meinen Eltern zu nehmen.

Ich möchte am Gipfel sein, ohne dass jemand anders neben mir steht.

Der amerikanische Traum ist es, ohne Hilfe erfolgreich zu werden. Ein Selfmademan zu sein.

Und deshalb habe ich mein Bankkonto bei null gestartet,

kein Treuhandfonds, keine Betrügereien. Jeder Dollar, den ich verdiene, geht auf dieses Konto – jeder Job, jeder Deal. Ich bin jetzt bei 9,8 Millionen Dollar. Geld, das ich durch meine eigene akribische, erfinderische und manchmal rücksichtslose Arbeit verdient habe.

Die Provision, die ich durch Iggys Virgin-Vertrag verdient habe, bringt mich fast auf zehn Millionen Dollar.

Zwölf Millionen Dollar sollte der Betrag sein, den ich brauche, um mein Imperium in Los Angeles zu gründen. Ich habe alles geplant – die Villa in Malibu, die ich beziehen werde, die Büroräume, die ich am Wilshire Boulevard anmieten werde. Die Partys, die ich schmeißen werde, und die Fische, die ich einen nach dem anderen an Land ziehen werde.

Das habe ich mir schon alles ausgemalt.

Noch zwei Jahre in Kingmakers, und dann komme ich zu Iggy nach Los Angeles.

***

Das Taxi setzt mich um 5:20 Uhr morgens bei meinen Eltern ab.

Es sieht eher aus wie ein Apple Store als ein Familienhaus – ein transparentes Gebäude aus Glas, das auf Stelzen steht, sodass der halbe Boden über den See ragt. Privatsphäre hin oder her, keine Vorhänge oder Jalousien verdecken eines der Fenster. Man kann direkt in die Zimmer sehen, zu den eleganten, modernen Möbeln meines Vaters und den gewagten, mit Farbe besprühten Kunstwerken meiner Mutter an den Wänden.

Meine Mutter sitzt am Küchentisch und trinkt ihren Morgenkaffee. Sie trägt ihr altes Cubs-T-Shirt, ihr Haar ist zu einem Chignon hochgesteckt, durch den ein Kugelschreiber ragt, um es zu fixieren.

Sobald ich das Haus betrete, blickt sie auf und beginnt zu strahlen, als wäre sie schon seit Stunden wach und nicht erst seit zwanzig Minuten.

»Es ist frischer Kaffee in der Kanne«, sagt sie. »Es sei denn, du hast vor, gleich schlafen zu gehen.«

Sie brütet über einem Haufen von Dokumenten, die wie Immobilientransaktionen aussehen. Wahrscheinlich irgendein neues Projekt von Onkel Nero. Sobald eines fertig ist, arbeitet er am nächsten.

»Ich nehme nur einen Bissen davon«, sage ich und schnappe mir einen aufgeschnittenen Apfel von ihrem Teller. »Glückwunsch übrigens.«

»Wozu?«

»Zu Iggys Song. Ich habe die Charts gecheckt, sobald ich aufgewacht bin.«

Ich kann mir ein Lächeln nicht verkneifen. Ich habe meiner Mutter nie etwas von der Party oder dem Erscheinen der Single erzählt. Sie ist raffiniert, genau wie ich. Immer am Sammeln von Informationen.

»Er geht nach Los Angeles«, sage ich.

»Das ist großartig«, antwortet meine Mutter mit echter Freude. »Er ist ein guter Junge, er hat es verdient. Du kannst stolz auf dich sein, Miles.«

Zufriedenheit ist der Feind des Erfolgs. Ich werde stolz auf mich sein, wenn mir die ganze verdammte Welt zu Füßen liegt.

»Du bist ein guter Freund«, sagt meine Mutter.

»Ich habe eine nette Provision aus dem Geschäft geschlagen«, erwidere ich und greife nach einer weiteren Apfelscheibe.

»Ich weiß, warum du es getan hast«, antwortet meine Mutter. Sie sieht mich so an, wie sie es immer tut – als wäre ich der beste Mensch der Welt. Als ob sie nicht anders kann, als zu grinsen, nur weil sie mich sieht.

Das habe ich nicht immer verdient. Ich kann ein egoistisches Arschloch sein. Ein richtiges Stück Scheiße. Meiner Mutter ist das egal – sie würde immer einen Vulkan einem angenehmen Bergbach vorziehen. Für sie ist die einzige Sünde, langweilig zu sein.

»Hast du für das College gepackt?«, fragt sie.

»So in etwa.«

Das bedeutet, ich habe null Dinge in meinen Koffer gepackt, aber ich habe in Erwägung gezogen, es zu tun.

Meine Mutter schnaubt und glaubt mir nicht eine Sekunde lang. »Ich habe ein paar neue Uniformen für dich gekauft.«

»Welche Hosengröße?«

»L34. Du bist noch im Wachstum.«

Sie steht auf, damit sie mein Haar zerzausen kann. Dazu muss sie sich auf die Zehenspitzen stellen. Ich lege meine Arme um ihre Taille und hebe sie von ihren Füßen. Sie lacht und versucht, mich ebenfalls zu umarmen, aber ich drücke sie zu fest.

»Es ist ein dunkler Tag, wenn deine Kinder dich auf dein Zimmer schicken könnten, wenn sie es wirklich wollten«, sagt sie.

»Mach dir keine Sorgen«, necke ich sie. »Ich habe immer noch Angst vor Dad.«

»Gott sei Dank.«

Ich habe eigentlich keine Angst vor meinem Vater. Vielleicht hätte ich das, wenn ich nur ihn allein kennen würde, mit seinem starren Blick und seiner Art, Befehle zu bellen, die Männer aufhorchen lassen, als hätte man sie mit einer Peitsche geschlagen. Aber dann schleicht sich meine Mutter an ihn heran, macht kleine Späße mit ihm und bringt ihn zum Lachen – und das, obwohl man sich sicher ist, dass er noch nie in seinem Leben gelacht hat. Und man merkt, dass er doch eine Seele hat, wie sehr er auch versucht, sie zu verbergen.

Er ist ein guter Mensch. So wie meine Mutter, aber sie ist wirklich die Beste.

Dennoch kann ich es nicht erwarten, hier wegzukommen.

Weil ich ziemlich wild bin, so wie meine Mutter es einst war.

Ich möchte nicht umsorgt und beschützt werden.

Ich möchte jagen.

»Sieh zu, dass du dich von Caleb und Noelle verabschiedest«, sagt meine Mutter. »Besonders von Caleb.«

»Das werde ich«, verspreche ich ihr.

Ich weiß, wie wütend Caleb wäre, wenn ich das nicht täte. Er tut so, als wäre er hart, aber innerlich ist er ein verdammtes Marshmallow.

Der Älteste zu sein, ist eine heikle Sache. Deine Geschwister sind die meiste Zeit deines Lebens verdammt nervig, aber du liebst sie trotzdem. Du kannst nicht anders.

Und ich muss zugeben, dass Caleb sich gar nicht so schlecht entwickelt. In der Schule ist er ein kleiner Raufbold und könnte unserem Cousin Leo eines Tages auf dem Basketballplatz den Rang ablaufen. Außerdem kann er ziemlich lustig sein, wenn er an seinen Texten arbeitet und seine Geschichten schreibt.

In ein paar Jahren sind wir bestimmt auf Augenhöhe. Im Moment bin ich ihm noch klar überlegen, wenn er frech wird.

Noelle ist ein anderes Kaliber. Sie ist schlau – und ich meine erschreckend schlau. Sie ist wie ein Computer mit künstlicher Intelligenz, der vielleicht das Heilmittel für Ebola entdeckt oder aber entscheidet, dass die Menschheit der Virus ist und von der Erde gefegt werden sollte.

Es ist zu früh, um mehr darüber sagen zu können. Im Moment sieht sie verdammt süß aus mit ihren geflochtenen Zöpfen und ihrem *Sailor Moon*-Shirt.

Mein Vater kommt in die Küche, frisch geduscht und in einem tadellosen Maßanzug. Er ist vorzeitig ergraut, was einen erschreckenden Kontrast zu seinen hellblauen Augen bildet. Meine Mutter nennt ihn gern Gandalf, wenn sie ihn wirklich ärgern will.

»Er lebt«, sagt mein Vater, als er mich entdeckt.

»Wohin gehst du?«, frage ich ihn.

»Zum Frühstücken mit Onkel Nero.«

»Ich weiß nicht, ob es sich lohnt, sich dafür chic zu machen«, sage ich. »Da er wahrscheinlich in Werkstattkleidung auftauchen wird.«

»Ich nehme keine Tipps von jemandem an, der Moon Boots trägt.« Mein Vater runzelt die Stirn und schüttelt den Kopf über meine Turnschuhe. »Was zum Teufel sind das für welche?«

»Die sind … *in Mode*!«, sagt meine Mutter und hebt verzweifelt die Hände.

»Sie sind die Neuauflage des Nike Air Mag«, informiere ich ihn. »Insgesamt wurden nur neunundachtzig Paare hergestellt. Ich könnte die jetzt für 35 000 Dollar verkaufen. Gebraucht!«

»Ich zahle dir 35 000 Dollar, wenn ich sie nie wieder sehen muss«, sagt mein Vater.

»Verlockend«, erwidere ich. »Aber wenn ich weiter tausche, bekomme ich vielleicht ein Paar der OVOs aus massivem Gold in die Hände.«

»Bitte sag mir, dass du wenigstens einen Teil deines Geldes sicher angelegt hast.«

»Mach dir keine Sorgen, Dad.« Ich grinse. »Das Schöne an Geld ist, dass man immer zu mehr davon kommen kann.«

Ich nehme das letzte Apfelstück meiner Mutter und gehe die Wendeltreppe in die obere Etage hinauf. Eigentlich wollte ich mich direkt auf mein Bett legen, aber das geht nicht, weil meine Mutter, hilfsbereit, wie sie ist, meinen leeren Koffer dort abgelegt hat – zusammen mit den frischen neuen Uniformen.

Ich beherzige den Hinweis und packe den Rest meiner Kleidung und Bücher in den Koffer sowie ein schönes dickes Bündel Bargeld, das mit Gummibändern umwickelt ist. Das ist mein Startkapital für das kommende Semester. Das Geld werde ich unter den Fischern und den gierigsten College-Angestellten verteilen, und bald habe ich meine eigene kleine Handelsstraße, welche exotische Köstlichkeiten auf die Insel bringt, die ich meinen Kommilitonen zu Wucherpreisen verkaufen kann. Tee und Porzellan sind nichts im Vergleich zu Wodka und Ecstasy.

Nachdem ich gepackt habe, schließe ich den Koffer, werfe ihn auf den Boden, ziehe meine Turnschuhe aus und rolle mich ins Bett.

Ich drifte in den Schlaf und zähle Dollars statt Schafe.

Kapitel 3

Cat

Am 1. September breche ich nach Kingmakers auf.

Ich habe immer wieder darum gebetet, dass irgendetwas passieren würde, das mich daran hindern würde. Meine größte Hoffnung war, man würde mich einfach nicht annehmen, da ich mich erst so spät beworben hatte.

Dann kam ein schwerer grauer Umschlag mit der Post an, versiegelt mit Wachs in der Farbe von getrocknetem Blut und gestempelt mit dem Wappen der Hochschule: einem gekrönten Totenkopf. Auf der Adresszeile stand in einer Schreibschrift, die auch hundert Jahre alt hätte sein können, mein amtlicher Name, Catalina Resmella Romero.

Ich wusste schon, was drinstehen würde, bevor ich ihn öffnete – oder zumindest dachte ich das.

Catalina Romero,

ich schreibe Ihnen, um Ihnen mitzuteilen, dass Sie in Kingmakers aufgenommen wurden. Nachdem wir Ihre Bewerbung geprüft und Ihre Qualifikationen bewertet haben, haben wir Sie der Spionageabteilung zugewiesen.

Vorlesungsbeginn ist am 3. September. Sie werden am 2. September um zehn Uhr morgens von der Anlegestelle in Dubrovnik abfahren.

Die Zulassung zu unserem Campus ist einmalig und unwider-

ruflich. Wenn Sie sich entscheiden, das College aus irgendeinem Grund zu verlassen, ist es Ihnen nicht erlaubt, zurückzukehren. Bitte bringen Sie deshalb alle Dinge mit, die Sie für die Dauer des Studienjahrs benötigen.

Anbei finden Sie eine Liste mit unseren Regeln und Vorschriften. Mit Ihrer Unterschrift erkennen Sie den Vertrag an und erklären sich bereit, sich an unser Schieds- und Strafsystem zu halten. Die Unterschriften und Fingerabdrücke Ihrer Eltern sind ebenfalls erforderlich.

Wir freuen uns darauf, Sie kennenzulernen. Sie treten einer Elite-Institution mit einer langen und geschichtsträchtigen Vergangenheit bei. Vielleicht wird eines Tages Ihr Name an der Wand von Dominus scelestus eingraviert sein.

Ihre Schwester hat sich im Quartum bellum in ihrem ersten Jahr besonders hervorgetan. Ich hoffe, dass Sie das Gleiche tun werden, wenn der diesjährige Wettkampf ansteht.

Mit freundlichen Grüßen
Luther Hugo
Necessitas non habet legem – Notwendigkeit hat kein Gesetz

Ich erkannte den Umschlag von Zoes identischem Schreiben im Jahr zuvor. Aufgrund seiner Dicke nahm ich an, dass ich angenommen worden war und dass er die strenge Liste der Hausregeln und den unwiderruflichen Vertrag enthalten würde, auf den mein Vater und ich unsere blutigen Fingerabdrücke drücken müssten – womit wir uns einverstanden erklärten, dass Kingmakers das Recht hat, mich zu disziplinieren oder sogar hinzurichten, wenn ich gegen ihre Gesetze verstoße.

Das wusste ich alles schon vorher.

Was ich nicht erwartet hatte, war, dass ich zu den Spionen gesteckt wurde.

Kingmakers hat vier Abteilungen: die Erben, die ausgebildet werden, um ihre Familien zu führen, wie ein General einer Armee vorsteht. Die Vollstrecker, die die Soldaten sind. Die Buchhalter, die sich um die Finanzen und Investitionen des Unternehmens kümmern. Und dann die Spione.

Die Spione sind die kleinste und am wenigsten bekannte Abteilung. Ihre Aufgabe ist es, feindliche Gruppen zu überwachen und zu analysieren – sowohl Strafverfolgungsbehörden als auch rivalisierende Kriminelle. Sie warnen vor Bedrohungen gegen die Familie und stehen manchmal in Verbindung mit dem Feind. Und vor allem spüren sie Bedrohungen aus den eigenen Reihen auf.

Ich kann mir keinen Job vorstellen, der weniger gut zu mir passt.

Spione müssen kühn und gerissen sein. Rücksichtslos und geschickt.

Ich habe Angst vor meinem eigenen Schatten. Wenn mich jemand schief von der Seite ansieht, beginne ich zu weinen. Ich habe überhaupt keine Fähigkeiten, außer Malen und Zeichnen, und ich kenne mich gut mit Computern aus. Außerdem war ich noch nie in einen Kampf verwickelt und habe noch nie eine Waffe abgefeuert.

Als Spion gibt es niemanden, der dich beschützt. Ein falscher Schritt, und du wirst gefoltert und getötet.

Ich fühle mich wie eine Krabbe, die aus ihrem Panzer gerissen wurde.

Das Schlimmste ist, dass Zoe und ich nicht einmal zusammen nach Dubrovnik reisen können. Die Erstsemester fangen eine Woche später an als alle anderen, also ist sie schon auf dem Campus, während ich ganz allein das gewaltige Schiff besteigen muss, inmitten des Gewimmels von Studierenden aus aller Welt.

Auf dem Dock höre ich ein wahres Sprachengewirr, obwohl wir alle Englisch sprechen müssen, sobald wir ankommen, da es die Lingua franca von Kingmakers ist.

Ich versuche, eine möglichst abgelegene, unauffällige Ecke des Schiffes zu finden, um den mürrisch dreinblickenden Matrosen aus dem Weg zu gehen, und beobachte meine Kommilitonen und Kommilitoninnen aus der Ferne.

Alle sehen so viel cooler und selbstbewusster aus als ich. Viele von ihnen scheinen sich bereits zu kennen, vielleicht, weil sie aus demselben Land kommen oder weil sie sich schon einmal über den Weg gelaufen sind.

Ich erkenne kein einziges Gesicht. Bis mir ein fröhliches Mädchen mit blonden Locken auf die Schulter tippt und sagt: »Cat? Bist du das?«

»Ja?«, antworte ich zögernd.

»Dachte ich mir's doch! Ich bin's, Perry!«

»Perry?«, frage ich unwissend. Und dann: »Ach, Perry! O mein Gott, du siehst so … so … anders aus!«

Sie lacht. »Ich habe mit dem Schwimmen angefangen und eine Menge abgenommen.«

Ich hätte sie nie als dasselbe Mädchen erkannt, das ich vor drei Jahren im Sommer in einem Resort in Monaco kennengelernt hatte. Ich war mit meiner Familie dort und Perry mit ihrer. Unsere Väter schienen befreundet zu sein. Ich bin sicher, dass sie in dieser Woche den gleichen Zweck mit ihrem »Urlaub« verfolgten, auch wenn ich nie erfuhr, was es war.

Es ist nicht nur der Gewichtsverlust, der Perry verändert hat – sie sah aus wie ein Kind, als wir am Privatstrand vor unserem Hotel Sandburgen bauten. Jetzt ist sie selbstbewusst und stilvoll, trägt eine flotte Baskenmütze und eine Jacke, die perfekt zu ihrer College-Uniform passt.

Im Vergleich dazu komme ich mir mit meinen dicken Kniestrümpfen, den flachen Oxfords und dem zu langen Rock wie ein Kind vor. Mir fällt auf, dass die anderen Mädchen ihre grün karierten Röcke bis zur Mitte des Oberschenkels gekürzt haben, was wesentlich schmeichelhafter ist. Ich spüre, wie ich bei dem Gedanken an all die unausgesprochenen Regeln, die andere Menschen zu kennen scheinen und die mir nicht bewusst sind, erröte.

»Ich wusste nicht, dass du nach Kingmakers gehst!«, sagt Perry.

»Es war sozusagen eine Entscheidung in letzter Minute.«

»In welcher Abteilung bist du?«

»Bei den Spionen«, sage ich mit einem nervösen Zähneknirschen.

»Ohhh«, sagt Perry mit hochgezogenen Augenbrauen, »schön für dich! Ich bin bei den Buchhaltern.«

»Ich weiß nicht, warum sie mich dort hingesteckt haben«, gebe ich zu. »Vielleicht war es ein Versehen.«

»Das kann ich mir nicht vorstellen«, sagt Perry. »Du hast es nicht beantragt?«

»Nein.« Ich schüttle den Kopf. »Definitiv nicht. Ich hatte auch erwartet, Buchhalterin zu werden.«

»Ich frage mich, was passiert ist«, entgegnet Perry neugierig.

Darüber hatte ich gar nicht nachgedacht, da es mir wie eine weitere böse Überraschung vorkam.

»Nun«, sage ich zögernd, »ich weiß ein bisschen was über Programmierung ...«

In der Schule hatte ich eine Informatiklehrerin, die einfach brillant war. Sie weckte mein Interesse an allen technischen Dingen und riet mir, ich solle den Programmierkurs belegen, aber ich mochte Kunst so sehr, dass ich stattdessen Grafikdesign wählte. Nicht, dass es am Ende wichtig gewesen wäre, denn ich werde das jetzt auch nicht studieren können.

»Das könnte es sein.« Perry zuckt mit den Schultern. »In der Spionageabteilung gibt es eine Menge Analysen von Sicherheitssystemen. Und auch ein bisschen Hacking. Zumindest hat mir das mein Cousin erzählt.«

»Ich wünschte, ich wäre in deiner Abteilung«, sage ich wehmütig.

»Ich auch«, erwidert Perry. »Wir hätten uns ein Zimmer teilen können.«

Mein Magen wird flauer denn je. Ich werde mir ein Zimmer mit jemandem teilen, den ich nicht kenne. Unterricht mit Fremden haben. Zoe und ich werden beide in Kingmakers sein, aber wer weiß, wie oft wir uns sehen werden. Ich fühle mich so allein und bin total eingeschüchtert.

Ich weiß nicht, wie Zoe das alles im letzten Jahr allein bewältigt hat. Aber sie war schon immer mutiger als ich.

Immerhin hat sie mir gesagt, wo ich an Bord gehen soll und wie die Insel aussieht. Sie hat das alles ohne vorherige Informationen geschafft. Wir haben keine engen Freunde, die vor uns in Kingmakers waren – nur ein paar gemeine Cousins, die wir um jeden Preis meiden.

Theoretisch bin ich vorbereitet, als ich die weite, leere Meeresfläche überquere, die zur entfernten Visine Dvorca führt. Zoe hat mich sogar vorgewarnt, dass das Wasser unruhig und rau wird, wenn wir uns nähern. Daher spüre ich die Veränderung in der Bewegung des Schiffes, lange bevor ich die Kalksteinklippen sehe, die aus den Wellen herausragen.

»Wow!«, flüstert Perry neben mir. Sie starrt zur Burgfestung hinauf wie fast alle anderen auch.

So etwas habe ich noch nie gesehen.

Kingmakers ragt direkt aus dem Felsen, aus dem gleichen hellen Kalkstein wie die Klippen. Es erhebt sich in Etagen wie ein Kuchen, robust und uralt aussehend. Dunkle Flecken laufen von den Fenstern herab, als ob die Burg weinen würde. Ich bin sicher, dass es nur die Spuren des Regenwassers sind, doch es gibt mir ein seltsames Gefühl der Vorahnung, das durch die grotesken und dämonischen Wasserspeier unterstützt wird, die jedes Gesims zieren.

Die Wellen schlagen heftig gegen die Klippen. Zoe hat

mich gewarnt, dass die Einfahrt in den Hafen schwierig sein würde, und tatsächlich: Das Schiff neigt und hebt sich so stark, dass es manchmal so aussieht, als würden die Masten ins Wasser eintauchen.

Sobald wir aber in der geschützten Bucht sind, beruhigt sich das Meer wieder, und ich kann mit Interesse auf das kleine Dorf schauen, das die Docks umgibt.

Es ist ein hübsches Städtchen. Die verwitterten Holzhäuser stehen auf Stelzen direkt am Wasser, und darunter ist Platz, damit die Ruderboote die Fischer bis vor die Haustür bringen können.

Hinter dem Dorf erhebt sich die Insel – Felder und Bauernhöfe, Obstgärten und Olivenhaine, dichte grüne Wälder. Und schließlich der am höchsten und am weitesten entfernte Punkt: die Türme von Kingmakers.

Die Luft trägt den vertrauten salzigen Geruch des Meeres, aber auch schärfere, härtere Düfte – Kiefer und Stein. Rauch und Eisen.

Mehrere offene Waggons warten darauf, uns zum College zu bringen. Ich sehe nach, ob mein Koffer sicher vom Schiff ausgeladen wurde, doch es wuseln zu viele Studierende herum, um einen Blick darauf zu erhaschen.

»Komm schon!«, ruft Perry mir zu. »Lass uns einen Platz suchen!«

Ich folge ihr in den nächstgelegenen Waggon, wo sie uns in eine Gruppe von Studierenden drängt, die sie offenbar bereits kennt. Sie sind nett und freundlich, aber eine kurze Vorstellungsrunde zeigt, dass sie alle Buchhalter oder Vollstrecker sind. Ich habe keinen einzigen anderen Spion getroffen, was meine Nerven nicht gerade beruhigt.

Schlimmer noch: Jedes Mal, wenn ich meine Abteilung nenne, werde ich mit einem verwirrten Gesichtsausdruck begrüßt. Ich muss wirklich so inkompetent aussehen, wie ich mich fühle.

Die Buchhalterabteilung ist die übliche Anlaufstelle für die fleißigen und introvertierten Kinder von Mafia-Familien. Es ist der Ort, an dem wir nützlich sein können. Ein Job, der uns in Sicherheit halten soll.

Als Spion werde ich nur eine Belastung sein.

Ich habe Angst, dass ich nicht mal die Kurse überlebe. Im Kampfunterricht nimmt keiner Rücksicht auf Verluste. Wir benutzen scharfe Munition im Scharfschießen. Das Schlimmste sind die Foltertechniken.

»Sie schließen dich an eine Autobatterie an«, sagt ein stämmiger Vollstrecker. »Ihr macht das zu zweit und wechselt euch ab. Einer von euch muss den Schalter betätigen, und der andere muss den Schock einstecken. Das soll dich desensibilisieren. Wenn du deinen Freund durch einen Stromschlag töten kannst, hast du auch kein Problem damit, es bei einem Feind zu tun …«

Perrys Freunde erzählen die haarsträubendsten und schrecklichsten Geschichten, die sie über Kingmakers gehört haben.

»Ich habe gehört, dass jedes Jahr mindestens fünf Studierende sterben«, sagt ein schlankes asiatisches Mädchen.

»Schwachsinn«, erwidert ein pummeliger blonder Junge. »So viele können es nicht sein, sonst würde niemand seine Kinder hierherschicken.«

»Menschen sterben«, sagt ein rothaariges Mädchen mit französischem Akzent. »In dem Jahr, als mein ältester Bruder hier war, hat sich ein Student aus dem vierten Jahrgang in der Kathedrale erhängt.«

»Das ist Selbstmord«, erklärt der blonde Junge stur. »Das kann überall passieren.«

»Er hat es nur gemacht, weil sie ihn mit all den Aufgaben und Prüfungen dazu getrieben haben«, sagt die Rothaarige und hebt das Kinn.

»Ich hasse Prüfungen«, sagt Perry und stößt einen düsteren Seufzer aus.

Ich habe nichts gegen Prüfungen. Manchmal mache ich sie sogar zum Spaß, wenn es etwas Interessantes ist, wie ein IQ-Test oder ein Persönlichkeitsquiz. Aber das ist etwas für Nerds, also behalte ich es für mich.

»Wer hat hier Geschwister?«, fragt Perry.

Etwa die Hälfte hebt die Hand, mich eingeschlossen.

»Es ist so dumm, dass sie uns nicht erlauben, unsere Handys mitzunehmen«, murrt ein kleiner, stämmiger Junge.

»Es würde dir sowieso nichts nützen«, entgegnet das rothaarige Mädchen. »Es gibt kein Internet und keinen Handyempfang.«

»Und auch keine Toiletten«, sagt ein dünner, sommersprossiger Junge. »Man muss einen Nachttopf benutzen.«

Das asiatische Mädchen starrt ihn entsetzt an.

»Er verarscht dich nur.« Perry lacht. »Natürlich gibt es normale Toiletten.«

Ich zwinge mich, zusammen mit den anderen zu lachen. Ehrlich gesagt würde mich nichts wundern, wenn es um Kingmakers geht.

Zumindest ist die Insel schön. Visine Dvorca ist Barcelona nicht unähnlich, es ist sonnig und grün, mit einer angenehmen Meeresbrise. Allerdings vermute ich, dass es im Winter kälter wird, wenn man die Dicke der Pullover und Wolljacken betrachtet, die zu unserer Uniform gehören.

Der Gedanke an den Winter erinnert mich daran, dass ich fast ein ganzes Jahr lang nicht nach Hause kommen werde. Zum ersten Mal spüre ich einen leichten Schauer der Vorfreude – die Erleichterung, dass ich nicht mehr ständig von Danielas Argusaugen beobachtet werde oder das hitzige Temperament meines Vaters auf mich gerichtet sein wird.

Mehrere unserer Cousins sind in Kingmakers. Zoe hat mich gewarnt, dass vor allem zwei – der hasserfüllte Martin Romero und der arrogante Santiago Cruz – ihr nachspionieren und unserem Vater Bericht erstatten. Das ist immer noch weniger bedrückend, als unter seinem Dach zu leben.

Dieser winzige Hoffnungsschimmer wird sofort ausgelöscht, als wir durch die abschreckenden Steintore in Kingmakers treten. Als die schiere Größe und der Umfang des Schlosses offensichtlich werden, sinkt die Temperatur innerhalb der hoch aufragenden Mauern um zwanzig Grad. Ungelogen. Ich sehe Dutzende von überwältigenden Gebäuden, Türmen, Gewächshäusern, Terrassen mit Balustraden und Strukturen, die ich nicht einmal benennen kann. Ich habe das Gefühl, auf die Größe einer Ameise geschrumpft zu sein und von der monumentalen Architektur erdrückt zu werden.

Das freundliche Geplauder unter den Neuankömmlingen in meinem Waggon verstummt, während wir ehrfürchtig um uns herum starren.

Wenn ich dachte, dass meine Kommilitonen und Kommilitoninnen einschüchternd sind, dann ist das nichts im Vergleich dazu, wie die älteren Studierenden auf mich wirken. Sie sind groß und kräftig gebaut und schreiten mit einem Selbstbewusstsein über das Gelände, von dem ich nur träumen könnte. Sie sehen überhaupt nicht wie Studierende aus, eher wie Könige. Sie sind hochmütig und mächtig, mit einem Hauch von Wildheit, der mich ehrlich gesagt erschreckt.

Ich habe schon öfter mit den Kindern der Mafia zu tun gehabt. Aber nie so, nie *in Massen*. Jede einzelne Person hier ist ein geborener Killer.

Außer mir.

Ich weiß nicht, warum ich dieses spezielle Gen nicht bekommen habe. Von meinem Vater ist nichts in mir.

Ich strecke den Hals und suche nach Zoe. Sie ist nirgends zu sehen. Ihr Unterricht hat vor einer Woche begonnen, also ist sie wahrscheinlich in einem der vielen Gebäude und macht sich fleißig Notizen zu einer Vorlesung.

Die Waggons kommen ruckartig zum Stehen, und die Studierenden steigen aus. Es gibt ein Gedränge, als wir versuchen, unsere Koffer aus dem Waggon voller Gepäck herauszuholen. Sobald wir alle unsere Koffer verstaut haben, werden wir von einer Handvoll verächtlich dreinblickender Studierenden aus dem letzten Jahrgang begrüßt, die uns nach unseren Abteilungen aufteilen.

Zahlenmäßig am stärksten vertreten sind die Vollstrecker, die fast ausschließlich aus männlichen Studierenden bestehen. In Kingmakers gibt es viermal so viele Jungen wie Mädchen. Nicht alle Mafia-Familien wollen ihre Töchter zur Ausbildung schicken. Mein Vater hatte nicht die Absicht, Zoe oder mich zu schicken – aber Zoe weigerte sich, Rocco Prince zu heiraten, wenn sie nicht zuerst aufs College gehen könnte.

Sie dachte, er würde sie auf eine normale Universität schicken. Stattdessen befahl er ihr, sich Rocco in Kingmakers anzuschließen.

Jetzt bin ich in dieses Teufelsgeschäft hineingezogen worden.

Die Buchhalter sind die zweitgrößte Gruppe und die einzige Abteilung mit einem beinahe ausgewogenen Geschlechterverhältnis. Die meisten der Studierenden aus meinem Waggon gehen fröhlich zusammen los und nehmen Perry mit. Sie winkt mir kurz zu, als sie gehen.

Nun sind bloß nur noch die Erben und Spione übrig.

Von der Anzahl her sind wir ähnlich viele, aber unser Auftreten könnte nicht unterschiedlicher sein. Wenn Kingmakers eine Highschool-Kantine wäre, wären die Erben die coolen Kids: selbstbewusst, gut gekleidet, die bereits ihren Kreis von Bewunderern versammelt haben.

Die Spione sind, um es ganz offen zu sagen, die Außenseiter.

Die meisten Spione des ersten Jahrgangs zeigen eine klare

Tendenz zu großen Piercings, seltsamen Tattoos, exotischen Haarfarben und mürrischen Mienen.

Und dann bin da noch ich. Ich stehe da wie ein Lamm unter Wölfen. Ein Schulmädchen inmitten einer Biker-Gang.

Ich spüre, wie die anderen Spione mich anstarren, und weiß nicht, wie ich den dummen, eingeschüchterten Ausdruck aus meinem Gesicht vertreiben soll.

Unser Betreuer ist ein großer, schlaksiger Student aus dem vierten Jahrgang. Er trägt einen übergroßen olivgrünen Pullunder und eine zerfetzte Hose, deren Beine in Militärstiefel gesteckt sind. Sein langes dunkles Haar hängt ihm über die Ohren, und sein Ohrring lässt ihn ein bisschen wie einen Piraten aussehen.

Mir ist bereits aufgefallen, dass die Kingmakers-Studierenden zwar Uniformen tragen müssen, aber offenbar keine Hemmungen haben, diese Uniformen nach ihren persönlichen Vorlieben zu gestalten.

»Ich bin Saul Turner«, sagt unser Betreuer träge. »Ich zeige euch das Untergeschoss.«

Ich habe keine Ahnung, was das Untergeschoss ist, und möchte nicht diejenige sein, die danach fragt. Ich reihe mich hinter Saul ein und ziehe meinen Koffer neben mir her.

Saul führt uns zum prächtigsten Gebäude des gesamten Campus, das zentral in der Mitte liegt.

»Das ist der Wehrturm«, verkündet er. »Hier werdet ihr einen Großteil eures Unterrichts haben. Euer Kampfunterricht findet dort drüben in der Waffenkammer statt«, er deutet mit dem Kopf auf ein gedrungenes Gebäude mit runden Wänden, »und gleich dahinter ist der Speisesaal. Die Bibliothek ist ganz da unten.« Er zeigt auf die nordwestliche Ecke des Campus, wo ich einen hohen, spindeldürren Turm sehen kann, der alles andere überragt. »Das ist im Grunde alles, was ihr im Moment wissen müsst.«

Nach der Erwähnung des »Kampfunterrichts« habe ich nicht mehr genau zugehört. Wann genau fängt dieser Unterricht an? Ich vermute, dass ich gleich am ersten Tag einen Schlag ins Gesicht bekommen werde.

Mein Magen fühlt sich schwer wie ein Stein an.

Saul geht weiter in Richtung Waffenkammer. Wir folgen ihm wie eine Reihe gehorsamer Entenküken.

»Das Untergeschoss verläuft ganz unten«, sagt er und zeigt auf die lange offene Rasenfläche zwischen dem Zeughaus und der Mensa.

»Wo?«, fragt ein mürrisch dreinblickendes Mädchen mit einem Nasenpiercing. Sie sieht sich um, als erwarte sie, dass ein Schlafsaal aus dem Nichts auftaucht.

Saul lacht. »Direkt unter deinen Füßen.«

»Wir schlafen *unter der Erde?*«, höhnt das Mädchen und verschränkt verächtlich die Arme vor der Brust. Ihre langen Nägel sind zu Spitzen gefeilt, an jedem Finger befinden sich silberne Ringe.

»Eher in einem Keller«, sagt Saul. Er scheint unempfindlich gegenüber Unhöflichkeit oder anderen Emotionen, die wir in seine Richtung senden. Ich habe das Gefühl, einer von uns könnte direkt vor ihm vom Blitz getroffen werden und er würde nicht einmal mit der Wimper zucken. »Wir gehen hier durch.«

Wir folgen Saul in ein Gebäude, das viel zu klein ist, um dreizehn Studierende zu beherbergen. Den verrosteten leeren Regalen an den Wänden und dem stechenden Geruch von vergorenen Trauben nach zu urteilen, war dies wohl früher ein Weinkeller.

Es ist nicht unser endgültiges Ziel. Saul führt uns zu einer breiten Treppe, die noch tiefer in die Erde hinabführt und deren dunkle Öffnung wie ein Mund erscheint.

Ich mag keine engen Räume. Und ich mag definitiv die Dunkelheit nicht.

Mein Herz hämmert schon gegen meine Rippen, bevor ich überhaupt einen Fuß auf die Treppe gesetzt habe.

Selbst das mürrische Mädchen mit dem Nasenpiercing wirkt leicht verunsichert, als sie neben mich kommt. Wir steigen in das Untergeschoss hinab, wobei unsere Schritte auf dem Stein hallen.

Ich bin erleichtert, als ich am Ende der Treppe warmes Licht sehe. Noch erleichterter bin ich, als ich sehe, dass das Untergeschoss zumindest nicht beengt ist. Das gewölbte Steindach ist fast zwei Meter hoch, mit dicken Stützpfeilern, die in der Mitte des Raumes verlaufen und eine doppelte Reihe von Torbögen bilden.

Der erste Teil dieses langen Tunnels ist eine Art Gemeinschaftsraum, mit Sofas, einem Bücherregal und einem großen Tisch mit Sitzbänken zum Lernen. Weiter unten ist der Ort in separate Schlafsäle unterteilt.

»Zwei pro Zimmer«, sagt Saul. »Nur die in der Mitte sind leer, weil die höheren Jahrgänge alles in der Nähe des Badezimmers und der Treppe für sich beanspruchen.«

Im schummrigen Lampenlicht gehen wir vorsichtig den Korridor entlang.

Die doppelte Reihe von Türen ist identisch, aber es ist leicht zu erkennen, welche in Anspruch genommen wurden, da ihre Besitzer das vernarbte Holz mit Aufklebern und Patches verziert haben. Mir fällt auf, dass niemand ein Namensschild aufgehängt hat. Man könnte ein bestimmtes Zimmer nicht finden, ohne die Sticker an der Tür zu kennen.

Die kahlen Türen in der Mitte sind die, die zur Auswahl stehen.

Es herrscht ein reges Treiben, als die Spione des ersten Jahrgangs in ihre gewählten Räume eilen. Es dauert einen Moment, bis ich merke, dass sich alle schon aufgeteilt haben. Ich stehe dumm im Flur, bis nur noch ich und das mürrische Mädchen mit dem Nasenpiercing übrig sind.

Sie starrt mich mit noch größerer Abscheu an wie zuvor, als sie erfuhr, dass wir unter der Erde wohnen werden.

»Du willst mich wohl verarschen«, sagt sie.

Ihre Verachtung trifft mich wie eine Ohrfeige.

Ich weiß, dass es mir egal sein sollte, was sie von mir denkt, aber ich war noch nie in der Lage, die Meinung anderer Leute zu ignorieren.

Demütigende Tränen stechen in meine Augenwinkel.

Großer Gott, ich werde nicht vor diesem Mädchen weinen. Nicht am ersten Unitag.

Ich presse meine Fäuste so fest zusammen, dass sich meine Nägel in die Handflächen bohren.

»Pech gehabt«, sage ich steif. »Sieht so aus, als würdest du mit mir festsitzen.«

Das Mädchen verdreht die Augen und stapft in den nächstgelegenen leeren Raum.

Als ich mich etwas beruhigt habe, folge ich ihr hinein.

Ich hatte erwartet, dass es wie eine Gefängniszelle aussehen würde, aber tatsächlich ist unser Schlafraum ordentlich und sauber. Die Betten sind niedrig und schmal, ziemlich hübsch mit Kopf- und Fußteilen aus geschnitztem dunklem Holz. Jede von uns hat ihre eigene Kommode. Der Raum riecht nach Zedernholz, Speckstein und sauberer Erde. Keine Anzeichen von Feuchtigkeit oder Schimmel.

Das Einzige, was fehlt, ist ein Fenster.

Zwei weiche, goldene Lampen spenden das einzige Licht, denn wir sind tatsächlich tief unter der Erde.

Meine neue Zimmergenossin sieht sich schweigend um und begutachtet den Raum.

»Ich bin übrigens Catalina«, sage ich. Meine Stimme klingt gleichzeitig schüchtern und zu laut in dem kleinen Raum. »Meine Freunde nennen mich Cat.«

Das andere Mädchen starrt mich an, als würde sie sich wünschen, ich würde mich plötzlich in Luft auflösen.

»Rede nicht mit mir«, sagt sie.

Sie holt ein Buch aus ihrem Rucksack und lässt sich auf ihr Bett plumpsen.

Ich fange an, leise meinen eigenen Koffer auszupacken, und falte meine Kleidung ordentlich zusammen, bevor ich sie in die Schubladen der Kommode schiebe.

Mein Kleiderschrank ist leicht zu ordnen, weil alle Teile der Uniform zusammenpassen: fünf frische weiße Blusen, sechs karierte Röcke (drei grüne, drei graue), ein salbeigrüner Pullover und ein weiterer in Weiß. Zwei graue Pullunder und einen in Schwarz. Fünf Paar Kniestrümpfe und fünf Paar Strumpfhosen. Eine College-Jacke, auch schwarz, mit einem Wappen auf der Brusttasche. Dann die Sportklamotten.

Ich verbringe viel mehr Zeit mit der Aufgabe, als nötig ist, da ich nicht in frostiger Stille mit meiner mürrischen Zimmergenossin sitzen möchte.

Ich weiß nicht einmal ihren Namen, denn ich war zu abgelenkt, als Saul seine Liste laut vorlas. Eine richtige Spionin hätte aufgepasst und jeden Namen mit der entsprechenden Person verknüpft.

Das ist wahrscheinlich der Grund, warum sie sich über mich lustig gemacht hat, als ich mich vorstellte – sie kannte bereits meinen Namen und den von allen anderen.

O Mann, ich versaue das jetzt schon total!

Ich werfe einen kurzen Blick auf das Mädchen, das sich mit dem Buch in den Händen auf dem Kissen abstützt.

Ihr dunkles Haar ist kurz geschnitten, wahrscheinlich von ihr selbst mit der falschen Art von Schere, da die Strähnen abgehackt und ungleichmäßig sind. Sie hat ein schmales Gesicht, dunkle mandelförmige Augen und einen langen, schlanken Hals.

Die Seiten ihres Buches sind dünn und bunt. Es könnte ein Comic sein. Der Einband ist leuchtend gelb mit einem roten Fleck darauf.

Das ist alles, was ich zu beobachten wage – aus Angst, dass sie mich dabei erwischt, wie ich sie ansehe.

Nachdem ich meine Pflegeprodukte auf die Kommode gelegt habe, staple ich meine Skizzenbücher und Stifte auf dem Nachttisch. Meinen leeren Koffer schiebe ich unter das Bett.

Dann setze ich mich auf meine dünne, schmale Matratze.

So. Ich habe es getan. Ich habe ausgepackt.

Jetzt muss ich nur noch den Rest des Jahres überstehen.

Kapitel 4

Zoe

Ich bin überrascht, wie sehr ich mich freue, nach Kingmakers zurückzukehren.

Ich hatte nie die Absicht, ein Mafia-College zu besuchen, aber ich kann nicht leugnen, dass das, was wir hier lernen, komplex und faszinierend ist. Wer würde nicht gern alte Geheimnisse kennen, die über Generationen von Kriminellen weitergegeben wurden?

Nun, vielleicht Cat …

Als ich sie am Flughafen von Barcelona zum Abschied umarmte, sah sie aus, als wäre sie in der Todeszelle. Ich fühle mich so schuldig, dass sie dazu gezwungen wurde, mit mir hierherzukommen – und das alles nur wegen diesem Sadisten Rocco.

Ich weiß, dass er sie bloß hier haben will, damit er Cat als Druckmittel gegen mich einsetzen kann – eine weitere Waffe in seinem Repertoire. Was für neue Qualen er sich ausdenkt, kann ich nur erahnen. Das ist das Schlimmste an ihm: die ständige Unruhe, als wüsste man, dass eine Schlange im Haus ist, ohne dass man sie sehen kann. Man hört sie in den Wänden herumkriechen. Man kann sich nie ausruhen, falls sie unter dem Stuhl hervorschlüpft und einen in den Knöchel beißt.

Ich hoffe, Cat lebt sich so gut wie möglich ein. Es ist schwierig für mich, nach ihr zu sehen, da wir nicht in derselben Abteilung oder im selben Jahr sind. Ich bin eine Erbin, zumindest dem Namen nach, auch wenn mein Vater nie vorhatte, dass ich sein Geschäft übernehme. Das heißt, ich wohne im sogenannten Solar mit den anderen Erbinnen.

Cat hingegen wurde anscheinend in einen Keller mit einer isländischen Vampirin als Zimmergenossin gesteckt. Ich habe diese Zimmergenossin noch nicht kennengelernt, von der Cat glaubt, dass sie Rakel heißt, kann mir aber nicht sicher sein, weil das Mädchen sich weigert, mit ihr zu sprechen.

Was mich betrifft, muss ich mir keine Sorgen um eine Zimmergenossin machen, denn ich habe dieselbe kleine Besenkammer wie letztes Jahr. Sie ist kaum groß genug, um sich zwischen Bett und Kommode umzudrehen, doch ich habe ein schönes großes Fenster und muss das Zimmer mit niemandem teilen.

Meine zwei besten Freundinnen wohnen direkt am Ende des Flurs. Anna und Chay kommen ziemlich gut miteinander aus, außer wenn Chay einen interessanten Traum hat und beschließt, Anna mitten in der Nacht zu wecken, um ihr alles darüber zu erzählen.

Ich denke, dass das letzte Nacht so war, denn Chay kommt schon plappernd wie ein Wasserfall zum Frühstück herunter, während Anna kaum bei Bewusstsein ist und durch und durch mürrisch aussieht. Sie hat ihre blonden Haare zu einem Messy Bun auf dem Kopf zusammengebunden und trägt einen College-Pullover, der mehr Löcher hat als ein Schweizer Käse.

Chay, die sich im Sommer die Haare grellpink gefärbt hat, hat das ganze Gesicht voller Glitzer-Make-up und tänzelt in einem brandneuen Paar kniehoher weißer Lederstiefel. Sie sieht aus wie eine Comicfigur.

»Guten Morgen!«, zwitschert sie und lässt ein Tablett mit einer obszönen Menge an Speck und Würstchen auf den Tisch fallen.

»Chay …« Anna stöhnt. »Sei leise vor neun Uhr morgens, bitte.«

»Ist das alles für dich?«, frage ich Chay und beäuge ihren Proteinhaufen.

»Ich bin auf Keto-Diät.«

»Du wirst Mundfäule bekommen«, sagt Anna und rührt verschlafen mehrere Teelöffel Zucker in ihren Kaffee.

»Und *du* wirst Diabetes bekommen«, antwortet Chay süffisant.

Ich sehe Cat unsicher drüben bei den Edelstahlbehältern herumschweben. Ich winke ihr zu, damit sie sehen kann, wo wir sitzen. Eilig füllt sie einen Teller mit frischem Obst und Rührei und kommt zu uns.

»Das sind Anna Wilk und Chay Wagner«, sage ich zu Cat, als sie sich neben mich setzt.

»Hallo«, erwidert Cat schüchtern.

»Du bist so klein!«, zwitschert Chay fröhlich. »Ich dachte, du wärst so groß wie Zoe.«

»Nein«, sagt Cat und wird rot. »Bin ich nicht.«

Ich sehe ihr an, dass es ihr peinlich ist, denn ehrlich gesagt sieht sie im Vergleich zu allen anderen in Kingmakers wie ein Kind aus. Es hilft nicht, dass Cat immer zu übergroßen Klamotten greift, die ihre zierliche Figur verstecken. Selbst in ihrer nagelneuen Uniform sieht sie aus, als trüge sie gebrauchte Kleidung.

»Das macht nichts!«, fügt Chay schnell hinzu. »Ich bin selbst ziemlich klein und kann trotzdem mithalten. So kannst du jemandem einen ordentlichen Schlag in die Eier verpassen, wenn es sein muss.«

»Toll«, sagt Cat schwach. »Ich werde versuchen, mir das zu merken.«

»Du wirst dich hier bald eingewöhnen«, ergänzt Anna freundlich. »Jeder ist in der ersten Woche eingeschüchtert.«

»Wirklich?«, fragt Cat und beäugt Anna ungläubig.

Anna sieht nicht so aus, als hätte sie jemals Einschüchterung erlebt. Sogar wenn sie gerade aus dem Bett aufgestanden ist, hat sie diese undefinierbare Ausstrahlung, als ob sie keinen Scheiß auf irgendetwas geben würde. Vielleicht liegt es an ihrem zentimeterdicken Eyeliner, ihrem eisigen Blick oder ihrer tiefen Stimme, die immer leicht bedrohlich klingt – selbst wenn sie versucht, nett zu sein.

»Wirklich.« Anna nickt. »Ich wollte schon immer hierherkommen und war anfangs dennoch überfordert. Du wirst dich einleben. Zoe wird hier sein und dir helfen. Wir werden alle ein Auge auf dich haben.«

Sie lächelt Cat über den Tisch hinweg an. Ich spüre einen warmen Schauer der Dankbarkeit, dass ich eine Clique von perfekten Freundinnen für Cat habe. Das ist das Mindeste, was ich tun kann, nachdem ich sie in diesen Schlamassel gebracht habe.

Dieses Gefühl hält etwa fünf Sekunden, bis Rocco sich neben mich setzt und Dax Volker und Jasper Webb sich direkt hinter ihm.

Dax und Jasper sind seine liebsten Handlanger. Dax, weil er ein fieser Schläger ist – muskulös, mit einem eckigen, klobigen Kopf und einem Kiefer wie eine Bulldogge –, und Jasper, weil er fast so grausam ist wie Rocco selbst. Er ist groß, hat eine schlanke Statur und langes dunkelrotes Haar. Unter den hochgekrempelten Ärmeln seines Hemdes kann ich Tätowierungen an beiden Händen erkennen, die die darunterliegenden Knochen wie ein auf der Haut liegendes Skelett nachahmen.

Rocco sitzt direkt neben mir, während Jasper sich neben Chay fallen lässt und Dax Cat flankiert, sodass uns alle drei wie ein Bermuda-Dreieck von Arschlöchern umschließen. Keiner von ihnen müsste sich mit uns den Tisch teilen – im Speisesaal gibt es genug Platz. Das ist offensichtlich Roccos erster Versuch, unsere »Intimität« in Kingmakers zu vertiefen.

Die Temperatur am Tisch sinkt um zwanzig Grad, und das freundliche Gespräch unter uns Mädchen verhärtet sich zu eisernem Schweigen.

Ich hasse es, Rocco neben mir zu haben, aber ich bin mir Cats Unbehagen noch bewusster, während sie sich an mich schmiegt und versucht, zu einem Nichts zusammenzuschrumpfen, damit sie nicht versehentlich gegen Dax' melonengroße Schulter oder den baumstammartigen Oberschenkel stößt, der die Nähte seiner Hose zu sprengen droht.

»Danke, dass du mir einen Platz freigehalten hast«, sagt Rocco zu mir. Er schenkt mir ein dünnes, kühles Lächeln.

Ich kann die Antipathie, die ich jedes Mal empfinde, wenn er mir zu nahe kommt, nicht beschreiben. Jede Zelle in meinem Körper schreit, dass ich mich von ihm entfernen soll. Die Art, wie er sich bewegt, ist so abstoßend – entweder hält er zu still oder macht schnelle und unvorhersehbare Bewegungen, sodass ich aus der Haut fahren könnte.

Im Gegensatz zu Cat weigere ich mich jedoch, mich von ihm zu entfernen. Ich halte vollkommen still und versuche, ihn nicht erkennen zu lassen, wie sehr mich seine Nähe stört.

»Das habe ich nicht«, antworte ich.

Rocco macht ein enttäuschtes *tsss*-Geräusch.

»Ach, Zoe«, sagt er leise. »Ich dachte, wir hätten das besprochen. Ist das wirklich die Einstellung, mit der du ein weiteres Studienjahr beginnen willst?«

Jasper lehnt seinen Ellbogen auf Chays Schulter, seine Skelettfinger baumeln knapp über ihrer Brust. Chay hat kein Problem damit, ihn anzustarren, auch wenn ihre Gesichter nur wenige Zentimeter voneinander entfernt sind. Sie ging sowohl mit Rocco als auch mit Jasper aufs Internat und ist mit ihren Taktiken bestens vertraut.

»Nettes Frühstück, Biker-Schlampe«, sagt Jasper zu ihr. »Ich wusste schon immer, dass du Würstchen magst.«

Chay nimmt eine der Bratwürste in die Finger und beißt herzhaft vom Ende ab, wobei sie laut in Jaspers Gesicht kaut.

»Ich mag nur große, dicke Würste«, sagt sie kühl. »Nach dem, was ich gehört habe, hast du gerade mal ein Cocktail-Würstchen.«

»Groß genug, um dich zu ersticken, wenn ich es dir in den Hals schiebe, du verdammte Schlampe!«, zischt Jasper, und seine Nase berührt fast ihre.

»Versuch's doch, dann wirst du schon sehen, was passiert«, sagt Anna wütend von Chays anderer Seite.

Roccos Hand schließt sich wie eine Kneifzange um meinen Oberschenkel und drückt so fest zu, dass sich seine Fingerspitzen in mein Fleisch graben.

Auf der anderen Seite von mir spüre ich, wie Cat sich anspannt, als sei ihr Bein in einem Schraubstock. Sie hat die Augen weit aufgerissen, und ich glaube, sie hat Angst, überhaupt zu atmen – gefangen inmitten dieses plötzlichen Konflikts, der wie ein Hurrikan hereinbrach.

»Sind das wirklich die Typen von Mädchen, mit denen du am College zu tun haben solltest?«, sagt Rocco zu mir und blickt kalt zwischen Anna und Chay hin und her. »Ein Inzest-Grufti und die Collegeschlampe? Was würde dein Vater dazu sagen …«

Seine Finger sind angespannt wie Stahl. Sie fühlen sich hart genug an, um meine Haut zu durchbohren. Es kostet mich jedes Quäntchen Kraft, steif und aufrecht zu sitzen, während mein Oberschenkel vor Schmerz zittert.

»Er würde sagen, in unserem Vertrag steht nichts darüber, wen ich als Freundin haben darf«, zische ich Rocco durch knirschende Zähne zu. »Also verpiss dich gefälligst und lass uns in Ruhe.«

Roccos Finger krampfen sich immer fester zusammen, bis ich meinen Schrei kaum noch zurückhalten kann. Dann lässt er abrupt mein Bein los.

»Du enttäuschst mich, Zoe«, sagt er leise. »Wir werden später darüber reden.«

»Wir haben nichts mehr zu besprechen.«

»Ach, meine Liebe«, sagt Rocco und streckt seine schlanke blasse Hand aus, um eine Haarsträhne hinter mein Ohr zu streichen. »Das ist nicht deine Entscheidung.«

Er steht vom Tisch auf und verlässt seinen Platz mit erschreckender Anmut. Dax folgt ihm.

Jasper verweilt noch einen Moment, immer noch beschäftigt mit seinem stummen Starren auf Chay. Er knackt einhändig mit den Fingerknöcheln und zieht mit dem Daumen die unheimlich beweglichen Gelenke nach unten. Bei dem unangenehmen Geräusch zuckt Chay zusammen. Schließlich blinzelt Jasper langsam und träge, als hätte es ihn überhaupt nicht interessiert, und stößt sich ebenfalls vom Tisch ab.

Erst als sie alle weg sind, kann ich wieder richtig durchatmen.

»Noch eine Sekunde und ich hätte meine Gabel in dieses wandelnde Skelett gestochen«, sagt Chay und umklammert besagte Gabel mit ihrer Faust.

Anna schüttelt langsam den Kopf, außer sich vor Wut.

»Ich hasse es, so danebenzusitzen«, sagt sie. »Aber ich will es dir nicht noch schwerer machen, Zoe.«

Sie weiß so gut wie ich, dass es langfristige Folgen für mich haben könnte, Rocco zu verärgern. Es ist nicht so, dass ich ihn dazu bringen könnte, unsere Hochzeit abzusagen. Er gedeiht an meinem Widerstand – es treibt ihn nur zu schlimmerem Verhalten an.

Anna hört nicht auf, die Stirn zu runzeln, bis Leo Gallo sich neben sie fallen lässt und seinen Arm um ihre Schultern legt. Anna und Leo sind tatsächlich Cousins, wie Rocco abfällig bemerkte, aber bloß angeheiratete, keine Blutsverwandten. Nach einem turbulenten ersten gemeinsamen

Studienjahr haben die beiden offenbar beschlossen, nicht nur beste Freunde, sondern auch ein Liebespaar zu sein, und sind jetzt ganz offiziell zusammen. Oder zumindest so offiziell, wie man es in Kingmakers sein kann, wo wir genau genommen keine Dates haben dürfen.

Anna mit Leo zu sehen, ist, wie eine Blume zu beobachten, die sich im Licht der Sonne öffnet. Sie entspannt sich augenblicklich an ihm, der Stress verlässt ihren Körper wie ein Seufzer. Ihr Gesicht hellt sich auf, und sie wird doppelt so gesprächig.

Ich könnte eifersüchtig auf Leo und Anna sein. Leo ist alles, was Rocco nicht ist – gut aussehend, warmherzig, anständig, aufrichtig, liebevoll … Aber es ist unmöglich, die beiden zusammen zu sehen, außer mit einem Gefühl der Richtigkeit. Sie gehören so eindeutig zusammen wie Salz und Pfeffer oder Meer und Sand. Außerdem habe ich nie erwartet, selbst so etwas zu haben.

Miles Griffin und Ozzy Duncan stellen ihre schwer beladenen Tabletts neben dem von Leo ab. Miles ist ebenfalls Annas Cousin, und Ozzy ist sein bester Freund. Die beiden sind die größten Störenfriede am College. Ozzy liebt es, sich zu prügeln, und Miles ist der wichtigste Dealer von Schmuggelware für jeden, der sie braucht.

Miles ist mir ausgesprochen unangenehm, denn mein Ziel im Leben war es immer, die Regeln so genau wie möglich zu befolgen, während er zum Spaß gegen jede einzelne zu verstoßen scheint.

Er hat das Privileg, sich so zu verhalten, da er der Sohn eines irischen Mafiabosses ist, der Bürgermeister von Chicago wurde. Ich nehme an, dass er sein ganzes Leben lang mit so ziemlich allem durchkommen konnte, was er wollte.

Ich mag ihn nicht besonders. Es hat etwas Amoralisches an sich, dass er jedem alles verkauft – wie ein Waffenhändler, ohne Fragen zu stellen.

Ganz zu schweigen von der Tatsache, dass er seine spezielle Art von Sarkasmus wie ein Springmesser anwendet. Wenn er die Gelegenheit sieht, einen Witz auf deine Kosten zu machen, wird er das ohne Vorwarnung tun.

Trotzdem ist die Stimmung am Tisch deutlich anders, wenn diese drei Jungs mit uns essen statt der drei, die gerade gegangen sind. Chay und Ozzy tauschen fröhlich Speck gegen ein Spiegelei, und Leo sagt: »War das Rocco Prince, der gerade gegangen ist? Er ist ein gruseliger Wichser, nicht wahr? Nichts für ungut, Zoe.«

»Du würdest mich nur beleidigen, wenn du ihm ein Kompliment machst«, erwidere ich.

»Dann betrachte uns als dauerhaft gute Freunde«, sagt Leo und grinst.

»Ich weiß nicht«, sagt Miles und nimmt einen Schluck Orangensaft. »Er hat seinen Charme. Falls man sich jemals gefragt hat, wie es war, Jack the Ripper zu treffen.«

»Das habe ich mich nie gefragt«, sagt Cat leise.

»Ach du Scheiße!«, sagt Miles, wobei er eine übertriebene Grimasse zieht und so tut, als ob er über die Tischplatte erneut zu ihr hinüberschaut. »Da ist ein Kind! Wo kommt die Kleine denn her, Zoe?«

»Das ist meine Schwester, Cat«, sage ich kühl. »Sie ist im ersten Jahrgang.«

»Sie werden jedes Jahr kleiner«, entgegnet Ozzy und schüttelt verwundert den Kopf.

Das Gesicht von Cat steht in Flammen. Das ist ein Witz, der ihr sehr schnell auf die Nerven gehen wird.

»Schon gut, hör auf«, sage ich. »Sie will es nicht hören.«

»Es ist okay«, murmelt Cat.

Sie sieht bereits so niedergeschlagen aus, nur von einer Begegnung mit Rocco und einigen leichten Sticheleien von Freunden. Mein Magen wird flauer denn je. Ich weiß wirklich nicht, wie Cat hier überleben soll. Es ist ihr erster

Unterrichtstag, und es wird noch viel schlimmer werden. Sie hat Tarnung und Infiltration, Spionageabwehr und Kampfunterricht, und das alles vor dem Abendessen.

Ich lege meinen Arm um sie, sodass ich sie an mich ziehen kann.

»Du wirst das heute toll machen«, sage ich zu ihr. »Ich gehe jetzt besser – ich will nicht zu spät zu Professor Graves kommen, sonst knallt er mir die Tür vor der Nase zu.«

»Grüße ihn von mir«, sagt Miles.

»Besser nicht«, antworte ich. »Von der gesamten Studierendenschaft stehst du ganz oben auf der Liste derer, die er hasst, und ich denke, ich könnte zu der kleinen Minderheit gehören, die er tatsächlich tolerieren kann.«

»Das liegt daran, dass du ein braves Mädchen bist, nicht wahr?«, sagt Miles mit diesem beleidigenden Unterton in seiner Stimme. »Du würdest dieses aufgeblasene Stück Scheiße nie verärgern, oder? Du lächelst einfach weiter und bist höflich, egal, was für ein Arschloch er ist.«

Ich schaue Miles ins Gesicht, schaue ihn wirklich an, was schwierig ist, denn seine grauen Augen haben eine Art, dich zu fixieren, als würde er dich entblößen. Es ist eine Nacktheit der Seele, nicht des Körpers. Miles Griffin kann direkt in dich hineinschauen und all deine Unsicherheiten sehen, all deine Fehler und Schwächen. Man merkt, dass er sie analysiert, um die verletzlichste Stelle zu finden, die er als Nächstes treffen kann.

»Nicht jeder von uns darf ein Rebell ohne Grund sein«, sage ich zu ihm.

Miles sieht mir weiterhin in die Augen, ohne zu lächeln. »Oh, ich habe viele Gründe.«

Ich stehe vom Tisch auf. Dabei gibt das geprellte Fleisch meines Oberschenkels ein schmerzhaftes Zucken von sich. Mein Knie knickt unter mir ein, und mein erster Schritt ist eher ein Hinken.

Ich erhole mich schnell, richte mich auf und tue so, als wäre nichts passiert. Aber ich weiß, dass Miles es gesehen hat. Seine Augen verengen sich nur für eine Sekunde, bevor sich sein Gesicht wieder in gleichmütiger Gleichgültigkeit glättet.

»Wir sehen uns in Psychologie«, sage ich zu Anna und Chay.

***

Ich verbringe den Vormittag mit *Finanzen*, einem Kurs, in dem hauptsächlich Buchhalter sind. Letztes Jahr haben wir uns auf das internationale Bankwesen konzentriert, dieses Jahr beschäftigen wir uns mit der inländischen Geldwäsche.

Professor Graves steht in seiner typischen Dozentenhaltung vor der Klasse: Er hat die Hände hinter dem Rücken verschränkt, den Bauch zu uns gestreckt und die Knöpfe seiner Tweedweste zurechtgerückt. Seinen silbernen Bart hat er sich zum Schulbeginn frisch stutzen lassen, und er sieht besonders zufrieden und aufgeblasen aus.

Professor Graves ist einer der weniger beliebten Dozenten, denn ihm fehlt der Humor von jemandem wie Professor Howell oder der faszinierende Vortragsstil von Professor Thorn. Graves ist streng und anspruchsvoll. Er hasst es, wenn man ihn unterbricht, selbst bei berechtigten Fragen.

Andererseits sind alle Professoren in Kingmakers Koryphäen, also kann man in seinem Kurs immer noch viel lernen. Ich habe es geschafft, mich von seiner schlechten Seite fernzuhalten. Alles in allem bin ich also guter Dinge, während ich mir Notizen zu den drei Stufen der Geldwäsche mache.

»Platzierung, Verteilung, Integration …«, betont Professor Graves, während er vor unseren ordentlichen Tischreihen hin und her geht. »Die Platzierung kommt zuerst. Ihr nehmt eure illegalen Einkünfte und schleust sie in ein legitimes Finanzinstitut ein, vielleicht über eine Briefkastenfirma, Schmuggel oder handelsbasierte Geldwäsche.«

»Was meinen Sie mit handelsbasierter Geldwäsche?«, erkundigt sich Coraline Paquet, eine schlanke, dunkelhaarige Französin, von hinten. Sie ist befreundet mit der Pariser Bratwa.

Professor Graves stößt einen langen, irritierten Seufzer aus, der gleichzeitig seine Abneigung gegen Abschweifungen und seine Verachtung dafür ausdrückt, dass einer von uns eine Frage hat.

»*Handelsbasierte* Geldwäsche«, sagt er, »nutzt, wie der Name schon sagt, die Mechanismen des grenzüberschreitenden Handels aus. Überhöhte oder zu niedrige Rechnungen, falsche Qualitätsangaben und so weiter.«

Er blickt im Raum umher, als würde er darauf warten, dass jemand anderes es wagen würde, eine Frage zu stellen. Als wir alle den Mund halten, fährt er fort:

»Sobald man die Gelder an einem verwundbaren Punkt in das legale Bankensystem eingeschleust hat, geht man zur Verteilung oder Strukturierung über. Das macht man, indem man die Gelder in kleinere Transaktionen aufteilt, damit sie in schwierigere Gebiete transferiert werden können, ohne Meldepflichten auszulösen.«

Während Professor Graves diesen Vorgang erklärt, spüre ich, dass mich jemand beobachtet. Ich drehe meinen Kopf und sehe Wade Dyer, der sich in seinem Sitz zurücklehnt und die Arme vor seiner breiten Brust verschränkt. Er gibt sich keine Mühe, sich Notizen zu machen. Ich glaube, er hört überhaupt nicht zu. Er sieht mich einfach nur an.

Wade ist blond und gepflegt, sieht sympathisch aus, aber das täuscht mich nicht eine Sekunde lang. Ich weiß ganz genau, dass er aus Hamburg kommt, genau wie Rocco Prince.

Sie sind Freunde. Mit jedem, der in Roccos Gesellschaft ist, stimmt innerlich etwas nicht, egal, wie freundlich er auch äußerlich aussieht.

Wade lächelt mich an und zeigt Grübchen auf beiden Seiten seines Mundes.

Ich lächle ihn nicht an. Ich schaue Professor Graves ins Gesicht, als er über Integration, die letzte Stufe der Geldwäsche, spricht.

»An diesem Punkt können die Gelder verwendet werden«, sagt Professor Graves. »Sie können für den Kauf von Vermögenswerten – Waren oder Immobilien – verwendet werden, die keine Aufmerksamkeit erregen.«

Ich schaue wieder zu Wade.

Er beobachtet mich immer noch. Er mustert mich absichtlich von Kopf bis Fuß. Nicht, dass es da etwas zu sehen gäbe – wenn Daniela nicht gerade meine Outfits aussucht, bedecke ich mich immer. Ich hasse es, angestarrt zu werden. Im Moment trage ich ein langärmliges Hemd, das bis zum Hals zugeknöpft ist, einen knielangen Rock und eine dicke schwarze Strumpfhose. Wade kann nichts sehen, es sei denn, er hat einen Knöchelfetisch.

Ich drehe meinen Kopf nach vorne, entschlossen, ihn für die Dauer des Unterrichts nicht mehr anzusehen.

Die Minuten scheinen unter dem unangenehmen Gefühl der Überwachung langsam zu vergehen. Ich kann hören, wie Wade rhythmisch mit seinem Stift auf die Schreibtischplatte klopft. Ich glaube, er versucht, meine Aufmerksamkeit zu erregen.

Ich bin sicher, Rocco hat ihm gesagt, dass er mich beobachten soll und dass er es offensichtlich machen soll.

Er will mich wissen lassen, dass er überall auf dem Campus Freunde hat, dass ich nicht vor ihm sicher bin, auch wenn wir keine gemeinsamen Kurse haben.

Nun, das ist mir scheißegal. Wade hat nichts zu berichten, außer dass ich vier Seiten mit Notizen gefüllt habe. Ich hoffe, Rocco ist davon beeindruckt.

Trotzdem: Sobald der Unterricht vorbei ist, schnappe ich mir mein Notizbuch und stopfe es in meine Tasche.

Ich eile die Treppen des Wehrturms hinunter, auf dem Weg zu meiner nächsten Vorlesung auf der Südseite des Campus. Ich habe *Artillerie* bei Professor Knox, der in der alten Schmiede unterrichtet, welche an die Werkstätten angeschlossen ist, in denen die ursprünglichen Bewohner der Burg Metallgeräte, Hufeisen, Rüstungen, Schwerter und Piken herstellten.

Ich kann schwere Schritte hinter mir hören. Ein kurzer Blick über die Schulter zeigt mir, dass Wade Dyer hinter mir entlangschreitet, die Hände in den Hosentaschen.

Was zum Teufel will er hier?

Er ist nicht in meinem Artilleriekurs.

Ich überlege, ob ich mich umdrehen und ihn zur Rede stellen oder ihn einfach ignorieren soll.

Als ich an dem großen achteckigen Turm vorbeikomme, der den männlichen Erben als Schlafsaal dient, sehe ich etwas noch Unerfreulicheres: Rocco und Jasper kommen die Treppe herunter.

Bevor Rocco mich entdecken kann, biege ich scharf rechts ab und schieße durch die baumbewachsene Lücke zwischen dem Turm und einer erhöhten Plattform, die vielleicht einmal für Waffentraining genutzt wurde.

In meinem ersten Jahr hier habe ich viel Zeit damit verbracht, die geheimen Gänge und Abkürzungen auf dem Campus zu erforschen, um mich vor Rocco Prince verstecken zu können. Ich würde nie behaupten, sie alle zu kennen, aber ich habe eine versteckte Tür hinter diesen Orangenbäumen gefunden, die zu den Mauern hinaufführt. Von dort aus kann ich über die Mauer gehen und auf der anderen Seite der Schmiede wieder herunterkommen.

Ich ziehe die rostige, quietschende Tür auf und eile die schmale Treppe in der Mauer hinauf. In den steinernen Mauern von Kingmakers ist es immer kalt wie in einem Grab, selbst in der wärmsten Zeit des Jahres. Als ich oben auf den Mauern ankomme, blendet mich das Sonnenlicht und der Wind pustet mich beinahe um, er ist doppelt so stark wie in der geschützten Bucht des Schlosses.

Ich gehe den langen, schmalen Gang entlang, der zwischen dem Achteckturm in meinem Rücken und dem hohen, spindeldürren Bibliotheksturm direkt vor mir verläuft. Ich mag es, hier oben allein zu sein. Es ist eine der besten Aussichten im Schloss, und im Norden ist nichts als der offene Ozean zu sehen. Ich halte einen Moment inne und blicke über den Rand der Festungsmauern, den schwindelerregenden Abhang der Kalksteinklippen zum dunklen Wasser unter mir hinunter.

Die Wellen, die auf die Klippen treffen, sind wahrscheinlich vier Meter hoch, obwohl sie aus dieser Höhe kaum wie schaumige Falten auf dem Wasser aussehen.

Als ich mich wieder aufrichte, sehe ich zwei Gestalten, die mir den Weg versperren: eine dunkel- und eine rothaarige.

Rocco und Jasper.

Scheiße.

Ich drehe mich um, um den Weg zurückzulaufen, den ich gekommen bin, aber jetzt steht Wade Dyer da und lächelt charmant.

Sie nähern sich mir von beiden Seiten, schnell und lautlos wie Wölfe.

Wade ist mir nicht gefolgt. Er hat mich vorangetrieben. Genau dorthin, wo Rocco hinwollte.

Ich könnte schreien, aber es wäre sinnlos. Keiner würde mich hier oben hören. Wenn man überhaupt etwas hören könnte, würde es sich anhören wie das Kreischen einer Möwe über dem Wasser.

Jasper packt meinen rechten Arm, Wade meinen linken. Sie drücken mich gegen die Mauer, hochgehoben und nach hinten gelehnt, sodass ich weiß, dass sie mich direkt drüberkippen könnten, wenn sie wollten, und mich auf die zerklüfteten Felsen darunter stürzen lassen.

Rocco steht vor mir. Die Hände hat er hinter dem Rücken verschränkt, genau wie Professor Graves, wenn er eine Vorlesung beginnen will. Er sieht glücklicher aus, als ich ihn je gesehen habe. Seine Augen glänzen vor Bosheit.

»O nein«, sagt er leise. »Was für ein Dilemma, in das du dich gebracht hast, Zoe! Du dachtest, du wärst verdammt schlau, nicht wahr? Immer schleichst du dich durch Treppen und Gänge davon. Du hast vergessen, dass ich schon länger an diesem College bin als du.«

Mein Herz hämmert so schnell gegen meine Brust, dass es jeden dritten oder vierten Schlag überspringt, stolpert und sich dann zusammenpresst, um das auszugleichen.

Das ist sehr, sehr schlecht.

Rocco lehnt sich nahe heran und spricht direkt in mein Ohr. Mit fixierten Armen kann ich ihn nicht wegstoßen. Ich kann mich nicht schützen. Er könnte mir in die Wange beißen, und ich könnte nichts tun, um ihn aufzuhalten.

»Du entkommst nur, wenn ich dich entkommen lasse«, flüstert er. »Du bist ein Vogel mit einer Kette um den Knöchel. Du kannst im Kreis fliegen, so viel du willst. Aber du bist an mich gebunden, Zoe. Ich kann dich in die Hand nehmen, wann immer ich will. Bald, sehr bald werde ich dich in einen Käfig sperren. Wenn du Essen willst, wirst du es mir aus der Hand fressen. Wenn du Wasser willst, wirst du es von meinen Lippen trinken. Wenn du Ruhe willst, wirst du mit deinem Kopf in meinem Schoß schlafen. Und du wirst nie wieder fliegen.«

Er zieht sich gerade weit genug zurück, um mir in die Augen zu sehen.

In diese schwarzen Pupillen zu blicken, ist, wie in einen Brunnen hinabzusehen. Es gibt keine Vernunft in ihnen. Keine Gnade. Nur ein leeres schwarzes Loch.

Er meint jedes Wort ernst.

Wenn ich ihn heirate, werde ich seine Sklavin sein. Er wird nicht müde werden, mich zu quälen. Bis ich in meinem Geist, Körper und Seele gebrochen bin.

»Niemals«, sage ich leise.

»Nie ist eine lange Zeit«, sagt Rocco. »Du hast *Foltertechniken* belegt, nicht wahr? Beim reizenden Professor Penmark? Du bist eine gute Studentin, Zoe. Ich bin sicher, du hast zugehört, als er dir sagte, dass es möglich ist, der Folter eine Zeit lang zu widerstehen. Tage, Wochen, Monate … Aber am Ende … bricht jeder.«

Jasper und Wade haben einen eisernen Griff um meine Handgelenke. Ich schaue zwischen ihnen hin und her und versuche zu entscheiden, ob einer von ihnen auch nur den kleinsten Funken Menschlichkeit besitzt. Jaspers Gesicht ist kalt und ausdruckslos, seine grünen Augen sind so blass und durchsichtig wie Glas. Wade ist viel lebhafter und hat Mühe, sein Grinsen zu unterdrücken.

Ich wende mich an Jasper.

»Lass mich los«, flehe ich.

Jaspers Augen treffen meine, und vielleicht überlegt er es sich für den Bruchteil einer Sekunde, aber seine Finger lösen sich nicht von meinem Handgelenk, und seine Lippen bleiben fest aneinandergepresst.

»Er wird dir nicht helfen.« Rocco lacht sein seltsames Lachen, das kaum mehr als ein Ausatmen ist. »Niemand kann dir helfen, Zoe.«

Er nimmt ein Messer aus seiner Tasche und klappt die Klinge auf. Der Stahl schimmert im Sonnenlicht – es sieht aus, als würde er brennen.

»Haltet sie ruhig«, sagt er.

Die Jungs halten meine Handgelenke und Oberarme fest und pressen mich gegen den Stein, sodass ich mich kaum noch winden kann.

Ich wage es nicht, mich zu wehren. Das Messer ist zu nah.

Rocco richtet die Klinge direkt auf mein rechtes Auge. Er führt das Messer immer näher heran, bis sich die Spitze in das Fleisch an meinem Augenwinkel drückt.

»Ich könnte dir deinen Augapfel direkt aus der Augenhöhle schneiden«, sagt er. »Dann könntest du mich nicht mehr so unverschämt angucken. Du könntest immer noch alles, was ich verlange, mit einem Auge machen.«

Jetzt spüre ich tatsächlich Jaspers Finger um mein Handgelenk zucken. Ihm ist das nicht ganz geheuer, wahrscheinlich, weil er Angst vor der Regel der Vergeltung hat.

»Das kannst du nicht«, sage ich zu Rocco, um ihn daran zu erinnern.

»Warum?«, sagt Rocco und hält das Messer immer noch gegen mich. »Warum kann ich das nicht?«

»Sie werden das Gleiche mit dir machen.«

Das sind die Gesetze von Kingmakers. Wenn du einem anderen Studierende Schaden zufügst – ihm den Arm brichst, ihm die Hand abhackst, ihm die Kehle durchschneidest –, wird dir das Gleiche angetan. Es soll verhindern, dass ein Krieg zwischen den Familien ausbricht. Es ist das alte Gesetz. Auge um Auge.

»Das ist wahr«, sagt Rocco leise. »Mit dem Unterschied … du gehörst zu mir, Zoe. Deine Eltern haben den Ehevertrag schon unterschrieben. Also ist alles, was ich dir antue … so, als hätte ich es mir selbst angetan. Es gibt keine Vergeltung.«

Ich weiß nicht, ob das wahr ist oder nicht.

Aber ich will es wirklich nicht herausfinden.

Es ist klar, dass Rocco glaubt, es sei wahr.

»Flehe mich an, aufzuhören«, sagt er. Er beginnt, das Messer in mein Fleisch zu graben.

Meine Lippen sind fest aufeinandergepresst.

Ich werde nicht betteln. Ich werde niemals betteln.

Die Klinge sticht in mich hinein, und ich spüre, wie etwas Warmes und Feuchtes aus meinem Augenwinkel herunterläuft, so wie blutige Tränen.

Das Messer fühlt sich an wie ein heißes Brandzeichen. Ich spüre, wie Rocco es dreht und die Spitze auf meinen Augapfel richtet.

»Stopp!«, schreie ich.

»Das ist kein Betteln«, zischt Rocco.

»Bitte hör auf!«

Jetzt weine ich tatsächlich Tränen. Sie laufen mir über die Wangen, stechen und brennen, als sie den Schnitt auf der rechten Seite treffen.

Rocco zieht sein Messer zurück. Mein Blut glänzt auf seiner Spitze.

»Das ist schon besser«, sagt er.

Er schlitzt die Vorderseite meines Hemdes auf, wobei er mit dem Messer nicht allzu vorsichtig ist. Es hinterlässt flache Schnitte auf meiner Brust und den Oberseiten meiner Brüste. Er schneidet auch meinen BH auf, sodass meine Titten herausquellen.

Nun sind sowohl Jasper als auch Wade sehr interessiert.

»Ach du Scheiße«, sagt Wade. »Wer hätte gedacht, dass sie einen Pornostar-Körper unter diesen Nonnen-Klamotten hat.«

»Ich wusste es«, sagt Rocco in einem Ton tiefer Zufriedenheit.

Drei Augenpaare wandern über mein nacktes Fleisch. Ich habe mich immer für meine Brüste geschämt. Ich schäme mich für meinen Körper. Nicht weil ich ihn hässlich finde, sondern weil er mich verrät und die Aufmerksamkeit der

Männer auf sich zieht, von denen ich am wenigsten will, dass sie mich bemerken.

»Nur zu«, sagt Rocco zu Wade. »Fass sie an.«

Wade prüft Roccos Gesicht, als ob er denkt, es könnte ein Trick sein. »Bist du sicher?«

»Ich gebe dir die Erlaubnis«, sagt Rocco mit seiner leisen, zischenden Stimme.

Wade interessiert sich nicht für meine Erlaubnis. Er starrt auf meine Titten. Alle Intelligenz hat sein Gesicht verlassen. Seine Wangen sind gerötet, und in seinen Augen liegt nichts als dumpfe, hungrige Lust.

Er nimmt meine Brüste in beide Hände, hebt sie an und lässt sie dann fallen. Mein Magen dreht sich um. Ich bin noch nie so gedemütigt worden.

»Verdammte Scheiße«, haucht er. »Du wirst so viel Spaß mit denen haben, Rocco.«

Als er sieht, dass Rocco ihn nicht aufhält, drückt er meine Brüste fest in seine Hände, dann kneift er in die Brustwarzen, was mich zum Keuchen bringt.

Er beobachtet Rocco die ganze Zeit. Es ist ihm scheißegal, wie ich darauf reagiere.

»Jasper?«, fragt Rocco und bietet seinem anderen Freund an, an die Reihe zu kommen.

Jasper überlegt, seine Miene ist teilnahmslos. »Ist schon okay«, sagt er schließlich.

Er hält immer noch mein rechtes Handgelenk, aber nicht mehr so fest wie vorher. Ich glaube, er genießt das nicht so sehr wie Wade. Nicht, dass er irgendetwas dagegen tun würde.

»Was jetzt?«, sagt Wade und streckt die Zunge heraus, um seine Unterlippe zu befeuchten.

»Jetzt begleicht Zoe ihre Schulden«, sagt Rocco und sieht mich mit leicht zur Seite geneigtem Kopf an. Im hellen Sonnenschein sehen seine blauen Augen mit den schwarzen

Flecken wie zersplitterte Glasscheiben aus. »In der Nacht unserer Verlobungsfeier hat mir deine Stiefmutter etwas versprochen, Zoe. Weißt du, was das war?«

Ich versuche zu schlucken, aber mein Mund ist zu trocken. Der Schnitt in meinem Augenwinkel brennt immer noch, und meine Brüste schmerzen überall, wo Wade sie berührt hat. Langsam schüttle ich den Kopf.

»Sie hat zugestimmt, dass es mir freisteht, die eheliche Vereinigung zu vollziehen«, sagt Rocco. Seine Augen bohren sich in meine. »Wann immer ich will.«

Mit tauben Lippen sage ich: »Wir sind noch nicht verheiratet.«

»Aber fast«, sagt Rocco und bewegt sich, um die Lücke zwischen uns zu schließen. Um mich zu packen und meinen Rock aufzuschneiden, daran habe ich keinen Zweifel.

Als Rocco sich vorwärtsbewegt, lässt Jasper mein Handgelenk los und tritt zurück, um ihm Platz zu machen. Wade hält mich gar nicht mehr fest, er hat losgelassen, damit er mich mit beiden Händen anfassen kann.

Ich habe eine kurze Sekunde der Freiheit.

Rocco stürzt sich auf mich wie ein Vampir, mit gefletschten Zähnen in seiner Version eines Lächelns.

Ich handle aus dem Instinkt heraus, ohne Gedanken oder Plan.

Ich weiß nur, dass ich von Rocco wegmuss. Ich werde nie wieder vor ihm kuschen, ich werde nie wieder betteln. Ich werde ihn mich nie wieder anfassen lassen.

Er sagt, ich werde ein eingesperrter Vogel sein – nun, ich werde wenigstens ein letztes Mal fliegen.

In diesem Moment des Wahnsinns stürze ich mich über die Mauer.

Kapitel 5

Miles

Gerade als ich mich auf den langen und mühsamen Weg von der Bibliothek zurück zu meinem Wohnheim mache, höre ich jemand »Stopp!« rufen.

Das ist seltsam, denn es ist niemand da, der »Stopp!« sagen könnte. Es ist überhaupt niemand um mich herum. Es ist mitten in der zweiten Stunde, und alle Studierenden sind in ihren Kursen versammelt.

Unsere Aufgabe ist, dass ich mit Ozzy einen Territorialvertrag durchgehe. Wir hatten alle unsere juristischen Lehrbücher um uns herum auf dem Tisch ausgebreitet, um jede letzte Überlegung und Klausel niederzuschreiben, bis Ozzy merkte, dass er das verdammte Dokument in unserem Zimmer vergessen hatte.

Ich habe mich freiwillig gemeldet, es zu holen, weil Ozzy sehr ablenkbar ist. Wenn ich darauf warten würde, dass er es tut, würde ich bezweifeln, dass er jemals zurückkommen würde. Ich würde ihn vier Stunden später beim Rauchen hinter dem Eishaus finden oder in der Nähe des Solars, um irgendein Mädchen anzumachen.

Und jetzt bin ich hier und lasse mich von dem unerklärlichen Geräusch ablenken, dass jemand »Stopp!« sagt.

Nach einem Blick in alle Richtungen kann man nirgendwo anders hinschauen als nach oben.

Ich sehe eine flatternde Bewegung hoch oben auf den

Mauern – etwas Dunkles, das ein Stofffetzen oder der Flügel eines Vogels sein könnte.

Aber Vögel sagen nicht »Stopp!«.

Also dränge ich mich durch die Orangenbäume und finde die versteckte Treppe, die durch die Mauer nach oben führt.

Ich bin verdammt neugierig, das war ich schon immer.

In meiner Branche sind Informationen das Wichtigste. Ich muss jederzeit alles wissen, was um mich herum passiert. Was die Leute brauchen. Warum sie es brauchen. Und wie ich es für sie beschaffen kann.

Mit einem Gefühl der Neugier und Hilfsbereitschaft steige ich auf die Mauer. Ich bin immer hilfsbereit für den richtigen Preis.

Als ich aufschaue, sehe ich ein unangenehmes Bild.

Ein Mädchen, das von drei Jungen festgehalten wird.

Nicht freiwillig.

Aus diesem Blickwinkel ist es schwer zu erkennen, aber derjenige, der mir am nächsten ist, muss Wade Dyer sein. Niemand sonst hat diese Quarterback-Statur und diesen Pfadfinder-Haarschnitt. Er bewegt sich leicht zur Seite. Dann sehe ich, dass der dunkelhaarige Typ, der das Messer hält, Rocco Prince ist.

Das heißt, das Mädchen kann nur Zoe Romero sein.

Ich würde Zoe eher als eine Bekannte denn als eine Freundin bezeichnen. Für meinen Geschmack ist sie ein wenig zu ernst. Nicht, dass ich es ihr verdenken kann – es ist sicher schwer, fröhlich zu sein, wenn man mit einem Psychopathen verlobt ist.

Einem Psychopathen, der sie offenbar gern gegen die Mauer drückt und ihr das Hemd aufschneidet.

Ich sehe zu, wie Rocco das Hemd mit vier schnellen Schnitten seines Messers aufschlitzt. Danach schneidet er auch noch den BH auf.

Meine Muskeln spannen sich an, und ich bekomme eine Gänsehaut. Ich kann das nicht mit ansehen. Es ist nicht mutig, wenn sich drei Kerle über ein Mädchen hermachen, um ihr die Kleider vom Leib zu schneiden. Das ist schwach und feige. Es ekelt mich an.

Andererseits bin ich nicht der Heldentyp, und für Zoe bin ich nicht verantwortlich. Ja, sie ist mit Anna befreundet. Aber Anna kann Zoe nicht aus ihrer ausweglosen Situation befreien und ich auch nicht. Ob Rocco das nun heute, morgen oder in der Hochzeitsnacht tut, es ist so gut wie unvermeidlich.

Ich überlege, ob ich mich umdrehen und die Treppe wieder hinuntergehen soll. Das wäre das Klügste, was ich tun könnte. Doch irgendetwas hält mich trotz des mulmigen Gefühls in meinem Magen wie gebannt an Ort und Stelle.

Vielleicht ist es die Art und Weise, wie Zoe sie niederstarrt, so aufrecht stehend, wie sie kann, die Arme an den Seiten festgehalten. Sie ignoriert das Blut, das an der Seite ihres Gesichts herunterläuft.

Sie ist zäh, das muss ich ihr lassen.

Offenbar mit Roccos Erlaubnis beginnt Wade, Zoes Titten zu betatschen.

Nun, das ist überraschend. Sieht aus, als wäre Rocco *sowohl* pervers *als auch* durchgeknallt. Wenn ich heiraten würde, was ich nicht tun werde, würde ich Wade jeden Knochen einzeln brechen, bevor ich ihn meine Verlobte anfassen lasse.

Der rationale Teil meines Gehirns macht diese Beobachtung, während der irrationale Teil eine wogende, kochende Wut verspürt.

Zoe ist nicht meine Verlobte. Sie ist ein Niemand für mich. Alles, was ich für sie empfinden sollte, ist Mitleid.

Und doch brodelt die Wut in mir, heiß und eindringlich,

und sagt mir, dass ich Wades Hände dennoch brechen und seine Arme zerschmettern sollte.

Ich beobachte, wie er Zoe anfasst, und es ist, als würde man einem Gorilla dabei zusehen, wie er eine griechische Göttin befummelt. Es ist obszön, wenn so ein verdammtes Tier einen objektiv betrachtet perfekt geformten Körper anfasst. Etwas Respekt, verdammt!

Wade lässt Zoe los, und ich sage mir, dass ich mich beruhigen soll. Das hat nichts mit mir zu tun.

Jasper Webb steht auf der anderen Seite von Zoe. Er betatscht sie nicht, hilft aber definitiv, sie festzuhalten. Ich kann sein Gesicht nicht so deutlich erkennen wie das der anderen drei, weil ihm seine langen Haare über die Augen hängen. Er scheint das nicht ganz so sehr zu genießen wie dieses Arschloch Wade.

Wade, Rocco und Jasper sind keine Menschen, die ich als Feinde haben möchte. Jeder von ihnen hat Beziehungen, ist beliebt – in Roccos Fall vor allem bei anderen Sadisten, aber das zählt trotzdem – und kommt aus einer mächtigen Familie. Ich habe keine Angst vor Konflikten, doch in meiner eigenen Familie habe ich die katastrophalen Folgen gesehen, wenn man eine Auseinandersetzung beginnt. Der endlose Kreislauf von Racheakten kann sich über Generationen hinziehen.

Ich sollte weggehen.

Ich denke, es ist sowieso vorbei. Wade hat aufgehört, Zoe zu betatschen. Jasper scheint nicht interessiert zu sein. Wahrscheinlich werden sie sie gehen lassen.

Das denke ich, bis Rocco sich auf Zoe stürzt, sie sich umdreht und über die Mauer springt.

Ich sehe zu, wie es in Zeitlupe passiert. Sie dreht sich, hebt den Fuß und setzt ihn fest in die Vertiefung zwischen den Zinnen. Sie stößt sich mit aller Kraft ab und will sich im Kopfsprung von der Klippe stürzen, um etwa dreihundert Meter tief in das von Felsen übersäte Wasser zu fallen.

Ihr dunkles Haar weht wie eine Fahne hinter ihr her, und auf ihrem Gesicht liegt ein Ausdruck von rücksichtsloser Hingabe, eine wilde Entschlossenheit, die mir sofort schmerzlich vertraut ist.

Es erinnert mich an meine Mutter.

Meine Mutter würde von einer Klippe springen, wenn sie müsste. Und sie würde Rocco vermutlich mit sich ziehen.

Bevor ich überhaupt registriert habe, was passiert, bin ich in Bewegung. Ich renne ohne Gedanken oder Entscheidungen.

Ich bin zu weit weg, um Zoe zu helfen, doch ich sprinte auf sie zu und strecke verzweifelt die Hand aus, obwohl ich weiß, dass es zu spät ist.

Es ist Jasper, der sie rettet. Er packt ihren Knöchel mit beiden Händen. Die Wucht von Zoes Sturz reißt ihn nach vorne, sodass auch er fast über die Mauer stürzt, bis ich ihn um die Taille fasse und nach hinten ziehe.

Jetzt sind wir ein Wirrwarr von Händen und Armen, Wade Dyer kommt dazu, packt Zoes anderes Bein und hilft, sie über die Mauer zu hieven.

Aber nicht Rocco. Er steht nur da und schaut zu.

Zoe ist schlaff und blass, unklar, ob vor Schreck oder weil sie mit dem Kopf gegen die Wand gestoßen ist. Blut strömt aus ihrer Nase und aus der rechten Gesichtshälfte. Sie kann nicht stehen – ihre Beine knicken unter ihr ein. Ich versuche, sie aufrecht zu halten, während ich gleichzeitig ihr Hemd vorne zuziehe.

Jasper tritt zurück und sieht selbst blass und krank aus.

Wades Augen huschen zwischen mir und Rocco hin und her, während er auf Anweisungen wartet.

Rocco tritt vor und hebt seine schlanken, blassen Hände, als wolle er mir Zoe wegnehmen.

Ich lege meine Arme um ihre Schultern und ziehe sie nach hinten aus seiner Reichweite.

»Nicht«, knurre ich. »Fass sie nicht an.«

»Was meinst du?«, fragt Rocco und lächelt mich an. »Das ist meine Verlobte.«

Während der Rest von uns schwitzt und schwer atmet, sieht Rocco ganz frisch aus. Man würde nie denken, dass er Zeuge eines Beinahe-Selbstmordes war – geschweige denn, dass er ein Mädchen dazu gebracht hat, es zu tun.

»Fass sie verdammt noch mal nicht an«, sage ich wieder und halte den Blick auf ihn gerichtet, damit er weiß, dass ich es ernst meine. »Ich bringe sie auf die Krankenstation.«

Roccos Lächeln schwindet, seine Miene verhärtet sich. Seine Augen huschen zwischen mir und dem benommenen, blutenden Mädchen hin und her, das sich an mich lehnt.

»Sei vorsichtig, Miles«, sagt er.

Er redet nicht über Zoe. Er warnt mich davor, mich mit ihm anzulegen.

Das ist mir egal. Im Moment kann ich nur an Zoes schwarze Haare denken, die über meiner Schulter liegen, und an ihr Herz, das so stark gegen meinen Arm pocht, dass ich Angst habe, es könnte zerspringen.

Ich entferne mich langsam. Ich bringe Zoe durch die Tür, die dem Bibliotheksturm am nächsten ist, weil dieser in der Nähe der Krankenstation liegt und ich nicht glaube, dass Jasper mich aufhalten wird. Währenddessen versperrt Wade mit vor der Brust verschränkten Armen den Weg zur Treppe des Orangenhains. Er sieht fast so gereizt aus wie Rocco. Sein hübsches Gesicht ist mürrisch, und er sieht kampfbereit aus.

Der Raum zwischen uns fühlt sich an wie eine zerbrechliche Eisscheibe.

Die kleinste Berührung lässt sie zerbrechen.

Ich gehe weiter zurück, Schritt für Schritt.

Rocco bleibt genau da, wo er ist.

Er versucht nicht, mich aufzuhalten. Aber ich kann an seinem Gesichtsausdruck erkennen, dass er sehr, sehr wütend ist.

***

Die Krankenstation ist ein langes, niedriges Gebäude in der Nähe der Bibliothek. Dr. Cross hat seine Wohnung an einem Ende, und dann gibt es einen offenen Bereich mit mehreren Betten, einem Waschbecken und Vitrinen voller medizinischer Hilfsmittel.

Im Moment ist der einzige andere Patient ein dünner Student im zweiten Jahr, der sich offenbar das Handgelenk im Kampfunterricht verstaucht hat. Dr. Cross ist gerade mit dem Verbinden des Handgelenks fertig. Als er sieht, wie ich Zoe durch die Tür trage, sagt er dem Jungen kurzerhand, er solle in den Unterricht zurückgehen.

»Kann ich mich nicht ein wenig ausruhen?«, fragt der Junge und sieht nicht allzu erpicht darauf aus, die Ruhe und den Frieden der makellosen Krankenstation zu verlassen.

»Ruh dich in deinem Zimmer aus«, krächzt Dr. Cross ihn an. »Das ist kein Aufenthaltsraum.«

»Kann ich eine Art ärztliches Attest bekommen?«, fragt der Junge. »Wie soll ich denn im Unterricht mitschreiben? Ich bin Linkshänder.«

Er hält seinen bandagierten linken Arm unbeholfen hoch, als ob er zu Holz geworden wäre.

»Es ist durchaus möglich, mit etwas Übung beidhändig zu werden«, sagt Dr. Cross mit wenig Sympathie. »Und jetzt raus.«

Der Junge rutscht vom Bett und schaut finster drein.

»Was ist hier passiert?« Dr. Cross runzelt die Stirn und

starrt Zoe mit ihrem blutverschmierten Gesicht und dem zerrissenen Hemd an.

Ich habe meinen Pullunder ausgezogen und sie, so gut es ging, zugedeckt, aber es ist immer noch offensichtlich, dass die Bluse darunter aufgeschlitzt ist.

»Sie ist auf den Mauern gestürzt«, erkläre ich ihm. »Ich glaube, sie hat sich den Kopf angeschlagen.«

Ich werde Dr. Cross nicht sagen, was wirklich passiert ist. Es liegt an Zoe, ob sie eine formelle Beschwerde beim Dekan einreichen will.

Als Reaktion auf die strengen Regeln von Kingmakers halten die Studierenden einen Schweigekodex ein. Wir verpetzen uns nicht gegenseitig, außer in extremen Fällen.

Dr. Cross blickt mich misstrauisch an. Zweifellos hat er schon tausend Ausreden von verletzten Studierenden gehört. Meine ist besonders schwach.

»Leg sie hier hin«, sagt er und deutet auf ein frisch bezogenes Bett. »Du kannst sie bei mir lassen.«

Das hatte ich auch vorgehabt. Ich wollte sie absetzen und in die Bibliothek zurückgehen. Doch als ich Zoe vorsichtig auf die schmale Matratze setze und ihren Kopf auf das Kissen lege, möchte ich sie nicht so schnell verlassen.

»Ich denke, sie sollte nicht allein sein«, sage ich.

»Sie ist nicht allein.« Dr. Cross betrachtet mich unter zotteligen grauen Brauen, die so dick wie Raupen sind.

»Nichts für ungut, Doc«, sage ich und zwinkere ihm zu, »aber würden Sie selbst aufwachen und als Erstes Ihr Gesicht sehen wollen? Ich denke, sie sollte ein freundliches Gesicht sehen.«

Dr. Cross schnaubt. »Geh mir aus dem Weg, dann kannst du bleiben«, sagt er und wäscht sich am Waschbecken erneut seine knorrigen Hände.

Mit überraschender Sanftheit beseitigt er das Blut von Zoes Gesicht und untersucht den Schnitt neben ihrem Auge.

»Einstichwunde«, murmelt er, mehr zu sich selbst. »Wenigstens sauber.«

Offenbar entscheidet er, dass es nicht genäht werden muss, desinfiziert den Schnitt und deckt ihn dann mit chirurgischem Pflaster ab.

Er tastet ihren Schädel vorsichtig ab, als wäre er ein Phrenologe. Über ihrem rechten Ohr findet er eine Beule und prüft ihre Pupillen auf Anzeichen einer Gehirnerschütterung.

In diesem Moment kommt Zoe wieder zu sich. Sie sieht nach wie vor benommen aus, aber sie weint nicht und versucht nicht zu sprechen. Sie bleibt ruhig liegen, bis Dr. Cross fertig ist.

»Hier«, sagt er, nimmt eine Flasche Apfelsaft aus dem Kühlschrank und reicht sie mir zusammen mit einem Strohhalm. »Gib ihr das, wenn sie es will.« Dann fragt er Zoe: »Ist er ein Freund von dir?«

Zoe lässt ihren Blick zu mir schweifen, immer noch verschwommen und unfokussiert. Nach einem langen Moment nickt sie.

»Du kannst zehn Minuten bleiben«, sagt Dr. Cross zu mir. »Dann verschwinde hier, damit sie ein Nickerchen machen kann.«

Er schlurft in seine Wohnung zurück und schließt die Tür hinter sich.

Ich sitze neben Zoes Bett und fühle mich unbeholfen und fehl am Platz. Wir waren noch nie unter normalen Umständen zusammen allein, geschweige denn in einem Augenblick wie diesem.

Ich bin mir nicht mal sicher, warum ich geblieben bin. Um nach ihr zu sehen? Um sie zu trösten? Beide Ideen scheinen lächerlich.

Zoe beobachtet mich schweigend. Die Schärfe ist in ihren Blick zurückgekehrt. Sie hat grüne Augen, was ungewöhnlich für jemanden mit so schwarzem Haar ist. Sie hat eine Menge außergewöhnlicher Merkmale. Augenbrauen und Wimpern, die so dunkel sind, dass sie wie mit Tinte gemalt aussehen. Eine gerade, markante Nase wie eine Kaiserin. Ein breiter, voller Mund. Ihr Gesicht hat eine Eleganz, die sie älter aussehen lässt, als sie ist, aber auch zeitlos.

»Du musst nicht bleiben«, sagt sie.

Ihre Stimme ist klar und gleichmäßig. Kein Zittern, kein Schluchzen.

»Da bin ich mir nicht sicher«, antworte ich.

Sie runzelt leicht die Stirn, eine einzelne senkrechte Linie erscheint zwischen ihren dunklen Brauen. »Was soll das bedeuten?«

»Ich habe dich springen sehen«, sage ich. »Ich schätze, ich bin besorgt, dass du so etwas wieder tun könntest.«

Die grünen Augen trüben sich erneut, dieses Mal vor Wut statt vor Verwirrung. »Es geht dich nichts an, ob ich das tue oder nicht«, sagt sie kalt.

»Vermutlich nicht.« Ich zucke mit den Schultern. »Trotzdem macht mich das betroffen. Ich habe einiges investiert.«

»Ah«, sagt sie spöttisch. »Ich weiß, wie viel dir deine Investitionen bedeuten. Aber ich fürchte, diese hier wird sich nicht auszahlen.«

Damit hat sie mich überrascht. Ich lache ein wenig. »Was weißt du über meine Investitionen?«

»Das ist der Grund, warum du immer kleine Päckchen auf dem ganzen Campus hin- und herschiebst, nicht wahr?«, sagt Zoe ruhig und ohne zu blinzeln. »Du arbeitest nicht nur zum Spaß – ich habe deine Noten gesehen. Du musst für etwas sparen.«

Ich weiß nicht, ob ich jemals zuvor sprachlos war.

»Zoe …«, sage ich. Ein Lächeln erscheint auf meinen Lippen. »Verfolgst du mich?«

Jetzt kann sie nicht anders, als ein wenig zurückzulächeln, obwohl sie es nicht will.

»Du bist mir auf die Mauer gefolgt«, sagt sie. »Was hast du da oben gemacht?«

»Ich bin durch Zufall vorbeigekommen.«

»Ich werde mich nicht bedanken«, teilt sie mir mit.

»Ich hätte es auch nicht wirklich verdient – es war Jasper, der dich erwischt hat.«

Ihre Oberlippe verzieht sich, und sie knurrt, wobei sie scharfe weiße Zähne zeigt. Ungeduldig schüttelt sie den Kopf. »Ich werde mich auch bei ihm nicht bedanken«, sagt sie.

Es herrscht eine unangenehme Stille, während das unausgesprochene Gewicht von Rocco Prince über uns schwebt.

»Es tut mir leid«, sage ich.

Es ist gleichzeitig eine pathetische, bedeutungslose Aussage, aber auch das Einzige, was ich ihr sagen kann. Die einzige Möglichkeit, mein Mitgefühl für ihre tragische Situation auszudrücken.

»Bemitleide mich nicht«, entgegnet sie.

Wieder sehe ich das Feuer in ihren Augen. Der Funke der Rebellion, der sie dazu brachte, lieber von einer Klippe zu springen, als sich von Rocco anfassen zu lassen.

»Weißt du«, sage ich, »ich dachte immer, du wärst ein klassischer Mozart-Typ. Das war mehr wie Heavy Metal.«

»Das beeindruckt dich?« Zoe hebt eine rußschwarze Augenbraue. »Von einer Klippe zu springen?«

»Ich meine … ja. Angenommen, du überlebst.« Ich schlucke schwer und sehe sie bestimmt an. »Du wirst doch überleben, nicht wahr, Zoe?«

Sie schweigt einen Moment lang, dann stößt sie einen Seufzer aus. »Ja«, sagt sie. »Vorerst.«

Mehr als dieses Versprechen werde ich von ihr nicht bekommen.

Und außerdem: Wer bin ich, dass ich sie dazu bringe, zu schwören, dass sie nicht wieder versuchen wird, sich das Leben zu nehmen?

Ich würde mich umbringen, wenn ich diesen wandelnden Leichnam Rocco Prince heiraten müsste.

Kapitel 6

Cat

Mein Unterricht ist ein Albtraum.

Jeder ist schlimmer als der vorherige.

Die Professoren sind harsch und ungeduldig. Sie erwarten von uns, dass wir Dinge wissen, die ich mir nicht einmal vorstellen kann, geschweige denn im Detail gelernt habe.

Die Studierenden, die nach Kingmakers kommen, sind diejenigen, die mit dem Mafialeben aufgewachsen sind. Sie kämpfen, schießen und schmieden Intrigen, seit sie aus den Windeln herausgewachsen sind. Sie lernten die Geschichte ihrer Vorfahren auf dem Schoß ihrer Großeltern. Sie wussten immer, welche Rolle sie in ihrer Organisation einnehmen würden.

Ich bin die Einzige, die aus dem Kunstunterricht gezerrt und in die Höhle der Löwen geworfen wurde, unwissend wie ein Neugeborenes.

Ich weiß, dass das zum Teil meine Schuld ist. Zoe hat darauf geachtet, was unser Vater tat. Ich blieb lieber in meinem Zimmer, malte und zeichnete oder schlich mich manchmal in die Küche, um unserer Köchin zu helfen, Paella und Crema catalana zu machen.

Ich liebte unser Hauspersonal. Unsere Köchin Celia war ruppig, aber eine geduldige Lehrerin, die erklärte, wie man Safran in die Paella gibt, um dem Reis Farbe und Geschmack zu verleihen. Unser Hausmädchen Lucia war jung und sanft.

Sie brachte mir heimlich Zeitschriften, damit ich mir Bilder von Partykleidern ansehen konnte, bis Daniela unseren Vater dabei erwischte, wie er Lucia einmal zu oft ansah, und sie auf der Stelle feuerte.

Ich habe Angst vor jedem Erwachsenen in Kingmakers, von den kräftigen Reinigungsmännern über das tätowierte Küchenpersonal bis hin zu den Professoren mit ihrer Fülle an unheimlichem Wissen.

Das Schlimmste von allem ist der Dekan Luther Hugo. Ich sah ihn, als er uns alle in den alten Saal rief, um die Bedingungen des diesjährigen *Quartum bellum* zu verkünden. Er stand vor dem tosenden Kamin, und die wilden Flammen hinter seiner dunklen, imposanten Gestalt ließen ihn aussehen, als sei der Teufel selbst aus der Hölle aufgestiegen.

Er erinnerte uns an unsere Pflicht gegenüber unseren Familien, an den Einsatz unserer zukünftigen Karrieren in der kriminellen Welt und an die schrecklichen Konsequenzen, wenn wir es wagen würden, in Kingmakers auch nur einen Schritt aus der Reihe zu tanzen.

Ich könnte schwören, dass sich seine kohlschwarzen Augen die ganze Zeit in mich bohrten. Sein Gesicht war so faltig wie altes Leder, aber seine Augen waren unvergänglich hell.

»Denkt daran«, sagte er und starrte in meine Seele, »mit jeder Entscheidung wird der Tisch gedeckt. Früher oder später sitzen wir alle an einem Festmahl der Konsequenzen.«

Ich denke, wenn er mir befohlen hätte, hinter ihm ins Feuer zu springen, hätte ich es vielleicht getan. So sehr macht mir dieser Mann Angst.

Die darauffolgenden Informationen waren nicht erfreulicher.

Der Dekan erklärte, dass das *Quartum bellum* oder »Krieg der Vier« ein jährlicher Kampf zwischen den verschiedenen Jahrgängen ist. Es ist ein Ausscheidungsturnier mit drei verschiedenen Stufen.

Die Teilnahme daran ist verpflichtend, es gibt keine Ausreden.

Ich fragte mich bereits, ob ich die neu gewonnenen Informationen aus dem Chemieunterricht nutzen könnte, um mir eine Lebensmittelvergiftung zuzuziehen.

Ich wartete, bis der Dekan uns entließ, bevor ich zu Perry quietschte: »Wie sollen wir gegen den vierten Jahrgang gewinnen? Oder gegen den dritten oder den zweiten?«

»Das müssen wir nicht.« Perry zuckte mit den Schultern. »Wir sollen es nur versuchen. Niemand glaubt, dass wir gewinnen.«

»Sei dir da nicht so sicher«, sagte Lyman Landry zu ihr. »Der erste Jahrgang hat letztes Jahr gewonnen, zum allerersten Mal.«

»Wie?«, fragte Perry.

»Sie hatten Leo Gallo«, sagte Lyman. Sein breites, ernstes Gesicht leuchtete vor Bewunderung. »Er war der Kapitän. Er ist ein verdammter Champion. Ein Gott sogar. Dieses Jahr wird er wieder gewinnen, du wirst schon sehen.«

»Ein Gott«, schnaubte Perry und verdrehte die Augen.

Ich spürte, wie ich rot wurde, denn ich hatte Leo Gallo an meinem allerersten Morgen in Kingmakers beim Frühstück kennengelernt. Er sah wirklich wie ein Gott aus. Ich habe noch nie jemanden gesehen, der so gut aussah – groß, tief gebräunt, mit bernsteinfarbenen Augen und einem Lächeln, das heller war als die Sonne.

Natürlich würde ich es nie wagen, mich in ihn zu verlieben. Er ist mit Anna Wilk zusammen, einer Mondgöttin, so dunkel und geheimnisvoll, wie Leo hell und blendend ist.

Er war nett zu mir. Das war Anna auch.

Ich wünschte, ich könnte dasselbe von meinen Kommilitoninnen und Kommilitonen sagen. Abgesehen von Perry habe ich mich mit niemandem angefreundet, doch wir haben keinen gemeinsamen Unterricht.

Die meisten in meinen Kursen sind Spione und Vollstrecker. Ich weiß nicht, was schlimmer ist. Die Spione sind rücksichtslos, sarkastisch und verächtlich. Die Vollstrecker sind meistens Hitzköpfe und Schläger, die Art von Sportlern, die nicht nur gewinnen wollen, sondern dich verdammt noch mal zerstören wollen.

Am meisten hasse ich den Kampfunterricht. Sobald wir unseren Gegnern gegenüberstehen, kann ich sehen, wie sich meine Kommilitoninnen und Kommilitonen verändern. Ihre Pupillen weiten sich, sie gehen in die Hocke, ihre Atmung wird langsamer. So bereitet sich ein Raubtier auf den Angriff vor.

Mein Körper wählt Flucht statt Kampf. Mein Herzschlag vervierfacht sich, und meine Muskeln schreien mich an, zu rennen – aber alles, was ich tun kann, ist, kapitulierend die Hände zu heben, mich zu ducken und zurückzuweichen.

Schon zweimal bin ich zu Boden geworfen worden.

Das erste Mal von einem schwergewichtigen Vollstrecker, der völlig fassungslos aussah, als ich von der Matte zu ihm hochstarrte.

»Du hast nicht einmal versucht, meinen Schlag abzublocken«, sagte er und schüttelte amüsiert den Kopf.

Das zweite Mal war heute, mit freundlicher Genehmigung meiner eigenen Zimmergenossin Rakel. Es fühlte sich viel persönlicher an. Jedes Mal, wenn sie und ich ohne Partner dastehen, kann ich ihre kochende Wut sehen, dass irgendjemand denken könnte, sie sei genauso unerwünscht wie ich. Innerhalb von fünf Sekunden nahm sie mich in den Schwitzkasten und ignorierte meine Hand, die verzweifelt auf ihre Schulter klopfte und sie anflehte, loszulassen.

Ich wachte mit dem Gesicht nach unten auf den Matten auf, Blut floss aus meiner Nase.

»Ein Antippen bedeutet, dass du aufhören sollst«, informiert Professor Howell sie streng. Er ist nur ein paar Zentimeter größer als ich, doch er ist schlank und fit und schneller als ein Hase. Wenn er gut gelaunt ist, ist er einer der angenehmeren Professoren. Aber wenn man ihn ärgert, starrt er einen mit einem dunklen Blick an, der Wasser vereisen lässt.

»Ich habe ihr Antippen nicht gespürt«, lügt Rakel frech und reuelos. Selbst unter den Spionen hat Rakel einen ewig finsteren Blick, der sie kaum beliebter gemacht hat als mich.

»Wenn du noch einmal lügst, wirst du die Konsequenzen spüren«, sagt der Professor scharf. »Siehst du das da drüben?«, fährt er fort und nickt in Richtung eines hohen Metallzylinders in der Ecke der Turnhalle. Er sieht aus wie eine eiserne Jungfrau – außen glatt und makellos, nur mit einem verglasten horizontalen Schlitz in Augenhöhe.

»Ja«, sagt Rakel langsam.

»Das ist eine Desoxygenierungskammer. Nützlich, um für große Höhen zu trainieren oder die Ausdauer zu steigern, indem der Körper gezwungen wird, rote Blutkörperchen zu überproduzieren. Ich kann den Sauerstoffanteil auf jedes beliebige Niveau einstellen. Wenn du noch einmal ein Antippen ignorierst, stecke ich dich für eine halbe Stunde da rein. Du wirst nicht ersticken. Aber du wirst dich die ganze Zeit fühlen, als würdest du ertrinken. Hast du mich verstanden?«

»Ja«, sagt Rakel wieder.

Professor Howell wendet sich ab.

Rakel sieht mich noch einmal hasserfüllt an. In ihrem Blick ist kein Anflug von Reue. Sie sieht so mörderisch aus, dass ich mich fast dafür entschuldigen möchte, sie in Schwierigkeiten gebracht zu haben. Aber ich verdränge diesen Gedanken.

»Wiederholt die Übung«, befiehlt Professor Howell.

Verdammt noch mal. Ich hatte gehofft, wir würden wenigstens die Partner tauschen. Rakel muss sich ein wenig beruhigen, ehe wir wieder kämpfen. Vielleicht braucht sie dafür die nächsten hundert Jahre.

Professor Howell hat uns gesagt, dass wir die Hände hochhalten sollen, um unser Gesicht zu schützen, und dass wir unsere Mitte angespannt halten sollen. Ich versuche, das zu tun, doch sobald jemand auf mich zustürmt, ziehe ich mich zu einem kleinen Ball zusammen.

»Bereit machen ...«, sagt der Professor.

Nein. Ich bin nicht bereit. Und werde es auch nie sein.

»Los!«

Rakel kommt wie eine Bestie aus der Hölle auf mich zu, stürzt sich auf mich und trifft mich mit einem Schlag auf das linke Auge, der meinen Kopf zurückschnellen und mein ohnehin schon angeschlagenes Gehirn in meinem Schädel herumrasseln lässt.

Sie schlägt erneut zu, und ich schaffe es tatsächlich, diesem Schlag auszuweichen – gerade so. Ich bin so überrascht, dass ich ihren nächsten Schlag überhaupt nicht kommen sehe. Sie schlägt mir auf das rechte Ohr, und der ganze Raum dreht sich wie ein Karussell. Dann holt sie zu einem letzten Schlag aus, die Faust bereits erhoben.

Bevor ich nachdenke, bevor ich überhaupt überlegen kann, was für eine grandios schlechte Idee das ist, trifft meine Faust direkt ihr Gesicht.

Ich schlage ihr auf den Mund. Ihre Lippen fühlen sich unter meinen Fingerknöcheln schrecklich weich und beweglich an. Meine Faust gleitet über ihre Zähne, und einer dieser Zähne verletzt mich. Ich springe wieder von ihr weg und sage: »Tut mir leid. O mein Gott, du blutest!«

Rakel berührt ihre Unterlippe, die schon anzuschwellen beginnt. Sie schaut auf das leuchtend rote Blut an ihren Fingerspitzen, als hätte sie so etwas noch nie gesehen.

»Die Zeit ist um!«, ruft Professor Howell.

Ich schaue nicht zu ihm. Ich beobachte Rakel, die auf Zehenspitzen steht, denn wenn sie versucht, mich zu erwürgen, drehe ich mich einfach um und laufe weg.

Auf eine seltsame und unerklärliche Weise sieht Rakel nicht mehr ganz so wütend aus. Sie wischt sich die Finger an ihrer grauen Turnhose ab und hinterlässt dort einen dunklen Fleck.

Als sich unsere Blicke treffen, lächelt sie nicht, aber sie blickt mich auch nicht zornig an.

»Nicht schlecht«, sagt sie.

***

Zur üblichen Zeit gehe ich in den Speisesaal zum Mittagessen, doch ich sehe Zoe nirgends.

Ich stehe bei den Edelstahlbehältern mit Essen und verrenke mir den Hals, um sie zu finden, bis mich ein Student aus den älteren Jahrgängen anrempelt und sagt: »Hol dir dein Essen, oder geh mir aus dem Weg.«

Hastig fülle ich einen Teller mit Schweinekoteletts, Apfelmus und Möhren.

Über das Essen in Kingmakers kann ich mich nicht beschweren. Das meiste stammt von den lokalen Farmen und Obstgärten der Insel, also ist alles frisch und köstlich zubereitet. Ich wünschte nur, ich müsste nicht allein essen. Normalerweise treffen Zoe und ich uns hier.

Ich straffe die Schultern und sage mir, dass ich aufhören soll, so ein verdammtes Weichei zu sein. Bis jetzt hat Zoe jede einzelne Mahlzeit mit mir gegessen – es ist nicht fair, von ihr zu erwarten, dass sie meinen Babysitter spielt.

Ich schaue mich im Speisesaal um und wünschte, ich hätte besser darauf geachtet, wo jeder sitzt.

Ich sehe einen Tisch mit Studierenden aus dem letzten Jahrgang, sie sind so muskulös und breit, dass sie kaum nebeneinander auf die schmalen Sitzbänke passen. In ihre Nähe gehe ich definitiv nicht.

Neben ihnen stehen ein paar Erben. Ich erkenne einige von ihnen aus meinem Jahrgang und ein paar, die älter sind. Einer ist dieser Freund von Miles Griffin, den ich an meinem ersten Tag kennengelernt habe – der freundliche mit dem Irokesenschnitt und den Tattoos und Piercings am ganzen Körper. Ich glaube, sein Name ist Ozzy. Aber ich habe ihn nur einmal getroffen, also fühle ich mich nicht wohl dabei, mich neben ihn zu setzen.

Außerdem entdecke ich eine Gruppe Franzosen. Die meisten von ihnen sind blond und sie sehen ausnahmslos alle so aus, als kämen sie aus einem Hochglanzmagazin. Ich habe noch nie verstanden, wie einige der Kingmakers-Studierenden ihre Uniformen so verdammt stylish aussehen lassen können.

Eines der Mädchen trägt eine wunderschön geschnittene weiße Bluse mit aufgeschlagenem Kragen und einer atemberaubenden Goldkette, die über ihrem Dekolleté herabhängt. Ihr gewelltes, sonnengebleichtes Haar liegt wie bei einer Meerjungfrau über einer Schulter, und ihre frische Haut sieht aus, als wäre sie noch nie von Menschenhand berührt worden.

Der Junge zu ihrer Linken ähnelt ihr – lange Haare wie ein Surfer, hohe Wangenknochen und volle Lippen. An einem Ohr baumelt ein Kreuz-Ohrring, und er stochert sichtlich angewidert in seinem Essen herum.

Die französischen Studierenden nehmen nur die Hälfte des Tisches ein – die andere Seite ist leer. Ich erkenne das Mädchen, das am Ende sitzt, neben den leeren Plätzen. Sie ist die Rothaarige, die ich auf der Fahrt mit dem Waggon zum College getroffen habe. Ihr Name ist Sadie Grant, da bin ich mir ziemlich sicher.

Vorsichtig nähere ich mich – bereit, abgewiesen zu werden. Sadie schenkt mir ein kurzes Lächeln und sagt: »Du bist Cat, oder?«

»Ja«, antworte ich erleichtert. Ich lasse mich auf die leere Bank gleiten und habe das Gefühl, etwas Bedeutendes geleistet zu haben, indem ich einen Platz gefunden habe, wo ich mich hinsetzen kann.

»Wie heißt du?«, spottet der hochmütige Blondschopf. *»Chatte?«*

»Cat«, korrigiert ihn das glamouröse Mädchen. »Das ist wahrscheinlich eine Abkürzung für etwas anderes. Nicht wahr, Cat?« Sie lächelt mich an und zeigt schöne perlweiße Zähne.

»Ja«, sage ich. »Kurz für Catalina.«

»Bist du aus Spanien?«, fragt sie.

Ich nicke. »Ja, aus Barcelona.«

»Wir kommen aus Paris«, erzählt sie mir. »Ich bin Claire Turgenew, und das ist Jules.« Sie nickt in Richtung des Jungen.

»Ihr seid alle aus Paris?«, frage ich.

»Der Großteil. Ist es nicht lustig, wie wir uns in Kingmakers gruppieren? Manchmal nach Abteilungen, manchmal nach Jahrgängen … und dann sind einige von uns den ganzen Weg aus allen Teilen der Welt hierhergekommen, nur um mit den Leuten zusammenzusitzen, die wir von zu Hause kennen.« Sie lacht über sich selbst auf eine Art, die sofort sympathisch ist.

»Ich würde mich zu jemand anderem setzen, wenn es jemanden gäbe, der es wert wäre, bei ihm zu sitzen«, sagt Jules, wobei sich seine vollen Lippen zu einem Grinsen verziehen.

»Du bist so ein Snob«, sagt Claire zu ihm. »Ich treffe hier jeden Tag Leute, die ich mag. Ich bin bloß ein Gewohnheitstier.«

Obwohl Claires Hände sauber und ihre Fingernägel manikürt sind, kann ich schwache dunkle Flecken an der Nagelhaut und in den Spalten um ihre Knöchel herum sehen. Das Gleiche passiert mit meinen Händen, wenn ich mit Kohle oder Tusche gezeichnet habe. Ich frage mich, ob sie malt. Ich bin zu schüchtern, um sie zu fragen.

»Wie lautet dein Nachname?«, will Jules von mir wissen. An seinem Tonfall erkenne ich, dass er meine Antwort bewerten wird. Es würde mich nicht überraschen, wenn er mir sagen würde, dass ich woanders essen soll, wenn meine Antwort nicht seinen Standards entspricht.

»Romero«, antworte ich.

Er denkt darüber nach. »Du bist die Schwester von Zoe?«

Ich nicke.

»Sie ist eine Erbin«, sagt er zu Claire. »Zoe, meine ich.«

»Zoe Romero …« Claire grübelt und überlegt, ob sie meine Schwester kennt. »Oh, sie ist die hinreißende Große mit den schwarzen Locken und den grünen Augen. Diejenige, die immer die Arme voller Bücher hat.«

»Ja«, sage ich erfreut. Ich bin immer stolz, wenn jemand Zoe kennt – stolz, mit ihr in Verbindung gebracht zu werden.

»Was für eine Verschwendung!«, seufzt Claire.

»Was meinst du?«, frage ich, wobei sich die Haare in meinem Nacken kräuseln. Sosehr ich Claire Turgenew bereits mag, ich lasse nicht zu, dass jemand meine Schwester kritisiert.

»Nichts gegen euch beide«, sagt Claire mit ihrer klaren, bezaubernden Stimme. »Es ist nur so eine Schande, dass ein derart schönes Mädchen Rocco Prince heiraten muss. Du stimmst mir sicher zu, dass er widerwärtig ist.«

Sie blickt über den Speisesaal zu dem entfernten Tisch, an dem Rocco mit seinem Schlägertrupp sitzt – darunter auch die beiden, die mit Zoe in unser Frühstück geplatzt sind.

Rocco strahlt eine dunkle Energie aus. Sie unterscheidet ihn gleichzeitig von den Jungs um ihn herum und bindet sie wie Magnete an seine Seite. An seinem Tisch sind keine Mädchen. Tatsächlich sitzt niemand, der nicht zu seiner Gang gehört, an einem der umliegenden Tische, sodass ein leerer Kreis um ihn herum ist.

»Was weißt du über Rocco?«, frage ich Claire leise.

Jules wirft ihr einen scharfen Blick zu, als würde er denken, dass sie nicht antworten sollte. Sadie richtet ihre Aufmerksamkeit ebenfalls auf ihr Essen und klinkt sich aus.

Aber Claire antwortet, ohne zu zögern: »Ich weiß, was jeder weiß. Dass er kein Krimineller ist, sondern ein Mörder.«

»Wie meinst du das?«, frage ich und versuche zu schlucken.

»Einige von uns haben gemordet, als wir mussten«, sagt Claire mit ihrer ruhigen, hypnotischen Stimme. »Und die meisten von uns werden auch in Zukunft töten. Nur sehr wenige Mafiosi schaffen es mit reinen Händen bis zum Grab. Aber kaum einer von uns macht es gern.«

Ich starre quer durch den Speisesaal auf Rocco, auf sein blasses Gesicht und seine glühenden Augen. Er rührt sein Essen nicht an. Ich weiß nicht, ob ich ihn jemals habe essen sehen. Er scheint die Zeit lieber zu nutzen, um alle um ihn herum zu beobachten.

Als ob er meinen prüfenden Blick spürt, hebt er langsam den Kopf, um mich anzusehen.

Ich senke sofort den Blick, mein Gesicht erglüht.

»Er ging ein Jahr lang mit meiner Freundin Emilia Browning zur Schule«, sagt Claire, hebt ihr Wasserglas und nimmt einen Schluck. »Dort hatte er eine ähnliche Gruppe von Freunden wie hier. *Les tyrans*.« Sie sucht nach dem Wort. »Tyrannen. Arschlöcher.«

»Sie hatten einen Jungen, der ihnen überallhin folgte. Eine Art Mitläufer. Sie benutzten ihn als Laufburschen – er kaufte Zigaretten für sie, schrieb ihre Hausarbeiten und so weiter. Dann fand der Hausmeister eines Tages die Leiche des Jungen im Fluss hinter der Schule versenkt. Laut Polizei hatte man ihn stundenlang gefoltert und geschlagen. Zigaretten auf seinem Körper ausgedrückt. Sein Trommelfell mit einem Bleistift durchstochen. Ihm die Zähne ausgeschlagen.«

Ich habe das Gefühl, dass ich mich übergeben muss. Mit jedem Wort von Claire legt sich ein Gewicht auf meine Schultern. Jede Silbe ist ein weiterer Ziegelstein auf dem Stapel.

»Emilia sagte, dass Rocco und seine Freunde damit prahlten, es getan zu haben. Es gab keinen Grund, keine Provokation. Der Junge dachte, sie seien seine Freunde. Es gab eine Untersuchung, aber der Junge war niemand Wichtiges, und Rocco und seine Clique kamen alle aus mächtigen Familien. Rocco musste die Schule wechseln, weil seine Eltern nicht wollten, dass lange darüber gesprochen wird.«

Jules Turgenew gibt ein angewidertes Zischen von sich. »Wilde«, sagt er und nickt in Richtung von Roccos Tisch. »Kein Niveau. Keine Gefühle.«

Ich komme mir sehr dumm vor, da ich nicht erkannt habe, was direkt vor mir passierte.

Seit dem Moment, als unser Vater den Ehevertrag unterschrieben hat, versinkt Zoe immer tiefer in Depressionen. Ich wusste, dass sie Rocco nicht mochte. Aber ich hatte keine Ahnung, wozu sie tatsächlich gezwungen wurde.

Ich bekam einen Hinweis darauf an jenem Morgen beim Frühstück, als ich sah, wie er ihren Oberschenkel anfasste. Er war immer höflich gewesen, wenn auch ein wenig unheimlich. Das war das erste Mal, dass ich Gewalt zwischen ihnen sah.

Es ist nicht die Tatsache, dass er sie angefasst hat, die mich beunruhigt. Sondern die Art und Weise, wie er es getan hat: unter dem Tisch, heimlich, sodass es niemand sehen konnte. Die Art und Weise, wie sich sein Gesichtsausdruck nicht eine Sekunde lang veränderte. Da war kein Hauch von Wut in seiner Stimme. Er war ruhig und gefasst, während er meiner Schwester wehtat.

Plötzlich bekommt die Abwesenheit von Zoe einen neuen Beigeschmack.

Ich springe vom Tisch auf, mein Tablett mit dem Essen bleibt unberührt.

»Ich muss gehen«, murmle ich.

»Es tut mir leid«, sagt Claire und legt ihre Hand auf meinen Arm. »Ich wollte dich nicht traurig machen. Ich dachte, du solltest es wissen. Falls deine Eltern es nicht wissen …«

»Danke«, sage ich wie betäubt. »Ich weiß das zu schätzen.«

Keine Ahnung, wie ich ihr sagen soll, dass es unserem Vater egal wäre, selbst wenn ich ihm genau diese Geschichte erzählen und er sie glauben würde.

Ich war so eine Idiotin.

Zoe hat die ganze Zeit über Rocco Prince Bescheid gewusst. Ihr war klar, dass er ein totaler Psychopath ist. Sie hat es mir nur nicht gesagt. Um mich zu schützen, weil ich zu schwach bin, um damit klarzukommen.

Ich eile aus dem Speisesaal, fest entschlossen, meine Schwester zu finden.

Kapitel 7

Zoe

Dr. Cross sagt mir, dass ich so lange auf der Krankenstation bleiben kann, wie ich will. Nach einem langen Nickerchen, das den pochenden Druck in meinem Schädel lindert, verlasse ich aber das Gebäude am Abend.

Ich glaube, ich habe mir den Kopf gestoßen, als Jasper Webb mich an meinem Knöchel festhielt. Doch das ist nicht der einzige Grund für die hämmernden Kopfschmerzen. Es ist auch die Enttäuschung.

Ich will nicht tot sein. Eigentlich nicht. Aber ich wollte verdammt noch mal entkommen.

Jetzt stehe ich wieder mitten im Leben, und das Gewicht ist erdrückend.

Ich bin erschöpft vom Kratzen an den Wänden, schlage meinen Kopf gegen die verschlossenen Türen. Wohin ich mich auch wende, es gibt keinen Ausweg.

Ich bin erst seit ein paar Minuten zurück in meinem Zimmer, als ich ein leises Klopfen an der Tür höre.

»Zoe?«, flüstert Cat leise.

Ich öffne die Tür und sehe meine Schwester ängstlich warten. Ihre dunklen Augen wirken riesig in ihrem zarten Gesicht.

»Da bist du ja«, sagt sie und schiebt sich mit einem Seufzer der Erleichterung in mein Zimmer. Dann sieht sie mich im Lampenlicht richtig an, und ihr Gesicht verzieht sich. »Was ist passiert?«, schluchzt sie.

Ich berühre das Pflaster hoch oben auf meinem Wangenknochen, von dem ich weiß, dass es die Anfänge eines bösen blauen Auges nicht verdeckt.

Anschließend öffne ich den Mund, um mich zu entschuldigen und um herunterzuspielen, was passiert ist. Stattdessen breche ich in Tränen aus.

Ich weine niemals auf diese Weise. Noch nie bin ich meiner Schwester schluchzend in die Arme gefallen. Ich bin so viel größer als sie, dass ich sie fast umwerfe. Sofort schäme ich mich für mich selbst, aber ich kann nicht aufhören. Mein ganzer Körper zittert, und ich gebe ein schreckliches, animalisches Geräusch von mir, ein verzweifeltes Heulen.

Ich wollte das nie bei Cat abladen. Doch ich kann anscheinend nicht aufhören. Ich weine und weine, als würde sich mein Inneres verflüssigen und durch meine Tränen ausströmen.

Nach einiger Zeit merke ich, dass Cat sich auf das Bett gesetzt hat und ich mit dem Kopf auf ihrem Schoß liege, während sie mir sanft über die Haare streicht.

Das ist etwas, das ich viele Male für sie getan habe, wenn sie krank oder traurig war. Besonders nachdem unsere Mutter gestorben war.

Ich war noch nie diejenige in dieser Position.

Das Gefühl ihrer sanften kleinen Hand auf meinem Kopf ist unglaublich beruhigend. Es ist schwer, Trost anzunehmen, wenn man das Gefühl hat, dass man diejenige sein sollte, die ihn gibt, ohne etwas im Gegenzug zu verlangen. Es ist schwer, darauf zu vertrauen, dass es in Ordnung sein könnte, Trost zu empfangen, nur dieses eine Mal.

Sobald mein Körper aufhört zu zittern, sobald ich mich entspannt habe, strömen die Worte aus mir heraus, genau wie die Tränen – ohne Mäßigung oder Kontrolle. Ich erzähle

Cat alles, was Rocco mir angetan hat. Alles, was er gesagt hat, von dem Moment an, als ich ihn im Garten unserer Villa traf, bis zu dem, was heute Morgen auf der Mauer passiert ist.

Cat hört schweigend zu und nimmt alles in sich auf. Ich kann spüren, wie ihre Beine unter meiner Wange immer steifer werden, aber sie unterbricht mich nicht.

Als ich mich aufsetze, um sie anzuschauen, sind ihre Lippen so blass, dass ich sie kaum auf ihrer Haut erkennen kann.

»Was können wir tun?«, fragt sie mich.

»Nichts. Es gibt nichts, was wir tun können.«

»Es muss doch etwas geben!«, ruft sie.

»Cat«, sage ich sanft, »wo würde ich hingehen? Wo würde ich mich verstecken? Und mit welchem Geld? Außerdem … ich könnte dich niemals bei ihnen lassen.«

Mit »ihnen« meine ich nicht nur unseren Vater und unsere Stiefmutter. Ich meine die Soldaten meines Vaters und die Princes und ihre Soldaten, die Professoren und die anderen Studierenden – die ganze weite Unterwelt, die dabei helfen würde, mich zu jagen oder meine Schwester für meine Flucht zu bestrafen.

»Ich könnte mit dir gehen«, sagt Cat.

Ich schüttle den Kopf. Ich würde nie riskieren, dass ihr etwas zustößt, wenn wir versuchen zu fliehen.

Cat ist nicht für ein Leben voller Angst und Ungewissheit gemacht.

Was ich hoffe, ist, dass sie einen vernünftigen Mann heiraten wird. Einen starken Mann, der sie beschützen kann. Der zu schätzen weiß, dass Cat schön und nett ist und ihm eine gute Ehefrau und seinen Kindern eine ausgezeichnete Mutter sein wird. Dann wird sie in Sicherheit sein.

Nicht alle Mafiosi sind schlecht. Sie könnte bei einem

Leo statt bei einem Rocco landen. Es gibt noch Hoffnung für sie.

Was mich betrifft … nun, darüber darf ich nicht nachdenken.

Wenn ich Cat ansehe, wird mir klar, dass ich nicht die Einzige bin, die angeschlagen und verletzt ist.

»Was ist mit deinem Gesicht passiert?«, frage ich.

»Kampfunterricht«, sagt Cat und schüttelt reumütig den Kopf. »Ich werde auch nicht wirklich besser.«

»Doch, das wirst du«, versichere ich ihr. »Ich könnte mit dir in der Turnhalle trainieren, außerhalb der Unterrichtszeiten. Ich bin nicht die beste Kämpferin, aber ich habe ein paar Dinge gelernt. Chay ist besser – ich wette, sie würde dir auch helfen.«

»In Ordnung«, sagt Cat zögernd und sieht bei dieser Aussicht eher nervös als erfreut aus. Dann kehrt sie zu dem Thema zurück, das sie am meisten beschäftigt: »Als du versucht hast, von der Mauer zu springen … hat Jasper Webb dich gepackt?«

»Ja«, sage ich. »Er und Miles Griffin.«

»Aber Miles war nicht daran beteiligt. Er kam mittendrin dazu?«

»Das ist richtig.« Ich nicke.

»Warum denkst du, dass Jasper dir geholfen hat?«

»Ich weiß es nicht. Aus einem Instinkt heraus. Oder um mich davon abzuhalten, von Rocco wegzukommen. Oder weil er Angst hatte, selbst in Schwierigkeiten zu geraten. Es war nicht aus Mitleid mit mir, das kann ich dir sagen. Er hatte kein Problem damit, mich festzuhalten, damit Rocco mir das Auge aus der Augenhöhle schneiden konnte.«

Cat ist kreidebleich geworden und schluckt angewidert, und ich bedaure, dass ich das Geschehen so anschaulich beschrieben habe.

»Aber das macht nichts«, sage ich. »Es war dumm von

mir, einen geheimen Weg zu nehmen, um ihm auszuweichen. Ich werde aufpassen, dass ich nicht an irgendwelche abgelegenen Orte gehe.«

Cat beißt sich auf die Lippen. Wir wissen beide, dass es bestenfalls eine vorübergehende Lösung sein kann, Rocco auf dem Campus zu meiden. Ich werde ihm nicht aus dem Weg gehen können, wenn wir als Mann und Frau zusammen in einem Haus leben.

»Was hat Miles da oben gemacht?«, fragt Cat.

»Ich weiß es nicht«, sage ich.

Ich spüre, wie sich mein Gesicht verfärbt. Ich habe Cat alles erzählt, bis auf mein Gespräch mit Miles auf der Krankenstation. Ich weiß nicht recht, wie ich es erklären soll.

Ich hätte nie erwartet, dass ich von Miles Griffin Freundlichkeit erfahren würde. Und ich hätte definitiv nicht erwartet, auf Verständnis zu stoßen. Miles und ich könnten nicht unterschiedlicher sein. Und doch … für einen kurzen Moment, als ich mich mit dem Rücken an das Kissen lehnte und er direkt neben mir saß, ohne mich zu berühren, aber mit nur ein oder zwei Zentimetern Abstand zwischen uns … fühlte ich mich, als ob er in mich hineinsehen konnte. Er wusste, was ich fühlte. Und er verstand mich.

Noch überraschender war, dass ich dasselbe für ihn empfand. Ich blickte in sein Gesicht, und ausnahmsweise war da keine Maske der Gleichgültigkeit. Seine Züge wurden weicher. Er sah jünger aus. Miles wurde für mich ein echter Mensch, mit einer Bandbreite an Emotionen, die viel größer war, als ich ihm zugetraut hätte.

Er benutzt Humor als Schild und als Waffe. Ich habe bei ihm nie etwas anderes gesehen als Ehrgeiz, Gerissenheit und die unerbittliche Entschlossenheit, seine eigenen Bedürfnisse zu befriedigen.

Als er neben mir saß, fiel die Maske. Der echte Miles

sprach zu mir. Ich hörte Mitgefühl in seiner Stimme. Besorgnis. Sogar Respekt.

Es war bizarr. Fast beunruhigend. Ich erwartete jede Sekunde, dass er den Kopf schüttelt, einen Witz reißt und wieder zu seiner üblichen Sorglosigkeit zurückkehrt.

Stattdessen sollte ich ihm versprechen, dass ich nicht mehr versuchen werde, mich umzubringen.

Ich habe gemerkt, dass es ihm wichtig war. Dass er sich wirklich darum sorgte.

Ich verstehe jedoch nicht, warum ihn das interessieren würde.

Ich glaube nicht, dass es Miles Griffin leichtfällt, Gefühle zu zeigen.

Mir auch nicht, wenn ich ehrlich bin. Die einzige Person, die ich wirklich liebe, ist Cat. Bevor ich nach Kingmakers kam, war ich nie mit jemandem eng befreundet. Da ist eine Kälte in mir, die nicht so leicht schmilzt. Vielleicht, weil ich mein ganzes Leben lang so vorsichtig sein musste, so auf der Hut. Es ist schwer für mich, zu vertrauen. Schwer, mich zu öffnen.

»Miles muss anständig sein«, sagt Cat nachdenklich. »Er ist ein Cousin von Leo und Anna.«

»Das hat nichts zu bedeuten.« Ich schüttle den Kopf. »Schau doch mal, mit wem wir verwandt sind.«

***

Die folgenden Wochen am College sind ereignislos.

Ich habe Dr. Cross nie erzählt, was wirklich passiert ist, und er hat mich nicht um Antworten gebeten. Er ist zu sehr daran gewöhnt, von Studierenden belogen zu werden, und will es wahrscheinlich nicht hören.

Ich weiß nicht, ob Rocco im Recht ist, ob er mich ungestraft verletzen darf. So oder so ergibt es keinen Sinn, zu berichten, was passiert ist. Niemand wurde verletzt, abgesehen von den Schnitten in meinem Gesicht und Körper und der Beule an meinem Kopf. Nur ernsthafte Schäden verdienen eine offizielle Stellungnahme.

Eine Sache habe ich allerdings getan, und zwar mir zwei Hosen besorgt. Ich habe sie Matteo Ragusa, einem Buchhalter aus dem zweiten Jahrgang, der ungefähr die gleiche Größe wie ich hat, abgekauft. Er hat sich gefreut, seinen Vorrat an Uniformen zu Geld zu machen, obwohl ich merkte, dass er neugierig war.

»Wozu brauchst du die?«, fragte er und übergab mir die Hosen frisch gewaschen und ordentlich gebügelt.

»Ich will einfach keine Röcke mehr tragen«, antwortete ich.

Ich konnte ihm nicht erklären, wie viel Scham ich manchmal wegen meines Körpers spüre. Wie sehr ich es hasse, wie er die Blicke von Leuten wie Rocco Prince und Wade Dyer auf sich zieht. In meiner College-Uniform bin ich verletzlich. Es war zu einfach für Rocco, seine Hand am Frühstückstisch unter meinen Rock zu schieben. Zum Glück hat er mich nur in den Schenkel gezwickt.

»Brauchst du die wirklich nicht?«, fragte ich Matteo und hielt die Hosen hoch.

»Nein.« Er schüttelte den Kopf. »Ich habe genug. Und meine Mutter kann mir noch mehr in meinem Weihnachtspaket schicken.«

Es hat mein ganzes Taschengeld verbraucht, aber das ist kaum von Bedeutung. In Kingmakers gibt es nichts zu kaufen, außer ich will etwas Illegales von Miles Griffin.

Seitdem trage ich nur mehr Hosen. Sie geben mir ein seltsames Gefühl von Selbstvertrauen. Ich fühle mich wie Katherine Hepburn oder Ingrid Bergman, zwei Frauen, die ich immer bewundert habe. In einer Umgebung voller Röcke sind Hosen ein Ausdruck von Macht.

Niemand hat sich dazu geäußert, außer Professor Graves, der die Augenbrauen hochzog, als ich das erste Mal ohne die übliche Uniform in den Unterricht kam.

Vielleicht funktioniert die Hose, weil Rocco mich meistens in Ruhe gelassen hat. Wahrscheinlicher ist, dass er gemerkt hat, dass er zu weit gegangen ist.

Ich bin nicht so dumm, mich zu entspannen. Ich weiß, dass er sich nur neu gruppiert und seinen nächsten Angriff plant.

Mit unserem letzten Treffen war er nicht zufrieden. Er mag es nicht, wenn die Dinge nicht nach Plan laufen. Jede Interaktion zwischen ihm und mir soll irgendeinen dunklen Trieb befriedigen. Wenn ich ihm nicht gebe, was er will, wird er nur noch hungriger.

Rocco ist nicht der Einzige, der mich beobachtet. Ich ertappe Miles Griffin dabei, wie er mich öfter ansieht als früher. Vorher kannten wir uns flüchtig, schwebten beide in der Umlaufbahn von Leo und Anna, interagierten aber selten direkt miteinander.

Vielleicht bilde ich mir das bloß ein, doch ich habe das Gefühl, dass Miles sich öfter mit uns zum Essen hinsetzt oder uns in der Mensa abfängt, um mit uns über das Gelände zu gehen, bevor sich unsere Wege zum nächsten Kurs trennen.

Vielleicht will er nur sichergehen, dass ich mich noch nicht umgebracht habe.

Es fühlt sich nach mehr an als das. Es fühlt sich an, als würde er meine Gespräche mit Anna belauschen, jedes Wort, das aus meinem Mund kommt, in sich aufnehmen, auch wenn Leo in sein anderes Ohr plappert.

Während er mich beobachtet, beobachte ich ihn.

Miles ist viel klüger, als ich dachte. Ich wusste, dass seine Noten beschissen waren und er sich im Unterricht kaum anstrengte, im Grunde nur das Nötigste tat, um nicht vom

College zu fliegen. Er schwänzt das *Quartum bellum*. Letztes Jahr ist sein Team ausgeschieden, und es schien ihn kaum zu kümmern. Vermutlich verschwand er sogar für die Hälfte des Spiels.

Aber wenn er über ein Thema spricht, das ihm wirklich am Herzen liegt, scheint er über alles Bescheid zu wissen.

Heute Morgen zum Beispiel diskutiert er mit Ozzy über Bitcoin. Er ist so in das Gespräch vertieft, dass sein ganzes Gesicht aufleuchtet und er mehr wie Leo aussieht, statt wie sonst einen hämischen Blick hat.

»Es waren die Kartelle, die Bitcoin überhaupt erst ins Leben gerufen haben!«, sagt er zu Ozzy und gestikuliert mit seinen langen, beweglichen Fingern. »Es ist der perfekte Weg, um Transaktionen zu verschleiern. Ich erwarte immer wieder, dass die Regierung den Bitcoin reguliert, dass sie den Transfer in amerikanische Dollars verweigern, aber sie ignorieren es.«

»Die verstehen das nicht«, sagt Ozzy. »Politiker sind keine Programmierer.«

Wir haben Pause, sitzen auf der erhöhten Plattform unter den Orangenbäumen und genießen die letzten warmen Sonnenstrahlen, ehe es Herbst wird.

Seit meiner Auseinandersetzung mit Rocco oben auf der Mauer bin ich jetzt das erste Mal wieder hier. Es war genau die Mauer, an der ich nun gerade lehne und deren sonnengewärmter Stein sich angenehm an meinem Rücken anfühlt.

Ich kann nicht umhin, nach oben zu den leeren Mauern zu blicken. Miles sieht mich an, und unsere Augen treffen sich mit einem kurzen Moment des Verständnisses, bevor Ozzy seine Aufmerksamkeit wieder auf sich zieht.

Wir liegen ausgestreckt mit unseren Taschen und Büchern überall verstreut: Leo und Anna, Chay, Cat und ich, Miles und Ozzy, dann Ares und Hedeon.

Ares ist Leos Zimmergenosse. Er ist ein sanfter Riese – sogar noch einen Zentimeter größer als Leo, mit tief gebräunter Haut und diesem besonderen blaugrünen Farbton der Augen, den man manchmal bei den Griechen sieht. Er ist ruhig und fleißig, deshalb habe ich ihn immer gemocht und fand ihn einen guten Lernpartner.

Hedeon wohnt im selben Stockwerk des achteckigen Turms, zusammen mit allen männlichen Erben unseres Jahrgangs. Ich kann nicht sagen, dass ich seine Gesellschaft so sehr genieße wie die von Ares, denn Hedeon ist reizbar und neigt zu Wutausbrüchen. Er würde gut aussehen, wenn er nicht immer so mürrisch wäre – er ist dunkelhaarig, glatt rasiert und sehr gepflegt. Das Einzige, was sein hübsches Gesicht trübt, ist der leicht schiefe Nasenrücken, als wäre er in der Vergangenheit gebrochen worden und nie richtig verheilt.

Seit unserem ersten Jahr hat er sich verbessert. Ich glaube, Leo und Ares haben einen guten Einfluss auf ihn, denn keiner von ihnen kann eine schlechte Laune lange halten.

Aber im Moment ist Hedeon so übel gelaunt, wie ich ihn noch nie gesehen habe. Er und sein Bruder Silas haben sich beim Frühstück eine Schlägerei um den letzten Blaubeer-Muffin geliefert.

Ich weiß nicht, wie zum Teufel Hedeon es wagen kann, mit Silas zu kämpfen. Silas ist ein wandelnder Gigant. Er sieht aus, als wäre er aus Stein gemeißelt, und er ist ungefähr genauso gefühlvoll. Ich habe ihn noch nie lächeln sehen, es sei denn, er hat gerade jemandem im Kampfunterricht die Scheiße aus dem Leib geprügelt.

Dennoch geraten sie wegen der kleinsten Provokationen ständig aneinander.

Anna denkt, dass Silas verbittert ist, weil ihre Eltern Hedeon als Erben ausgewählt haben. Wenn das stimmt, bin ich mir nicht sicher, worüber Hedeon so wütend ist.

Hedeon bekommt bei ihren Kämpfen das Schlimmste ab, aber er gibt nie nach. Es ist wie ein Schorf, an dem er nicht aufhören kann zu kratzen.

»Gib mir etwas von dem Wasser«, verlangt er von Anna. Sie hat eine Flasche voll mit dem herrlich kalten, mineralhaltigen Wasser, das man aus dem Brunnen neben dem Speisesaal hochpumpen kann.

»Nein«, sagt Anna und nimmt selbst einen Schluck. »Du hast schon die Hälfte getrunken und hättest dein eigenes mitbringen sollen.«

Hedeon versucht, es ihr zu entreißen, doch Anna zieht es außer Reichweite. Die Reflexe der Tänzerin sind so schnell wie die der Jungs. Außer vielleicht von Leo.

»Ich weiß nicht, warum du dich in die Sonne legst«, sagt er zu Anna. »Ich habe noch nie gesehen, dass du braun geworden bist.«

Leo runzelt die Stirn und öffnet den Mund, um Hedeon zurechtzuweisen, aber Anna kommt ihm zuvor.

»Hör auf, uns alle dumm anzumachen, weil Silas dich verprügelt hat«, sagt sie. »Es ist nicht unsere Schuld, dass dein Bruder ein Arsch ist.«

Hedeon starrt Anna mit einem so wütenden Blick an, dass selbst Anna leicht verlegen aussieht.

»Er ist *nicht* mein Bruder«, zischt Hedeon. »In unseren Adern fließt kein einziger gemeinsamer Tropfen Blut.«

Eine peinliche Stille legt sich über die Gruppe, als wir uns alle daran erinnern, dass Hedeon von den Grays adoptiert wurde und Silas auch. Sie sind zusammen aufgewachsen, was aber offensichtlich keine Zuneigung erzeugt hat.

Leise fragt Chay: »Weißt du, wer deine leiblichen Eltern waren?«

Hedeons Lippen sind fest aufeinandergepresst, sein Kiefer ist starr vor Wut. Ich glaube nicht, dass er ihr antworten wird.

Dann sagt er: »Nein.«

Es ist eine verdrehte, gequälte Silbe, als ob es ihn schmerzt, sie herauszulassen.

Ich habe gesehen, wie Hedeon im Fitnessstudio auf den Sandsack einschlug, immer und immer wieder, bis seine Knöchel blutig waren und sein Hemd durchgeschwitzt. Diese weißen T-Shirts werden durchsichtig, wenn sie nass sind. Hedeons Rücken ist eine einzige Ansammlung von Narben, erhaben und kreuz und quer, neuere Narben, die sich über ältere legen. Sie verlaufen auch an den Rückseiten seiner Arme und an seinem Hals hinauf.

Ich denke an die Narben und die leicht schiefe Nase.

Ich frage mich, wann das passiert ist. Bevor er adoptiert wurde? Oder danach?

Die Stille ist intensiv, denn die meisten von uns wollen etwas zu Hedeon sagen, wissen aber nicht, was. Sein Gesichtsausdruck scheint anzudeuten, dass er dem Ersten, der es versucht, den Kopf abreißt.

Zu meinem Schock ist es Cat, die sich meldet.

»Meine Zimmergenossin hat mich im Kampfunterricht wieder verprügelt«, sagt sie. »Aber ich glaube fast, es ist befreiend für uns. Es scheint wirklich die Spannung in unserem Zimmer danach zu reduzieren.«

Chay kann sich das Lachen nicht verkneifen. »Was? Wer würde dich denn verprügeln wollen?«

»Rakel scheint es wirklich zu genießen«, sagt Cat verwundert. »Gerade lerne ich, wie ich meine Hände oben halte. Und ich habe sie heute einmal zu Fall gebracht, das ist also ein Fortschritt.«

Tatsächlich hat Cat eine dicke Lippe und einen blauen Fleck unter ihrem Auge von einer früheren Trainingseinheit. Das unterstreicht nur die Unschuld ihrer großen Augen und ihres zarten Gesichts.

Hedeon sieht sie mit einem verwirrten Ausdruck an. Er

strahlt immer noch Wut aus, aber in einem weniger radioaktiven Ausmaß. Mehr Asbest als Tschernobyl.

Die Spannung ist gebrochen, Miles und Ozzy kehren zu ihrem Gespräch zurück.

»Es bringt nichts, direkt unter der Zehntausend-Dollar-Marke für Einlagen zu bleiben«, sagt Ozzy. »Die haben Algorithmen, um das zu verfolgen. Wenn du alle drei Tage 9400 einzahlst, lassen sie dich trotzdem auffliegen. Du musst deinen eigenen Algorithmus schreiben, um es wirklich zufällig zu halten.«

»Kannst du das machen?«, fragt Cat ihn eifrig.

»Klar«, antwortet Ozzy, überrascht, dass sie sich dafür interessiert. »Ganz einfach.«

»Cat hat ein Händchen für Computer«, sage ich zu Ozzy.

»Ozzy ist ein verdammtes Genie auf der Tastatur«, sagt Miles. »Cat könnte von keinem Besseren lernen.«

Erneut sehe ich, wie sich unsere Blicke treffen, und es fühlt sich an, als ob so viel mehr zwischen uns abläuft als die einfachen Worte dieses Satzes.

»Hübsches Outfit übrigens«, sagt Miles. Sein langsames, träges Grinsen zieht sich über die rechte Seite seines Mundes und zeigt weiße Zähne auf seiner gebräunten Haut.

»Danke«, sage ich und erröte ein wenig. Ich trage Matteos Hose und ein Paar Hosenträger, die ich mir von Chay geliehen habe, über einem weißen Hemd, dazu ein Paar flache braune Oxfords, aber Miles scheint es wirklich zu gefallen. Er ist selbst sehr gut gekleidet und trägt immer ungewöhnliche Kombinationen der Uniform mit seiner umfangreichen Sammlung von modernen Turnschuhen.

Es ist das einfachste aller Komplimente. Und doch wird mir warm bis in die Zehen – und das nicht nur von der Sonne.

Ares schaut auf seine Uhr. »Ich wollte das Referat über Organisationsstruktur vor der nächsten Stunde fertig machen«, sagt er. »Willst du mitkommen, Zoe?«

Er weiß, dass ich immer für einen Ausflug in die Bibliothek zu haben bin. Wahrscheinlich ist das sogar mein Lieblingsort in ganz Kingmakers. Ich gehe gern dorthin, nur um den Geruch von all dem alten Papier und der Tinte einzuatmen.

»Klar«, sage ich und krame meine Büchertasche hervor.

Ich hebe meine Hand zum Winken, um mich von Miles und allen anderen zu verabschieden. Aber Miles sieht mich nicht mehr an – er starrt Ares mit einem völlig unerwarteten Ausdruck an. Er blickt so finster drein wie Hedeon, wenn Silas erwähnt wird. Er sieht aus, als hätte Ares gerade seinen Blaubeer-Muffin gestohlen.

Ich blinzle, und der bizarre Moment ist vorbei. Stattdessen wendet Miles seinen Blick auf seine teuren Turnschuhe.

Ich sage »bis später«, und er antwortet mit einem kurzen Nicken.

Ares und ich gehen westlich an der Wand entlang, in Richtung des Bibliotheksturms.

Ares hat eine beruhigende Ausstrahlung. Er ist einer dieser Menschen, mit denen man schweigend zusammensitzen kann, ohne dass man sich unwohl fühlt. Wenn ich mit ihm spreche, antwortet er immer mit einem Lächeln. Trotzdem habe ich manchmal das Gefühl, dass er eigentlich nicht sehr glücklich ist.

»Wie geht es dir?«, fragt er mich sanft.

Cat ist die einzige Person, mit der ich darüber gesprochen habe, was auf der Mauer passiert ist. Ich schätze, Miles hat es Leo erzählt und der dann Ares. Entweder das – oder Ares ist einfach scharfsinnig. Stille Menschen sehen eine Menge. Und es ist nicht so unauffällig, dass ich vollkommen fertig bin.

Mein automatischer Impuls ist es, zu sagen: »Mir geht es gut«, wie ich es immer tue.

Aber es ist eine seltsame Sache, wenn man Freunde hat. Es fühlt sich nicht gut an, sie anzulügen.

Ich habe meine Gefühle immer unter Verschluss gehalten. Nach und nach bringen Anna, Chay, Leo und Miles mich zur Offenheit zurück. Sogar Cat gegenüber bin ich ehrlicher geworden.

Also erzwinge ich kein Lächeln für Ares.

»Ich bin verdammt müde«, sage ich. »Vom College, von der Scheiße mit meiner Familie und diesem verdammten unlösbaren Problem, das mir immer im Nacken sitzt.«

Ares' Kiefer spannt sich an. Er hat die Hände in die Hosentaschen gesteckt, und seine Unterarme sehen seltsam steif aus.

»Verstehe«, sagt er.

Ich schaue ihn neugierig an. »Tust du das?«

Er begegnet meinem Blick nur für einen Moment, sein dunkler, unordentlicher Haarschopf fällt ihm über die Augen. Dann schaut er wieder weg.

»Ich denke schon«, murmelt er. »Du bist klug, Zoe. Und diszipliniert. Loyal. Es scheint, als müsste es am Ende für dich eine Lösung geben.«

»Gibt es immer eine Lösung für die Leute, die es verdienen?«, frage ich ihn. »Oder ist manchmal alles nur zufällig und verdammt schrecklich?«

Er beißt sich auf die Lippen und überlegt wirklich. »Ich weiß es nicht«, sagt er schließlich. »Aber ich tue so, als gäbe es eine Art Schicksal oder Karma oder wie immer man es nennen will. Denn was wäre sonst der Sinn von allem? Wir können genauso gut gleich aufgeben.«

»Und das willst du nicht?«, frage ich ihn. Manchmal möchte *ich* aufgeben.

»Nein.« Ares schüttelt vehement den Kopf. »Das will ich nie.«

Einen Moment lang sind wir still. Ares scheint sich unwohl zu fühlen, so wie er es immer tut, wenn er mehr als zwanzig Worte hintereinander spricht.

Er und ich haben eine ganze Menge Zeit allein miteinander verbracht, aber ich weiß nicht viel über ihn. Nur dass er von einer kleinen Insel in Griechenland kommt. Dass die Cirillos eine der zehn Gründerfamilien von Kingmakers waren, aber kaum noch zur Mafia gehören. Er wuchs auf einem Bauernhof auf. Er ist der Älteste von vier Kindern, und seine jüngeren Geschwister vermissen ihn sehr – er schreibt ihnen ständig Briefe und holt die Antworten in der kleinen Poststelle im Dorf ab.

Ich weiß, was alle anderen nach ihrem Abschluss machen wollen: Anna wird die polnische *Braterstwo* übernehmen, und Leo wird der italienische Don. Zusammen werden sie den Großteil von Chicago regieren.

Rechtmäßig könnte Miles das irische Gebiet übernehmen, aber er will stattdessen nach Los Angeles gehen, um seinen eigenen Weg zu gehen.

Chay ist die Erbin der Berliner Night Wolves und weiß schon genau, wie sie deren Netzwerk aus Tattoo-Shops, Nachtclubs, Konzertlokalen, Motorradläden und Rennteams erweitern wird.

Sogar Hedeon wurde zum Erben des in London ansässigen Gray-Imperiums ernannt, wobei sein Bruder Silas zu seinem obersten Lieutenant bestimmt wurde. Wie sie das schaffen wollen, wenn sie nicht einmal frühstücken können, ohne sich gegenseitig umzubringen, ist mir schleierhaft, aber der Plan steht.

Nur Ares verzichtet darauf, über die Zukunft zu sprechen.

»Was wirst du tun, nachdem wir unseren Abschluss gemacht haben?«, frage ich ihn.

»Ich übernehme das Geschäft meines Vaters«, antwortet er sofort.

»Wirklich?«, sage ich. »Das überrascht mich.«

»Warum?«

»Na ja, du bist hier in allem so gut. Du hast sowohl in den

praktischen als auch in den akademischen Fächern die besten Noten. Das ist wahr!«, sage ich, während Ares bescheiden den Kopf schüttelt. »Glaube ja nicht, dass es keiner merkt, nur weil du die ganze Zeit neben Leo stehst. Willst du wirklich Landwirt werden?«

Ares sieht mich an und lächelt sanft. »Du bist nett, Zoe«, sagt er. »Mach dir keine Sorgen um mich. Ich mag es, Dinge anzubauen.«

»Na gut«, sage ich und zucke mit den Schultern. »Ich würde dir nie erzählen, dass ein friedliches Leben keine Freude bringt. Ich würde den Deal auf der Stelle annehmen.«

Wir haben den Bibliotheksturm erreicht. Ich spüre bereits einen Anflug von Glück, als Ares die schwere, eisenbeschlagene Tür aufstößt. Der Duft von Pergament und Leder schlägt uns entgegen wie ein kühler, trockener Wind. Dazu mischt sich eine leichte, exotische Note, die vielleicht Miss Robins Parfüm sein könnte. Ihre Gemächer liegen direkt über der Bibliothek, im Dachgeschoss des Spitzdachs.

Wir steigen die gewundenen Steinstufen zur ersten Ebene hinauf. Die ganze Bibliothek ist eine einzige riesige Spirale wie das Innere einer Muschelschale. Die Bücherregale sind so gebogen, dass sie an die Wand passen, und der Boden fällt wie eine lange, durchgehende Rampe nach oben ab. Keilförmige Plattformen stützen die Tische, damit unsere Stifte nicht wegrollen, während wir arbeiten. Ein bizarres Design, das die Bibliothek schier grenzenlos aussehen lässt. Die dicken Orientteppiche und die mit Büchern vollgestopften Wände dämpfen den Schall, sodass man nie weiß, wer sich in den Etagen über einem aufhalten könnte.

Als wir hinaufsteigen, streift mein Schnürsenkel gegen die Steinstufen, und ich bücke mich, um meine Oxfords zu binden, damit ich nicht stolpere. Ares geht weiter und bemerkt nicht, dass ich zurückgeblieben bin.

Mit gebundenen Schnürsenkeln beeile ich mich, ihn einzuholen. Ich höre Miss Robins fröhliche Begrüßung: »Solltest du nicht im Unterricht sein?« Sie hält inne, als ich neben Ares hineinstürme, und sagt dann: »Zoe! Das hätte ich mir denken können. Ich glaube nicht, dass irgendjemand mehr Zeit hier verbringt als ihr zwei.«

»Es ist Mittwoch«, erinnert Ares sie. »Jeder bekommt eine Freistunde im Morgenblock.«

»Mittwoch!«, ruft sie und schüttelt den Kopf. »Als Nächstes erzählst du mir, es sei Oktober.«

Ich lächle vor mich hin und bin mir sicher, Miss Robin weiß, dass der Monat auch schon fast wieder vorbei ist.

Als ich die Bibliothekarin das erste Mal traf, dachte ich, sie sei schüchtern und ein wenig zurückhaltend. Sie isst selten in der Mensa, obwohl das viele andere Professoren und Angestellte tun, und ich habe sie bei keiner Univeranstaltung gesehen.

Je mehr ich mich mit ihr unterhalte, desto mehr merke ich, dass sie eigentlich ziemlich warmherzig und charmant ist. Gerade ist sie in ihre Doktorarbeit über mittelalterliche Klöster vertieft. Sie ist nie untätig, wenn ich hierherkomme, immer damit beschäftigt, alte Karten und Dokumente zu durchforsten.

Selbst jetzt kann ich Spuren von Tinte auf ihren Fingerspitzen und einen Fleck auf ihrer Wange sehen. Ihr dunkelrotes Haar entweicht in wilden, krausen Strähnen aus ihrem Dutt. Ihre dicke Oma-Brille ist ihr bis auf die Nasenspitze gerutscht. Weil es in der Bibliothek ewig kühl ist, trägt sie drei oder vier Strickpullis übereinander, sodass sie mollig aussieht, obwohl ich vermute, dass sie darunter eher schlank ist.

Miss Robin ist hübsch, auch ohne Make-up und auch mit ihren schrecklichen orthopädischen Schuhen. Sie hat eine tiefe, heisere Stimme. Ich höre sie gern reden – obwohl sie das nie lange tut, sondern immer gleich wieder zu ihren eigenen Projekten zurückkehrt.

»Ich habe gerade Tee gemacht«, sagt sie. »Wollt ihr beide welchen?«

»Nein«, sagt Ares aus Höflichkeit.

»Ja bitte«, sage ich, weil ich nicht so höflich bin – und wenn Miss Robin sich zu uns setzen will, nehme ich das Angebot gern an.

Sie geht den langen Weg in die oberste Etage hinauf, wo ich ein leises Knarren und Klopfen höre, als sie die Leiter hinunterzieht, die zu ihrem Dachboden führt. Bis Ares und ich unsere Bücher und Papiere ausgebreitet haben, hat sie schon zwei weitere zarte Porzellantassen heruntergebracht und die dampfende Kanne Tee von ihrem Schreibtisch geholt.

»Ich habe keinen Zucker«, sagt sie entschuldigend. »Ich trinke ihn pur.«

»Das ist genau richtig«, sage ich.

Sie gießt den satten, stark eingedickten braunen Tee in unsere Tassen. Er riecht nach Zimt und Nelken. Die Gewürze harmonieren perfekt mit der alten Luft der Bibliothek.

Miss Robin hebt ihre eigene Tasse an die Lippen und nimmt einen Schluck.

»Wie läuft's mit der Doktorarbeit?«, frage ich sie.

»Schrecklich«, sagt sie mürrisch. »Ich war so aufgeregt, als ich hier ankam – die Archive enthalten Dokumente und Pläne, die man nirgendwo sonst auf der Welt findet. Und doch sind sie nicht kategorisiert, nicht beschriftet, nicht geordnet. Die schiere Menge an Material ist genau das, was mich daran hindert, die Informationen zu finden, die ich tatsächlich brauche. Nichts davon ist digitalisiert. Und ehrlich gesagt ist vieles davon durch Schimmel und Mäuse beschädigt.«

»Die vorherige Bibliothekarin war alt, nicht wahr?«, sage ich entschuldigend, als ob das Chaos meine Schuld wäre.

»Aber es ist nicht ihre Schuld«, sagt Miss Robin. »Die Bibliothek war nie eine hohe Priorität für die Verantwortlichen von Kingmakers. Warum sollte sie auch? Die meiste Zeit ihres Bestehens war diese Einrichtung eher eine Militärkaserne als eine richtige Universität.«

»Sieht der jetzige Dekan das auch so?«, frage ich neugierig.

»Ich nehme an, nein«, entgegnet Miss Robin. »Immerhin hat er mich eingestellt.«

»Sie sind doch seine Nichte, nicht wahr?«, frage ich.

»Über zwei Ecken oder so ähnlich.« Miss Robin lacht. »Aber ja, da ist Vetternwirtschaft im Spiel. Er ist sehr nett zu mir – abgesehen von der vagen Jobbeschreibung. Bei meiner Ankunft habe ich dann zu meiner Überraschung festgestellt, dass … nun ja … einige meiner Verwandten höchstwahrscheinlich doch nicht im Import-Export-Geschäft tätig waren.« Sie schüttelt reumütig den Kopf.

Das ist ein weiterer Grund, warum Miss Robin vielleicht nicht freundlich zu den anderen Mitarbeitern ist. Die meisten von ihnen haben eine gewalttätige Vergangenheit, die einen normalen Zivilisten erschrecken würde. Professor Bruce war Söldner, Professor Penmark ein für seine Brutalität bekannter Schuldeneintreiber. Professor Lyons wurde die Arsen-Hexe genannt, weil sie es verstand, subtil zu vergiften, wenn sie Auftragsmorde für die Saudis übernahm. Das sind nur die Geschichten, die jeder kennt – ich kann mir kaum vorstellen, worüber die Professoren plaudern, wenn sie privat in ihrer Lieblingsecke in der Mensa sitzen.

Trotzdem: Miss Robin muss hier oben einsam sein.

»Verbringen Sie viel Zeit mit dem Dekan?«, frage ich.

»Ein wenig«, erwidert Miss Robin. »Er ist nicht immer hier, weißt du – manchmal fährt er nach Dubrovnik.«

»Wie macht er das?«, fragt Ares.

»Das sollte ich euch nicht sagen«, meint Miss Robin mit einem verschmitzten Lächeln. »Ich glaube, sie wollen, dass jeder glaubt, der einzige Weg zur Insel und von der Insel weg sei das große Schiff, das euch gebracht hat – oder das Versorgungsschiff, das jeden Monat hin- und herfährt.«

»Was ist mit den Fischerbooten?«, frage ich.

»Sie können die Überfahrt nicht machen.« Sie schüttelt den Kopf.

»Was dann?«, fragt Ares mit interessiertem Blick.

»Er hat ein speziell angefertigtes Schiff. Wunderschön. Ich kann mir nicht vorstellen, was es ihn gekostet hat. Aber Luther ist stinkreich. Die Hugos waren schon immer wohlhabend. Sie haben nicht umsonst einen goldenen Totenkopf auf ihrem Wappen.«

»Aber nicht die Robins?«, necke ich sie.

Sie lacht. »Gott, nein! Wenn wir ein Familienwappen hätten, was wir nicht haben, dann wäre es ein Rotkehlchen, das einen Brotkrümel pickt.«

Ares scheint sich für all das nicht zu interessieren und kehrt zu dem Punkt zurück, der seine Neugierde geweckt hat. »Woher wissen Sie, dass der Dekan ein Schiff hat? Ich habe es noch nie gesehen.«

»Ganz sicher nicht. Weil er es geheim halten will.« Miss Robin trinkt den letzten Schluck ihres Tees aus. »Lasst euch Zeit«, sagt sie und nickt in Richtung unserer Tassen. »Ihr könnt sie mir später bringen.«

Als Miss Robin zu ihrem Schreibtisch zurückgeht, sage ich zu Ares: »Kannst du dir vorstellen, so reich zu sein, dass du einfach Jachten oder Jets oder was auch immer kaufen kannst?«

Ich hatte noch nie die Kontrolle über einen größeren Geldbetrag und weiß, dass Ares' Familie zu den am wenigsten wohlhabenden am ganzen College gehört.

»Geld zieht Ärger an«, sagt Ares und wendet sich wieder seinen Büchern zu. Dann schenkt er mir nach einem Moment, in dem er vielleicht darüber nachdenkt, dass sein Kommentar unnötig abweisend war, ein kleines Lächeln und gibt zu: »Das Schiff würde ich allerdings gern sehen. Ich wette, es ist verdammt schnell.«

Ich grinse ihn ebenfalls an. »Wenn ich Hugos Nichte wäre, würde ich fragen, ob ich mir die Schlüssel ausleihen darf.«

MASQUERADE

Kapitel 8

Miles

Ich weiß, dass Rocco Prince sich nicht lange zurückhalten wird. Er wird die Schmach, dass ich mich in den Missbrauch seiner Verlobten eingemischt habe, auf keinen Fall einfach so hinnehmen.

Es ist unmöglich für uns, einander aus dem Weg zu gehen – wir sind beide im dritten Jahrgang und beide Erben, also sind wir in mindestens der Hälfte unserer Kurse zusammen.

Bis zu diesem Zeitpunkt hatten wir eine kollegiale Beziehung – nicht freundschaftlich, aber er kaufte mir immer Pilze ab, und einmal verkaufte Ozzy ihm ein altes iPhone, auf dem einige ziemlich abgefuckte Pornos gespeichert waren.

Die iPhones sind eines unserer beliebtesten Produkte. Wir kaufen alte Modelle superbillig, laden sie dann mit Musik, Filmen und Pornografie voll und verkaufen sie für 500 Dollar pro Stück an Studierende. Wir bieten ein Austauschprogramm an, um das alte Telefon gegen neue Inhalte einzutauschen, doch meistens müssen sie sowieso ein neues kaufen, weil irgendein Professor es konfisziert hat.

Handys sind auf der Insel verboten. Auch Laptops und iPads. Lautsprecher und iPods sind erlaubt, solange sie nur Musik abspielen.

Schon allein das Aufladen ist mühsam. Im Schloss gibt es kaum Steckdosen, in den Schlafräumen gar keine.

Kein Handyempfang, daher müssen alle Anrufe nach Hause zur Familie von den Telefonzellen im Wehrturm aus getätigt werden. Kein Internetzugang. Alle Hausarbeiten müssen mit der Hand geschrieben werden.

Natürlich sind diese Regeln für den kleinen Mann gedacht.

Ozzy und ich haben GPS-Telefone, die überall funktionieren, und wir haben herausgefunden, wie man sich in den Server der Hochschule hackt. Gerade sind wir dabei, uns eine ganz neue Art der Verbindung zu sichern – unseren eigenen Starlink-Satelliten. Wir müssen nur noch herausfinden, wo wir ihn verstecken.

Das ist das Projekt für heute Nachmittag.

Heute Morgen habe ich es mit Rocco Prince, Jasper Webb, Dax Volker und Wade Dyer zu tun, die anscheinend beschlossen haben, ihren Zugang zum Schulschwarzmarkt zu gefährden, um ihren Unmut über mich herauszulassen.

Wir sind alle zusammen im Chemieunterricht, im Wehrturm bei Professor Lyons. Sie sieht aus wie eine durchschnittliche Laborassistentin, steht in ihrem weißen Kittel und ihrer Schutzbrille vor der Klasse, die grauen Haare zu einem ordentlichen Bob geschnitten. Mit ihren verschlafenen Augen und ihrem trägen Vortragsstil könnte man sie sogar für eine Großmutter halten. Und doch hat sie eine der höchsten Tötungszahlen aller ehemaligen Auftragskiller, spezialisiert auf nicht nachweisbare Gifte und Todesfälle, die als Herzinfarkt oder Schlaganfall gewertet wurden.

Sie hat uns in unserem ersten Jahr alles über diese Gifte beigebracht. Im zweiten Jahr konzentrierten wir uns auf selbst gebauten Sprengstoff. Jetzt gehen wir zur Herstellung von harten Drogen über.

»Opium ist eine der ältesten Drogen der Menschheit«, sagt Professor Lyons und sieht ein bisschen so aus, als hätte sie selbst einen Zug aus der Pfeife genommen, während sie uns mit diesen schweren Augenlidern anblinzelt. »Die Verwendung von Opium, sowohl als Medizin als auch als Freizeitdroge, lässt sich bis ins alte Mesopotamien zurückverfolgen. Der kostbare Nektar stammt aus dem gewöhnlichen Schlafmohn – *Papaver somniferum* –, genau die Blüte, die ihr in eurem Garten anbauen und aus der ihr Samen für Gebäck oder Bagels gewinnen könnt. Die gleiche Blüte, die ihr gerade auf euren Schreibtischen seht.«

Wir sitzen an breiten Tischen, die mit Laborgeräten ausgestattet sind. Ich teile mir einen mit Ozzy, während Rocco Prince und Wade Dyer direkt rechts von uns sitzen und Jasper und Dax hinter uns. Wenn das einschüchternd wirken soll, haben sie sich getäuscht. Dax atmet so laut, dass er keine Chance hätte, mich zu überraschen, und Roccos finstere Blicke sind bestenfalls unangenehm, nachdem man Onkel Neros Todesstarren zu spüren bekommen hat.

Wie Professor Lyons angedeutet hat, steht auf jedem Tisch ein leuchtend scharlachroter Mohn mit einer tintenschwarzen Mitte und einem pelzigen Stiel. Sie weist uns an, unsere Latexhandschuhe anzuziehen, damit wir die Knolle des Mohns aufschneiden und das dicke, schlammige Opiumgummi entnehmen können.

Rocco nimmt sein Skalpell in die Hand, berührt aber seinen Mohn nicht. Er hält den Griff, die silberne Klinge in meine Richtung gerichtet.

»Nicht so schüchtern«, sage ich zu ihm. »Oder soll ich ihn für dich festhalten?«

Ich provoziere ihn, das weiß ich. Die Wahrheit ist, ich hege ebenfalls einen Groll wegen unserer kleinen Konfrontation. Wenn ich Roccos Feindseligkeit ausgelöst habe, hat er auch meine ausgelöst.

Geschickt, ohne hinzusehen, schlitzt Rocco die Mohnknolle auf. Weißer Saft sickert heraus.

»Ich könnte dir genauso gut die Kehle aufschlitzen«, zischt er. Seine Augen sind auf mich gerichtet.

»Du könntest es versuchen«, spotte ich. »Du hast vielleicht eine übertriebene Einschätzung von deinen eigenen Fähigkeiten. Nicht jeder ist so langsam wie dein Handlanger Dax. Oder so dumm wie Wade da drüben.«

Dax verlagert seinen massigen Körper in seinem Stuhl, und Wade knurrt: »Fick dich, Griffin. Du bist nicht schlau genug, um dich um deine eigenen Angelegenheiten zu kümmern, oder?«

Immer, wenn Wade wütend wird, erinnert er mich an einen Rüpel in einem Achtzigerjahre-Film. Es hat etwas mit seinem faden guten Aussehen, seinen blonden Haaren und seinem markanten Kinn zu tun. Er sieht aus wie Rip aus *Unter Null* oder Ace Merrill aus *Stand By Me – Das Geheimnis eines Sommers*.

»Wade, du bist nicht der dümmste Kerl der Welt, aber du solltest hoffen, dass er nicht stirbt«, sagt Ozzy.

Wade braucht ein paar Sekunden, um den Witz zu begreifen, und in der Zwischenzeit lachen Ozzy und ich über sein verwirrtes Gesicht. Professor Lyons sieht verärgert zu uns her.

Unter ihrem mahnenden Blick werden wir alle für einen Moment still, aber ich weiß, dass es nicht lange anhalten wird. Dax, Wade und Rocco sind aufgeregt wie ein Rudel Hunde, wenn jemand einen Stock am Zaun entlangschleift. Nur Jasper scheint gleichgültig, er sitzt rechts hinter mir. Er arbeitet an seiner Mohnblume, seine skelettartigen Tätowierungen sind durch die durchsichtigen Handschuhe immer noch sichtbar – und er ist scheinbar unempfindsam für den Sturm, der sich um ihn herum zusammenbraut.

»Wenn ihr den Saft gesammelt habt, werden wir Lösungsmittel verwenden, um die Morphinlösung zu extrahieren«, sagt Professor Lyons und schreibt die chemischen Bestandteile auf die Tafel.

»Ich besorge den ganzen Scheiß«, sagt Ozzy und kritzelt die Liste mit Tinte auf seinen Handrücken, damit er nicht mehrmals zum Vorratsschrank laufen muss, falls er etwas vergisst. »Du holst den Mohnsaft heraus.«

Wade folgt Ozzy zum Schrank.

Ich nehme mein eigenes Skalpell in die Hand und bin mir bewusst, dass Rocco und ich jetzt beide bewaffnet sind und nur einen Meter Platz zwischen uns haben. Ein Messer in der Hand zu halten, gibt mir den seltsamen Impuls, sein verdammtes Gesicht aufzuschlitzen. Oder ihm ins Auge zu stechen, wie er es bei Zoe versucht hat. Meine Hand fühlt sich unruhig und angespannt an, als hätte sie ein Eigenleben entwickelt.

Technisch gesehen bin ich derjenige, der im Unrecht ist. Rocco und Zoe sind verlobt, und ich habe kein Recht, mich in ihre Angelegenheiten einzumischen.

Andererseits ist Rocco verdammt ätzend, und je besser ich Zoe kennenlerne, desto tragischer finde ich es, dass sie das Spielzeug dieses Verrückten ist.

»Du willst dir mich nicht zum Feind machen. Das wäre nicht weise«, sagt Rocco. Seine zischende Stimme betont das »s« in »weise«.

Normalerweise würde ich sagen: »*Ich habe kein Interesse an Feindschaften.*«

Ich habe die Verwüstung gesehen, die sie anrichtet. Der lange und blutige Kampf meiner Familie gegen die Bratwa in Chicago endete mit dem Tod meines Großvaters. Onkel Dante wurde angeschossen, Onkel Nero fast getötet. Seit zwanzig Jahren währt der Groll und wird an diesem verdammten College immer noch von Dean Yenin weitergeführt, dem Bratwa-Erben, der letztes Jahr versucht hat, Leo zu ertränken.

Das Problem ist … ich mag Rocco wirklich nicht. Ich hasse alles davon, wofür er steht. Die Vorstellung, mit ihm Frieden zu schließen, schmeckt wie Kotze in meinem Mund.

Also sage ich: »Zoe ist mit meiner Cousine befreundet. Ich, Leo, Anna … wir passen auf sie auf. Wenn du mich nicht zum Feind haben willst, dann lass gefälligst die Finger von ihr.«

»Du hast einen seltsamen Sinn für Gerechtigkeit«, sagt Rocco. Seine blauen Augen funkeln vor Wahnsinn. »Würde ich dir sagen, du sollst nicht mit deinem eigenen Auto fahren? Oder das Essen in deinem eigenen Kühlschrank essen?«

»Du bist noch nicht mit ihr verheiratet«, sage ich.

»Der Vertrag ist unterschrieben.«

»Ja? Wo ist die Klausel über das Herausschneiden ihres Auges? Oder bist du zu blöd, dich anständig um dein Eigentum zu kümmern?«

»Es geht dich nichts an, was ich mit Zoe mache. Ich könnte sie anzünden, nur um sie brennen zu sehen.«

Beim Anblick seiner amüsierten Miene dreht sich mir der Magen um. Ich glaube nicht an gute und böse Menschen. Aber Rocco strahlt ein Maß an Bösartigkeit aus, das mir noch nie begegnet ist.

Ich bin gut darin, Menschen zu lesen. Ich suche nach kleinsten Anzeichen – Andeutungen von Angst, Besorgnis, Verlangen, Täuschung in ihrem Gesicht.

Rocco hat nichts davon. Seine Emotionen sind nicht komplex. Seine Absichten sind einfach: Er will Zoe aus Spaß an der Freude verletzen. Und er will, dass ich aufhöre, ihm Unannehmlichkeiten zu bereiten.

»Das werden wir nicht hinnehmen«, sage ich unmissverständlich.

»Das ist deine Entscheidung«, erwidert Rocco. »Das war deine Warnung. Eine weitere wird es nicht geben.«

Ozzy kehrt vom Vorratsschrank zurück, die Arme voll mit Tütchen und Gläsern. Sorgfältig stellt er sie auf dem Tisch ab, dann rutscht er wieder in seinen Stuhl. Er schaut mit finsterem Blick zu Rocco hinüber, um zu sehen, ob wir uns immer noch ankeifen. Rocco lächelt ihn an, seine dünnen Lippen sind wie eine Kluft in der unteren Hälfte seines Gesichts.

Wade trägt seine Vorräte, seine Arme sind noch schwerer beladen als die von Ozzy. Er geht langsam und bedächtig. Als er an Ozzy vorbeikommt, lässt er einen offenen Behälter mit einer klaren Flüssigkeit auf Ozzys nackten Unterarm fallen.

Heulend springt Ozzy von seinem Sitz auf.

Die Flüssigkeit brutzelt auf seinem Arm, sein Fleisch ist sofort hummerrot und blubbert sogar an einigen Stellen. Ich rieche Chlor.

Ozzy versucht, zur Tür zu rennen, wahrscheinlich, um zur Krankenstation zu sprinten, aber ich packe ihn am Kragen seines Pullunders und ziehe ihn zurück. Ich reiße am Griff des Wasserhahns, ergreife Ozzys Handgelenk und schiebe seinen Arm unter den stetigen Strom des kalten Wassers, um den Bereich sauber zu spülen.

»Was ist hier los?«, schreit Professor Lyons.

»Wade hat etwas auf Ozzys Arm verschüttet«, sage ich. »Ich glaube, es ist Salzsäure.«

Professor Lyons hebt den umgekippten Behälter mit einer Zange von der Arbeitsfläche und hält ihn vor ihre Schutzbrille hoch. Sie blinzelt auf das aufgeweichte, verschwommene Etikett.

»Warum war das offen?«, fragt sie.

»Es war ein Unfall«, sagt Wade und versucht, der Geschichte zuvorzukommen, bevor wir ihn beschuldigen können. »Ich dachte, es wäre Benzol.«

»Dann bist du ein Idiot«, schnauzt sie. »Geh zum Schrank. Hol mir Calciumgluconat. Versuch diesmal, das Etikett zu lesen.«

Anschließend verstellt sie den Wasserhahn leicht und

sagt zu mir: »Du lässt das Wasser zwanzig Minuten lang über seinen Arm laufen. Nicht zu fest – nur so.«

»Es war kein Unfall.«

Sie mustert die Szene mit Augen, die nicht mehr schläfrig, sondern scharf wie die eines Falken sind. »Woher willst du das wissen? Wade *ist* ein Idiot.«

»Er ist gestolpert«, sagt Dax hinter mir. »Miles hat seinen Fuß mit Absicht hinausgestreckt. Ich habe das Ganze gesehen.«

»Das ist doch Schwachsinn!«, knurre ich.

Professor Lyons ignoriert meine Obszönität. Fluchen ist in Kingmakers so üblich wie Atmen.

»Zwanzig Minuten«, erinnert sie mich. »Dann werden wir das Calciumgluconat auftragen.«

Ozzys Gesicht ist eine schmerzverzerrte Fratze. Seine Lippen sind zurückgezogen, um seine fest zusammengebissenen Zähne zu zeigen, und sein stämmiger Körper ist starr und zittert, während die Säure weiterhin die freigelegten Nerven seines Arms verbrennt. Ich hoffe, das kühle Wasser verschafft ihm ein wenig Linderung.

Sobald Professor Lyons sich entfernt, um den leeren Behälter mit Säure zu entsorgen, zische ich Wade zu: »Dafür bist du verdammt noch mal dran.«

Er grinst. »Sie werden mich nicht einmal bestrafen. Es steht vier gegen zwei, dass ich einfach ungeschickt bin.«

»Denk zweimal nach, bevor du deine Nase in Dinge steckst, die dich nichts angehen«, knurrt Dax mich an und schiebt seinen Tisch nach vorne, sodass er gegen die Rückseite meiner Beine stößt. Ich würde ihm eine reinhauen, aber ich muss Ozzys Arm weiter unter Wasser halten. Ozzy könnte es bestimmt nicht selbst tun, denn er zittert stark.

Ich bin zehnmal wütender, dass Wade Ozzy angegriffen hat, als wenn er diese Scheiße mit mir abgezogen hätte. Deshalb hat er es auch sicher getan– wenn man seine Soldaten nicht beschützen kann, ist das eine schwere Beleidigung in unserer Welt. Ozzy ist nicht wirklich mein Soldat – er ist selbst ein Erbe, das einzige Kind der Duncans, mit alleiniger Kontrolle über die kriminellen Aktivitäten in Tasmanien. Aber auf dem Campus mache ich die Pläne, und er hilft, sie auszuführen. Wie bei allen besten Freunden muss einer von uns die Führung übernehmen.

Ich fühle mich dafür verantwortlich.

Die Verbrennung ist verdammt schmerzhaft, das Fleisch ist offen und wird bestimmt vernarben.

»Das wird schon wieder«, murmle ich zu Ozzy.

»Ich weiß«, grunzt er, rot und schwitzend vor Schmerz. »Das ist es nicht. Es ist mein Fuchs.«

»Dein Fuchs?«, frage ich verständnislos.

»Ja.« Er macht eine Pause, zieht eine Grimasse und fährt dann fort: »Auf meinem Arm. Er war mein Liebling. Und sieh ihn dir nun an!«

Ich schaue auf die Stelle auf seinem Unterarm, wo früher der doppelschwänzige Fuchs zu sehen war. Er ist jetzt nur noch ein rotes, geschwollenes Chaos, mit kaum einer Andeutung eines Umrisses, wo das Tattoo einmal war.

»Ozzy …«, sage ich, »das war dein schlimmstes Tattoo.«

»Wovon redest du?«

»Es war verdammt scheußlich, Mann. Sehr schlimm. Der Fuchs sah aus wie ein Eichhörnchen. Ehrlich gesagt hat Wade dir irgendwie einen Gefallen getan.«

Ich sage das leise, denn Wade kann mich mal, wenn er denkt, damit wäre es getan. Er wird dafür bezahlen, ob das College ihn bestraft oder nicht.

Ozzy lacht, obwohl es eher wie ein Stöhnen klingt. »Der Fuchs war schräg«, gibt er zu. »Aber gerade deshalb mochte ich ihn.«

Als die zwanzig Minuten verstrichen sind, trägt Professor Lyons das Calciumgluconat auf Ozzys Arm auf. Sie drückt es aus einer Tube, ähnlich wie Zahnpasta. Es scheint seine Schmerzen ein wenig zu lindern. Die Professorin wickelt seinen Arm in einen sauberen Verband.

»Bring ihn auf die Krankenstation, damit Dr. Cross ihn untersuchen kann«, sagt sie.

»Kann ich ein paar von diesen Mohnblumen mitnehmen?«, fragt Ozzy schwach. »Ich habe das Gefühl, dass ich einen Vorgeschmack davon brauchen könnte, verstehen Sie, Professor?«

»Du kannst Dr. Cross um Schmerzmittel bitten«, sagt sie gleichgültig.

»Komm schon«, sage ich und schnappe mir Ozzys Tasche. Ich bin sicher, Dr. Cross wird begeistert sein, mich wiederzusehen.

***

Ozzy bleibt über Nacht auf der Krankenstation. Als er am nächsten Tag in den Unterricht zurückkehrt, ist seine linke Hand steif und geschwollen, der ganze Arm ist eingebunden und hängt in einer Schlinge, um ihn vor Stößen zu schützen. Ozzy erzählt mir, dass das Fleisch immer noch wund ist. Die kleinste Berührung, selbst über dem Verband, ist schmerzhaft.

Ich bin verdammt wütend, dass Ozzy das meinetwegen passiert ist. Um ihn zu besänftigen, versorge ich ihn mit ein paar unserer besten Köstlichkeiten, aber ich brauche etwas Besseres als das, um ihn aufzuheitern. Also stehe ich am nächsten Tag früh auf und schleiche mich ins Torhaus.

Im Torhaus haben die Vollstrecker ihre Schlafsäle. Die Zimmer sind ordentlich und einheitlich, da sie früher als Kasernen für Soldaten genutzt wurden. Unter den Vollstreckern sind kaum Mädchen, außer Ilsa Markov, die, wie ich zugeben muss, eine verdammt knallharte Schlampe ist.

Es liegt ein deutlicher Geruch von Testosteron und ungewaschenen Socken in der Luft. Auch das überwältigende Acqua Di Giò, das Wade immer trägt. Ich würde sein Zimmer auch finden, wenn ich nicht schon wüsste, welches es ist.

Soweit ich weiß, steht er gern sehr früh auf, um noch vor Unterrichtsbeginn ins Fitnessstudio in der Waffenkammer zu gehen. Er gehört zu den Typen, die jedes Mal bereits um sechs da sind, zusammen mit Dax, Dean Yenin und den anderen Masochisten.

Ich warte vor seiner Tür und höre, wie er herumwuselt, während er sich seine Sportsachen und seine makellosen weißen Tennisschuhe anzieht. Kurz darauf höre ich drei deutliche Spritzer, als er sich mit Eau de Cologne übergießt, das mir ein paar Sekunden später in die Nase steigt, als der scharfe Duft durch die Ritzen der Tür dringt.

Ich warte rechts von besagter Tür, das Telefon in der linken Hand, mein Feuerzeug für ein wenig zusätzlichen Nachdruck in der rechten Hand.

Die Scharniere knarren, und ich mache mich bereit.

In dem Moment, in dem Wade die Tür öffnet, stürze ich los und schlage ihm mit voller Wucht auf die Nase. Es ist ein Volltreffer, völlig unerwartet und nichts, was ich normalerweise tun würde. Aber in diesem Fall ist es völlig verdient.

Wade hält sich die Hände über die Nase, das Blut schießt bereits heraus und spritzt durch seine Finger.

»Lächeln, Schlampe«, sage ich.

Ich hebe mein Telefon und mache ein schnelles Foto von seinem jaulenden Gesicht. Dann haue ich ab, bevor der Rest der Vollstrecker aufwacht und es zu so etwas wie einem fairen Kampf macht.

Beim Frühstück präsentiere ich Ozzy das Bild. Er lacht so sehr, dass ihm Tränen in die Augen treten.

»Das war heute Morgen?«, fragt er. »Wo ist er? Ich will ihn persönlich sehen.«

Er sieht sich im Speisesaal um und hofft, Wade über seine Pancakes gebeugt zu sehen, mit ein paar Tampons in der Nase. Kein Glück – er muss sich wohl immer noch im Badezimmer verschanzen und versuchen, die Blutung zu stoppen.

»Glaubst du, sie ist gebrochen?«, fragt Ozzy hoffnungsvoll.

»Das hoffe ich doch sehr«, sage ich.

Wade erscheint nicht zu unserem Kurs *Strukturelle Organisation*, obwohl Rocco und Dax von der Vergeltung gehört haben müssen, denn sie starren uns bösartiger an denn je an.

Ich verstoße gegen meine übliche Politik der Deeskalation, aber das ist mir scheißegal. Meine ersten zwei Jahre in Kingmakers war ich ein guter Junge, relativ gesehen. Es wird Zeit, dass ich ein bisschen Spaß habe.

»Bist du bereit, den Satelliten zu installieren?«, frage ich Ozzy.

»Ja«, sagt er. »Ich habe aber nur einen Arm, also musst du das Heben übernehmen.«

Die Starlink-Satellitenantenne ist klein und kompakt, weniger als einen Meter im Durchmesser. Sie braucht eine freie Sichtlinie zum Himmel, und je höher wir sie montieren, desto besser. Vor allem darf sie nicht entdeckt werden – es war eine verdammte Qual, das Ding auf die Insel zu schmuggeln. Das Letzte, was ich brauche, ist ein Collegeangestellter, der sie wieder abreißt, gleich nachdem ich sie angebracht habe.

Wir brauchen die Antenne in der Nähe, also ist die offensichtliche Wahl einer der sechs Türme von Kingmakers. Der Achteckturm, in dem wir unsere Zimmer haben, wäre ideal, aber er ist voll mit männlichen Erben. Sogar der Dachboden ist belegt. Der Bibliotheksturm fällt wegen Miss Robin weg. Im Dachgeschoss des Buchhalterturms wohnt niemand – alle ihre Zimmer befinden sich in den unteren Etagen. Doch es würde seltsam aussehen, wenn Ozzy und ich dort oben mit einem verdächtigen Paket unter dem Arm herumschlendern würden.

Der Kerkerturm ist leer, aber die Türen sind immer verschlossen, egal ob ein Gefangener drin ist oder nicht – mit modernen elektronischen Riegeln, nicht mit den rostigen alten Schlüsselschlössern, die ich praktisch mit dem Fingernagel knacken könnte. Und der Glockenturm wurde nie wieder aufgebaut, nachdem er vor hundert Jahren von einem Feuer verwüstet worden war. Der wackelige Steinhaufen sieht aus, als könnte er jeden Moment umfallen – wir würden unser Leben riskieren, wenn wir durch die Tür gingen.

Somit bleibt nur noch die Turmspitze. Es ist der kleinste Turm, eingebettet am Nordende der Kathedrale. Er ist voller Federn und Vogelkacke, aber ich denke, er ist für unsere Zwecke geeignet.

Ozzy hält Ausschau, während ich das Schloss am Eingang der Treppe knacke. Wir schlüpfen hinein, über Stufen, die mit staubigem, weißem Kot bespritzt sind. Winzige Federreste gleiten durch die Luft.

Dutzende von Brieftauben haben sich hier niedergelassen. In den unteren Etagen auch Falken. Der Ammoniak-Gestank ist überwältigend, doch das macht nichts. Wir werden nicht viel Zeit hier drin verbringen. Sobald wir den Satelliten platziert haben, können wir unser eigenes privates Netzwerk aufbauen, unauffindbar und unaufspürbar, es sei denn, man kennt seinen Namen bereits. Ozzy und ich werden blitzschnelles Internet haben, während wir in unserem Zimmer faulenzen.

Vorausgesetzt, er kann seine Hand wieder benutzen, damit er tippen kann. Scheiß auf Wade Dyer und auch auf Rocco Prince!

Ozzy muss das Gleiche denken. Während ich das Werkzeug organisiere, um ein Loch in das steile Dach zu schneiden, sagt er: »Ich kann es kaum erwarten, das Ding zum Laufen zu bringen.«

»Gut, dass ich dich habe«, sage ich. »Ich bin nicht schlecht in diesem Scheiß, aber du bist so viel besser.«

»Genau«, stimmt Ozzy mir zu und grinst.

»Gut, dass dich nie ein Mädchen mochte, so hattest du viel Zeit zum Üben.«

Er lacht. »Sie sollten mich nicht mögen, aber aus irgendeinem Grund tun sie es. Mädchen wissen einfach nicht, was gut für sie ist.«

»Tja, Jungs auch nicht«, sage ich und denke wieder an Zoe.

Mehrmals am Tag taucht sie in meinen Gedanken auf. Wenn ich mit Anna und Leo, Chay und Zoe zusammen bin, kann ich den Blick nicht von ihr abwenden. Ich weiß nicht, was es ist. Sie ist nicht so laut wie Chay, nicht so auffällig wie die anderen Mädchen am College. In letzter Zeit kleidet sie sich wie ein Junge mit ihren Oxfords und Hosen. Irgendwie macht es sie nur noch sexyer. Vielleicht, weil ich jetzt weiß, was unter diesen Klamotten ist. Ich sollte nicht über ihre Figur nachdenken – ich sollte sie gar nicht erst sehen. Aber verdammt noch mal, ich kann es nicht vergessen. Ich habe noch nie so einen Körper gesehen, nirgendwo.

Und es ist nicht nur ihr Aussehen. Es ist die Art und Weise, wie sie redet, was sie selten tut, aber wenn, ist alles, was sie sagt, intelligent und gut durchdacht. Sie hat diese stille Würde, die mich in ihren Bann zieht, selbst wenn ich weiß, dass sie die denkbar schlechteste Kandidatin für eine Schwärmerei ist.

»Ja, wir sind genauso dumm.« Ozzy lacht. »Ich habe einen echt bescheuerten Plan für das Wochenende.«

»Ach ja?« Ich grinse. »Was hast du vor?«

»Ich werde es noch einmal bei Chay probieren.«

Ich schüttle den Kopf über ihn. »Was ist das, das fünfte Mal?«

»Das sechste«, sagt Ozzy.

»Vielleicht fickt sie dich aus Mitleid, jetzt, da du ein Krüppel bist.«

»Meinst du?«, fragt Ozzy hoffnungsvoll.

Ich bin sicher, Ozzy plant sein Vorhaben für die Halloween-Party. Wenn Chay hingeht, frage ich mich, ob Zoe auch kommen wird. Sie geht nicht immer zu Partys, weil ihre beschissenen Cousins sie bei ihrem Dad verpetzen. Aber wenn ich die Cousins nicht hineinlasse …

»Alles klar«, sage ich zu Ozzy. »Ich bin bereit, mit dem Schneiden zu beginnen. Hast du die Schutzbrille?«

»Ja«, sagt Ozzy und reicht mir eine. »Ich habe sie eingesteckt, bevor Wade mir den Arm flambiert hat, zum Glück. Denn wenn ich ehrlich bin, hätte ich mich danach nicht mehr daran erinnert.«

»Ja … nun, er wird sich auch nicht mehr daran erinnern, wie seine Nase früher aussah«, sage ich.

Lachend beginnen wir, das Dach durchzusägen.

***

Ozzy und ich veranstalten in den alten Ställen eine Halloween-Party. Wir verlangen fünfzig Dollar Eintritt und versprechen eine unbegrenzte Menge an Punsch mit Schuss. Der Eintritt ist nicht der Geldbringer. Es ist die riesige Menge Ecstasy, die jeder kauft, wenn er beschwipst ist und tanzt.

Beim Veranstalten einer Party geht es vor allem darum, eine Stimmung zu erzeugen. Ich engagiere ein paar Buchhalter aus dem ersten Jahrgang, die mir tausend schwarze Papierfledermäuse basteln, welche von den Dachsparren hängen. Dann baue ich ein paar gruselige rote Lichter auf, umgebe die Punschschalen mit rauchendem Trockeneis aus dem Chemielabor und lege eine mörderische Playlist auf.

Ich liebe Musik, schon immer. Sie macht etwas mit meinem Gehirn. Wenn ich genau den richtigen Beat habe und eine komplizierte Melodie dazu, habe ich das Gefühl, dass ich zehnmal schneller denken kann und mein Verstand eine Million Meilen pro Minute läuft.

Ich lade Leo und Anna ein und informiere Anna, dass Martin Romero und Santiago Cruz nicht eingeladen sind.

Anna zieht die Augenbrauen hoch. »Ist das zum Wohle von Zoe? Du bist so … hilfsbereit geworden.«

»Ja. Ich bin ein netter Kerl.«

Sie lacht. »Seit wann?«

»Sag es ihr einfach«, antworte ich und versuche, lässig zu klingen. »Ich konnte diese Arschlöcher sowieso nie leiden. Also nicht weiter schlimm.«

Ich weiß nicht, ob Zoe vorhat zu kommen, doch ich bin seltsam aufgeregt, als die Studierenden durch die Tür strömen, einige von ihnen in provisorischen Kostümen, die man aus dem Zeug zusammenschustern kann, das man zufällig zur Hand hat.

Kasper Markaj hat sich als Spartaner verkleidet, trägt nur seine Unterwäsche und einen roten Samtvorhang, der wie ein Umhang über seine Schultern drapiert ist. Isabel Dixon hat sich die Haare auftoupiert und sich mit Kohle angeschmiert, damit sie aussieht, als hätte sie einen Stromschlag bekommen, während ihr Freund Hiram Stokes sich einen Blitz aus Papier um den Hals gehängt hat.

Alle sind aufgeregt, um den Anlass zu feiern. Zehn Minuten nachdem ich die Türen geöffnet habe, ist die Party in vollem Gange. Ozzy kassiert die Eintrittsgelder, so schnell er kann, mit nur einem Arm, und ich tue so, als würde ich alle begrüßen, während ich in Wirklichkeit die Augen offen halte nach den Leuten, die ich sehen will, und nach denen, die sich zurück in ihre Schlafsäle verpissen können.

Anna kommt in ihren zerfledderten Klamotten an, mit

einem ziemlich beeindruckenden Zombie-Make-up im ganzen Gesicht. Sie hat das Gleiche mit Leo gemacht, aber sein blendendes Lächeln lässt ihn viel zu lebendig aussehen, um untot zu sein.

»Gratuliere«, sage ich zu ihm.

Leo wurde gerade zum Kapitän des zweiten Jahrgangs für das *Quartum bellum* gewählt. Nach dem sensationellen Sieg im letzten Jahr war es so gut wie sicher, dass er es wieder wird, aber jetzt ist es offiziell.

»Danke«, sagt er. »Ich kann nicht sagen, dass ich dieses Mal ganz so begeistert bin – weil ich weiß, womit ich es zu tun habe.«

»Es kann nicht schlimmer werden als letztes Jahr«, sagt Ozzy.

»Es kann immer schlimmer werden.« Leo zieht eine Grimasse.

»Ja, so wie Simon Fowler als Kapitän zu haben«, beschwert sich Ozzy.

Simon ist ein Erbe aus dem dritten Jahrgang mit einer übertriebenen Meinung von sich selbst und einem großzügigen Geldbetrag von seinen Eltern. Er hat offen Bargeld verteilt, um Stimmen für das Kapitänsamt zu bekommen. Das ist mir scheißegal, denn das *Quartum bellum* ist mir scheißegal. Aber ich freue mich nicht gerade darauf, Befehle von jemandem anzunehmen, der seinen eigenen Schwanz lutschen würde, wenn er flexibel genug wäre.

»Also seid es nur ihr zwei heute Abend?«, frage ich Anna.

»Entspann dich.« Sie lächelt. »Zoe kommt mit Chay.«

»Ich habe nur gefragt. Wegen des Eintritts«, sage ich schnell.

»Du wirst doch von uns nichts verlangen!«, schreit Anna entrüstet.

»Das tue ich auf jeden Fall. Leo kann eine ganze Schüssel Bowle allein hinunterkippen.«

»Wie hoch ist der Familienrabatt?«, fragt Leo.

»Zwei zum Preis von zwei.«

»Ich werde bezahlen«, sagt Leo. »Aber nur, weil der arme Ozzy so eine Scheißwoche hat. Er hat es verdient.«

»Danke«, sagt Ozzy, nimmt Leos Hundertdollarschein und steckt ihn direkt in seine Tasche. »Es könnte für keinen besseren Zweck sein.«

Als ich mich wieder umdrehe, stehe ich einem Engel gegenüber.

Zoe trägt ein durchsichtiges weißes Kleid, das um ihren Körper zu schweben scheint. An ihren Schultern hängen kunstvoll geschnittene Flügel aus Papier und Draht. Ihr dunkles Haar ist offen und glänzt. Ihre Haut leuchtet im Mondlicht.

»Gott ...«, sage ich.

»Nein.« Zoe schenkt mir ein kleines Lächeln. »Nur eine seiner Freundinnen.«

Chay steht neben ihr, gekleidet wie der Teufel in einem engen roten Overall.

Ozzy gibt einen anerkennenden Pfiff von sich. »Sag mir, wen ich töten muss, um in diese Version der Hölle zu kommen«, sagt er und schaut sie von oben bis unten an.

Chay grinst. »Wenn du mit deinen Freunden den ganzen Bürgersteig einnimmst und so langsam gehst, dass ich nicht vorbeikomme ... wirst du für immer gequält. Wenn du die Guacamole zu sehr vermischst, sodass sie matschig wird ... dann kriegst du die Mistgabel direkt in deinen Arsch.«

»Mach weiter ...«, sagt Ozzy und sieht erfreut aus.

Cat läuft hinter den älteren Mädchen her. Sie trägt einen übergroßen schwarzen Pullover und kleine schwarze Katzenohren mit Schnurrhaaren im Gesicht. Es ist die naheliegendste Wahl des Kostüms für sie, aber es ist auch verdammt niedlich. Sie sieht wirklich aus wie ein flauschiges Kätzchen, vor allem mit ihren schwarzen Locken, die ihr wild im Gesicht herumfliegen.

»Du siehst toll aus«, sage ich zu Cat. Sie schaut erschrocken, dass ich sie bemerkt habe.

Chay hält mir ein Bündel Bargeld hin. Ich winke es weg.

»Keine Gebühr«, sage ich.

»Bist du sicher?«, fragt Chay.

»Ich verlange nie etwas von Freunden.«

»Wieso das denn!«, ruft Leo über die Schulter zurück, immer noch in Hörweite dieser unverschämten Heuchelei.

»Außer von ihm«, sage ich zu Chay. »Er kann es sich leisten.«

Ich kann spüren, wie Zoe mich beobachtet. Mein Gesicht fühlt sich seltsam warm an.

»Geht schon«, sage ich zu den Mädchen. »Amüsiert euch.«

Chay und Cat gehen hinein, aber Zoe hält inne, als sie an mir vorbeigeht.

»Wo ist dein Kostüm?«, fragt sie.

Ich drehe mich so, dass sie die Rückseite meines Trikots sehen kann. »Nummer 23«, sage ich. »Ich bin Jordan.«

»Ich dachte, Leo ist der Basketballspieler«, sagt Zoe.

»O ja, er ist viel besser als ich«, gebe ich zu. »Ich wollte nur die Schuhe tragen. Air 7s – die gleichen, die Jordan im Dream Team bei der Olympiade 1992 getragen hat.«

Zoe bewundert meine Turnschuhe, etwas, das mich normalerweise überglücklich machen würde, doch im Moment denke ich überhaupt nicht an meine Schuhe. Ich blicke auf ihr Gesicht. Noch nie habe ich so eine reine Haut gesehen. Es lässt mich an die makellose Haut am ganzen Rest ihres Körpers denken. Diesen Gedanken schiebe ich schnell beiseite. Es ist unanständig, etwas, das Rocco selbst gern sehen würde – ein Anblick, der Zoe ohne ihre Zustimmung gestohlen wurde.

»Ich mag Vintage«, sagt Zoe.

»Ach ja?«

»Ja. Besonders Dinge aus alten Fernsehserien und Filmen. Wenn ich mir zum Beispiel jemals ein Kleid kaufen würde, würde ich gern eines haben, wie es Marilyn Monroe in *Blondinen bevorzugt* trug. Weißt du, welches ich meine?«

Eine Gruppe von Studierenden versucht, durch die Tür hinter uns zu kommen. Ich versperre ihnen den Weg. Aber ich will mit Zoe reden, also frage ich Ozzy: »Hast du das im Griff?«, und Ozzy sagt: »Ja, mach weiter, Kumpel.«

»Lass mich dir einen Drink holen«, sage ich zu Zoe als Vorwand, um sie in meiner Nähe zu behalten.

Ich führe sie zur Bowle hinüber. »Die ist gut, ich verspreche es dir. Nicht so ein durcheinandergemischter Fusel.«

»Ich vertraue dir«, sagt sie und lächelt mich an.

Diese Worte schicken einen Schauer durch meinen ganzen Körper.

Ich schenke ihr eine Tasse Bowle ein, wobei ich darauf achte, keinen einzigen Tropfen auf ihr blütenweißes Kleid zu spritzen.

»Erzähl mir von dem Marilyn-Kleid«, sage ich.

»Es war pink. Saß perfekt. Mit langen, passenden Handschuhen. Ich sehe in Pink nicht einmal gut aus, aber die Farbe war so lebendig und so kraftvoll … man denkt nicht, dass Pink kraftvoll ist, aber es kann so sein. An der richtigen Person.«

»Das glaube ich dir nicht«, sage ich.

»Was meinst du?«

»Ich glaube nicht, dass du in Pink nicht gut aussiehst.«

Zoes Wangen erröten eine Nuance heller als ihre Lippen.

»Siehst du – deine Wangen werden rosig, und du siehst besser aus als je zuvor.«

Zoe fixiert mich mit ihren grünen Augen, die immer einen Sturm hinter sich zu haben scheinen.

»Flirtest du mit mir, Miles?«, fragt sie.

Ich erwäge, es zu leugnen. Doch Zoe ist so ehrlich, dass ich sie nicht anlügen kann.

»Ja«, sage ich einfach. »Das tue ich definitiv.«

»Hältst du das für eine gute Idee?«

»Nein. Aber es ist mir scheißegal. Ich werde es weiter tun, außer du sagst mir, ich soll aufhören.«

Ich beobachte ihr Gesicht genau, um ihre Reaktion darauf zu sehen.

Sie überlegt.

»Ich will nicht, dass du aufhörst«, sagt sie.

»Gut. Denn ich hatte es nicht vor.«

Sie lacht.

Ich weiß nicht, ob ich Zoe dieses Jahr schon einmal lachen gehört habe. Es ist ein fesselnder Klang, leise und intim, nur für mich bestimmt.

»Ich wusste, dass du Ärger bedeutest«, sagt sie.

»Und ich wusste, dass du ein schlaues Mädchen bist.«

Kapitel 9

Cat

Meine erste Party in Kingmakers ist meine erste Party überhaupt – abgesehen von den lästigen Veranstaltungen, die wir mit meinem Vater und Daniela von Zeit zu Zeit besuchen mussten.

Ich fühlte mich immer wie ein Turnierpferd, das von Daniela herausgeputzt und zu einem bestimmten Zweck vorgeführt wurde. Normalerweise, um mit irgendeinem schrecklichen Geschäftspartner meines Vaters zu tanzen, der mir immer sagte, dass ich ihn an seine Tochter erinnere, bevor er versuchte, seine Hand von meiner Taille zu meinem Hintern hinuntergleiten zu lassen.

Es war das erste Mal, dass ich mich mit Freundinnen fertig machte und die ganze Zeit lachte und scherzte, nachdem mir Chay einen Drink zum Vorglühen angeboten hatte. Ich habe ihn getrunken, weil ich von der Birne fasziniert war, die ganz und unversehrt in ihm herumschwamm wie ein Schiff in einer Flasche.

»Wie um alles in der Welt haben sie die Birne da hineinbekommen. Es ist doch eine echte Birne?«

»Ja.« Chay nickte. »Sie befestigen die leere Glasflasche an einem Zweig, während die Birne noch ganz klein ist und wächst. Sie wächst bis zur Reife im Inneren der Flasche, dann schneiden sie den Fruchtstiel ab und füllen die Flasche mit Schnaps. Das ist in Deutschland sehr verbreitet.«

Während sie mir den Drink erklärte, schminkte sie Zoe, nachdem sie bereits ihre Lippen rot lackiert und den rauchigen, dunklen Kajal um ihre Augen aufgetragen hatte.

Ich sollte eigentlich meine Katzenverkleidung vollenden, aber der Birnenschnaps wirkte bereits bei mir, und ich war mir nicht sicher, ob ich es schaffen würde, meine Schnurrhaare gerade aufzumalen.

»Warte mal«, sagte Chay zu Zoe. »Ich gehe meine andere Lidschattenpalette holen.«

Sie eilte zum Kleiderschrank hinüber, um darin herumzustöbern. Ich nutzte die Gelegenheit, um Zoe zu fragen: »Bist du sicher, dass es in Ordnung ist, wenn wir dahin gehen? Papa ist schon wütend wegen meiner Noten …«

Nachdem unser Cousin Martin mich wegen meiner miserablen Leistungen in jeder praktischen Prüfung, die ich bisher hatte, verpfiffen hatte, schrieb er mir einen vernichtenden Brief. Wenn Tinte Säure wäre, hätten sich die Worte direkt durch die Seite gebrannt.

»Scheiß auf ihn«, sagte Zoe eiskalt. »Und scheiß auf seine Briefe.«

Als Engel verkleidet, mit Glitzer auf dem Gesicht und Papierflügeln, die hinter ihr schweben, brachte mich Zoe mit ihrer Unverblümtheit zum Lachen.

Auch Zoe lachte. Sie nahm meine Hand, drückte sie und sagte: »Wir gehen auf die Party und werden eine perfekte Nacht haben. Wer weiß, wie viele noch kommen werden, aber diese Nacht gehört uns.«

»Du siehst umwerfend aus«, sagte ich zu ihr.

Ich habe die Flügel für sie gebastelt. Ich hatte kaum Zeit, etwas Künstlerisches zu tun, seit ich nach Kingmakers gekommen war, und das vermisste ich mehr als alles andere von zu Hause. Ich schnitt die Federn mit einem Skalpell, das ich aus dem Chemielabor gestohlen hatte.

Das war auch das erste Mal, dass ich etwas gestohlen

habe. Kingmakers ist voller Premieren für mich. Mein Herz raste so sehr, dass ich dachte, ich müsste mich übergeben, aber ich schob das Skalpell trotzdem in meinen Ärmel – mit schwitzenden Händen, weil ich dachte, der Professor würde mich noch erwischen, während ich zu meinem nächsten Kurs eilte.

Ich blieb lange auf, um an den Flügeln zu arbeiten, während Rakel im Bett gegenüber schlief und ihre grässliche Metal-Musik über ihre Kopfhörer hörte. Ich konnte sie herausdröhnen hören, unerbittliches Schlagzeug und Gitarren und Geschrei. Keine Ahnung, wie sie mit diesem Lärm auf den Ohren schlafen kann, während ich das bisschen, das ich mitkriege, kaum ertragen kann – selbst mit einem Kissen über dem Kopf.

Ich habe jede Feder einzeln geschnitten. Der akribische Prozess war unglaublich beruhigend, besser als Yoga oder Meditation. Jede Feder wurde zu einem eigenen Universum, perfekt und präzise und völlig unter meiner Kontrolle. Anders als alles andere, was am College passiert.

Ich muss sagen, dass ich zumindest meine Informatikkurse genieße. Die einzigen erlaubten Laptops auf dem Campus sind die im Computerlabor. Wenn ich meine Finger auf die Tastatur lege, fühlt es sich fast so an, als käme ich nach Hause, als würde ich an diesen Papierfedern arbeiten. Obwohl ich mich noch nie mit Bitcoin-Transaktionen, digitaler Sicherheit oder DDOS-Angriffen beschäftigt habe, lerne ich das viel schneller als alles, was ich in meinen anderen Kursen gelernt habe.

Also habe ich mich in Kingmakers bisher ganz okay geschlagen. Es ist Zoe, um die ich mir Sorgen mache.

Sie erzählte mir, was an dem Tag passierte, als sie nicht in die Mensa kam. Sie sagte, Rocco habe versucht, sie anzugreifen, und Miles Griffin habe sie gerettet.

Miles schmeißt die Party heute Abend, was mich ein bisschen besser fühlen lässt, daran teilzunehmen. Aber auch ein bisschen schlechter, weil ich weiß, dass das Rocco nur noch wütender machen wird.

Ich erzählte Zoe, was Claire Turgenew mir mitteilte, was Rocco an seiner ehemaligen Schule tat.

Zoe schien nicht überrascht zu sein.

»Ich weiß, was er ist«, sagte sie. »Es gibt nichts, was ich dagegen tun kann.«

»Warum?«, fragte ich. »Warum können wir es nicht wenigstens versuchen?«

»Sieh dich um«, entgegnete sie. »Schau dir diesen Ort an. Er ist siebenhundert Jahre alt. Wie viele Studierende sind hier durchgekommen? Zeig mir die, die ihre Familien verrieten, die weggingen und ein glückliches Leben führten. Zeig sie mir. Zeig mir die Leute, die sich gegen all das gestellt und gewonnen haben.«

Doch obwohl Zoe mir gesagt hat, dass es hoffnungslos ist, sehe ich einen neuen Schimmer an Rebellion in ihr. Ich konnte sehen, dass sie aufgeregt war, als sie sich für die Party fertig machte, und noch aufgeregter, als wir das dunkle, offene Gelände in Richtung der entfernten Ställe überquerten.

Die Party war bereits in vollem Gange, die Studierenden standen vor den Türen Schlange, um ihren Eintritt zu bezahlen.

Ich habe Rakel eingeladen. Oder besser gesagt, ich erzählte ihr von der Party in einem der seltenen Momente, in denen sie keine Kopfhörer trug und so aussah, als würde sie mich nicht abstechen, weil ich es wagte, sie anzusprechen.

»Wer schmeißt die Party?«, fragte sie.

»Miles Griffin.«

Es gab keinen Grund, das weiter zu erklären. Jeder auf dem Campus kennt Miles.

»Ich könnte dahin gehen«, sagte Rakel, als ob sie mir einen großen Gefallen erweisen würde.

Ich habe es dabei belassen und war nicht einmal mutig genug, ein »Wir sehen uns dort« einzuwerfen.

Rakel und ich sind in den fast zwei Monaten, die wir uns ein Zimmer teilen, keine engeren Freundinnen geworden. Die Mitte unseres Schlafsaals ist eine unsichtbare Berliner Mauer, die ich nicht überschreiten darf, und wir gehen nie zusammen, auch nicht, wenn wir das Untergeschoss verlassen, um zur gleichen Zeit in denselben Kurs zu gehen.

Am freundlichsten war sie bisher in unserer letzten Vorlesung über Sicherheitssysteme, als es mir gelang, den geheimnisvollen USB-Stick, den Professor Gillespie ausgeteilt hatte, erfolgreich zu entschlüsseln. Er gab uns überhaupt keine Anweisungen. Ich schaffte es, ein Image des USB-Sticks zu erstellen und ihn zu entziffern. Es war TAILS mit einer LUKS-verschlüsselten Partition. Der Professor verbot uns, Cloud Computing oder irgendein externes System zu verwenden, also musste ich das Passwort erzwingen.

Ich war die Erste, in einer, wie Professor Gillespie uns mitteilte, Rekordzeit.

Rakel lehnte sich in ihrem Stuhl zurück, um einen besseren Blick auf meinen Computerbildschirm zu bekommen.

»Wie hast du das herausgefunden?«, fragte sie.

»Ich habe Hashcat gegen das LUKS-Passwort laufen lassen«, sagte ich und zeigte ihr alle Schritte, die ich machte.

»Woher wusstest du, dass du das tun musst? Das hat uns der Professor nie gezeigt.«

»Ich probiere einfach verschiedene Dinge aus«, entgegne ich. »Ich denke … manchmal, wenn man weiß, dass man nichts weiß, kann man eine Lösung finden, die jemand anderes vielleicht übersieht. Man probiert sogar die Ideen aus, die dumm erscheinen.«

Bei der nächsten Aufgabe war Rakel am schnellsten.

»Super!«, sagte ich und prüfte im Gegenzug ihre Lösungsfindung. »Das war clever.«

Einen Moment lang sah es so aus, als würde sie mich anlächeln. Sie tat es nicht, aber sie blickte auch nicht finster drein.

Ich sehe Rakel nicht, als Zoe, Chay und ich uns vor den Ställen anstellen. Doch ich sehe einen großen Jungen mit weißblondem Haar, der von der Bibliothek in Richtung Waffenkammer geht. Er hält inne und begutachtet die Studierenden, die in ihren provisorischen Kostümen vor den Türen versammelt sind. Musik dröhnt durch die offenen Türen, dazu schummriges rotes Licht und künstlicher Rauch.

Das rote Licht trifft auf das hübsche Gesicht des Jungen, beleuchtet die linke Seite, während die rechte im Schatten bleibt. Als er dasteht und zusieht, verwandelt sich sein irritierter Blick in einen Ausdruck purer Wut. Er steckt die Hände in die Taschen und schlendert vorbei. Sein Körper ist so angespannt, dass alle Muskeln in seinen Armen zucken.

»Wer war das?«, flüstere ich Zoe zu.

»Wer?«, fragt sie. Sie schaut nicht in dieselbe Richtung wie ich, ihre ganze Aufmerksamkeit ist auf die Türen der alten Ställe gerichtet.

»Der Junge da drüben, der Blonde.«

Ich zeige auf ihn, aber es ist zu spät. Er ist in der Dunkelheit verschwunden.

»Ich weiß es nicht«, sagt Zoe und klingt verwirrt.

Wir sind die Nächsten, die hineingehen. Ich sehe, dass Leo und Anna bereits auf uns warten, mit Hedeon Gray ein paar Meter hinter ihnen. Miles und Ozzy bewachen die Tür.

Miles begrüßt uns herzlich und weigert sich, uns den Eintritt bezahlen zu lassen.

»Ich habe ihm gesagt, dass er von euch nichts verlangen soll«, sagt Ozzy und zwinkert Chay zu. »Lasst nicht ihn den Ruhm dafür einheimsen. Und für das hier auch nicht.«

Er steckt Chay ein Tütchen zu, das sie sofort in ihrer Tasche verschwinden lässt.

»Ozzy!«, sagt sie. »Versuchst du etwa, charmant zu sein?«

»Kommt darauf an.« Er grinst. »Funktioniert es?«

Ozzy sieht nicht gut aus, nicht im Vergleich zu Miles, Leo oder Ares, aber er hat ein umwerfendes Lächeln mit Grübchen auf beiden Seiten. Es nimmt sein ganzes Gesicht ein und lässt einen denken, dass er vielleicht doch gut aussehend ist.

Chay scheint dasselbe zu denken, als sie Ozzy einen schnellen Kuss auf die Wange gibt. Leider hält die Wirkung nur so lange an, bis sie Ares erblickt, der neben Hedeon an einen der alten Holzpfeiler gelehnt ist.

Ares ist nicht so auffällig wie Leo oder Miles. Er trägt die schlichtesten, billigsten Klamotten, und sein dunkles, struppiges Haar sieht immer so aus, als müsste es geschnitten werden. Er ist zurückhaltend und bescheiden. Aber er hat eine Art von stiller Stärke. Ich ertappe mich oft dabei, wie ich ihn ansehe ohne besonderen Grund. Wenn er spricht, ist seine Stimme tief und hallend. Die Art von Stimme, die in deinen Knochen vibriert.

Chay findet ihn toll. Ich kann nicht sagen, ob Ares sie auch mag. Er wirkt auf mich wie jemand, der seine Emotionen immer sehr gut unter Kontrolle hat.

Ehrlich gesagt erinnert er mich an Zoe. Auch er ist nachdenklich. Verantwortungsvoll. Und handelt nie aus einem Impuls heraus.

Ich schätze, deshalb habe ich das Gefühl, ihn zu verstehen, auch wenn wir kaum miteinander gesprochen haben.

Man kann eine Menge über Menschen lernen, indem man sie einfach beobachtet. Nur weil ich schüchtern bin, bin ich nicht desinteressiert. Ich mag es tatsächlich, von Menschen umgeben zu sein, wenn mich niemand belästigt. Ich mag es, die kleinen Blitze zu sehen, die zwischen den Menschen passieren, die versteckten Anzeichen dafür, wer sie sind, was sie denken und wie sie füreinander fühlen.

Außerdem liebe ich es zu sehen, wie Leo immer nach Annas Reaktion Ausschau hält, wenn er etwas Lustiges oder Unverschämtes gesagt hat. Ich mag es, wie Anna ihn ständig berührt. Ihre Hand landet kurz auf seinem Arm oder seinem Oberschenkel, und ihr Rücken lehnt sich an seine Brust – wie um sich zu vergewissern, dass er noch da ist.

Ich liebe es, wie Chay immer darauf achtet, dass jeder in die Gruppe einbezogen wird. Sie zieht mich in die Mitte unserer Freundesgruppe, tanzt mit mir, bis sie sicher ist, dass ich mich wohlfühle, und wechselt dann zu Hedeon, der zuerst mürrisch den Kopf schüttelt, dann aber nachgibt und sogar lächelt, als Chay versucht, ihn herumzuwirbeln.

Ich mag es, wie Ares rücksichtsvoll ist und nachfragt, ob jemand einen Drink möchte, bevor er sich selbst einen holt.

Ich liebe es, wie schön meine Schwester aussieht, selbst neben so hinreißenden Mädchen wie Anna und Chay. Die guten Eigenschaften meiner Schwester strahlen aus ihrem Gesicht: ihre Intelligenz, ihre Ehrlichkeit, ihre Entschlossenheit, das zu tun, was sie für richtig hält, auch wenn es schwierig oder unmöglich ist.

Noch nie hatte ich einen Freundeskreis wie diesen, in dem ich mich sicher und akzeptiert fühle. Ich weiß, dass sie eigentlich Zoes Freunde sind, aber sie haben mich mit offenen Armen empfangen, als ob ich genauso wichtig und interessant wäre wie sie, obwohl ich das nicht bin.

Kingmakers macht mir immer noch Angst. Ich bin mit blauen Flecken und Schnitten übersät, die ich mir in verschiedenen Kursen zugezogen habe.

Und doch … ich hasse es hier nicht. Ich könnte mir sogar eine Zeit vorstellen, in der es mir gefallen könnte. Vielleicht am Tag meiner Abschlussfeier, wenn ich bis dahin irgendwie lerne, wie man kämpft, und aufhöre, mich jeden zweiten Tag zu blamieren. Es sind schon seltsamere Dinge passiert.

Da wir gerade dabei sind, ich entdecke Rakel auf der

gegenüberliegenden Seite der Ställe. Sie trägt kein Kostüm, obwohl sie so aussieht, da ihre normale Zivilkleidung genug Ketten und Sicherheitsnadeln hat, um sämtliche Metalldetektoren auf einem Flughafen auszulösen.

Ich halte das Getränk, das Ares mir gebracht hat, in einer Art Prost hoch.

Zu meinem völligen Entsetzen hebt Rakel ihr Getränk im Gegenzug.

Es ist nicht viel, doch im Vergleich zum ersten Unitag fühlt es sich an, als hätte ich einen weiten Weg zurückgelegt.

Kapitel 10

Zoe

»Warte kurz«, sagt Miles.

Er blickt auf die Tür, durch die Dax Volker und Jasper Webb eintreten wollen.

»Lass mich die Partycrasher loswerden«, sagt er zu mir. »Geh mit Chay und Anna weiter, wenn du magst – ich werde gleich zu dir kommen.«

Es ist schwierig, meine Freundinnen in der dicht gedrängten Menge von Studierenden zu finden, denn nur schummrige rote Lichter leuchten mir den Weg. Miles' Partys sind immer besser besucht und organisiert als die zufälligen Feiern der anderen. Ich bin immer wieder überrascht, was er unter all den Einschränkungen der Insel alles auf die Beine stellt – er ist so einfallsreich.

Die Professoren wissen sehr wohl, dass wir in den Ställen Partys veranstalten, und es scheint sie nicht zu stören, solange das Chaos nicht auf andere Bereiche des Campus übergreift.

Selbst in der kältesten Zeit des Winters ist es hier drinnen schön warm, vor allem, wenn alle anfangen zu tanzen. Die roten Lichter werfen wilde, dämonische Schatten von den sich bewegenden Körpern und den Stapeln alter Möbel, die am anderen Ende des Raumes aufgeschichtet sind.

Ich weiß, dass Anna und Chay tanzen werden, weil das ihre Lieblingsbeschäftigung ist. Ich tanze auch gern, obwohl ich bisher nicht so viele Gelegenheiten dazu hatte, außer auf spießigen Partys mit meinem Vater und Daniela oder in meinem eigenen Schlafzimmer.

Ich finde die beiden Mädchen mit Cat zwischen ihnen. Leo, Ares, Hedeon und Matteo Ragusa schließen den Kreis.

Ich wünschte, ich wäre so anmutig wie Anna oder so ungehemmt wie Chay. Zuerst fühle ich mich ein wenig steif, bis das Getränk von Miles seine Wirkung zeigt und ich mich zu entspannen beginne. Die Musik dröhnt, das Gewicht all unserer Körper lässt die breiten Holzdielen erbeben.

Nach einer Minute gesellt sich Ozzy zu uns.

»Wer kontrolliert die Tür?«, fragt Anna und blickt scharf in Richtung Eingang.

»Miles bezahlt Kasper Markaj dafür«, sagt Ozzy. »Keine Sorge, keine Arschlöcher heute Abend. Oder zumindest keine, die wir nicht mögen.«

Ozzy versucht, sich einen Weg zu Chay zu bahnen, wobei er auf seinen verletzten Arm achtet, aber Chay tanzt so nah wie möglich bei Ares und schenkt ihm keine Aufmerksamkeit.

Hedeon scheint beschlossen zu haben, dass er in Anbetracht des Mädchenmangels auch mit Cat tanzen könnte. Cat ist davon zunächst verwirrt und versucht immer wieder, sich von ihm wegzubewegen, woraufhin Hedeon ihre Hände ergreift und sie herumwirbelt. Ich muss mir ein Lachen verkneifen, als ich den erschrockenen Gesichtsausdruck von Cat sehe. Hedeon mag mürrisch sein, doch er ist kein schlechter Tänzer. Er ist erstaunlich geduldig, als Cat ein paar Mal auf seinen Fuß tritt, ehe sie in den Rhythmus kommt.

Anna ist definitiv die beste Tänzerin von uns allen. Sie schlüpft in und aus Leos Armen, tanzt manchmal mit ihm, manchmal mit Chay und mir. Chay hatte ein paar Shots, bevor wir herkamen, also ist sie ziemlich ausgelassen. Sie reibt sich an Matteo, bis sein Gesicht röter ist als ihr Kostüm, dann wendet sie ihre Aufmerksamkeit wieder Ares zu.

Ares lässt Chay sich an seine breite Brust schmiegen, aber als sie versucht, seine Hände auf ihre Hüften zu legen, hält er sie nur eine Minute dort, ehe er sie wieder loslässt. Enttäuscht gibt Chay Ozzy endlich die Aufmerksamkeit, nach der er sich so sehr sehnt.

Ares ist ein Rätsel für mich. Er flirtet nie, was wohl auch nicht verwunderlich ist, da er ruhig und zurückhaltend ist. Doch ich habe noch nie bemerkt, dass er ein Mädchen ansieht, nicht einmal ein so schönes und offensichtlich interessiertes wie Chay.

Ich habe nicht das Gefühl, dass er schwul ist. Natürlich ist das bloß eine Vermutung – es ist nicht immer leicht zu sagen.

Wahrscheinlich weiß er einfach, dass keine Beziehung in Kingmakers langfristig irgendwohin führen würde. Besonders, wenn Ares plant, nach Syros zurückzugehen. Von den Mafia-Töchtern an unserem College wird erwartet, dass sie die vorteilhaftesten Matches machen – und dazu gehört nicht der älteste Sohn einer Familie, die all ihren früheren Ruhm verloren hat.

Das ist bedauerlich, aber wahr. Ares ist ein Realist, und ich bin es auch.

Allerdings hält es mich nicht davon ab, einen Anflug der Freude zu empfinden, als Miles sich zu uns gesellt.

»Hey«, knurrt er in mein Ohr und schiebt sich mit der Handfläche seinen Schopf dunkler Locken aus den Augen. »Ich hoffe, du hast dich nicht schon zu sehr verausgabt.«

Ich kann seinen heißen Atem auf meiner nackten Schulter spüren, ebenso wie die Wärme, die von seinem Körper ausgeht. Zusammengedrängt auf der Tanzfläche sind wir uns näher als je zuvor, seit er mich auf die Krankenstation getragen hat.

»Nein.« Ich schüttle den Kopf. »Ich bin überhaupt nicht müde.«

»Gut«, sagt Miles. Seine weißen Zähne blitzen in seinem gebräunten Gesicht. »Dann lass uns tanzen.«

Er zieht eine kleine Fernbedienung aus seiner Tasche und klickt sie an, um das Lied zu wechseln. Sofort schalten die Lautsprecher auf etwas Langsameres und Sexyeres um, mit einem verspielten, eindringlichen Beat.

Miles zieht mich in seine Arme, legt meine Hände um seinen Hals und seine großen, warmen Hände auf meine Hüften. Er zieht mich leicht in seinen Rhythmus, der mühelos und unverschämt geschmeidig ist.

Noch nie habe ich jemanden gesehen, der sich so zur Musik bewegt, wie Miles es tut. Sein Körper schwingt, als wäre es das Natürlichste der Welt. Er ist verspielt und kreativ und bringt mich zum Lachen, wenn er kleine Albernheiten in seinen Tanz einbaut, der alles in allem extrem sexy ist.

Obwohl Miles jeden abgewiesen hat, der mit Rocco in Verbindung steht, gibt es hier immer noch eine Menge Leute, die mich verpfeifen könnten, weil ich mit ihm getanzt habe. Rocco wird sicher davon erfahren und mein Vater auch.

Aber gerade jetzt, in der Mitte all meiner Freunde, fühle ich eine Geborgenheit, wie ich sie noch nie zuvor empfunden habe. Ich kann völlig unbeschwert lachen, tanzen und die Musik genießen – ich bin so frei, wie ich es noch nie zuvor gewesen bin. Cat steht direkt neben mir und kichert, als Hedeon sie herumwirbelt und tief nach hinten lehnt, sodass sie fast Chay und Ozzy umstößt, die Rücken an Rücken tanzen, damit Chay nicht an seinem verletzten Arm reibt.

Miles flippt durch einen Song nach dem anderen, jeder besser als der vorherige. Ares holt uns allen noch eine Runde Bowle. Wir sind heiß, verschwitzt und beschwipst, aber keiner von uns will aufhören.

»Was hörst du am liebsten?«, fragt Miles mich.

»Ach, ich weiß nicht«, sage ich. »Mir gefällt das alles.«

»Magst du lateinamerikanische Tänze?«

»Klar. Ich meine, ich habe es als Jugendliche gelernt.«

Er wechselt zu *Señorita*, was streng genommen kein lateinamerikanisches Lied ist, aber als er mich in eine mühelose Salsa zieht, kann ich mir ein Lachen nicht verkneifen.

»Warum kannst du das besser als ich?«, verlange ich zu wissen.

»Das würde ich nicht sagen«, knurrt Miles. Sein Gesicht ist ganz nah an meinem, unsere Finger sind verschlungen und unsere Körper eng aneinandergepresst. »Ich würde sagen, dass niemand auf dieser Tanzfläche besser aussieht als du.«

Ich weiß nicht, ob ich vor dem heutigen Tag eine gute Tänzerin war, aber Miles bringt das Beste in mir zum Vorschein. Es ist so einfach, mich seinem Rhythmus anzupassen, sich von ihm führen zu lassen. Die Sinnlichkeit seines Körpers scheint dasselbe in mir hervorzulocken, sodass sich unsere Füße perfekt zusammen bewegen, unsere Hüften, unsere Schenkel, jeder Teil von uns ist verschlungen. So etwas habe ich noch nie gefühlt. Ich verschmelze mit ihm, tanze ohne Gedanken oder Anstrengung, nur aus purer Freude.

Wir tanzen stundenlang. Ich werde nie müde davon. Ich will nie, dass es aufhört.

Anna und Leo, Chay und Ozzy, Hedeon und Cat und der arme Matteo ganz allein, sie kommen und gehen um uns herum, während sie ihre Drinks auffüllen oder eine Pause machen, um auf der staubigen Samtcouch in der Ecke zu sitzen und zu plaudern.

Bloß Miles und ich bleiben genau da, wo wir sind, völlig miteinander verschlungen, unermüdlich und unendlich angetrieben, weiterzutanzen, damit dieser Moment nicht endet.

Die Couch füllt sich mit halb betrunkenen Studierenden. Cat versucht, sich auf einen Stapel Aktenkartons zu hocken. Die Kisten kippen um, und sie purzelt auf den Boden, wobei überall Papiere verstreut werden.

Ich laufe hinüber, um ihr aufzuhelfen.

»Mir geht's gut«, sagt Cat. Ihr Gesicht ist so rot wie die Bowle. »Du tanzt weiter. Ich bin nicht verletzt, nur ungeschickt.«

Ich helfe ihr, die Papiere wieder in die Kisten zu schaufeln, obwohl das kaum eine Rolle spielt. Alles auf dieser Seite des Stalls ist Müll, soweit ich sehen kann. Eingelagert und vergessen – ohne Chance, wiedergefunden zu werden.

Als wir das Chaos aufgeräumt haben, sagt Cat: »Ich bin ziemlich müde. Ich glaube, ich gehe in das Untergeschoss zurück.«

»Ich bringe dich hin«, sage ich.

»Ich kann allein gehen.« Cat schüttelt den Kopf. Ihre Schnurrhaare sind über ihr Gesicht verschmiert, sodass sie eher wie ein Schornsteinfeger als ein Kätzchen aussieht, aber immer noch absolut liebenswert.

»Nein, ich gehe mit dir. Es ist nicht sicher, allein in der Dunkelheit zu sein«, sage ich bestimmt.

Ich weiß, dass Cat ihren eigenen Weg in Kingmakers macht, so gut sie kann, doch es ist mitten in der Nacht, und Rocco und seine Freunde könnten hier herumlungern, sauer darüber, dass sie von der Party ausgeschlossen wurden.

»Ich werde sie nach Hause bringen«, sagt Hedeon unerwartet. »Ich werde auch ins Bett gehen.«

»Bist du sicher?«, frage ich. Hedeon bietet normalerweise keinen Gefallen an.

»Ja, ich bin sicher«, sagt Hedeon gereizt. »Sonst hätte ich es ja nicht gesagt.«

Ich schaue zu Cat, um zu sehen, ob sie damit einverstanden ist.

»In Ordnung, danke«, sagt sie zu Hedeon.

Anna und Leo tanzen immer noch, obwohl Anna so beschwipst ist, dass es eher wie ein Schunkeln aussieht, wobei Leo sie halb aufrecht hält. Ozzy und Chay sind verschwunden. Matteo liegt ohnmächtig auf dem staubigen grünen Sofa.

Jetzt, da ich in die Realität zurückgeholt wurde, merke ich, dass ich wohl selbst ins Bett gehen sollte, bevor ich meine Hemmungen noch mehr verliere.

»Ich denke, ich werde auch gehen«, sage ich zu Miles.

»Ich begleite dich«, antwortet er, ohne mich überzeugen zu wollen, noch länger zu bleiben.

Wir gehen zusammen mit Hedeon und Cat los und bleiben zu viert, bis wir den Punkt erreichen, an dem Cat nach Süden zum Untergeschoss gehen muss und ich nach Norden zum Solar.

Die Nachtluft ist frisch und windstill. Nur ein paar Lichter leuchten aus den Fenstern von Kingmakers und lassen die Sternendecke über uns dicht und glitzernd funkeln. Hedeon blickt launisch in den Himmel und ignoriert Cat, jetzt, da sie nicht mehr tanzen.

Cat ist so erschöpft, dass sie kaum geradeaus gehen kann. Der Unterricht ist hart für sie. Sie ist es nicht gewohnt, jeden Tag so viel zu tun. Neben Kampfunterricht, Tarnung und Anpassung an die Umgebung, die alle extrem anstrengend sein können, erfordert das Konditionstraining lange Geländeläufe unten in den Flussbetten sowie zermürbende Trainingseinheiten in der Turnhalle. Sogar die Schießkurse sind anstrengend – meine Hände und Arme schmerzen nach einer langen Schießeinheit.

Ich umarme Cat kurz, als wir uns trennen, und sage: »Schlaf dich morgen aus, wenn du kannst.«

Sie nickt müde.

Ich beobachte, wie sie und Hedeon weggehen, wobei ich darauf achte, dass Hedeon direkt bei ihr bleibt.

Dann sind es nur noch ich und Miles, allein auf dem dunklen, leeren Campus.

Irgendwie fühlt sich das noch intimer an, als eng aneinandergepresst zu tanzen.

Plötzlich werde ich ganz schüchtern.

Miles bricht das Schweigen zwischen uns.

»Hast du die gemacht?« Er nickt in Richtung meiner Papierflügel, die aus Hunderten von einzeln ausgeschnittenen Federn bestehen, jede mit ihrem eigenen einzigartigen Design, wie eine Schneeflocke.

»Auf keinen Fall«, sage ich. »Das war alles Cat. Sie ist in so was total begabt. Sie sollte dieses Jahr auf die Kunsthochschule gehen, bevor ich es vermasselt habe.«

»Was meinst du?«

Ich erzähle ihm von der Verlobungsfeier und Roccos Überraschungsbesuch bei mir zu Hause.

Wir gehen auf mein Wohnheim zu, langsam, denn keiner von uns hat es eilig. Die dicht bewachsene Wiese dämpft unsere Schritte.

»Das ist nicht deine Schuld«, sagt Miles und runzelt die Stirn.

»Doch, das ist es. Wenn ich meinem Vater nicht gehorche, lässt er es immer an Cat aus. Das wusste ich schon vorher. Wenn ich rebelliere, leidet sie.«

Wenn ich mich an diese unumstößliche Tatsache erinnere, wird mir klar, dass ich denselben Fehler immer wieder begehe. Ich verbrachte die Nacht auf der Party, tanzte und trank mit Miles, ohne Rücksicht auf die Konsequenzen, die folgen könnten.

Als ob er meine Gedanken liest, nimmt Miles meine Hand. Seine Hand ist groß, stark und unheimlich warm.

»Deine Cousins waren heute Abend nicht hier«, sagt er. »Auch keiner von Roccos Freunden.«

»Sie werden es trotzdem erfahren. Jeder redet.«

Miles macht sich nicht die Mühe, das zu leugnen – er weiß, dass es wahr ist.

»Erzähl mir von deinem Ehevertrag«, sagt er.

»Ich habe ihn nicht einmal gelesen«, gebe ich zu. »Ich war nicht an den Verhandlungen beteiligt.«

»Weißt du, was dein Vater bei dem Deal bekommt? Was ist für Roccos Familie drin?«

Ich erkläre es ihm, so gut ich es verstehe, beginnend mit den Kriegen zwischen den galizischen Clans und endend mit allem, was ich über die Geschäfte meines Vaters und der Princes weiß.

Miles nimmt alles auf und stellt gelegentlich klärende Fragen. Das ist etwas, das mir an Miles aufgefallen ist – er ist ein Informationssammler. Er ist gut darin, genau die richtigen Fragen zu stellen, um herauszufinden, was wirklich vor sich geht.

Als ich mit dem Reden fertig bin, bleibt er eine Weile still und überlegt.

»Rocco hat ein besonderes Verhältnis zu dir, nicht wahr?«, fragt er mich.

»Meinst du, ob er in mich verliebt ist?«, entgegne ich. »Ich würde es nicht Liebe nennen.«

»Er ist auf dich fixiert.«

»Ja. Wir sind verlobt, seit ich zwölf bin. Seit acht Jahren plant er, was er mit mir machen wird, wenn wir verheiratet sind. Er ist mehr als fixiert – er ist besessen.«

Miles' Ausdruck ist ernst, als er mich ansieht. Auf der Krankenstation ist mir aufgefallen, dass Miles' Augen eine Farbe haben, die ich noch nie gesehen habe – ein reines, klares Grau. Unter dem Sternenlicht glänzen sie fast silbern, viel heller als seine tief gebräunte Haut.

»Erzähl mir mehr von deiner Marilyn-Besessenheit«, sagt er und wechselt abrupt das Thema.

Ich nehme an, dass er nicht mehr über Rocco sprechen

will, denn dieses Thema ist deprimierend. Ehrlich gesagt geht es mir genauso.

»Ich liebe alte Filme und Fernsehsendungen«, sage ich. »Das tat ich schon immer. Ich habe sie immer im Haus meiner *abuelita* gesehen – wir hatten zu Hause keinen Fernseher. Meine Stiefmutter ist sehr streng. Meine *lita* war das nicht. Wann immer wir zu Besuch kamen, kuschelte sie mit uns vor dem Fernseher und versorgte uns mit Süßigkeiten, so viel wir wollten. Sie machte *leche frita*, und wir sahen *Weiße Weihnachten*, *Eine Braut für sieben Brüder*, *Singin' in the Rain*, *Manche mögen's heiß*, *West Side Story* … alles von Alfred Hitchcock, das waren ihre Lieblingsfilme. Ich glaube, sie schaute sie, als sie jung war, um Englisch zu lernen, und hörte nie damit auf.«

»Ich habe *Peaky Blinders* immer mit meiner Oma Imogen angeschaut«, sagt Miles. »Sie meinte, es sei nicht realitätsnah – die Peaky-Blinders-Gang war nie so organisiert. Aber sie mochte die Serie trotzdem: einfach um die irischen Akzente zu hören und die Straßen zu sehen, die sie kannte.«

»Für *lita* war es das Gegenteil – sie wollte immer die Orte sehen, die sie nie besuchen würde, wie New York oder Oklahoma.«

»Ist sie immer in Spanien geblieben?«, fragt Miles.

»Ja. Wir gingen jede Woche zu ihr, Cat und ich. Dann starb mein *abuelito*, und mein Vater musste uns nicht mehr dorthin schicken. Sie waren die Eltern meiner Mutter. Solange Tito lebte, konnte er meinen Vater zwingen, uns zu Besuch kommen zu lassen. Als er tot war … gab es nichts, was *lita* tun konnte.« Ich schlucke schwer. »Sie ist letztes Jahr gestorben. In den letzten vier Jahren, in denen sie lebte, habe ich sie nicht mehr gesehen.«

»Das tut mir leid«, sagt Miles. Ich höre ihm an, dass sein Mitgefühl aufrichtig ist.

Wir haben mein Wohnheim erreicht. Der Wind frischt

auf und raschelt durch die Papierfedern meiner Engelsflügel.

»Ich hätte dich nicht so lange hier draußen aufhalten sollen«, sagt Miles und blickt auf meine nackten Arme. »Dir muss kalt sein.«

Mir sollte kalt sein, da ich von der Hitze der überfüllten Ställe in die frische, offene Luft ging. Aber mir ist nicht kalt. In der Nähe von Miles ist mir nie kalt – mein Herz schlägt immer zu heftig, das Blut donnert durch meine Adern.

»Dein Schnitt ist fast verheilt«, sagt Miles und berührt sanft die Stelle neben meinem Auge, wo Rocco sein Messer angesetzt hat.

Als Miles mich berührt, entzündet er jeden Nerv unter seinen Fingerspitzen. Dieser eine Teil meines Körpers wird empfindlicher als jede andere Stelle meiner Haut zusammen.

Ich glaube nicht, dass er mich küssen will.

Aber aus einer Hand auf meinem Gesicht werden zwei, und dann zieht er mich zu sich heran. Unsere Lippen kommen in einer sanften Bewegung zusammen. Miles' Lippen sind voll und warm, fest und doch weich gegen meine. Der Kuss ist zuerst sanft, dann wird er tiefer, seine Zunge gleitet zwischen meine Lippen und streichelt meine.

Der Geschmack seines Mundes verwandelt Anziehung in Lust. Mein Herz rast so stark, dass es sich wie ein einziges, kontinuierliches Pochen anfühlt. Ich stürze mich in seine Arme. Wir klammern uns aneinander, küssen uns mit einer Verzweiflung, die sich wild und rücksichtslos anfühlt und absolut süchtig macht.

Miles zu küssen ist wie mit ihm zu tanzen. Wir sind perfekt im Einklang. Die Zeit schmilzt dahin. Ich kann nicht genug davon bekommen, ich kann anscheinend nicht aufhören. Der Wind umspielt meine Papierflügel, erzeugt ein Geräusch wie tausend Flüstern, hebt mich leicht an, als würde ich davonfliegen.

Langsam wird mir klar, dass wir uns im Freien am Fuße des Solars befinden. Selbst in der Dunkelheit könnte jeder, der aus dem Fenster schaut, mich in meinem weißen Kostüm sehen.

Ich löse mich von Miles. »Es tut mir leid«, sage ich. »Ich hätte das nicht tun sollen.«

Es war Miles, der mich geküsst hat, aber ich hätte es nicht zulassen sollen. Es ist nicht nur für *mich* gefährlich, meinen Vertrag mit Rocco zu brechen. Wenn überhaupt, dann ist es für Miles noch gefährlicher. Die Princes könnten Vergeltung üben.

»Ich habe es getan«, sagt Miles und sieht mich eindringlich an. »Und es tut mir nicht leid.«

»Wir können das nicht tun.«

Wir wissen beide, dass wir das nicht können, und doch erlaubte ich mir, so zu tun, als ob es anders wäre. Ich genoss die Fantasie, dass ich mit einem Jungen reden könnte, den ich mag es, mit ihm zu flirten, mit ihm zu tanzen. Ich ließ mich auf das Gefühl ein, mich tatsächlich in jemanden zu verlieben, schwelgte in diesem Gefühl der gegenseitigen Anziehung. Das hatte ich noch nie zuvor gefühlt. Es war berauschend.

Aber nun habe ich die Grenze überschritten. Und es fühlte sich zu gut an. So gut, dass ich Angst davor habe, was ich am Ende tun werde, wenn ich jetzt nicht aufhöre.

»Ich kann dich nicht mehr sehen«, sage ich zu Miles.

Mit ausdrucksloser Miene sieht er mich an, antwortet aber nicht.

Ich kann nicht sagen, was er denkt. Ich kann Miles nicht so gut lesen wie er mich.

»Du wirst mich morgen sehen«, sagt er.

»Das kann ich nicht.«

»Das wirst du«, sagt er. Seine grauen Augen sind heller als je zuvor, fixiert auf meine, mit einer Intensität, die ich bei

Miles noch nie gesehen habe. Er tut so, als wäre ihm alles egal. Doch ich wusste schon immer, dass das nicht wahr sein kann, denn er ist das Gegenteil von faul. Er ist immer auf Trab, immer auf der Suche nach einer Lösung.

Ich erkenne endlich, wie es aussieht, wenn Miles etwas jagt, das er will.

»Ich darf dich nicht mehr küssen«, sage ich. »Und ich kann nicht mit dir allein sein.«

»Ich werde nicht mit dir streiten, Zoe«, sagt Miles, und seine Augen brennen sich in meine. »Ich werde auch nicht aufhören, mich mit dir zu treffen.«

Bevor ich ein weiteres Wort sagen kann, dreht er sich um und schreitet über das dunkle Gelände von mir weg.

Mit offenem Mund starre ich ihm hinterher. Meine Lippen kribbeln noch dort, wo er mich geküsst hat.

Kapitel 11

Miles

Ich wache auf, als Ozzy in unser Zimmer platzt. Sein Irokesenschnitt ist wild zerzaust, und seine Kleidung sieht noch schlimmer aus, denn die Schlinge an seinem Arm fehlt und die Mullbinde ist schmutzig.

Er grinst wie ein Verrückter und tanzt praktisch auf der Stelle, während er sein mit Gras beflecktes Hemd auszieht und darunter seinen stämmigen, muskulösen Körper und noch mehr seiner schrecklichen Amateur-Tattoos zum Vorschein bringt.

»Wo warst du?«, frage ich, die Antwort schon ahnend.

»Ich war mit Chay unterwegs«, sagt Ozzy und strahlt vor Freude.

»Wie war es?«

»Verdammt spektakulär. Alles, wovon ich geträumt habe, und mehr.«

»Sogar mit deinem kaputten Arm?«

»Kumpel, sie hat das Kommando übernommen. Sie ist unersättlich. Ich konnte mich nur zurücklehnen und versuchen, über Binärcodes nachzudenken, damit ich nicht in zwei Sekunden durchdrehe.«

»Und wie lange hast du es dann ausgehalten?«, necke ich ihn. »Vier Sekunden?«

»Beim ersten Mal – vielleicht eine Minute. Beim zweiten Mal war ich viel erfolgreicher. Beim dritten Mal …«

»In Ordnung«, sage ich, »ich habe es verstanden. Ich freue mich sehr für dich.«

»Aber jetzt kommt der schwierige Teil.«

»Was meinst du?«

»Sie wird versuchen, mich nach dem Vögeln loszuwerden, wie sie es immer tut. Aber sie wird mich nicht so leicht abschütteln. Ich habe vielleicht keine Ausdauer im Bett, wenn es allerdings darum geht, Chay zu jagen ... bin ich der verdammte Lance Armstrong.«

»Viel Glück dabei«, sage ich und schüttle den Kopf über ihn.

»Glaubst du, du hast mehr Chancen?«

»Wobei?«

»Bei der verbotenen Prinzessin.«

Ich überlege, ob ich Ozzy anlügen und ihm sagen soll, dass ich Zoe nicht nachjagen werde. Aber das ist sinnlos. Er ist mein bester Freund. Er wusste, dass ich sie mag, seit sie mir zum ersten Mal auffiel. Und von dem Moment an sagte er mir, dass es eine schreckliche Idee war, in dieses Hornissennest zu stechen.

»Vielleicht«, sage ich.

»Du wirst dich noch umbringen.«

»Viele Leute haben mir das bereits gesagt. Es ist noch nicht passiert.«

»Ein einziges Mal genügt.« Ozzy grinst.

»Was macht dein Arm?«, frage ich ihn, um das Thema zu wechseln.

»Ist schon besser«, sagt er. »Das ist die heilende Kraft von Chay.«

Ich verdrehe die Augen. »Darauf wette ich.«

Ich mache mich auf den Weg zu den Duschen, bevor ich noch mehr über Chays magische sexuelle Kräfte hören muss.

In jedem Stockwerk des achteckigen Turms ist ein Gemeinschaftsbad. Insgesamt gibt es vier Etagen, wobei alle männlichen Erben des dritten Jahrgangs auf meiner Etage wohnen, einschließlich Rocco Prince.

So ist es nicht völlig überraschend, dass Rocco meine schöne heiße Dusche unterbricht.

Ich mache mir nicht die Mühe, mich zu bedecken. Ich habe nichts, wofür ich mich schämen muss.

Rocco steht in seinem Bademantel da und sieht mich an. Es hat etwas Unmenschliches, wie er den Kopf schief legt und seine Augen umherhuschen wie bei einer Art Raubvogel – intelligent, aber ohne normale Emotionen.

Es braucht eine Menge, dass mir etwas unter die Haut geht. Dennoch bereitet es selbst mir ein leichtes Unbehagen, schutzlos und nackt unter dem Wasser zu stehen.

Doch ich lasse Rocco nicht merken, wie ich mich fühle. Nicht eine Sekunde lang.

»Wenn du weiter starrst, berechne ich dir eine Mitgliedschaft bei *Only Fans*«, sage ich.

»Ich bewerte nur die Konkurrenz«, sagt Rocco. »Ich frage mich, was meine Verlobte gestern Abend so anziehend fand.«

»Ich weiß nicht, wovon du redest«, lüge ich.

Ich würde es Rocco gern unter die Nase reiben, dass ich die ganze Nacht mit Zoe getanzt habe, aber mein Wunsch, sie zu beschützen, ist stärker.

»Stell dich nicht dumm«, sagt Rocco. »Und tu erst recht nicht so, als wäre ich es.«

Er zieht seine Klamotten aus und enthüllt seinen Körper – schlank, blass, einigermaßen fit. Es ist nichts Ungewöhnliches an ihm. Trotzdem stößt mich sein Anblick ab.

»Denkst du, du könntest mich in einem Kampf besiegen?«, fragt Rocco und dreht seinen Duschkopf auf. »Vielleicht könntest du das. Du bist größer, schwerer. Aber ich glaube, dir fehlt eine gewisse Bösartigkeit. Die Bereitschaft, über die Grenze zu gehen. Über das hinauszugehen, was du als unehrenhaft, unmoralisch, sogar ekelhaft ansiehst. Ich habe keine Grenze, Miles, überhaupt keine. Es gibt nichts, was ich nicht tun würde.«

Er steht unter der Duschbrause. Das Wasser glättet sein dunkles Haar, sodass es an seinem Schädel klebt. Sein wächsernes Fleisch lässt ihn mehr denn je wie eine Art weiße Plastikpuppe aussehen.

»Glaubst du, du bist der Erste, der versucht, mich zu bedrohen?«, frage ich.

»Nein«, antwortet Rocco. »Du bist doch ein Stratege, oder? Ein Geschäftemacher? Du denkst, du kannst Leute manipulieren. Sie dazu bringen, das zu tun, was du willst. So fühlst du dich mächtig – nicht durch Gewalt, sondern indem du Männer deinem Willen unterwirfst.«

Trotz der heißen Dusche spüre ich eine klirrende Kälte in meinen Eingeweiden.

»Dir gefällt die Idee, mir Zoe wegzunehmen, weil du gern Autoritäten missachtest. Das College, ihre Eltern, meine Eltern, unseren Ehevertrag. Du magst es, die Nase über all das zu rümpfen. Und tief drinnen hast du einen kleinen Heldenkomplex, der auch deinen Cousin Leo so sehr plagt. Du willst Zoe retten, weil du sie bemitleidest.«

»Ich bemitleide sie nicht«, knurre ich. »Ich *respektiere* sie.«

»Ach ja?«, sagt Rocco spöttisch.

Das ist ein fremdes Konzept für ihn. Ich bezweifle, dass er seine eigenen Freunde oder gar seine Familie respektiert. Er bewundert nur sich selbst.

»Ja. Ich respektiere sie«, sage ich. »Du hast keine Ahnung. Du bist wie ein Kleinkind, das seine Scheiße an der Mona Lisa abwischt. Du könntest nicht ignoranter sein, was sie wert ist.«

»Da liegst du falsch«, sagt Rocco leise, seine glänzenden Augen auf mich gerichtet. »Ich erkenne die Qualitäten von

Zoe. Wenn sie schwach wäre, wenn sie willig wäre, dann würde es keinen Spaß machen. Es ist die Herausforderung, sie zu brechen. Die Freude, sie Stück für Stück zu zerstören und sie dann so wieder aufzubauen, wie ich sie haben will. Sie neu zu formen wie geschmolzenes Glas. Natürlich besteht immer die Möglichkeit, dass das Glas zerbricht … aber wenn nicht, forme ich sie genau so, wie ich sie haben will.«

Mein Inneres kocht vor Wut. Ich will ihm die verdammte Kehle herausreißen, ihm zeigen, wie es sich anfühlt, in Stücke gerissen zu werden, wie er es sich mit Zoe vorstellt. Ich habe schon Männer getroffen, die gierig, gewalttätig und gefühllos waren. Aber mir ist noch nie jemand untergekommen, der so zerstörerisch ist. Rocco hat die Seele eines Brandstifters. Falls er überhaupt eine Seele hat.

In diesem Moment treffe ich eine Entscheidung.

Ich werde Zoe vor Rocco retten. Ich weiß nicht, wie, aber ich werde es tun. Nicht, um ein Held zu sein. Ich werde es tun, weil es verdammt falsch ist und es nicht passieren darf. Sie darf nie zu ihm gehören.

Rocco sieht den Funken meiner Entscheidung in meinem Gesicht. Er ist scharfsinnig, das muss ich ihm lassen.

Das macht ihn wütend.

»Bisher habe ich noch immer bekommen, was ich will, Miles«, zischt er. »Ich bin nicht wie die anderen Männer, denen du begegnet bist. Ich esse nicht. Ich schlafe nicht. Ich gebe nicht auf. Ich kann nicht bedroht werden. Mit mir kann man nicht verhandeln. Keiner deiner Tricks wird bei mir funktionieren.«

Ich stelle das Wasser mit einer scharfen Drehung ab und schüttle die Tropfen aus meinem Haar. Dann nehme ich mein Handtuch und wickle es um meine Taille, langsam und bedächtig, um Roccos Laserblick nicht zu unterbrechen.

»Du redest viel«, sage ich. »Du denkst, du bist klug oder überzeugend. Ich denke, du bist beschränkt. Behindert. Erbärmlich, ganz ehrlich. Du weißt nicht einmal, was du nicht weißt.«

Flecken von Farbe erscheinen in seinem Gesicht, unregelmäßig und zufällig.

Rocco kann Menschen lesen, aber das kann ich auch.

Ich weiß, dass er sich mehr als alles andere wünscht, gefürchtet zu werden. Er will furchterregend erscheinen. Er denkt, er sei schlauer und stärker als alle anderen, nur weil er nicht an die üblichen Regeln der Fairness oder des Mitgefühls gebunden ist.

Nun, ich schere mich auch nicht um die Regeln.

Wenn Rocco denkt, ich würde nicht schmutzig spielen, hat er sich geschnitten.

Ich stelle mich ihm ohne eine Spur von Angst und schneide ihm die schmutzige Energie ab, von der er sich ernährt.

»Du denkst, du hast mich durchschaut? Wie kommst du darauf? Weil ich gern Deals mache, um zu bekommen, was ich will?« Mit schnellen Schritten gehe ich auf ihn zu. »Du denkst, ich treibe meine Spielchen, weil ich dir erlaube, das zu denken. Was du verstehen musst, ist, wenn ich entscheide, dass du verlierst, kannst du es auf die verdammten Steintafeln schreiben. Wenn ich meinen Zorn gegen dich richte, werde ich nicht aufhören, das Höllenfeuer auf dich regnen lassen, bis du und jeder, der dich kennt, erledigt ist. Ich werde Deals machen, die dein Leben und jedes potenzielle Leben, das du hättest haben können, ruinieren werden. Denkst du, du bist der Einzige hier, der etwas Psychopathisches tun wird? Ich werde dir die Kehle mit den Zähnen herausreißen und danach schlafen wie ein Baby. Du hast keine Ahnung, wie weit ich gehen würde.«

Rocco macht einen erschrockenen Schritt zurück. Es ist instinktiv, zwanghaft. Er will sich wehren, aber er kann es nicht.

Ich lache ihm direkt ins Gesicht. Denn ich weiß, dass das die Sache ist, die ihn am meisten quälen wird.

»Du bist eine verdammte Ameise für mich«, sage ich.

Dann drehe ich mich um und gehe weg, lasse ihn in der widerhallenden Stille seiner eigenen hilflosen Wut zurück.

***

Als ich wieder in meinem Zimmer bin, ziehe ich mich an, aufgeladen mit einer Energie, die ich noch nie zuvor gespürt habe.

Ich war bereit, Rocco auf der Stelle zu erwürgen. Gott, ich wollte es tun. Hätte er nur ein Wort zu mir gesagt, hätte ich mich vielleicht nicht mehr zurückhalten können.

Und jetzt habe ich dieses Feuer in mir, diese ungestillte Aggression.

Ich muss etwas damit machen, bevor ich explodiere.

Es ist noch eine Stunde, ehe der Unterricht beginnt.

Ich könnte in den Speisesaal gehen. Aber ich habe das seltsame Gefühl, dass das, wonach ich suche, nicht dort ist. Ich glaube sogar, ich weiß genau, wo es zu finden ist.

Ich renne die Treppe des achteckigen Turms hinunter, nehme zwei Stufen auf einmal. Als ich über den Campus sprinte, bin ich mir sicher, dass dieser Impuls auf etwas Realem beruht. Ich renne bis zur nordwestlichen Ecke des Geländes und reiße die Bibliothekstür auf.

Ein bizarres Gefühl von Schicksal ergreift mich. Nichts und niemand kann sich mir in den Weg stellen. Als ich einen Blick auf Miss Robins Schreibtisch werfe, weiß ich bereits, dass er leer sein wird, dass sie unten im Archiv sein wird und in Karten wühlt.

Ich suche nach dem, was ich wirklich hier finden will. Ich jage durch die Bibliothek, die Pupillen im schummrigen Lampenlicht geweitet. Das Blut rast in meinen Adern, sogar mein

Geruchssinn ist geschärft, sodass ich einen Hauch des süßen Bernsteinparfüms wahrnehme, bevor ich sie überhaupt sehe.

Zoe ist auf halber Höhe der spiralförmigen Rampe, ihre Tasche und einen dicken Stapel Lehrbücher auf einem offenen Tisch ausgebreitet. Sie steht auf Zehenspitzen an den Regalen und versucht, einen ledergebundenen Wälzer zu ergreifen, der gerade außer Reichweite ist.

Es muss Wäschetag sein, denn nach einer Woche in Hosen trägt sie wieder einen karierten Rock. Als sie sich so hoch streckt, wie sie kann, um das Buch mit dem Zeigefinger herauszuziehen, schiebt sich ihr Rock hoch und enthüllt einen langen Teil ihres nackten Oberschenkels.

Ich rieche das Blut im Wasser.

Die Wirkung auf mich ist völlig überwältigend.

Angestachelt von aufgestauter Aggression und einem neu entdeckten Wahnsinn packe ich Zoe von hinten, einen Arm um ihre Taille und eine Hand auf ihren Mund geklemmt, damit ihr Schrei Miss Robin nicht wieder nach oben kommen lässt.

Ich packe sie und schiebe sie in die Lücke zwischen zwei Bücherregalen, wobei ich sie mit meinem in der Öffnung verkeilten Körper festhalte. Dann küsse ich sie mit einer Wildheit, wie ich sie noch nie erlebt habe. Die ganze Wut, die ich Rocco versprochen habe, ergießt sich stattdessen über Zoe.

Ich verschlinge ihren Mund, wickle meine Hände in ihr seidiges schwarzes Haar und atme den Duft ihres Halses ein, der mich hierhergelockt hat wie ein heller, leuchtender Köder. Meine Hände sind überall auf ihrem Gesicht, ihrem Körper, gehen sogar unter ihren Rock, um das feste Fleisch ihres Hinterns zu packen.

Als ich mich für eine Sekunde zurückziehe, sehe ich ihre großen, erschrockenen Augen und ihre geschwollenen Lippen, die sich verwirrt öffnen.

»Miles, was soll das?«, keucht sie.

Ich tauche wieder ein und küsse sie noch fester. Nach dem ersten Schock spüre ich, wie Zoe nachgibt. Ihre Arme umschlingen meinen Hals, ihr Körper reibt sich an meinem. Jetzt hat sie sich aus einem anderen Grund auf die Zehenspitzen gestellt: um jeden Zentimeter ihres Körpers mit aller Kraft gegen mich zu drücken. Es scheint, als würde sie ertrinken, und die einzige Luft, die sie atmen kann, ist die Luft in meiner Lunge.

Sie ist genauso wild wie ich, vielleicht sogar noch wilder. Sie lässt sich fallen, voll und ganz – vielleicht zum ersten Mal in ihrem Leben. Sie beißt mir mit ihren scharfen kleinen Zähnen in den Nacken und gräbt ihre Fingernägel durch den dünnen Stoff meines Shirts in meinen Rücken.

Ich streichle ihre Brüste durch die Bluse, diese vollen, perfekten Titten, die mir seit jenem Tag auf der Mauer nicht mehr aus dem Kopf gehen. Sie sind in meine Netzhaut eingebrannt wie das Aufleuchten eines Blitzes. Ihre Brustwarzen drücken steif durch ihren BH, und ich muss sie befreien. Ich öffne einen Knopf, dann zwei, und schließlich reiße ich den dritten auf und ziehe die Vorderseite ihres BHs herunter, sodass ihre Titten in meinen Händen liegen.

In dem Moment, in dem ich ihre Brüste berühre, sackt Zoe gegen die Wand, als hätte ich die Kontrolle über sie erlangt. Sie stößt ein langes, gequältes Stöhnen aus, das ich mit meiner linken Hand unterdrücke, während ich mit der rechten ihre Brust umfasse und massiere.

Ihr Fleisch ist weich und fest, die Brustwarze hat eine zarte bräunliche Farbe, die sich mit jeder Berührung meiner Finger dunkler verfärbt. Ich beuge meinen Kopf, um ihre Brust in meinen Mund zu nehmen, und sie beißt auf meine Hand, die ihren Mund bedeckt, und stöhnt hilflos.

Wenn ich einmal angefangen habe, kann ich nicht mehr aufhören. Ich gehe in die Knie, hebe ihre Oberschenkel hoch und lege sie über meine Schultern. Als Nächstes fahre ich unter den Gummizug ihres Höschens, schiebe es zur Seite und vergrabe mein Gesicht in ihrer Muschi.

Zoe ist an die Wand gepresst, angehoben mit ihren Beinen über meinen Schultern. Mein Gesicht presst sich hart gegen sie. Ich lecke ihre Muschi, als wäre ich am Verhungern.

Noch nie habe ich etwas so Süßes gekostet. Zoe ist bereits ganz feucht. Meine Zunge gleitet zwischen ihre Schamlippen, dann ganz in sie hinein. Ich finde ihren Kitzler, sauge sanft und spiele mit meiner Zunge daran, bis Zoe einen Laut von sich gibt, der fast wie ein Schluchzen klingt. Ich merke, dass sie sich jetzt den Mund zuhält und mit beiden Händen versucht, ihr Wimmern zu unterdrücken.

Das ist unmöglich. Ihre Muschi ist warm und pulsierend, und sie wird immer feuchter, als ich meine Finger in sie gleiten lasse und ihre Klitoris mit meiner Zunge stimuliere. Sie reibt sich an meinem Gesicht, ihre Schenkel pressen meine Ohren zusammen. Sie wird es nicht lange aushalten können, ich werde sie kommen lassen, wie sie es noch nie zuvor gefühlt hat.

Ich lecke ihre Klitoris mit der flachen Zunge, immer und immer wieder, gleichmäßig und hart. Mein ganzes Gesicht ist von ihrer Nässe überzogen und es ist mir scheißegal. Niemand hat jemals besser gerochen oder geschmeckt als dieses Mädchen – wenn ich könnte, würde ich ein verdammtes Bad in ihrer Muschi nehmen.

Ich finde diese empfindliche Stelle in ihr und streichle sie mit meinen Fingern, während ich ihre Klitoris mit meiner Zunge lecke und verwirble. Als ich die perfekte Kombination gefunden habe, bei der sie anfängt, um meine Finger zu krampfen, bei der sie keine Kontrolle über ihre Hüften oder ihre Atmung oder irgendetwas anderes hat, lege ich wieder los, immer und immer wieder, während sie auf mir kommt.

Jetzt gibt es kein Halten mehr. Zoes ganzer Körper zittert, als ob sie besessen wäre. Sie stößt einen erstickten Schrei durch ihre Hände aus, der das erregendste Geräusch ist, das ich je in meinem Leben gehört habe.

Ich lecke sie weiter, jetzt etwas sanfter, bis ich sicher bin, dass auch der letzte Lustschock durch sie geflossen ist und ihr ganzes Gewicht auf meinen Schultern lastet.

Dann setze ich sie sanft ab, stehe auf und streiche ihr das verschwitzte Haar aus dem Gesicht. Zoe weint, sie weint tatsächlich, eine doppelte Spur von Tränen läuft an den Seiten ihres Gesichts herunter. Ich fühle einen Anflug von Schuld, als ob ich etwas falsch gemacht hätte. Ich wische mir den Mund am Ärmel ab und nehme ihr Gesicht in meine Hände, um sie zu küssen: »Geht es dir gut, Zoe?«

»So etwas habe ich noch nie gefühlt«, stammelt sie. Ihre Zähne klappern noch immer, und Schauer laufen in Wellen durch ihren Körper.

»Aber war es gut?«, frage ich.

»G-g-gut beschreibt es nicht annähernd«, sagt sie.

Noch immer habe ich sie zwischen den Bücherregalen eingezwängt – nicht um sie einzusperren, sondern weil es ruhig und versteckt ist und ich möchte, dass sie sich sicher fühlt. Ich möchte, dass sie das Gefühl hat, dass wir die einzigen zwei Menschen im Universum sind.

Zoe schmiegt sich an meine Brust, ihr Gesicht an meinen Hals gepresst. Ich halte meine Arme um sie geschlungen und streiche ihr mit der Handfläche über den Rücken, versuche sie zu beruhigen und das Zittern zu lindern.

Ich hatte nicht die Absicht, diese Wirkung auf sie zu haben.

»Es tut mir leid.« Zoes gedämpfte Stimme vibriert gegen meine Brust. »Es ist mir peinlich. Normalerweise weine ich nicht.«

»Ich weiß, dass du das nicht tust«, sage ich und hebe ihr

Kinn an, damit sie mir in die Augen sieht. »Das muss dir nicht peinlich sein. In meiner Gegenwart kannst du ganz du selbst sein, Zoe. Ich mag dich so, wie du bist. Und das war verdammt sexy, nebenbei bemerkt. Ich möchte es sofort wieder tun.«

Zoe lacht schwach. »Ich weiß nicht, ob ich das überleben würde.«

Wir bleiben noch ein paar Minuten genau dort, wo wir sind, flüstern und lachen zusammen. Als Zoe schließlich wieder stehen kann, helfe ich ihr, ihre Bücher einzusammeln, bevor sie zu ihrem ersten Kurs geht.

»O Gott«, murmelt sie. »Ich bin sicher, Miss Robin hat das gehört.«

»Sie war nicht da, als ich reinkam.«

»Trotzdem.« Zoes Wangen sind ganz rosig. »Ich wünschte, ich hätte eine Papiertüte, die ich mir über den Kopf ziehen könnte.«

»Komm schon«, sage ich und nehme ihre Hand. »Ich werde sie ablenken, während du dich hinausschleichst.«

Ich gehe ein Stück vor Zoe, um zu prüfen, ob die Luft rein ist.

Miss Robin sitzt tatsächlich wieder an ihrem Schreibtisch, und so, wie sie über ihre Brille zu mir herüberblickt, bin ich sicher, dass sie etwas gehört hat.

»Miss Robin«, sage ich, »könnten Sie nachsehen, ob jemand ein Lehrbuch für Internationale Besteuerung in das Fundbüro gelegt hat? Ich glaube, ich habe meines hier vergessen.«

Miss Robin zwinkert mir einmal langsam zu, was viel schamloser ist, als ich es von unserer schüchternen Bibliothekarin erwarten würde, und sagt dann: »Natürlich, Miles.« Sie dreht sich um und durchsucht die Fundgrube hinter ihrem Schreibtisch.

Während sie beschäftigt ist, eilt Zoe in ihren flachen

Schuhen leise auf dem massiven Teppich vorbei. Ich habe das Gefühl, dass Miss Robin Zoe dennoch hört, denn sie verbringt ungewöhnlich viel Zeit über die Kiste gebeugt und tut so, als würde sie den gut organisierten und leicht zu überprüfenden Stapel von Gegenständen durchsuchen.

Sie richtet sich mit leeren Händen auf und prüft, ob wir wirklich allein sind, und sagt dann: »Ich bin nicht blöd, Miles.«

Ich stecke die Hände in die Hosentaschen und grinse. »Entschuldigung, Miss Robin. Ich bin sicher, Sie erinnern sich an die Unbekümmertheit der Jugend. Ich denke nicht, dass Sie selbst zu weit davon entfernt sind.«

Sie lächelt ein wenig zurück, aber es dauert nur einen Moment, bevor sie sagt: »Ich hoffe, du weißt, was du tust, Miles. Das ist kein Spiel für sie.«

»Für mich ist es das auch nicht. Das verspreche ich Ihnen.«

Sie mustert mich mit ihren dunklen Augen, die so stark mit ihren kastanienbraunen Haaren kontrastieren. Die Brille ist ihr wieder auf die Nase gerutscht. Sie braucht sie nicht, um mich mit einem Röntgenblick zu mustern.

»Ich glaube dir«, sagt sie schließlich. »Aber sei trotzdem vorsichtig.«

»Das werde ich.« Ich nicke.

Ich habe die Absicht, vorsichtig zu sein.

Doch ich kann nicht versprechen, dass ich in Sicherheit bin.

Kapitel 12

Cat

Der erste Wettkampf des *Quartum bellum* findet Ende November statt. Es ist ein Massaker – möglicherweise der körperlich schlimmste Tag meines Lebens.

Wir wussten alle, was auf uns zukommt, denn schon Wochen vorher sahen wir zu, wie die Geländecrew den Hindernisparcours vor dem Schloss aufbaute: eine Ansammlung aus Seilen, Flaschenzügen, Säulen, Mauern, Gräben, Netzen und beweglichen Gegenständen. Wir sollen einen Weg hindurch finden – aber dieser Parcours macht es nicht leicht.

Die Anforderungen sind einfach: ein Rennen vom Start bis zum Ziel. Jedes einzelne Mitglied eines jeden Teams muss durchkommen, und seine wird Zeit gestoppt.

Noch immer geschockt von der Niederlage im Jahr zuvor, ist es klar, dass die Studierenden aus den höheren Jahrgängen vorhaben, unfair zu spielen. Von dem Moment an, als Professor Howell seine Pistole in die Luft abfeuert und wir alle von der Startlinie losstürmen, hat der dritte und vierte Jahrgang kein Problem damit, die jüngeren Studierenden von den Wänden zu stoßen und uns in den Schlamm zu treten. Ich hatte gehofft, ihre Antipathie würde sich gegen Leos zweiten Jahrgang richten, aber sie scheinen genauso entschlossen zu sein, dafür zu sorgen, dass der erste Jahrgang dortbleibt, wo wir hingehören: auf den letzten Platz.

Es hilft auch nicht, dass es die ganze Woche vorher geregnet hat. Die aufgewühlte Erde ist ein Meer aus Schlamm. Innerhalb von Minuten überzieht der Schlamm jeden von uns von Kopf bis Fuß, bis ich Freund und Feind kaum noch unterscheiden kann.

August Prieto wurde zum Kapitän meines Jahrgangs gewählt. Er ist ein brasilianischer Erbe aus einer Drogenfamilie. In unserem Jahrgang ist er beliebt, weil er gut aussehend und sportlich ist. Ich denke, die Studierenden aus meiner Stufe hofften, dass er unsere Version von Leo Gallo sein würde. Dass August nicht die nötigen Führungsqualitäten besitzt, wird schnell klar. Er führt die schnellsten und stärksten Studierenden mit beeindruckender Geschwindigkeit durch den Parcours, lässt aber den Rest von uns im Stich, der sich allein durchkämpfen muss – ein unmögliches Unterfangen, da einige der Hindernisse nicht ohne Hilfe bewältigt werden können.

Leo hingegen bleibt im hinteren Teil seiner Gruppe und sorgt dafür, dass keine Nachzügler zurückbleiben. Wenn er einen Engpass sieht, koordiniert er seine stärksten Teamkollegen, um den schwächeren zu helfen, sodass jemand wie Matteo Ragusa von Silas Gray angehoben und über die Mauer gehievt wird.

Ich tue mein Bestes, um mitzuhalten. Eine Schlammschicht nach der anderen überzieht meinen Körper, ich kann kaum noch Arme und Beine heben. Ich falle zurück und kann sehen, dass viele Studierende den Parcours bereits beendet haben, während ich erst die Hälfte geschafft habe.

Es ist demütigend. Ich weiß nicht, was ich tun werde, wenn ich als Letzte ins Ziel komme. Ich könnte den Wettkampf für meinen gesamten Jahrgang verlieren.

Als ich versuche, über eine lange, flache Schlammstrecke zu kriechen, über der Stacheldraht gespannt ist, bekomme ich einen bösen Schock – buchstäblich. Der Draht ist aufgeladen. Jedes Mal, wenn er meine nackte Haut berührt, jagt ein Stromstoß durch meinen Körper und lässt meine Zähne aufeinanderschlagen.

Das ist schlimmer für die massigeren Studierenden, die es nicht vermeiden können, die Drähte zu berühren. Wenigstens bin ich klein genug, um unter die meisten zu schlüpfen und ihnen auszuweichen. Einem bulligen Kommilitonen kommen fast die Tränen, als er immer und immer wieder Stromschläge bekommt.

Erst denke ich noch, das ist der schlimmste Teil, bis ich zu einem Labyrinth aus schwingenden Pendeln, rollenden Baumstämmen und kippenden Plattformen komme, die uns in das Schlammmeer darunter stoßen sollen. Jedes Mal, wenn wir in den Schlamm geschleudert werden, müssen wir den Abschnitt von vorne beginnen. Ich werde drei, vier, fünf Mal hineingestoßen, bis ich kaum noch die Kraft aufbringen kann, aus dem Schlamm zu kriechen.

Nur einige Studierende bleiben hinter mir. Ich wische mir den Schlamm aus den Augen und schwöre mir, dass ich es schaffen werde. Ich versuche, mich nicht mehr nur auf einen Teil zu konzentrieren, sondern sehe stattdessen das gesamte Bewegungsmuster. Es gibt einen Rhythmus, eine regelmäßige Bewegung.

Die Hände sind wund, mein ganzer Körper pocht wie ein riesiger Bluterguss. Ich renne und ducke mich, springe und rutsche, bis ich es auf die andere Seite geschafft habe. Vor Erleichterung könnte ich weinen.

Die letzte Wand ist drei Meter hoch. Keine Seile, keine Haltestangen. Keine Möglichkeit, ohne Hilfe hinüberzukommen.

Anna und Zoe helfen den letzten Studierenden ihres Jahrgangs hinüber.

»Cat!«, schreit Anna. »Hier lang!«

Sie steht oben auf der Mauer und streckt einen blassen, schlammverschmierten Arm zu mir herunter.

Ich renne und springe so hoch, wie ich kann, aber meine Finger bleiben weit unter den ihren zurück.

»Moment mal!«, sagt sie.

Sie klettert über die Wand zurück und lässt sich auf meine Seite fallen.

»Tut mir leid«, sage ich, »ich bin nicht mal in deinem Team.«

»Wen interessiert das schon«, entgegnet sie. »Steig auf meine Schultern.«

Sie hebt mich hoch, und Zoe hilft, mich hinüberzuziehen.

Ich laufe mit ihnen bis zum Ende.

Wir werden Letzter und scheiden aus dem Wettbewerb aus. Wenigstens ist es nicht meine Schuld – acht andere waren noch hinter mir.

Der zweite Jahrgang kommt auf den zweiten Platz hinter dem vierten, die die Gewinner sind. Der dritte Jahrgang kommt auf den dritten Platz und scheidet damit ebenfalls nicht aus – ein Ergebnis, das Miles und Ozzy zu ärgern scheint, da es bedeutet, dass sie in der nächsten Runde weiter antreten müssen. Sie glauben nicht an den wilden Hype um das *Quartum bellum* – schon gar nicht, wenn es darum geht, sich so schmutzig zu machen.

»Ich werde mir eine Woche lang den Schlamm aus den Zähnen puhlen«, sagt Miles verbittert und spuckt ins Gras.

»Ich kann nicht glauben, dass sie mich zur Teilnahme gezwungen haben, obwohl ich immer noch ein Krüppel bin!«, beschwert sich Ozzy und schaut auf seinen bandagierten Arm, der zwei Zentimeter dick mit Schlamm bedeckt ist.

»Soll Schlamm nicht gut für die Haut sein?«, fragt Chay und tut so, als würde sie den Matsch mit den Fingerspitzen in ihre Wangen massieren.

»Das stimmt allerdings«, sagt Ozzy. »Willst du, dass das irgendwo anders hingerieben wird?«

»Ich wünschte, du könntest mir helfen«, erwidert Chay

und tut so, als würde sie schmollen. »Aber wie du schon sagtest, du bist kaum funktionsfähig …«

»Ich denke, du weißt, dass das nicht stimmt«, knurrt Ozzy und greift mit seinem guten Arm nach ihr.

Chay lacht und entzieht sich seinem Griff, tanzt von ihm weg, aber nicht zu weit.

Meine Schwester erzählte mir, dass Chay sich immer noch weigert, mit Ozzy auszugehen. Andererseits verschwindet sie für verdächtige Zeiträume, kommt errötet und zerzaust ins Wohnheim zurück und weigert sich zu sagen, wo sie gewesen ist.

Ich habe keine Romanze in Aussicht, und ich suche schon gar nicht nach einer.

Ich freue mich aber, dass sich die Beziehung zu meiner Zimmergenossin Rakel bis hin zu ganzen Gesprächen entwickelt hat.

Alles begann, als ich darum bat, ihren Comic auszuleihen.

Das war ein gewagter Vorstoß meinerseits, denn bis zu diesem Zeitpunkt war ich mir ziemlich sicher, dass Rakel mir nicht einmal ihre verbrauchte Atemluft leihen würde, geschweige denn ihr Lieblingsbuch.

Ich hatte die Autobiografie von Benjamin Franklin im Rahmen meines Kurses *Führer, Machthaber und Diktatoren* gelesen, als ich auf dieses Zitat stieß:

Nachdem ich gehört hatte, dass ein rivalisierender Abgeordneter in seiner Bibliothek ein bestimmtes, sehr seltenes und kurioses Buch besaß, schrieb ich ihm eine Notiz, in der ich meinen Wunsch äußerte, dieses Buch zu lesen, und ihn bat, mir den Gefallen zu tun, es mir für ein paar Tage zu leihen. Er gab es mir sofort, und ich schickte es nach etwa einer Woche mit einer weiteren Notiz zurück, in der ich mich sehr für den Gefallen bedankte. Als wir uns das nächste Mal im Haus trafen, sprach er mit mir (was er vorher nie getan hatte), und zwar mit großer Höflichkeit. Er zeigte sich stets bereit, mir bei allen Gelegenheiten zu dienen, sodass wir gute Freunde wurden – und unsere Freundschaft hielt bis zu seinem Tod an.

Es schien paradox, dass es jemand dazu bringen würde, einen mehr zu mögen, wenn man ihn um einen Gefallen bat, aber Franklin sagte: »Wer Ihnen einmal eine Gefälligkeit erwiesen hat, wird eher bereit sein, Ihnen eine weitere zu erweisen, als derjenige, den Sie selbst dazu verpflichtet haben.«

Ich dachte, der alte Ben weiß wahrscheinlich, wovon er spricht.

Also bat ich Rakel, mir den Comic auszuleihen, den ich sie an unserem allerersten Unitag und noch viele Male danach hatte lesen sehen.

Sie starrte mich misstrauisch an und trommelt mit ihren spitzen Nägeln irritiert auf das Bett.

Dann kramte sie zu meiner Überraschung das Buch aus ihrem Nachttisch hervor und drückte es mir in die Hand.

»Wehe, du knickst die Seiten«, sagte sie.

Ich habe das ganze Ding in der Nacht durchgelesen. Es hat mich sofort in den Bann gezogen. Es ging um eine Gruppe von Superhelden, die sich *Die Wächter* nannten. Sie waren nicht wirklich Helden. Eigentlich waren die meisten von ihnen totale Arschlöcher. Und der Bösewicht hatte einen Plan, der, wenn auch nicht ganz vernünftig, so doch zumindest für das Allgemeinwohl gedacht war.

Am nächsten Morgen fragte Rakel: »Wie fandest du es?«

Wir sprachen über eine Stunde lang darüber, den ganzen Weg in den Speisesaal hinunter, wo wir zum ersten Mal gemeinsam frühstückten.

Am nächsten Tag fragte sie mich, ob ich mir ihre *Walking Dead*-Comics ausleihen wolle.

Das Gespräch über Comics hat sich in ein Gespräch über Filme und Musik verwandelt.

Ich frage Rakel nach ihrer Vorliebe für Death Metal, verwirrt darüber, wie dieser chaotische Sound eigentlich genießbar sein kann.

»Es ist kein Death Metal, es ist Black Metal«, sagt sie. »Das ist ein Unterschied. Und es ist nicht nur Musik, für mich ist es eine Religion. Es geht um Mystik, Sterblichkeit und Unsterblichkeit. Die Konzerte können stundenlang sein, mit Kerzen und Weihrauch und zeremoniellen Gaben. Wir nennen es die *Ulfsmessa*, die Wolfsmesse.«

Sie spielt einige der Lieder für mich. Ich kann nicht behaupten, dass sie mir wirklich gefallen, aber ich erkenne, dass sie mehr Komplexität haben, als mir bewusst war. Sie können eindringlich und sogar bewegend sein.

»Das kommt alles vom Leben im Land der endlosen Dunkelheit. Und schlimmer noch, die Mitternachtssonne«, sagt Rakel. »Du kannst dir die Schlaflosigkeit im Sommer nicht vorstellen. Deshalb mag ich es hier unten.« Sie nickt in Richtung unseres gewölbten Steindachs und der fensterlosen Wände. »Es ist immer Nacht, wenn ich schlafen gehen will.«

Am meisten schweißt uns unser Hacking-Kurs zusammen. Rakel erzählt mir, dass der wichtigste Grund, warum sie nach Kingmakers kam, der explizite Unterricht in Dark-Web-Techniken war. Sie ist wahnsinnig frustriert über unseren eingeschränkten Zugang zur Technologie.

»Ich hasse es, dass ich nur während der Unterrichtszeit üben kann. Ich will meinen eigenen Laptop und Internetzugang«, schimpft sie.

Ich zögere und bin mir nicht sicher, ob ich ihr sagen soll, dass das möglich sein könnte.

»Kennst du Miles Griffin und Ozzy Duncan?«, frage ich.

Sie nickt. »Natürlich.«

»Vielleicht können sie dir dabei helfen.«

Als wir unser Zimmer verlassen, treffen wir auf Hedeon Gray.

»Was machst du denn hier unten?«, frage ich erstaunt.

Hedeon starrt mich finster an. »Was zum Teufel geht dich das an?«

»Ich frage ja nur.« Ich zucke mit den Schultern.

»Dann verpiss dich lieber«, sagt Hedeon und schiebt sich auf dem Weg zur Treppe an mir vorbei.

»Charmant«, sagt Rakel, nachdem er weg ist.

»Er ist immer so«, sage ich, obwohl das in Wahrheit sogar für Hedeon besonders unhöflich war.

Hinter uns verlässt Saul Turner sein Zimmer und geht ebenfalls auf die Treppe zu.

»Hey, Mädels.« Er nickt uns im Vorbeigehen zu, die Hände in die Hosentaschen gesteckt.

»Glaubst du, Hedeon war in Sauls Zimmer?«, frage ich Rakel leise.

Sie zuckt mit den Schultern. »Könnte sein. Ich weiß nicht, warum er deswegen so sauer war – Besuche untereinander sind ja schließlich nicht verboten.«

Als wir die Treppe hinaufsteigen und ebenerdig aus dem alten Weinkeller herauskommen, kann ich gerade noch Sauls lange, schlaksige Gestalt in Richtung der Bibliothek gehen sehen. Hedeon ist verschwunden.

»Komm schon«, sagte Rakel und zieht ihren Pullover eng um sich, um den Wind abzuhalten. »Lass uns zum Unterricht laufen – es ist verdammt kalt.«

Kapitel 13

Zoe

Seit jenem Tag in der Bibliothek haben Miles und ich uns regelmäßig getroffen.

Es ist schwierig, weil wir nicht allein zusammen gesehen werden können. Selbst wenn wir in einer Gruppe mit Leo und Anna, Ares, Hedeon, Chay, Ozzy und Cat sind, muss ich aufpassen, nicht zu oft neben Miles zu sitzen und ihn nicht zu offensichtlich anzustarren. Und vor allem darf ich ihn nicht anfassen – egal, wie sehr ich es auch möchte.

Manchmal fällt eine dunkle Locke über seine Augen, und die Versuchung, sie ihm aus dem Gesicht zu streichen, ist fast unwiderstehlich. Wenn seine Hand am Tisch im Speisesaal nur wenige Zentimeter von meiner entfernt ist, möchte ich unbedingt seine warmen Finger um meine legen. Es ist ein körperlicher Schmerz, ein Verlangen, das stärker ist als jedes andere Verlangen außer Essen oder Schlaf.

Wenn wir dann endlich allein sind und ich mich ihm hingeben kann, ist seine Berührung auf meiner Haut weit mehr als nur ein Vergnügen – sie geht bis hin zur Bedürftigkeit. Ich muss es haben. Je mehr ich bekomme, desto mehr will ich.

Wir hatten noch keinen Sex. Wir wissen beide, dass wir damit eine ernste Grenze überschreiten würden. In meinem Ehevertrag steht, dass ich in der Hochzeitsnacht noch Jungfrau sein muss, und ich glaube nicht, dass die Princes in diesem Punkt Nachsicht walten lassen werden. Also tanzen wir darum herum, küssen und berühren uns, wobei Miles oft wiederholt, was er in der Bibliothek mit mir gemacht hat – manchmal drei- oder viermal, bis mein ganzer Körper wie eine Musiknote vibriert und sich sogar die Luft an meiner Haut so erregend anfühlt wie seine Zunge zwischen meinen Beinen.

Es ist nicht nur sexuell – je öfter wir uns zusammen wegschleichen, desto süchtiger werde ich nach seiner Nähe.

Ich weiß nicht, was ich von Dating zu erwarten hatte, da ich noch nie ein Rendezvous hatte. Ich dachte wohl, es sei entweder Sex oder formelle Gespräche beim Abendessen. Ich habe mir nie vorgestellt, dass es so lustig und ausgelassen sein könnte wie mit Cat oder Chay und Anna – aber es ist sogar noch besser, weil das Lachen und die Gespräche von diesem Funken der Anziehung begleitet wird, von einem rasenden Interesse aneinander, das berauschend ist und die Zeit dahinschmelzen lässt wie Zucker im Wasser.

Manchmal treffen wir uns mit Leo und Anna, um gemeinsam Musik zu hören und herumzutanzen, als ob wir unseren eigenen kleinen Nachtclub hätten.

Manchmal zeige ich Miles das Projekt, an dem ich in meiner Freizeit gern arbeite und das ich noch nie jemandem gezeigt habe, nicht einmal Cat.

Es ist eine Geschichte. Nur ist sie wie ein Theaterstück mit Dialogen geschrieben. Es gibt auch lange beschreibende Passagen. Es geht um ein Mädchen, das die Zukunft sieht, aber den Ausgang der Ereignisse nicht ändern kann, egal wie sehr sie sich bemüht.

Es war mir peinlich, es ihm zu zeigen. Ich tat es bloß, weil er mich direkt fragte: »Was ist das, was du immer schreibst?«

»Was meinst du?« Ehrlich gesagt kam mir die Geschichte gar nicht in den Sinn. Ich hätte nicht gedacht, dass Miles bemerkt hatte, dass ich daran arbeitete.

»In diesem grünen Notizbuch«, sagte Miles. »Ich weiß, dass es keine Hausaufgaben sind, weil du nie in deine Lehrbücher schaust und dich immer darüber beugst, als wäre es ein Geheimnis.«

Mein Gesicht wurde heiß, als ich verstand, wovon er sprach. Mit erröteten Wangen konnte ich es auch nicht weiter leugnen.

Ich zeigte ihm die Geschichte und sagte: »Das ist albern, ich arbeite nur daran, um Dampf abzulassen. Ich weiß nicht mal, was es ist.«

Miles las zwanzig Seiten durch, konzentriert und ohne zu lächeln, bis ich die Spannung nicht mehr aushielt und es ihm wieder aus den Händen riss.

»Das ist genug«, sagte ich. »Wie ich schon sagte, es ist albern.«

»Nein, ist es nicht«, erwiderte Miles und fixierte mich mit seinen stahlgrauen Augen. »Es ist faszinierend. Du bist talentiert, Zoe.«

Ich schüttelte den Kopf, nicht in der Lage, ihn weiter anzuschauen. »Es ist nicht wichtig. Es ist nicht einmal eine richtige Geschichte.«

»Es ist keine Geschichte«, sagte Miles. »Es ist ein Drehbuch.«

»Wie ein Filmdrehbuch?« Ich musste lachen. »Etwas muss erst ein Film werden, bevor es ein Drehbuch sein kann.«

»Es ist genau andersherum.« Miles lächelte mich an.

»Ich meine … es muss eine Absicht dahinterstecken, damit es ein Film wird.«

»Deine Geschichte sollte ein Film sein«, meinte Miles. »Ich würde ihn mir ansehen.«

»Du schmeichelst mir nur.«

»Nein, tue ich nicht.« Er war wieder vollkommen ernst und nahm mir das Notizbuch aus den Händen, weil er mehr lesen wollte. »Ich weiß, wann etwas gut ist und wann nicht. Ich würde dich nicht anlügen.«

Sein Kompliment bedeutete mir mehr als jedes andere, das ich zuvor erhalten hatte. Ich glaubte Miles, als er sagte, er würde nicht lügen. Ich glaubte, dass er ein guter Kritiker war.

Er ist schlau. So verdammt schlau. Das war mir vorher gar nicht bewusst gewesen. Ich hatte immer nur Bruchstücke von Miles gesehen und nie, wenn er sich mit seinen eigentlichen Interessen beschäftigte. Ich kannte nur den Miles, der sich im Unterricht langweilte oder im *Quartum bellum* faulenzte. Wenn er sich wirklich für etwas interessiert, ist er unglaublich fokussiert.

Jetzt richtet er diesen Fokus auf mich, und das ist fast beängstigend. Ich habe diese völlig andere Person entdeckt, die mich einschüchtert.

Er erzählt mir alles über seine Nebengeschäfte.

Sein Vertriebsnetz für Schmuggelware ist schockierend komplex. Es ist nicht so einfach wie das bloße Bestechen von Fischern und Hafenarbeitern, um Dinge auf den Versorgungsschiffen einzuschmuggeln. Er hat ein ganzes ineinandergreifendes Netz von Tauschgeschäften, einschließlich Kontakten in Dubrovnik, Tirana und Bari, die die Waren beschaffen und die Zahlung an Hunderte von Beteiligten abwickeln.

»Wie behältst du den Überblick über all das?«, frage ich.

»Ehrlich gesagt, ich weiß es nicht«, sagt Miles. »Es ist die Art, wie mein Gehirn arbeitet. Ich kann das System als Ganzes sehen, mit all den kleinen Schnittstellen. Jeder dieser Punkte ist eine Person, jeder mit einem Problem und einer Lösung. Wenn man sie alle perfekt miteinander verbindet, nährt sich das System selbst.«

Was ich an Miles' Methoden faszinierend finde, ist, wie mächtig sie ihn machen. Ohne Drohungen oder Gewalt oder eine Armee von Anhängern ist Miles einer der einflussreichsten Menschen auf der Insel. Jeder kennt ihn. Jeder schuldet ihm einen Gefallen. Niemand will sich mit ihm anlegen, weil sie den Zugang zu den Dingen riskieren würden, die nur er liefern kann.

Alle außer Rocco natürlich.

Er ist die einzige Person, die kein Interesse an dem hat, was Miles zu bieten hat. Was Rocco will, weigert sich Miles, ihm zu geben.

Die Auseinandersetzungen von Rocco, Wade Dyer, Jasper Webb und Dax Volker gegen Miles und Ozzy dauern an und eskalieren. Kaum ein Tag vergeht ohne irgendeine Art von Prügelei. Es macht mir Angst, weil es sich anfühlt, als würde es sich auf etwas Schlimmeres zuspitzen. Irgendwann werden diese Kämpfe die Grenzen dessen sprengen, was man vor den Professoren verbergen kann, und dann wird es Konsequenzen ganz anderer Art geben.

Das ist nicht der einzige Konflikt, mit dem wir es zu tun haben.

Leo und sein Cousin Dean vertragen sich immer noch nicht.

Zu Beginn des Studienjahrs gab es einen kurzen Waffenstillstand. Ich dachte, Dean hätte vielleicht eingesehen, dass er zu weit gegangen war, als er versuchte, Leo zu ertränken. Ich dachte sogar, er könnte ein Gefühl der Dankbarkeit empfinden, dass Leo es dem Dekan nicht erzählt hat.

Wenn Dean in dieser Hinsicht irgendeine Schuld verspürte, so war sie sofort verflogen, als er mit ansehen musste, wie Anna und Leo offen miteinander ausgingen.

Seine Stimmung wird von Woche zu Woche düsterer, und er lässt es an allen um ihn herum aus. Seine kleine Clique von Freunden, darunter Bram Van Der Berg und Valon Hoxha, sind beinahe so gefürchtet wie Rocco und seine Freunde. Sie sind ohne Grund bösartig. Sie schikanieren jeden, den sie nicht mögen. Da das meistens jeden einschließt, der mit Leo befreundet ist, hat es Dean und Leo in einen fast ständigen Konflikt gebracht.

Heute Nachmittag haben wir Kampfunterricht in der Waffenkammer. Es sind hauptsächlich Erben und Vollstrecker, aber Matteo Ragusa ist auch da.

Der Ärger beginnt, als Dean sich absichtlich mit Matteo zum Sparring zusammentut und Matteos Freund Paulie White anweist, stattdessen mit Bram zusammenzuarbeiten.

»Tut mir leid«, sagt Paulie zu Matteo, zu ängstlich, um abzulehnen.

Matteo steht Dean gegenüber und hat die Hände unbeholfen zu Fäusten geballt. Er kauert und zuckt bereits, weil er weiß, dass Dean nicht die Absicht hat, es ihm leicht zu machen.

Dean schleicht sich mit einer Leichtigkeit an ihn heran, die schön wäre, wenn sie nicht so grausam wäre. Es ist mir immer aufgefallen, wie ähnlich Dean und Anna sich sehen, beide blass und schön mit der Eleganz eines Tänzers. Dean ist das, was Anna wäre, wenn sie als Mann zur Welt gekommen wäre – ohne all ihre Freundlichkeit und ihren Humor.

Anna denkt vielleicht das Gleiche. Sie beobachtet Dean unruhig und vergisst dabei, dass sie und ich eigentlich Sparring machen sollten.

Dean spielt mit Matteo, schleudert leichte Schläge in seine Richtung, sodass Matteo über seine eigenen Füße stolpert und versucht, von ihm wegzukommen. Dann fegt Dean ohne Vorwarnung Matteos Bein unter ihm weg, packt Matteos Arm auf dem Weg nach unten und reißt ihn brutal hinter seinem Rücken hoch, bis Matteo schreit.

Dean lässt ihn los. Matteo hält sich den Arm, und Tränen treten ihm in den Augen. Ich kann sagen, dass er sowohl verlegen als auch verletzt ist und versucht, dem Schmerz nicht zu erliegen.

Das befriedigt Dean nicht im Geringsten.

»Steh auf«, bellt er Matteo an. »Noch einmal.«

»Nein!« Leo rastet aus und geht über die Matten. »Lass ihn in Ruhe.«

»Hier kommt der Dobermann, um seinen kleinen Welpen zu beschützen«, spottet Dean. »Wischst du ihm auch den Arsch ab, Leo?«

»Er ist hier, um zu lernen, wie man kämpft«, sagt Leo. »Nicht, um dein Sandsack zu sein.«

»Das tut er aber nicht«, zischt Dean. »Er hat gar nichts gelernt, verdammt noch mal! Sieh ihn dir an. Er ist genau so erbärmlich wie am ersten Unitag.«

»Er schlägt sich gut«, sagt Leo, packt Matteos guten Arm und hilft ihm wieder auf die Beine.

»Wir sind noch nicht fertig«, schnauzt Dean Matteo mit zusammengekniffenen Augen an. »Wir haben noch zwei Runden vor uns.«

»Dann werde ich mit dir sparren«, sagt Leo und starrt ihn direkt an.

»Ich wünschte, ich könnte«, spottet Dean. »Aber wir haben gestern gekämpft. Professor Howell sagt, wir müssen alle Partner durchgehen.«

»Dann werde ich es tun«, sagt Ares.

Ares war mit Leo gepaart und hatte die Konfrontation bisher schweigend beobachtet. Seine tiefe Stimme erreicht Dean auf eine Weise, die alle verstummen lässt.

Dean grinst, nicht eingeschüchtert von Ares' Größe.

»Noch besser«, sagt er.

Sie stehen sich gegenüber, und Dean hüpft leicht auf seinen Füßen. Ares steht still, und die Matten sind tief eingedrückt unter seinem Gewicht. Dean ist ein wenig kleiner als Ares, aber wir alle wissen, wie schnell und wild er ist. Er war ein Boxer in Moskau, der mit bloßen Fäusten in den verlassenen U-Bahn-Tunneln unter der Stadt kämpfte.

Er sagt, er hat nie einen Kampf verloren. Wenn er und Leo aufeinandertreffen, wie schon mehrmals geschehen, ist es unvermeidbar chaotisch und blutig, ohne einen klaren Sieger.

Ares ist kein Pazifist – letztes Jahr war er in eine Schlägerei mit Bram und Valon verwickelt. Aber er kämpft nicht gern, und selbst im Kampfunterricht ist er vorsichtig und zurückhaltend und verliert nie die Beherrschung.

Dean sieht dies eindeutig als eine weitere Gelegenheit an, es Leo heimzuzahlen, indem er einen seiner Freunde verprügelt. Er umkreist Ares mit der offensichtlichen Absicht, ihn zu verletzen.

Er schlägt hart zu und lässt einen unerbittlichen Ansturm von Schlägen niedergehen, dem mein Auge kaum folgen kann. Ares hält seine Fäuste oben, doch der Hagel von Hieben trifft ihn hart in die Rippen, die Schultern und die Seite seines Kopfes. Er blockt das Schlimmste ab, obwohl ich sicher bin, dass es trotzdem wehtut.

Die meisten anderen Studierenden haben mit dem Sparring aufgehört, damit sie zuschauen können. Sogar Professor Howell verlagert seine Position an den Rand der Matte, seine Pfeife an die Lippen gehoben, um den Kampf notfalls zu stoppen, und seine dunklen Augen sind mit wachsamem Interesse auf die Jungen gerichtet.

Unbefriedigt von seinem ersten Angriff, greift Dean noch härter an und schwingt seine Fäuste wie Hämmer direkt auf Ares' Kopf. Er landet einen harten Schlag unter Ares' Auge. Ares antwortet mit einem rechten Haken, der Dean auf die Fersen zurückwirft. Ich kann die Überraschung in Deans Gesicht sehen, ebenso wie die neue Vorsicht, mit der er sich umdreht und versucht, Ares aus dem Gleichgewicht zu bringen.

Dean trifft Ares immer wieder auf den Körper, jeder Schlag ist laut und deutlich in der fast stillen Halle. Ares'

Kiefer ist angespannt, sein Gesicht unbewegt. Mit jedem Schlag, der ihn trifft, verfärben sich Ares' Wangen immer dunkler. Ich habe das seltsame Gefühl, dass er Dean erlaubt, ihn zu schlagen. Aber jedes Mal, wenn Dean ihn trifft, baut sich etwas in Ares auf. Etwas, das der Wut sehr ähnlich ist.

Dean greift wieder seinen Kopf an und trifft Ares mit schnellen und harten Schlägen, die aus allen Richtungen auf ihn einprasseln. Es ist unerbittlich, wütend, weit über das Maß an Aggression hinaus, das wir beim Sparring zeigen sollen.

Professor Howell hält sie nicht auf. Er will sehen, wie Ares reagieren wird, genauso wie der Rest von uns.

Endlich funktioniert es – Ares verliert die Beherrschung. Mit einem Zornesschrei schlägt er mit voller Wucht auf Dean ein. Er schwingt seine Fäuste mit all seiner Masse und dem Vorteil seiner großen Reichweite. Er schlägt Deans Deckung zur Seite und trifft ihn auf Nase und Kiefer.

Weit davon entfernt, sich dadurch zu beruhigen, machen die gelandeten Schläge Ares nur noch wütender. Er hat völlig die Kontrolle verloren und schreit wie verrückt, als er Dean immer und immer wieder mit beiden Fäusten schlägt.

Dean schlägt zurück und trifft Ares an der Unterlippe.

Ares revanchiert sich und landet einen so harten Schlag, dass Dean tatsächlich taumelt und auf ein Knie fällt – etwas, das ich noch nie gesehen habe.

Mit knallrotem Kopf und wilden Augen spannt Ares wieder seine Faust – bereit, Dean mit einem finalen Schlag zu vernichten.

Der kalte, silberne Pfiff durchschneidet die Luft zwischen ihnen und signalisiert Ares, dass er aufhören soll.

Ares lässt die Fäuste sinken, seine Brust hebt sich mit schweren Atemzügen. Er erinnert mich an Herkules, der für einen Moment in den Wahnsinn getrieben wird und den

Kopf schüttelt, als er wieder zu sich kommt. Er sieht schockiert und etwas entsetzt aus. Und ein wenig verängstigt – verängstigt darüber, wie er die Kontrolle verloren hat.

Dean springt wieder auf die Beine und beäugt Ares mit einem berechnenden Blick. Weit davon entfernt, über die überraschende Wendung des Kampfes verärgert zu sein, scheint er seltsam erfreut, während er einen Schwall Blut auf den Boden spuckt.

Leo geht zu Ares hinüber und klopft ihm mit der Hand auf die Schulter, woraufhin Ares zusammenzuckt.

»Hey. Bist du okay?«, fragt Leo.

»Ja. Mir geht's gut«, sagt Ares.

Sein Gesichtsausdruck hat sich wieder weitgehend normalisiert. Aber ich kann sehen, wie seine Hände zittern.

»Was zum Teufel war das?«, murmelt Anna zu mir.

»Du kennst Dean«, sage ich. »Seine Art lässt keinen kalt.«

»Das ist wahr«, stimmt Anna mir zu. Sie sieht immer noch Ares an und runzelt die Stirn.

Ich weiß, was sie denkt.

Es ist mir auch aufgefallen.

Einen Moment lang sah Ares nicht wie er selbst aus. Er war ein völlig anderer Mensch.

***

Weihnachten steht vor der Tür. Ich mag diese Zeit am College immer sehr, weil der Speisesaal mit frischen Tannenzweigen geschmückt ist und die Professoren eine Pause von ihrem üblichen Lehrplan einlegen, um uns Lektionen zu erteilen, die tatsächlich als lustig angesehen werden könnten.

Professor Lyons zeigt uns, wie man LSD-Bonbons herstellt, und lädt uns dann ein, sie zu probieren. Da ich nicht bereit bin, von der berühmtesten Giftmörderin der Neuzeit irgendwelche Dinge anzunehmen, stecke ich zwei Stücke in meine Tasche und denke, dass ich vielleicht den Mut aufbringe, sie irgendwann zu probieren.

Professor Holland schaltet alle Lichter in seinem Kursraum aus und tritt als Erzähler auf, damit wir das Partyspiel Mafia spielen können. Er erklärt uns, dass es eine gute Illustration von Vorsatz und Täuschung ist. Da der Professor den ganzen Nachmittag aus einem Flachmann genippt hat, bin ich mir nicht sicher, ob er wirklich glaubt, dass wir dadurch etwas lernen, aber wir alle genießen das Spiel trotzdem.

Nicht alle Studierenden sind glücklich, in Kingmakers gefangen zu sein, wenn sie lieber zu Hause bei ihren Familien wären. Das ist die Hauptzeit für Heimweh, besonders unter den Studierenden des ersten Jahrgangs, die es nicht gewohnt sind, so isoliert zu sein.

Zum Glück für mich ist die einzige Familie, die ich sehen möchte, hier am College bei mir. Cat und ich verbringen viele Stunden zusammen und basteln Weihnachtskarten für unsere Freunde.

Cats Karten sind natürlich unendlich viel hübscher als meine. Sie malt die Landschaften von Kingmakers: die Kathedrale, den achteckigen Turm, den Blick vom Solar und so weiter.

Ich wähle simplere und realistische Motive wie eine Schneeflocke oder einen Mistelzweig. Da meine einfacher sind, bin ich vor ihr fertig und verbringe den Rest der Zeit damit, an meiner Geschichte zu arbeiten – oder meinem »Skript«, wie ich es inzwischen nenne, auch wenn das überheblich klingt.

Es ist äußerst angenehm, zu schreiben, während man dem Zischen von Cats Pinsel und der Musik aus Annas Lautsprecher lauscht. Wir naschen in Papier eingewickelte Orangen aus dem Speisesaal und handgemachte Karamellbonbons, die wir im Dorf gekauft haben.

Wir arbeiten im Zimmer von Chay und Anna, weil es größer ist als meines. Cat und ich würden kaum gleichzeitig in mein Zimmer passen, und es gäbe definitiv keinen Platz für die Kunstsachen.

Als ich ein Klopfen an der Tür höre, nehme ich an, dass es Chay oder Anna ist, die vom Unterricht zurückkommt. Stattdessen stehe ich vor Miles, der in einem perfekt sitzenden weißen Hemd mit hochgekrempelten Ärmeln, die seine gebräunten Unterarme zeigen, tadellos aussieht. Miles ist immer braun, auch wenn wir seit Wochen keinen Sonnenschein mehr hatten. Sein Gesicht ist frisch rasiert und offenbart die kleine Spalte in seinem Kinn und die kantigen Linien seines Kiefers. Seine dunklen Locken sind feucht.

»Was machst du denn hier?«, frage ich und versuche, nicht zu sehr zu lächeln.

Miles wirft einen kurzen Blick in den Raum, um zu prüfen, wer anwesend ist, bevor er antwortet. Er ist immer vorsichtig, und ich weiß, dass das mehr zu meinem als zu seinem Schutz ist.

»Ich muss dich heute Abend sehen«, sagt er. »Ich habe eine Überraschung für dich.«

»Ich mag keine Überraschungen.«

»Wenn sie von mir kommt, dann schon«, sagt er und zeigt dieses schiefe Lächeln, das eine unwiderstehliche Wirkung auf mich hat.

Ein Gefühl von Wärme breitet sich in meiner Brust aus. Es wird mit jedem Moment, in dem Miles vor mir steht, größer. Trotz dessen, was ich über Überraschungen gesagt habe, bin ich aufgeregt, ein paar Stunden mit ihm zu verbringen.

»Wir treffen uns um neun hinter dem Solar«, sagt er.

»Dann komme ich da hin.«

»Bis dann, Cat«, ruft Miles über meine Schulter.

Cat hebt ihre mit Farbe verschmierte Hand und winkt.

Miles wirft einen kurzen Blick in den Flur, dann küsst er mich so schnell, dass ich kaum Zeit habe, seinen Mund zu spüren, ehe er wieder weg ist. Trotzdem brennen meine Lippen noch eine lange Zeit danach.

Ich wünschte, ich hätte etwas, das ich Miles zu Weihnachten schenken könnte. Die einzige Person, die mir ein Geschenk verkaufen könnte, wäre Miles selbst, und ich habe kaum Geld. Mein Vater hat Cat und mir nie ein großzügiges Taschengeld gegeben.

Ich habe Miles ein Lederarmband angefertigt. Cat hat mir gezeigt, wie es geht. Es ist nicht so professionell, wie es gewesen wäre, wenn Cat es gemacht hätte, aber ich war entschlossen, es selbst zu machen, und denke, es ist schön geworden.

Miles hat einen ausgeprägten Sinn für Stil, also hoffe ich, dass es ihm gefällt oder dass er sich zumindest nicht verpflichtet fühlt, es zu tragen, falls es das nicht tut.

Ich wickle das Armband in farbiges Papier und schreibe Miles eine Nachricht in die Karte mit dem Mistelzweig.

Dann lasse ich mir Zeit damit, mich anzuziehen, und frage mich, was die Überraschung sein könnte.

Was ich Miles gesagt habe, ist wahr – ich mochte noch nie Überraschungen. Doch das liegt daran, dass sie meistens unangenehm waren. Ich kenne ihn bereits gut genug, um anzunehmen, dass mir seine Pläne für den Abend vielleicht sogar gefallen. Das werden sie höchstwahrscheinlich. Ich muss nur dieses Verlangen loslassen, vorbereitet zu sein – dieses verzweifelte Verlangen nach Kontrolle, das ich schon immer gespürt habe, obwohl ich noch nie wirklich Kontrolle über etwas Bedeutungsvolles hatte.

Wenn dein Leben wie ein Autounfall in Zeitlupe ist, versucht man, es zu kompensieren, indem man dumme, unbedeutende Dinge kontrolliert. Bei mir waren es die Noten. In Barcelona durfte ich mir weder meinen Stundenplan noch meine Freunde aussuchen, doch ich konnte zumindest bei Tests die volle Punktzahl erreichen. Das brachte mir Lob von meinen Lehrern und sogar gelegentlich von meinem Vater ein.

Ich versuchte, perfekt zu sein, um ihm zu gefallen und um Daniela zu beschwichtigen. Es hat nie funktioniert.

Ich war immer ordentlich gekleidet, meine Schuhe waren geputzt und meine Haare gekämmt. Mein Zimmer war blitzsauber, die Kleidung nach Farben geordnet, die Bücher im Regal makellos aufgereiht, alle Buchrücken exakt auf gleicher Höhe. Ich war stets pünktlich. Ich habe nie geraucht oder geflucht.

Sinnlose Handlungen werden wichtig, sogar zwanghaft.

Tatsächlich sehe ich ein wenig davon in Dean Yenin. Ich sehe, wie er seine Notizbücher und Bleistifte auf seinem Schreibtisch aufreiht. Wie seine Kleidung und er selbst immer sauber sind. Wie er sich nach dem Schießsport- oder Chemieunterricht immer wieder die Hände wäscht.

Es ist wie Gips über Rissen. Ich sehe und erkenne sie. Ich weiß nicht, wodurch er geschädigt ist, aber ich sehe, wie er verzweifelt und erfolglos versucht, sein Universum in Ordnung zu bringen. Er würde mir leidtun, wenn er nicht so ein Arschloch wäre.

Selbst in meinem ersten Jahr in Kingmakers habe ich so sehr versucht, die Regeln zu befolgen.

Und wofür? Glaubte ich tief im Inneren, dass mein Vater sich meiner erbarmen und mich von Rocco befreien würde?

Ich weiß, dass er das nicht tut.

Und dann haben wir Miles Griffin. Er ist nicht nur ein Regelverstoßer, er ist ein Regelzerstörer. Er untergräbt jede Anweisung, tanzt um Grenzen herum, als wären sie gar nicht da.

Ich sollte von ihm entsetzt sein.

Stattdessen fasziniert er mich.

Miles nimmt das Verbotene und nutzt es zu seinem Vorteil – er macht es zu einem Werkzeug.

Ich bewundere ihn. Und Gott, wie ich ihn beneide!

***

Hinter dem Solar warte ich auf Miles. Mein Outfit besteht aus einem Rock und Stöckelschuhen, die ich mir von Chay geliehen habe, einer Bluse, die mir Anna geborgt hat, und meiner eigenen Collegejacke darüber. Es ist kühl heute Abend – windstill und mit einem harten, frostigen Hauch in der Luft. Das Gras ist eingefroren und glitzert unter meinen Füßen.

Ich bin nicht die Einzige, die sich heute Abend hübsch gemacht und hinausgeschlichen hat. Ich bin mir ziemlich sicher, dass Chay seit Halloween heimlich mit Ozzy zusammen ist. Sie will nicht zugeben, dass sie ein Paar sind, aber bei den zwei Gelegenheiten, bei denen ich sie mit offensichtlich vom Sex zerzausten Haaren ins Wohnheim zurückschleichen sah, gab sie zu, dass sie sich wieder getroffen haben und es der beste Sex ihres Lebens war.

»Er ist so verdammt unanständig«, stöhnte sie und versuchte, die Knoten in ihrem Haar zu kämmen. »Er macht Dinge mit mir, von denen ich noch nicht einmal gehört habe.«

»Du magst ihn also?«, frage ich.

»Na ja …« Sie zuckte mit den Schultern. »Er ist süß und lustig. Auch klug. Ich stelle mir mich nur eher mit einem George-Clooney-Typen vor.«

Chay ist sicherlich schön genug, um jeden zu bekommen, den sie will. Aber Ozzy tut mir trotzdem leid, denn hinsichtlich aller anderen Eigenschaften – Humor, Cleverness, Hartnäckigkeit – passt er hervorragend zu Chay.

Er ist nicht unattraktiv – er sieht nur eine markante Erscheinung. So wie Adam Driver oder Benedict Cumberbatch.

Anziehungskraft ist eine merkwürdige Sache. Ich dachte immer, dass Miles gut aussieht. Aber mit jedem Tag, der vergeht, scheint jeder andere zu verblassen, und er wird zum Maßstab der Perfektion. Ich mag keine blauen Augen mehr oder braune. Ich will bloß noch Augen, die morgens nebelig und im Mondlicht silbern aussehen. Ich will bloß noch eins fünfundachtzig große Männer mit einem schiefen Lächeln und einem verruchten Lachen.

Um mich warm zu halten, schlinge ich die Arme um meinen Körper und hüpfe auf den Zehenspitzen.

Ich habe den Rock gewählt, weil ich mich chic machen wollte, aber wenn Miles plant, außerhalb des Geländes spazieren zu gehen oder irgendwo im Freien zu sitzen, werde ich frieren.

Ich muss nicht lange warten. Miles kommt kurz vor neun Uhr an und joggt über den knirschenden Frost. Er sieht mühelos elegant aus, auf eine Art, die für einen Mann selten ist. Männer scheinen nicht oft zu verstehen, wie Kleidung sitzt und fällt, wie sie ihre attraktivsten Merkmale am besten zur Geltung bringen. Miles' Pullover und seine salbeigrüne Hose schmiegen sich an allen richtigen Stellen an seinen Körper, über Brust und Schultern und die Wölbung seiner Oberschenkel.

»Komm mit«, sagt er zu mir, macht einen Versuch, meine Hand zu nehmen, und erinnert sich dann daran, dass er das nicht tun sollte, solange wir noch draußen sind, wo uns jemand sehen könnte.

»Wohin gehen wir?«, frage ich.

»Hier entlang«, sagt er. Sein Lächeln schimmert im Sternenlicht.

Er führt mich nach Westen über den Campus, vorbei am

alten Weinkeller, der zum Untergeschoss hinabführt, vorbei an der Krankenstation, der Bibliothek und dem Taubenschlag. Ich weiß, dass er einen Satelliten im Dach des Taubenschlags versteckt hat, da er ihn mir gezeigt hat. Er gibt ihm vollen Zugang zum Internet, wann immer er will. Für einen Moment denke ich, dass er mich wieder die Stufen des Turms hinaufführen wird, bis er mich stattdessen in die Kathedrale zieht.

Ich erwarte fast, dass Anna drinnen auf uns wartet. Sie ist diejenige, die am häufigsten hierherkommt – es ist ihr Lieblingsort, um Ballett zu üben.

Stattdessen ist der höhlenartige Raum leer und hallend, das schwache Sternenlicht fällt in farbigen Mustern von den Buntglasfenstern herab, und der geflieste Boden ist an einigen Stellen von Baumwurzeln gewellt, die nach oben drängen. Im Altarraum hat ein Granatapfelbaum gekeimt, und Ranken schlängeln sich entlang der Stützpfeiler.

In Kingmakers gibt es keine Religion. Die Kathedrale hat man absichtlich verfallen lassen. Es ist der einzige Teil des Colleges, wo das Dach nicht geflickt oder die Fenster nach Winterstürmen nicht repariert werden. Es ist eine bewusste Ablehnung eines der vielen Autoritätssysteme, denen sich die Mafia-Familien nicht beugen wollen.

Selbst die anderen Studierenden meiden diesen Ort. Anna ist eine der wenigen, die die Kathedrale nicht abstoßend, sondern beruhigend findet.

Innerhalb dieser Mauern gibt es kaum etwas, was einen beeindrucken könnte. Die Kathedrale ist kalt und dunkel, ungeheizt und ohne jeden Strom. Ich bin mir nicht sicher, warum Miles mich hierhergebracht hat. Bis ich sehe, dass er die grüne Samtcouch aus den Ställen hereingeschleppt hat – die Couch, die im Büro des Dekans stand, bis sie schändlich auf den Haufen ausrangierter Möbel, Akten und Kisten am anderen Ende der Ställe verschwand.

Die Samtcouch ist nicht die einzige Neuerung. Miles hat Decken, Getränke, Snacks und ein Gerät mitgebracht, das ich nicht erkenne – quadratisch und rechteckig sitzt es auf einem Stapel von Kisten.

»Es war verdammt schwer, so ein Gerät zu finden, das mit Batteriestrom läuft«, sagt Miles.

»Was ist das?«, frage ich.

»Setz dich, ich zeige es dir«, entgegnet er und gestikuliert in Richtung des grünen Sofas.

Ich folge seinen Anweisungen und sehe beeindruckt, dass Miles sogar das Problem des fehlenden Sofabeins behoben hat, indem er die Couch auf einen Holzklotz stützt, damit sie nicht mehr wackelt.

Miles reicht mir eine Schale mit Popcorn. Das Popcorn ist frisch und knackig, übergossen mit echter geschmolzener Butter und Meersalz.

Ich lache. »Woher hast du diese Dinger? Wie hast du das zubereitet?«

»Das Küchenpersonal liebt mich«, sagt Miles. »Niemand hat mehr Spaß an Drogen als die Köche.«

Miles fummelt an der kleinen Maschine herum, dreht an den Reglern an der Seite. Sie erwacht zum Leben und schießt einen brillanten Lichtstrahl in den offenen Raum. Die gegenüberliegende Wand leuchtet auf, der Raum, in dem der Altar gestanden hätte, verwandelt sich in eine breite, helle Kinoleinwand.

Als der Paramount-Pictures-Berg über den Bildschirm flimmert, erschrecke ich. Der Vorspann kündigt an, dass wir gleich zum ersten Mal »VistaVision« sehen werden. Noch bevor die ikonische Filmmusik von Irving Berlin einsetzt, weiß ich, dass der Film *Weiße Weihnachten* heißt.

»Miles!«, schreie ich. »Ich kann es nicht glauben!«

Er lässt sich neben mir auf das Sofa fallen und legt mir den Arm um die Schultern. Dann zieht er eine Decke über uns und sagt: »Ich habe auch Nachos dabei. Die waren schwer aufzutreiben, aber ich wollte, dass du das volle Kinoerlebnis hast.«

Die Eröffnungssequenz beginnt mit Bing Crosby und Danny Kaye in ihren Kriegsuniformen. Das letzte Mal, dass ich diesen Film sah, war im Haus meiner *abuelita*. Anstelle von Popcorn und dem staubigen Geruch der Kathedrale erinnert die altmodische Musik an den Duft vom Parfüm meiner Großmutter, die Orangenblüten in ihrem Garten und die mit Zucker bestreuten *pestiños*, die sie in ihrer alten gusseisernen Pfanne braten würde.

Als Rosemary Clooney und Vera Ellen auf den Bildschirm kommen und ihr berühmtes Duett singen, erinnere ich mich, wie *lita* ihre Arme um Cat und mich legte, uns dicht an ihre Seiten zog und sagte: »Schwestern, seht ihr, genau wie ihr beide. Ihr müsst euch immer gegenseitig helfen und beschützen. Schwestern zuerst, alles andere kommt danach.«

Da ich weiß, dass Cat in diesem Moment nicht an erster Stelle steht, ganz und gar nicht, werde ich von einer Welle von Schuldgefühlen erfasst. Ich setze den zerbrechlichen Schutz aufs Spiel, den ich mir für sie erhandelt habe, damit ich Zeit mit Miles verbringen kann.

Miles, der immer so scharfsinnig ist, nimmt mein Kinn zwischen Daumen und Zeigefinger und hält mein Gesicht nach oben, damit er mich ansehen kann.

»Was ist los?«, fragt er. »Wolltest du stattdessen lieber *Das Fenster zum Hof* sehen?«

Ich schüttle den Kopf, meine Kehle ist zu zugeschnürt zum Sprechen.

So etwas hat noch nie jemand für mich getan, nicht einmal Cat. Es ist ein unglaubliches Geschenk, etwas, das niemand außer Miles hätte schaffen können. Der Film ist magisch. Dieser Moment ist perfekt. Und ich kann ihn nicht genießen, weil ich Angst davor habe, was er mich später kostet. Oder was es Cat kosten wird.

»Du hast Angst«, sagt Miles.

Ich nicke.

Das hätte ich früher nie zugegeben. Ich hasse es, Schwäche zu zeigen.

Aber ich kann Miles nicht anlügen. Es ist sinnlos. Er sieht immer die Wahrheit.

Miles küsst mich, erst sanft, dann bestimmter.

Er zieht sich zurück und sieht mich an. Sein Gesicht wird vom Licht des Projektors erhellt, seine Augen sind silbern.

»Ich werde dich von ihm befreien, Zoe«, sagt er.

Ich versuche, den Kopf zu schütteln, weil das unmöglich ist, doch Miles hält mein Gesicht mit beiden Händen fest.

»Ich werde es schaffen«, knurrt er. »Ich werde einen Weg finden, und ich werde es tun. Glaubst du mir?«

Ich blicke ihm in die Augen.

Noch nie habe ich mich so sehr in jemandem geirrt. Ich dachte, Miles sei träge und egozentrisch. Ich dachte, er kümmert sich um nichts außer um sein eigenes Vergnügen.

Ich hätte mich nicht noch mehr täuschen können. Er ist der entschlossenste Mensch, den ich je getroffen habe. Wenn er sagt, dass er das tun wird, glaube ich ihm. Es ist absurd und unvorstellbar, aber ich vertraue ihm trotzdem.

»Ich glaube dir«, sage ich.

Miles küsst mich wieder, dieses Mal ohne Vorbehalt. Er küsst mich, als hätte er bereits erreicht, was er versprochen hat. Als gehöre ich jetzt ihm, voll und ganz.

Er macht nur eine Pause, um den Film anzuhalten, und schaltet stattdessen auf Musik um.

Das warme Licht der Kinoleinwand glüht auf seiner Haut, glitzert in seinen glänzenden, dunklen Locken. Er wählt den gewünschten Song aus, ohne auch nur einen Blick auf die Fernbedienung zu werfen, die den Lautsprecher bedient.

Miles macht alles so, wie er tanzt: mit schneller, makelloser Koordination. Ich habe ihn noch nie stolpern oder zögern sehen.

Er ist allen anderen immer drei Schritte voraus, mich eingeschlossen. Ich frage mich, ob er in die Zukunft sehen kann, wie das Mädchen in meinem Drehbuch. Im Gegensatz zu ihr scheint Miles die volle Kraft zu haben, seine Ziele zu erreichen.

Die Musik ist sinnlich und eingängig.

Miles sieht mich mit einem Ausdruck an, den ich inzwischen gut kenne.

Der Blick, den er hat, wenn er sich für seinen Plan entschieden hat. Wenn ihn nichts mehr von seinem Kurs abbringen kann.

»Zieh dich aus«, befiehlt er.

Ich schlucke schwer.

»Ich … ich weiß nicht, ob wir …«

»Du vertraust mir?«

»Ja.«

»Dann tu, was ich sage.«

»Ich … na gut.«

»Stell dich hierher. Ins Licht.«

Ich stehe im reflektierten Licht des Projektors und zittere ein wenig, aber nicht vor Kälte. Meine Haut brennt in der Hitze von Miles' Blick.

»Zieh dich aus«, wiederholt er. »Langsam.«

Ich beginne, meine Bluse aufzuknöpfen. Meine Fingerspitzen kribbeln, sind so steif, dass meine Hände sich anfühlen, als gehörten sie jemand anderem. Vielleicht Miles …

Ich bin von seinem Blick fasziniert. Ich habe das Gefühl, dass es seine Hände *sind*, die das tun – als würde ich nicht aus eigenem Antrieb handeln, sondern rein nach seinem Willen.

Nachdem ich die Knöpfe einen nach dem anderen aufgemacht habe, öffne ich die Bluse und lasse den seidigen Stoff an meinen Armen heruntergleiten und auf den Boden fallen.

Der Takt der Musik vibriert unter meiner Haut. Ich ertappe mich dabei, wie ich mich in Chays hochhackigen Schuhen wiege, meine Hüften bewegen sich leicht zum Lied. Ich drehe mich um, sodass ich mit dem Rücken zu Miles stehe, dann öffne ich langsam den Reißverschluss des Rocks und enthülle ein Stück Tanga und Hintern.

Als Miles die Position wechselt, höre ich die alten Federn des Sofas knarren.

Langsam schiebe ich den Rock über meinen Po und beuge mich leicht vor, damit er nach unten fällt und sich um meine Füße herum verteilt. Ich trete aus dem Rock heraus.

»Lass die High Heels an«, knurrt Miles.

Ich schaue über meine Schulter zu ihm zurück. Seine Augen glänzen in dem fahlen Licht. Er lehnt sich an die Kissen zurück, die Arme ruhen an der Rückenlehne des Sofas. Er sieht aus wie ein König, der seine Geliebte begutachtet. Weit davon entfernt, mich dadurch erniedrigt zu fühlen, verspüre ich einen Schwall Wärme zwischen meinen Beinen.

Ich drehe mich wieder um, trage jetzt nur noch einen schwarzen Spitzentanga und einen BH.

Miles lässt den Blick über meinen Körper wandern. Ich beobachte ihn und fühle mich durch seine Bewunderung für mich gleichermaßen erregt. Endlich ist meine Figur mein Freund, denn sie sichert mir die Aufmerksamkeit von jemandem, den ich tatsächlich will. Noch nie habe ich mich so sexy gefühlt wie in diesem Moment, als ich mich in seinen Augen widerspiegele.

Ich greife hinter meinen Rücken, um meinen BH zu öffnen. Meine Brüste fallen aus ihrer angehobenen Position. Allein diese Bewegung, dieses Hüpfen, lässt meine Brustwarzen steif werden und verursacht einen tiefen, verzweifelten Schauer in meinem Unterleib.

Ich ziehe den BH aus.

»Fass deine Brüste an«, befiehlt Miles.

Ich lasse meine Handflächen unter meine Brüste gleiten, hebe sie an und lasse sie fallen, um wieder diesen exquisiten Schauer zu erleben. Ich fahre mit den Fingern über meine Brustwarzen und tue so, als wäre es Miles, der mich berührt. Ich zwicke meine Nippel so fest, wie ich denke, dass er es tun würde. Jede Berührung lässt Funken durch meinen Körper sprühen.

»Jetzt das Höschen«, sagt Miles.

Ohne zu zögern, hake ich meine Daumen in den Bund meines Tangas und ziehe ihn herunter. Ich bin klatschnass. Mein Höschen klebt an meinen Schamlippen, bevor ich es wegziehe. Ich halte meine Muschi getrimmt, aber nicht glatt rasiert. Einen Moment lang frage ich mich, ob Miles es so mag – ich habe ihn all die Male, die er mich geleckt hat, nie gefragt. Ich habe ein wenig Angst. Doch dann sehe ich die nackte Lust in seinen Augen, und alle meine Ängste schmelzen dahin. Er will mich genauso. Ich weiß, dass er das will.

Miles öffnet den Reißverschluss seiner Hose, sodass sein Schwanz zum Vorschein kommt. Ich habe ihn durch seine Kleidung hindurch angefasst, und einmal bin ich mit meiner Hand in seine Hose gerutscht und habe ihn in meiner Handfläche ergriffen. Ich wusste, dass er dick und schwer ist. Aber ich habe ihn noch nie komplett gesehen. Ich habe mich nie mit Oralverkehr revanchiert, weil ich Angst hatte, dass ich es schlecht machen würde.

Sein Schwanz ist größer, als ich erwartet habe. Ziemlich beängstigend, um ehrlich zu sein. Er ist härter als je zuvor, steht aufrecht, steif und aggressiv.

Ich möchte meinen Mund um ihn schließen. Ich bin so

erregt, dass ich keine Angst mehr habe – ich will es versuchen.

Ehe ich diesem Impuls nachgehen kann, sagt Miles: »Fass dich an. Streichle deine Muschi für mich.«

Ich werde rot, aber es ist mir nicht mehr peinlich. Alles, was ich sehen kann, ist Miles vor mir: sein brennender Blick, seine dunklen, finsteren Augenbrauen und sein angespannter Kiefer, der wütend aussieht – aber ich weiß, es ist keine Wut, es ist Konzentration. Jedes bisschen seines Bewusstseins ist auf mich fokussiert.

Ich greife nach unten und berühre meine Muschi, mache es für ihn, ziehe eine Show für ihn ab. Meine Finger gleiten leicht über die Schamlippen und über das kleine Stückchen meiner Klitoris, das dazwischen herausragt, geschwollen und pochend. Ich berühre mich selbst, nicht so, wie ich es normalerweise im Bett tue, sondern so, wie Miles mich berührt – fest und selbstbewusst. Er kennt mich besser, als ich mich selbst kenne.

Er beobachtet jede Bewegung, seine Hand streichelt seinen Schwanz im Tandem. Sein Schwanz sieht selbst im Vergleich zu seiner großer Hand riesig aus.

»Koste, wie süß du bist«, sagt er.

Ich hebe die Finger an meine Lippen.

Er hat recht – der Geschmack ist mild und leicht süßlich. Er hat nicht gelogen, als er sagte, wie sehr er es liebt.

»Jetzt komm her«, sagt er.

Ich gehe zu ihm hinüber, wackelig auf den Fersen, denn mein ganzer Körper fühlt sich warm und locker an, meine Gelenke sind aus Gummi.

Dann lasse ich mich vor Miles auf die Knie fallen und gleite zwischen seine Beine. Ich will seinen Schwanz aus der Nähe sehen. Ich will ihn anfassen.

Also nehme ich ihn aus Miles' Händen und fahre mit den Fingern leicht den Schaft hinauf. Die Haut ist glatt und seidig, das Fleisch darunter pochend heiß. Als ich den Kopf berühre, zuckt sein ganzer Schwanz, als hätte er einen eigenen Willen.

Ich fahre mit meiner Zunge vom Ansatz bis zur Spitze, genau wie ich es mit meinen Fingern gemacht habe. Dieses Mal zuckt er noch stärker. Sein Fleisch ist wie heißer Tee, so warm, wie es nur sein kann, ohne meine Zunge zu verbrennen.

Ich schließe meinen Mund über dem Peniskopf, und sein Schwanz nimmt den Raum perfekt ein, als wären die beiden füreinander bestimmt. Der Kopf liegt schwer auf meiner Zunge und füllt die Wölbung meines Gaumens aus. Speichel strömt ein, sodass ich meine Lippen ein paar Zentimeter am Schaft auf- und abgleiten lassen kann.

»So ist es richtig. Genau so, mach ihn schön nass«, weist mich Miles an.

Meine Technik ist unbeholfen, der Rhythmus ruckartig. Miles nimmt meinen Kopf zwischen seine Hände und dirigiert mich, indem er seine Hüften benutzt, um in meinen Mund zu stoßen. Er stößt ein wenig zu weit vor, und die Spitze seines Schwanzes trifft auf die Rückseite meiner Kehle. Ich würge und ziehe mich zurück.

»Bist du okay?«, fragt er.

Ich nicke und streiche mir mit dem Handrücken über die Wange, wo mir die Tränen hinunterlaufen.

Seltsamerweise mag ich das Gefühl des Würgens. Ich mag, wie groß sein Schwanz ist, ich mag die Herausforderung, zu versuchen, ihn in meinen Mund zu bekommen.

Ich versuche es noch einmal. Diesmal finde ich den Rhythmus, erkenne, wie ich mit meiner Zunge über die Unterseite seines Schwanzes tanze, während sich meine Lippen seinen Schaft entlang bewegen.

Miles stöhnt vor Vergnügen, sein Kopf ist nach hinten gegen die Kante des Sofas geneigt. Das Geräusch ist höchst befriedigend. Ich möchte das die ganze Nacht lang zu tun.

Miles hat andere Vorstellungen.

»Komm auf mich«, befiehlt er, nimmt mein Handgelenk und zieht mich auf die Füße.

Er schiebt seine Hose weiter nach unten und stößt sie weg. Sein Schwanz steht wieder aufrecht, unfassbar steif. Ich sitze auf seinem Schoß, balanciere auf meinen Knien auf dem Sofa und frage mich, wie zum Teufel das funktionieren soll.

»Lass dich runter«, sagt er. »Mach es so langsam, wie es sich gut anfühlt.«

Er positioniert die Spitze seines Schwanzes an meiner Öffnung. Sein Penis ist brennend heiß, feucht von meinem Speichel, aber so groß, dass ich das Gefühl habe, mich gleich auf einen Baseballschläger aufzuspießen.

Miles nimmt meine Hüften zwischen seine Hände und hilft mir, mich zu stabilisieren.

Er küsst mich. Dann neigt er den Kopf zur Seite und nimmt meine Brust in seinen Mund. Er saugt an meiner Brust, rollt die Brustwarze über seine Zunge.

Meine Nässe rinnt auf die Spitze seines Schwanzes und hilft ihm, in mich hineinzugleiten. Stück für Stück lässt Miles mich hinunter.

Ich warte auf ein knackendes oder reißendes Gefühl, aber es kommt nicht. Ich gleite hinunter, immer weiter, doch irgendwie dehne ich mich noch mehr, um ihn aufzunehmen. Das Gefühl ist nicht schmerzhaft – ganz im Gegenteil. Es ist intensiv befriedigend. Alles, was ich je wollte.

Endlich ist mein Hintern ganz unten an seinen Schenkeln, und er ist ganz in mir drin. Ich fühle mich auf eine Weise voll, die unbeschreiblich ist. Ich fühle mich ganz und vollständig.

Miles lässt meine Brust los, um mich wieder zu küssen, seine Zunge so tief in meinem Mund wie sein Schwanz in meinem Unterleib.

Sein Mund hat einen neuen, erotischen Geschmack, unsere Erregung ist ein spürbares Aroma wie Vanille oder Honig. Ich will seine Zunge und seine Lippen essen. Ich will ihn ganz verschlingen.

Miles packt meine Hüften und beginnt, mich gegen ihn zu schaukeln. Ich habe nicht bemerkt, dass wir uns noch nicht bewegen. Diese neue Reibung ist so intensiv, dass sich mein Mund von seinem löst, weil ich mich auf nichts anderes konzentrieren kann als auf das Gefühl, wie sein Schwanz ein paar Zentimeter in mich hinein- und wieder herausgleitet. Meine Klitoris reibt an seinem Körper. Die Kombination der Empfindungen, innen und außen, ist das Beste seit der Kombination Erdnussbutter und Gelee. Etwas, das so gut und so richtig ist, dass alle anderen Dinge im Vergleich dazu verblassen.

Das Gefühl in mir ist beängstigend intensiv. Es ist so stark, dass ich weiß, ich kann es nicht kontrollieren. Ich habe Angst, ich könnte mich einnässen oder weinen oder etwas noch Peinlicheres tun.

»Miles!«, keuche ich. »Ich kann nicht aufhören!«

»Ich will nicht, dass du aufhörst«, knurrt er. »Ich erlaube es dir nicht.«

Seine kräftigen Hände packen mich umso fester, und er reibt mich an seinem Körper, als sei er Papier und ich ein Radiergummi. Wellen der Lust strahlen von meinem Nabel aus, intensiv und heiß. Der Höhepunkt baut sich immer stärker auf, jeder Stoß ist lustvoller als der vorherige. Es wird zu stark, es wird zu viel. Ich habe Angst, und doch könnte ich nicht aufhören, selbst wenn ich es wollte. Ich mag oben sein, doch Miles kontrolliert das hier. Und Miles hört nicht auf.

»Oh … oh … o mein Gott!!!« Ich schreie, als der Orgasmus mich überwältigt.

Es ist eine Explosion. Eine Detonation. Eine Eruption.

Es ist so intensiv, dass ich glaube, ich könnte mich tatsächlich verletzt haben. Das haben meine Eierstöcke auf keinen Fall überlebt.

Miles gluckst nur, sein Lachen ist so tief und warm wie seine Stimme. Ich sacke gegen ihn zusammen und spüre das Grollen in seiner Brust, das gegen meine vibriert.

»Gefällt dir das, Baby?«

Der Höhepunkt hat meine Erregung nicht im Geringsten gedämpft. Dass Miles mich herumkommandiert und Baby nennt, macht mich nur noch mehr an.

»Was willst du jetzt?«, flüstere ich ihm ins Ohr.

»Willst du das wirklich wissen?«

»Ja«, sage ich und lecke mir die Lippen. »Sag mir, was ich tun soll.«

»Bleib genau da, wo du bist«, sagt er. »Und reite mich.«

Ich stütze mich mit meinen Händen auf seinen Schultern ab, rolle meine Hüften und gleite auf seinem Schwanz auf und ab. Am Anfang ist es unangenehm, aber bald habe ich den Rhythmus gefunden. Ich bin immer noch empfindlich und geschwollen, es ist fast schmerzhaft. Doch als ich mich weiterhin bewege und an ihm reibe, überlagert das Vergnügen den Schmerz, und es fühlt sich von Minute zu Minute besser an.

»Vertraust du mir?«, fragt Miles.

Ich nicke. »Ja.«

Miles greift mit seinen großen Händen nach oben und schließt sie um meine Kehle. Er tut es sanft, übt nur leichten, gleichmäßigen Druck aus. Trotzdem beginnt mein Kopf zu dröhnen.

»Mach weiter«, befiehlt er.

Die Macht, die Miles über mich hat, ist berauschend und erschreckend. Er hält buchstäblich mein Leben in seinen Händen. Ich weiß, wenn er mir die Luft abschneiden wollte, könnte ich nichts tun, um ihn aufzuhalten.

Mein Blut donnert härter als je zuvor und konzentriert sich in meiner Muschi, während mein Kopf hoch und leicht schwebt.

Je härter ich ihn reite, desto intensiver wird das Gefühl. Miles' Augen sind auf meine fixiert, seine kräftigen Hände sind um meinen Hals gelegt, üben genau den richtigen Druck aus, um mich völlig unter seine Kontrolle zu bringen. Mir ist schwindlig und heiß, und ich kann nicht aufhören, ich bocke mit den Hüften, spüre wieder diese intensive Wärme und den Druck in meinem Bauch, dieses Gefühl, als würde etwas in mir gleich ausbrechen. Nichts auf dieser Welt kann es aufhalten.

Ich komme wieder, noch heftiger als zuvor. Mein Verstand setzt aus, und ich bin im Delirium, helle Farbblitze tauchen vor meinen Augen auf. Miles stößt ein Brüllen aus, das ich inmitten meiner eigenen Ekstase kaum hören kann. Sein Schwanz zuckt und pulsiert, stößt tief in mich hinein und bringt einen letzten Luststoß für ihn und für mich.

Als ich wieder zu mir komme, kann ich weder sehen noch sprechen. Ich atme tief ein, der Sauerstoff schmeckt wie reine, kühle Bergluft in meiner Lunge.

»Was … zum Teufel …«, stöhne ich.

»Hat dir das gefallen?«, fragt Miles.

»Es war unglaublich.«

Miles küsst mich und beißt mir auf die Lippen. »Du gehörst mir«, knurrt er. »Alles meins.«

»Ich will nur dir gehören«, schluchze ich. »Lass nicht zu, dass er mich bekommt.«

»Ich habe es dir versprochen«, sagt Miles. »Ich gebe nicht so leicht Versprechen ab. Und ich halte sie immer.«

Er drückt mich an seinen Körper und hält mich so fest, dass ich sicher bin, er wird mich nie wieder loslassen.

Ich berühre mich mit den Fingerspitzen am Hals. Ich erwarte, dass er sich geschwollen oder wund anfühlt, aber er ist völlig in Ordnung. Selbst im Wahn seiner Erregung hat Miles nie die Kontrolle verloren. Er hat darauf geachtet, mich nicht zu verletzen, nicht einmal einen blauen Fleck zu hinterlassen.

Ich bleibe lange auf seinem Schoß sitzen, an ihn gekuschelt, und höre, wie sein Herz gegen mein Ohr schlägt. Schließlich wird es langsamer und zu einem gleichmäßigen Metronom.

Stunden sind vergangen. Es ist spät in der Nacht.

Trotzdem bleiben wir zusammen.

Als Miles sich endlich bewegt, spüre ich einen Stich der Enttäuschung.

Sie verfliegt wieder, als er sagt: »Ich will dich noch nicht zurückbringen. Lass uns noch eine Weile bleiben.«

»Ja, bitte«, stimme ich ihm zu.

Miles nimmt wieder die Fernbedienung in die Hand und schaltet die Musik auf etwas Langsameres und Romantischeres um. Er zieht mich vom Sofa hoch und dann in seine warme Umarmung. Wir wiegen uns zusammen, nackt, aber uns ist nicht kalt, und wir wollen, dass sich jede noch so kleine Stelle unserer Haut berührt.

»Das ist auch aus einem Film«, sagt er. »Kennst du ihn?«

Ich schüttle den Kopf.

»Ich zeige ihn dir beim nächsten Mal.«

Ich schaue in sein Gesicht hoch. »Wie viele nächste Male wird es geben?«

»Unendlich viele.«

Kapitel 14

Miles

Den ganzen Januar und Februar lang überlege ich, wie ich Zoes Ehevertrag auflösen kann.

Die einfachste Methode wäre, Rocco Prince zu ermorden.

Ich habe es in Betracht gezogen. Viele Male. Aber es wäre aus einer Vielzahl von Gründen riskant.

Zunächst einmal wären Zoe und ich die offensichtlichen Verdächtigen. Trotz unserer besten Bemühungen, diskret zu sein, ist es allgemein bekannt, dass wir Gefühle füreinander haben. Kingmakers setzt seine Regeln nicht immer durch, wenn es um kleine Vergehen wie Schlägereien und Sex geht, doch einige Regeln sind unantastbar. Die eisernste davon ist die Regel der Vergeltung. Jede ernsthafte Verletzung oder Tod wird auf die alte Weise bestraft: Auge um Auge, Zahn um Zahn, Leben um Leben.

Selbst wenn wir die Bestrafung durch das College umgehen könnten, würden die Princes auf Rache sinnen. Rocco, so wenig liebenswert er auch sein mag, ist ihr einziges Kind und der Erbe.

Ich will unser gemeinsames Leben nicht mit einem Kreislauf der Vergeltung beginnen.

Ich möchte das tun, was ich am besten kann: das Problem lösen, und zwar ein für alle Mal.

Ich muss einen Deal mit den Romeros und den Princes machen. Etwas, das alle glücklich macht.

Zoe hat mir erklärt, was ihr Vater und die Princes vom Heiratsvertrag und dem damit einhergehenden Deal zu erwarten haben.

Ich muss ihnen etwas Besseres bieten.

Etwas *viel* Besseres.

Ich wünschte, es wäre so einfach wie Geld.

Mittlerweile habe ich 10,4 Millionen. Das ist der volle Betrag meines Startkapitals, das ich nach meinem Abschluss mit nach Los Angeles nehmen wollte.

Wenn ich glauben würde, dass die Princes und die Romeros einen Scheck annehmen würden, würde ich mein Konto noch heute auflösen. Aber sie werden viel mehr als nur fünf Millionen an ihrem eigenen Deal verdienen.

Ich muss diese zehn Millionen nehmen und sie in etwas Wertvolleres umwandeln. Wenn mir Ozzy hilft, habe ich auch schon eine Idee, wie ich das machen könnte. Doch ich brauche einen weiteren Spieler. Und wahrscheinlich jeden Penny an Bargeld, den ich auftreiben kann.

Ich arbeite in jeder freien Minute an meinem Plan, wann immer ich nicht im Unterricht bin oder mich hinausschleiche, um Zoe zu sehen.

Er fängt an, sich zu formen, Stück für Stück.

Nur ein Makel bleibt hartnäckig und unberechenbar. Selbst wenn ich die Princes und die Romeros überzeuge, die eine Person, die ich nie überzeugen werde, ist Rocco selbst. Er ist mir ein Dorn im Auge. Die eine Bedrohung, die ich nicht ganz ausschalten kann.

Ich betrachte das Problem aus jedem Blickwinkel, aber mir fällt nichts ein, was ihn befriedigen könnte. Nichts außer Zoe.

Ich verfolge die Sache trotzdem weiter und vertraue darauf, dass, auch wenn Rocco wütend ist, er sich an die Entscheidung seiner Eltern halten muss.

Rocco weiß, dass ich mich mit Zoe treffe, sosehr wir auch

versuchen, es zu verbergen. Er weiß es, und seine Unfähigkeit, es zu verhindern, macht ihn immer wütender.

Ich habe Zoe gewarnt, nicht allein auf den Campus zu gehen. Sie achtet darauf, dass sie in der Nähe von Anna und Chay bleibt.

Rocco rächt sich, indem er seine Wut stattdessen an mir auslässt. Ich bin ein leichteres Ziel, da wir denselben Kurs und denselben Wohnbereich im Achteckturm haben.

Rocco und seine Handlanger brechen in das Schlafsaalzimmer ein, das ich mir mit Ozzy teile. Sie zerstören alles im Zimmer, zerschneiden unsere Uniformen, zerreißen unsere Bücher und pissen unsere Betten voll.

Ozzy entdeckt das Chaos. Als ich ins Zimmer komme, zittert er vor Wut.

Er hält die Decke hoch, die seine Mutter für ihn gestrickt hat, eine, die er sein ganzes Leben lang hatte, zerrissen und mit Urin getränkt.

»Ich bringe sie verdammt noch mal um!«, zischt er.

Es braucht eine Menge, um Ozzy wütend zu machen. Aber wenn man es tut, hat er ein hitziges Temperament, das unter all den Witzen und dem Lächeln verborgen ist.

»Ich kann auch woanders unterkommen, bis sich das alles wieder gelegt hat«, sage ich zu Ozzy und fühle mich schuldig, dass ich ihm das aufgebürdet habe.

»Vergiss es«, entgegnet Ozzy und verwirft den Gedanken sofort. »Das ist nicht mehr nur eine Sache zwischen dir und Rocco.«

Es ist wahr – zu diesem Zeitpunkt hassen sich Ozzy und Wade Dyer fast genauso sehr wie Rocco und ich.

Wade hat eine seltsame Besessenheit von Ozzy entwickelt, die weit über das Befolgen der Anweisungen seines Chefs hinausgeht. Er schnauzt Ozzy ständig an und rumpelt ihn jedes Mal mit der Schulter an, wenn sie aneinander vorbeigehen. Ein Dutzend Mal hätten sie sich beinahe geprügelt und wurden nur durch die Anwesenheit Lehr- oder sonstigem Personal zurückgehalten.

Wade macht sich über Ozzys Größe, sein Aussehen, seinen Akzent, seine Familie und seine Interessen lustig. Ozzy scheint nicht in der Lage zu sein, es wie üblich wegzustecken, wie er es normalerweise tun würde, vielleicht, weil Wade groß, blond und gut aussehend ist – der Inbegriff dessen, was Ozzy glaubt, das Chay bevorzugen würde.

Ozzy und Chay schlafen immer noch miteinander. Ich weiß nicht, ob das gut für ihn ist. Jedes Mal, wenn er sieht, wie sie mit einem anderen Kerl plaudert, lacht und auf ihre übliche flirtende Art lächelt, verletzt ihn das. Seine Gefühle für sie vertiefen sich von Tag zu Tag, aber sie scheinen nicht erwidert zu werden, und das macht ihn verrückt.

Die Spannung nagt an mir, die Heimlichtuerei und die Belastung, einen Ausweg aus der Sache zu finden. Der Konflikt mit Rocco fühlt sich an wie ein Gummiband, das bis zur äußersten Grenze gespannt ist. Es besteht kein Zweifel, dass es reißen wird. Die Frage ist nur, wann.

Meine einzige Erleichterung ist, dass ich mich wegschleichen kann, um Zoe zu sehen.

Es geht nicht bloß um Sex. Ich liebe diesen Teil natürlich, aber mehr als alles andere möchte ich die Freiheit haben, mit ihr zu reden, vollständig und offen, ohne dass jemand zuhört.

Inzwischen habe ich ihr ganzes Skript durchgelesen und finde es brillant. Sie hat eine unglaubliche Begabung, mit Worten umzugehen. Sie erinnert mich an Aaron Sorkin oder Greta Gerwig, denn ihre Figuren sind wahnsinnig wortgewandt und mutig darin, ihre Meinung zu sagen.

Es gibt mir einen Blick darauf, wie Zoe selbst sein würde, ohne Angst vor Drohungen oder Spionen oder Strafen.

Sie arbeitet an dem Ende. Manchmal fragt sie mich nach Ideen, und ich versuche, Vorschläge zu machen, obwohl ich vom Schreiben keinen blassen Schimmer habe. Manchmal führen wir sogar kleine Teile davon auf und lachen darüber, wie schrecklich wir beide im Schauspielern sind.

Ich habe noch nie etwas Kreatives gemacht. Ich sehe mich selbst als Vermittler, nicht als Künstler. Es überrascht mich, wie viel Spaß es macht, einen Konflikt und eine Lösung in einem fiktiven Umfeld zu entwerfen, in dem wenig auf dem Spiel steht und in dem Zoe und ich Götter dieser Welt sind, die die Ereignisse genauso inszenieren können, wie wir sie haben wollen.

Wir arbeiten gut zusammen, Zoe und ich.

An einem Sonntagnachmittag liegt sie auf meinem Schoß. Wir haben es uns auf der grünen Couch, die ich in den Stall zurückgebracht habe, damit Anna ihren Raum für das Ballett wieder frei hat, gemütlich gemacht. Ich spiele mit Zoes Haaren, kämme mit meinen Fingern sanft durch die langen, seidigen schwarzen Strähnen. Sie hat ihr Notizbuch auf die Knie gestützt, sodass sie weiterschreiben kann, während wir uns unterhalten.

»Soll es tragisch ausgehen?«, fragt sie. »Oder lieber ein Happy End haben?«

»Ein Happy End, natürlich.«

»Aber die ganze Zeit ging es darum, dass man, obwohl man die Zukunft sieht, sie nicht ändern kann. Es ist ein Paradoxon – was man sieht, ist nicht wirklich die Zukunft, wenn man sie ändern kann.«

»Ich weiß. Aber niemand mag tragische Ausgänge.«

»Romeo und Julia würden das anders sehen«, neckt mich Zoe. »Oder denk an *Titanic*.«

»Das Ende von *Titanic* ist die Wiedervereinigung von Jack und Rose.«

»Im Tod.«

»Es ist trotzdem eine emotionale Erlösung, egal wie. Man muss dem Publikum geben, was es will.«

»Also … du denkst, sobald unsere Protagonistin die Ursache ihrer Visionen erkennt, sollte ihr das die Macht über die Entwicklungen geben. Sie lernt, wie sie das System manipulieren kann. Wie in *Matrix.*«

»Vielleicht«, sage ich. »Ich schätze, was ich sagen will, ist, dass ich nicht an Szenarien ohne Ausweg glaube.«

»Du denkst, es gibt immer einen Ausweg?«, fragt Zoe und sieht zu mir auf.

»Ja.« Ich nicke. »Man muss nur clever genug sein, ihn zu finden.«

Zoe setzt sich auf. Die dunklen Vorhänge ihrer Haare fallen ihr um die Schultern, weich und glänzend von meiner Behandlung.

Sie sieht mich mit ihren wunderhübschen Augen an, blassgrün mit dichten schwarzen Wimpern rundherum. Immer wenn sie mich so direkt anschaut, unsere Gesichter nur wenige Zentimeter voneinander entfernt, fällt mir auf, wie schön sie ist. Unglaublich schön. Eine Art von Schönheit, die nur noch größer wird, je näher man sie betrachtet.

»Was ist unser Ausweg?«, fragt sie mich.

»Ich arbeite daran«, sage ich.

»Ich weiß, dass du das tust. Ich will, dass du es mir sagst. Ich will dir helfen, so wie du mir mit dem Drehbuch geholfen hast. Ich will mit dir gemeinsam daran arbeiten.«

Ich denke darüber nach, nicht abgeneigt, aber überrascht.

Bisher habe ich nie eine andere Person in meine Pläne einbezogen. Selbst mit Ozzy sind es nur technische Details, die wir gemeinsam entscheiden. Den Grundplan lege ich immer allein. Nennt mich abergläubisch, aber ich zögere, meinen Plan laut auszusprechen. Er formt sich noch, ist nicht voll entwickelt. Wenn ich ihn öffentlich ausspreche, könnte es ihn zerstören.

Aber ich vertraue Zoe, und ich schätze ihre Intelligenz. Ich möchte hören, was sie zu sagen hat.

Also sage ich es ihr. Ich erzähle ihr jede Idee, jede Möglichkeit, die ich in Betracht gezogen habe. Ich erzähle von den Herausforderungen, den Schwächen, den praktischen Problemen, die ich noch nicht überwunden habe. Ich brauche weit über eine Stunde, um ihr zu erklären, was ich bis jetzt habe. Zoe hört aufmerksam zu und unterbricht mich nie.

Als ich fertig bin, ist sie lange Zeit still und denkt nach.

Dann sagt sie: »Du brauchst noch eine weitere Familie.«

»Ich weiß.«

»Jemand, der Produkte nach Osten bringen kann, aber auch eine amerikanische Niederlassung haben muss. Jemand, der Geld übrig hat, in amerikanischen Dollars.«

Ich nicke langsam.

»Was ist mit der Malina?«

Sie redet von der Odessa-Mafia. Dem ältesten und am weitesten verbreiteten Zweig der ukrainischen Mafia.

»Ich habe sie in Betracht gezogen. Sie sind perfekt positioniert. Und ich habe gehört, sie haben Bargeld. Eine Menge Bargeld. Aber ihr Ruf …«

»Ich weiß«, sagt Zoe. »Er ist nicht gut.«

»Sie sind gierig. Eigensinnig. Verräterisch.«

»Sie wären unabhängig und gleichberechtigt. Und wenn sie sich gegen jemanden wenden, werden es nicht wir sein.«

»Wir müssten die Princes und deinen Vater dazu bringen, zuzustimmen.«

Zoe sieht mich an und lächelt leicht. »Wir brauchen jemanden, der sehr überzeugend ist … kennst du so jemanden?«

Ich grinse. »Vielleicht.«

Zoes Gesicht wird wieder düster. »Miles, das wird dein ganzes Geld verschlingen.«

Ich habe ihr von meinem Startkapital erzählt. Sie weiß, wie ich es zu verwenden gedenke. Und sie hat recht – ob dieser Plan funktioniert oder nicht, er wird mich auslöschen. Ich werde nicht einen Penny übrig haben. Nicht genug, um eine Wohnung in Los Angeles zu mieten, geschweige denn ein Imperium aufzubauen.

»Das ist mir egal«, sage ich. »Ich werde mehr verdienen.«

Zoe schüttelt langsam den Kopf. »Ich kann dich das nicht tun lassen. Du hast so hart gearbeitet all die Jahre. Es ist dein Traum …«

»Nichts für ungut, Baby«, entgegne ich, »aber es liegt nicht an dir. Ich ziehe das durch, mit oder ohne dein Einverständnis. Keine Ahnung, ob es klappen wird, aber ich werde es auf jeden Fall versuchen. Und wenn dieser Deal nicht klappt, denke ich mir einen anderen aus. Wir machen den Wichser fertig!«

Zoe lacht. Sie kann nicht widerstehen, wenn ich ihr eine Vision von unserer gemeinsamen Zukunft male.

Ich schwebe ebenfalls auf Wolke sieben.

Das Gefühl, dies mit jemand anderem durchzugehen, ist berauschend, als ob ich mein Gehirn auf die doppelte Größe erweitert hätte. Es ist so einfach, mit Zoe zu reden. Sie versteht alles und sieht Dinge, die ich nicht sehe.

»Ich liebe dich«, sage ich, ohne nachzudenken oder ohne es geplant zu haben.

Zoe macht große Augen. Zum ersten Mal erkenne ich eine deutliche Ähnlichkeit mit ihrer Schwester Cat. Sie sieht erschrocken und verängstigt aus.

»Wirklich?«, sagt sie.

Ich muss lachen. »Warum bist du überrascht? War das nicht schon längst klar?«

»Wann hast du angefangen, mich zu lieben?«

Ich denke zurück. »Auf der Krankenstation. Als du mir sagtest, ich solle dich nicht bemitleiden.«

Sie schüttelt den Kopf über mich. Langsam erscheint ein Lächeln auf ihren weichen, vollen Lippen.

»Ich liebe dich auch, Miles«, sagt sie.

»Seit wann?«

Jetzt lächelt sie die ganze Zeit, ihre Augen glänzen. »Seit ich dich nackt gesehen habe«, sagt sie.

Ich lache, ergreife sie und küsse sie hart. »Ist das der einzige Grund?«

»Ja. Ich bin furchtbar oberflächlich.«

»Weißt du, was, ich habe kein Problem damit. Ich wollte schon immer mal als Objekt betrachtet werden.« Ich ziehe meinen Pullover über den Kopf und entblöße meine Brust. »Ergötze deine Augen.«

Zoe sieht mich an, ihre Belustigung verwandelt sich im Nu in Lust. Ihr Blick wandert über meinen Körper, und sie fährt mit den Fingerspitzen über meine Brust, was eine Gänsehaut auf meinen Armen verursacht.

Sie küsst mich direkt auf mein Herz, ihr weicher, warmer Mund jagt mir Schauer über die Haut. Dann umkreist sie mit ihrer Zunge sanft meine linke Brustwarze, und mein Schwanz wird steinhart in meiner Hose. Ich will ihre Zunge an anderen Stellen. Noch mehr will ich meine Zunge an ihr.

Heute trägt sie wieder eine Hose, mit Hosenträgern über dem Pullover und geschnürte Schuhe. Ich liebe es, wenn sie burschikos aussieht. Der Kontrast zwischen den jungenhaften Klamotten und dem ultrafemininen Körper darunter ist wahnsinnig erotisch. Ich ziehe ihre Hosenträger herunter, ziehe dann ihr Oberteil aus und lege die Hosenträger wieder über ihre Schultern, sodass der breite Gummizug gerade noch ihre Brustwarzen bedeckt und auf ihre Brüste drückt und sie runder als je zuvor aussehen.

»Lass mich ein Foto von dir machen«, sage ich.

»So?« Zoe blickt auf ihren fast nackten Oberkörper hinunter, schüttelt den Kopf und wird rot.

»Lass mich das machen«, sage ich. »Du bist so verdammt sexy.«

Zoe beißt sich auf die Lippen und überlegt kurz. »In Ordnung. Sag mir, was ich tun soll.«

Falls überhaupt noch Blut in meinem Kopf ist, dann fließt es in die Leistengegend, sobald sie anfängt, Befehle entgegenzunehmen. Wenn ich diesem Psychopathen Rocco in einer Sache zustimmen kann, dann damit, dass es keinen größeren Rausch gibt, als eine so brillante und wunderschöne Frau wie Zoe zu haben, die sich deinem Willen beugt.

Der Unterschied ist, dass ich will, dass sie es bereitwillig und gern tut. Ich will, dass es sie genauso sehr anmacht wie mich.

»Stell dich ans Fenster«, weise ich sie an.

Das goldene Abendlicht strömt durch das staubige Glas. Das Glas ist zu dick, blasig und schmutzig, als dass man sich Sorgen machen müsste, jemand könnte Zoe von der anderen Seite aus sehen – sie wäre höchstens ein Schatten, der sich hinter der trüben Scheibe bewegt.

Das Licht leuchtet auf ihrer Haut. Es betont die Kurven dieser phänomenalen Brüste und die Rundungen ihrer Taille. Ihre Figur ist wie eine Sanduhr in der kastenförmigen Männerkleidung. Ihr dichtes, dunkles Haar gibt ihr ein wildes, unbezähmbares Aussehen. Dennoch zähme ich sie. Sie gehorcht mir, als ich ihr sage, wie sie stehen soll, in welche Richtung sie sich drehen soll.

Ich benutze mein Telefon, um die Bilder zu knipsen. Mit jedem Klicken des Auslösers wird mein Schwanz steifer.

»Lehn dich mit dem Rücken gegen das Fenster. Hebe die Arme. Senke die Hosenträger.«

Zoe gehorcht, ihre Augen sind auf mich fixiert, und ihre Wangen werden ganz rosig. Als sie die Hosenträger fallen lässt, sind ihre Brustwarzen dunkel und steif geworden, ragen hervor und spannen ihre Brüste.

Winzige Staubkörner schweben in den Sonnenstrahlen und tanzen auf ihrer Haut.

»Zieh die Hose aus«, befehle ich. »Und die Unterwäsche auch.«

Zoe zieht sich aus, und ich tue dasselbe. Ich mache noch ein paar Fotos von ihr, nackt wie die Venus und doppelt so schön, eingerahmt vor dem Fenster. Dann lasse ich das Telefon fallen und durchquere den Raum in drei langen Schritten. Ich hebe sie hoch, setze sie in den Fensterrahmen und schiebe meinen Schwanz ohne Vorwarnung in sie hinein.

Zoe keucht und beißt mir fest in die Schulter.

In sie zu gleiten, ist jedes Mal, wie nach Hause zu kommen.

Ich denke, ich erinnere mich daran, wie gut es sich anfühlt, und dann überrascht es mich immer und immer wieder.

Wenn ich sie so ficke, frage ich mich, wie wir jemals etwas anderes tun könnten. Wie soll ich die Geduld haben, zu essen oder zu schlafen oder zum Unterricht zu gehen, wenn ich stattdessen das hier tun könnte?

Ich drücke mein Gesicht an ihren Hals und atme den Duft ihrer Haut ein. Ich spüre ihre langen Beine, die sie um mich geschlungen hat, und ihre schlanken Arme um meinen Hals. Schließlich küsse ich sie, stoße meinen Schwanz immer tiefer in sie hinein und stöhne: »Ich liebe dich, Zoe. Ich liebe dich, verdammt.«

Keine Ahnung, warum ich so lange damit gewartet habe, es ihr zu sagen. Es fühlt sich so gut an, es zu sagen. Das meinte ich bereits, als ich ihr sagte, ich würde sie von Rocco befreien. Ich meinte, dass ich alles für sie tun würde.

Die echten, tatsächlichen Worte sind mächtiger.

Wenn sie diese Worte ebenfalls sagt, erregt mich das bis ins Mark. Dann fühle ich mich unbesiegbar, gottgleich.

»Ich liebe dich, Miles«, sagt sie und sieht mir in die Augen. »Für immer dich, nur dich.«

Ich hebe sie von der Fensterbank hoch, wobei sie die Beine hinter meinen Oberschenkeln verschränkt lässt. Meine Hände packen ihren Hintern und stützen sie. Ich lasse sie auf meinem Schwanz wippen, sodass ihre Titten hüpfen, ein Anblick, der verdammt hypnotisierend ist – etwas, von dem ich wünschte, ich könnte es in einer Endlosschleife stundenlang beobachten. Sie ist so hinreißend, dass es unmöglich ist, die Kontrolle zu behalten. Von dem Moment an, in dem ich in sie eindringe, ist es ein Kampf, nicht zu kommen und dafür zu sorgen, dass Zoe zuerst kommt.

Es ist eine Schlacht, die ich verliere, wenn ich weiter auf diese herrlichen Brüste schaue. Ich setze sie wieder ab, drehe sie um und beuge sie über die gepolsterte Armlehne des grünen Sofas, fasse meinen Schwanz am Ansatz und schiebe ihn wieder von hinten in sie hinein.

Zoe mag es so. Sie mag es, wie hart ich sie von hinten ficken kann, vor allem, wenn ich um sie herumgreife und gleichzeitig ihre Klitoris reibe. Ich gleite mit meinen Fingern an ihrer Spalte auf und ab, finde die empfindliche kleine Klitoris und gebe ihr genau den richtigen Druck im Takt meiner Stöße. Meine Hüften machen ein schmatzendes Geräusch gegen ihren Hintern. Ich ficke sie immer härter, weil ich weiß, dass sie es aushält und dass sie es verdammt noch mal liebt.

»Flehe mich an, in dir zu kommen«, knurre ich.

»Komm in mir, bitte!«, keucht sie.

»Sag mir, dass du es willst.«

»Ich brauche es!«

Es klingt, als wäre das für mich, aber das ist es nicht. Es ist für Zoe. Ich gebe ihr die Erlaubnis, um das zu bitten, was sie will, sogar darum zu betteln. Und natürlich, wie ich wusste, bringt es sie zum Äußersten. Sie mag es, zu betteln, und sie mag es, mir zu gehorchen.

Ihre Muschi krampft sich um meinen Schwanz, als sie anfängt zu kommen, die Wellen treffen sie im Takt mit meinen Stößen.

Ich kann mich kaum noch unter Kontrolle halten. Sobald sich ihre Muschi zusammenzieht, zerreißt es mich, und ich pumpe hart, heiß und schnell in sie hinein. Das Sperma strömt aus mir heraus, eine Eruption, die ich nicht mehr zurückhalten kann, selbst wenn mein Leben davon abhinge.

Nichts auf der Welt hat sich je so gut angefühlt. Kein Deal, kein Sieg, kein Triumph. Zoe ist der ultimative Preis.

Das Einzige, was ich in diesem Moment will, ist, sie zu sichern. Sie für immer zu der Meinen zu machen.

***

An diesem Sonntag rufe ich meine Mutter an.

Ich wollte ihr schon seit einer Weile von Zoe erzählen. Eigentlich wollte ich ja warten, bis ich die Lösung für mein Problem herausgefunden habe. Aber jetzt, da ich mich auf das Endspiel zubewege, spüre ich etwas Seltenes und Ungewöhnliches: Ich will den Rat meiner Mutter.

Sobald sie abhebt, sage ich: »Mom. Ich habe jemanden kennengelernt.«

»Wen denn?«, fragt sie. Ich weiß, dass sie versucht, die Aufregung aus ihrer Stimme herauszuhalten. Sie will mich nicht verschrecken.

Sie muss sich keine Sorgen machen. Ich habe keine Bindungsängste mehr.

»Ich habe die eine getroffen«, sage ich, ohne zu zögern.

Ich kann regelrecht spüren, wie meine Mutter den Hörer fest umklammert. Doch am anderen Ende der Leitung herrscht eine lange Stille.

»Warum habe ich das Gefühl, dass es Ärger gibt?«, sagt sie schließlich.

»Wie kommst du darauf?«

»Weil du nie etwas auf die einfache Art machst, Miles. Du willst nie die einfachen Sachen. Du liebst die Herausforderung.«

Ich kann die Verzweiflung meiner Mutter hören, gemischt mit etwas anderem. Etwas wie Verständnis. Und vielleicht sogar Stolz.

»Ja? Was denkst du, woher ich das habe?«

»Du solltest lieber nach deinem Vater kommen und nicht nach mir.«

»Das ist nicht wahr, Mom«, sage ich leise. »Ich bewundere dich. Das weißt du doch, oder? Keiner hat so ein Feuer wie du. Keiner liebt härter. Keiner geht weiter, um zu bekommen, was er will.«

Sie schluckt, ihre Kehle macht ein klickendes Geräusch.

»Danke, Baby«, sagt sie. »Das bedeutet mir sehr viel. Du bist mein Erstgeborener, und ich bin so verdammt stolz auf dich. Manchmal habe ich mir Sorgen gemacht, dass du nie erleben würdest, was dein Vater und ich erlebt haben. Das tut nicht jeder. Und nicht jeder will das.«

»Wo ist das Aber?«, frage ich.

»Kein Aber. Sei einfach vorsichtig, mein Schatz. Du kommst jetzt in die echte Welt. Echte Einsätze. Echte Konsequenzen. Liebe macht dich verzweifelt. Sie lässt dich … alles riskieren.«

»Aber das ist es wert. Du kannst mir nicht sagen, dass es das nicht ist.«

»Es ist jeden Preis wert. Aber es bist nicht immer du, der den Preis bezahlt, Miles. Vergiss das nicht. Denk daran, was mit deinem Großvater Enzo passiert ist.«

Ich kenne die Geschichte so gut wie die Menschen, die bei dieser schicksalhaften Hochzeit anwesend waren. Leos Vater Sebastian heiratete Yelena Yenina, die Tochter eines Bratwa-Bosses, obwohl ihre Familien Todfeinde waren und sich einen blutigen Kampf um Territorien lieferten. Sobald das Gelübde gesprochen war, versuchte Alexei Yenin, meine Familie abzuschlachten. Er griff Onkel Nero und Onkel Dante an. Und er schoss meinen Großvater nieder, durchlöcherte ihn mit so vielen Kugeln, dass man ihn an seiner Uhr identifizieren musste.

Ich hätte selbst auf dieser Hochzeit sein sollen, als Baby in den Armen meiner Mutter. Sie und mein Vater wurden nur ausgeschlossen, weil die Bratwa Vergeltung durch die irische Mafia fürchteten. Ich hätte ein Opfer der Liebe eines anderen sein können.

Ich höre meine Mutter, und ich verstehe sie.

Aber nichts kann mich von meinem Kurs abbringen.

Ich werde Zoe nicht aufgeben.

Ich kann nicht.

Ich will sie – oder gar nichts.

Kapitel 15

Cat

Der zweite Wettkampf im *Quartum bellum* wird viel angenehmer sein als der erste, denn ich werde zum Zuschauer statt zum Teilnehmer.

Es ist die perfekte Gelegenheit zum Zuschauen: ein *Mixed Martial Arts*-Turnier, bei dem drei Champions aus dem zweiten und vierten Jahrgang gewählt werden und nur zwei aus dem dritten – als Strafe für den dritten Platz im Hindernislauf. Die Zuschauer sitzen auf Tribünen, die um einen großen, mit Segeltuch ausgelegten Ring aufgebaut sind.

Ich beobachte, wie Leo darüber nachdenkt, welche drei Kämpfer er für sein Team vorschlagen soll. Die offensichtliche Wahl ist Dean Yenin. Es spricht für Leo, dass er das ebenfalls so sieht und während der Mittagspause in der Mensa auf ihn zugeht.

Leo fängt Dean ab, als er sein Tablett zu seinem üblichen Tisch trägt, der mit den Bratwa und den niederländischen Penose besetzt ist. Ich sitze nahe genug, um sie reden zu hören, und nahe genug, um zu sehen, wie Dean in dem Moment, als Leo sich nähert, hochschreckt, weil er einen Konflikt statt einer Unterhaltung erwartet.

»Ich wähle die Kämpfer für das *Quartum bellum* aus«, sagt Leo ohne Umschweife. »Ich finde, du solltest uns vertreten.«

Dean sieht mehr beleidigt als geschmeichelt aus. »Offensichtlich«, sagt er.

Ich habe Dean noch nie sprechen gehört. Ich bin überrascht, wie tief seine Stimme ist, da sein Gesicht beinahe hübsch ist. Es ist seltsam, das über jemanden zu sagen, der böse genug aussieht, um einen Welpen zu töten, doch es stimmt – Dean Yenin mag zerschrammte, blutige Knöchel und ständig einen finsteren Blick haben, aber diese Merkmale sind gepaart mit langen Wimpern, violettfarbenen Augen und vollen Lippen.

Dean ist der Junge, den ich am Abend des Halloween-Tanzes vor den Ställen sah. Eine Woche später zeigte ich ihn Zoe, und sie schüttelte den Kopf und sagte: »Das ist Dean Yenin. Halte dich von ihm fern.«

»Warum?«, fragte ich aus Neugierde – nicht weil ich die Absicht hatte, mit ihm zu sprechen. Mit Ausnahme von Zoes Freunden spreche ich nie Studierende der oberen Jahrgänge an.

»Er ist Leos Cousin«, sagte Zoe. »Aber sie hassen sich. Ihre Familien sind Feinde. Bereits als sie beide hierherkamen, wollten sie sich gegenseitig umbringen. Dann haben sie sich beide in Anna verliebt.«

Das war so fesselnd, dass ich mehr wissen musste. Da ich selbst ein wenig in Anna verliebt bin, konnte ich mir gut vorstellen, welche Art von obsessiver Rivalität sie hervorrufen könnte.

»Hat Anna Dean gemocht?«

»Am Anfang schon«, sagte Zoe. »Bis sie ihn näher kennengelernt hat. Er ist gefährlich. Er hat versucht, Leo zu töten. Er wird dich fertigmachen, nur weil du Leos Freund bist.«

»Ich glaube, er weiß nicht, dass es mich gibt. Keine Sorge, das wird auch so bleiben«, versprach ich Zoe.

Daher beobachte ich Dean und Leo vorsichtig von meinem Tisch aus, um nicht zu offensichtlich zu starren.

»Ja«, sagt Leo und versucht, sich zu beherrschen. »Du bist einer der besten Kämpfer. Also habe ich …«

»*Einer* der besten?«, spottet Dean. »Ich bin der beste. Und niemand ist nah dran.«

Leo knirscht mit den Zähnen, hin- und hergerissen zwischen seinem Wunsch zu streiten und seinem Bedürfnis, sich Deans Kooperation zu sichern.

»Du wirst es also tun?«, fragt er.

Dean antwortet nicht sofort. Er genießt seine Macht über Leo, die köstliche Dynamik, wenn Leo gezwungen ist, um einen Gefallen zu betteln.

»Wen wählst du noch?«, fragt er.

Ich weiß nicht, ob das seine Entscheidung beeinflussen wird oder ob er einfach bloß neugierig ist.

»Ich bin mir nicht sicher«, sagt Leo. »Vielleicht Silas Gray …«

Dean nickt bloß kurz, als ob er das erwartet hätte. »Im Vorjahr hat er bei der letzten Aufgabe gut gekämpft. Aber er denkt nicht strategisch.«

»Wen würdest du vorschlagen?«, fragt Leo, halb gereizt und halb tatsächlich den Ratschlag wollend.

Dean schweigt einen Moment und denkt nach. »Ares hat mich überrascht«, sagt er schließlich.

Leo wirft schnell einen Blick zurück an meinen Tisch und sieht Ares an, der drei Plätze weiter in Ruhe einen Hühnersalat isst. Ich starre auf mein eigenes, halb aufgegessenes Essen, um nicht beim Lauschen erwischt zu werden.

Über den Lärm des Speisesaals hinweg kann ich gerade noch Leos gesenkte Stimme hören, die sagt: »Ich weiß nicht, ob er das wollen würde.«

»Warum nicht?«

»Ich glaube nicht, dass es ihm gefallen würde. Wenn alle zusehen.«

»Oh, er ist schüchtern?«, macht sich Dean lustig.

»Ich weiß es nicht. Ich habe ihn nicht gefragt. Wen würdest du noch vorschlagen? Wir brauchen drei.«

»Wählst du dich nicht selbst?«, fragt Dean nach.

»Nicht unbedingt«, sagt Leo. »Ich kann kämpfen, aber ich habe es noch nie in einem Ring getan.«

»Hm.« Dean klingt überrascht, dass Leo die Chance nicht ergreift, sich selbst ins Rampenlicht zu stellen. Er ist etwas weniger gereizt, als er sagt: »Was ist mit Kenzo Tanaka? Oder Corbin Castro?«

Ich werfe einen weiteren Blick auf Dean. Es ist das erste Mal, dass ich ihn und Leo in unmittelbarer Nähe ohne offene Aggression sehe. Ihr Ausdruck ist seltsam ähnlich, während sie das Problem besprechen.

»Kenzo wäre doch was«, stimmt ihm Leo zu. »Er ist schlau und schnell, und ich habe gesehen, wie er einige harte Treffer einstecken konnte, ohne zu Boden zu gehen.«

Dean nickt. Dann scheint er sich daran zu erinnern, mit wem er spricht, denn sein Gesicht versteift sich wieder, und die Kälte kehrt in seine Stimme zurück. »Es wird keine Rolle spielen, wen du sonst noch wählst. Ich werde die ganze Sache gewinnen.«

»Das hoffe ich«, sagt Leo gelassen. »Es würde uns in die Endrunde bringen.«

Er und Dean trennen sich ohne ein weiteres Wort.

Ich kann Annas erleichtertes Ausatmen hören, als Leo wieder zu ihr stößt.

»Er wird es tun?«

»Hört sich so an.«

Ares hat ein Lehrbuch an sein Milchglas gelehnt und liest, während er isst, ohne das Drama um ihn herum zu bemerken.

»Er hatte noch ein paar andere Vorschläge, wer seiner Meinung nach kämpfen sollte«, sagt Leo.

»Ach ja, wer?«, fragt Anna.

»Ares«, antwortet Leo und schaut zu seinem Freund hinüber.

Ares blickt auf und zieht die Augenbrauen hoch. »Weiß er, dass wir nicht gegeneinander kämpfen werden? Denn es hört sich so an, als wolle er ein Re-Match.«

»Du hast ihn fertiggemacht.« Leo grinst. »Ihm ein wenig Vernunft eingehämmert.«

»Wenn ich ihn noch fünfzig Mal schlage, wird er vielleicht halbwegs anständig«, sagt Ares und kehrt zu seinem Lehrbuch zurück.

»Willst du es machen?«, fragt Leo.

»Dean verprügeln? Ja, natürlich.«

»Nein. Willst du bei dem Wettkampf mitmachen?«

Ares hält inne, die Augen immer noch auf die Seite gerichtet. Ohne aufzuschauen, sagt er: »Ich glaube nicht.«

»Warum nicht?«

Ein Muskel zuckt an seinem Kiefer. »Du weißt, dass ich den Scheiß nicht mag. Ich will dem Team helfen, aber es gibt bessere Kämpfer als mich.«

Leo widerspricht nicht. Jeder weiß, dass Ares Aufmerksamkeit hasst. Sogar ich weiß es, und ich bin kaum eine Bekannte von ihm.

»Was ist mit dir, Hedeon?«, ruft Leo den Tisch hinunter.

Hedeon ist ein ziemlich guter Kämpfer. Die Tatsache, dass er mit Silas mithalten kann, beweist das – auch wenn er nur einen von vier Kämpfen gewinnt.

»Scheiß drauf«, knurrt Hedeon und schiebt sein Tablett weg. »Kein Interesse.«

Er könnte beleidigt sein, dass Leo ihn nicht früher gefragt hat. Es schien so, als wäre er die vierte Wahl, nach Dean und Ares und vielleicht Kenzo Tanaka.

Oder er hat einfach nur einen seiner schlechten Tage. Ich weiß nicht, was sein Problem ist, aber Hedeon scheint an einer besonderen Art von bipolarer Störung zu leiden, die zwischen leicht mürrisch und absolut mörderisch schwankt.

Wir akzeptieren Hedeons Ausbrüche, wie wir Ares' Zurückhaltung akzeptieren. Es ist ein Teil von ihnen und wird sich wahrscheinlich nicht ändern.

***

Der Morgen des zweiten Wettkampfes dämmert hell und klar mit einer leichten Brise. Perfektes Wetter, um im Freien zu sitzen.

Als ich das Untergeschoss verlasse, sagt Rakel zu mir: »Vergiss nicht, die Quellen für unser Geschichtsreferat zu finden.«

Ich stimme zu, die Auflistung der Quellen zu übernehmen, wenn Rakel mein Papier Korrektur liest.

»Gestern habe ich es versucht«, erwidere ich. »Aber ich kann kein Buch finden, das Repliken von Shimizu Jirochos Briefen enthält.«

»Sie sind nicht in einem Buch«, sagt Rakel, und dieser alte Ton von Warum-bist-du-so-verdammt-dumm? schleicht sich wieder in ihre Stimme. »Sie sind unten in den Archiven. Bitte Miss Robin, sie für dich zu holen. Oder Saul – er ist Bibliotheksassistent. Er darf dort unten sein.«

»Das werde ich«, verspreche ich.

»Aber wir treffen uns zuerst im Computerraum, denn das Projekt ist morgen fällig.«

»Stimmt, dann machen wir es so.«

Ich habe einen Großteil meiner Hausaufgaben mit Rakel gemacht, und meine Noten haben sich etwas verbessert. Sie ist herrisch, aber sie hat ein besseres Hintergrundwissen über Themen wie die Geschichte der Mafia-Clans. Da ich einiges in Chemie und Programmierung schneller lerne als sie, sind wir uns gegenseitig nützlich.

Ich eile zum Frühstück und folge dann Zoe durch die Steintore zu den Tribünen im Freien, die um den Boxring herum aufgebaut sind. Ich bin froh, dass ich bei Zoe und ihrer üblichen Gruppe von Freunden sitzen darf.

Ausnahmsweise darf sich Leo zurücklehnen und einem Wettkampf zuschauen, anstatt den Sieg zu inszenieren. Ich bin mir nicht sicher, ob ihm das auch lieber ist – er sieht angespannt und nervös aus, selbst als Anna sich neben ihn kuschelt.

Chay und Ozzy sitzen auf der anderen Seite. Man könnte meinen, sie seien ein Paar, wenn Chay nicht ständig das Gegenteil behaupten würde. Sie sieht sehr zufrieden aus, als sie sich an Ozzys Schulter lehnt, während sie mit Anna plaudert. Ozzy hat endlich seinen Verband abgenommen, aber sein Arm sieht furchtbar aus – die Haut ist von faltigem Narbengewebe überzogen, rot und lila gesprenkelt, nur halb verheilt. Die Narben sind an den Stellen dunkler, wo früher Tattoos waren.

Hedeon und Ares sitzen in der Reihe vor uns. Da ich Miles nirgends sehe, frage ich Zoe, was er macht. Sie zuckt gleichgültig mit den Schultern. »Ich bin mir sicher, er kommt bald nach.«

Die verschiedenen Jahrgänge gruppieren sich meist mit ihren jeweiligen Kommilitonen, damit sie ihre Kämpfer anfeuern können. Der erste Jahrgang ist bereits ausgeschieden, also ist es egal, wo wir sitzen und wen wir unterstützen.

Ich feuere den zweiten Jahrgang an, obwohl der einzige Kämpfer, den ich kenne, Dean ist und er mir Angst macht.

Leo wählte schließlich Dean Yenin, Silas Gray und Kenzo Tanaka aus. Der dritte Jahrgang entschied sich für Kasper Markaj, einen albanischen Vollstrecker, von dem Zoe mir erzählt, dass er im letzten Jahr Teamkapitän im *Quartum bellum* war.

»Er ist anständig und fleißig«, sagt sie. »Es war eine

Schande, dass sein Team so früh ausgeschieden ist. Deswegen hat er sich schlecht gefühlt, das weiß ich.«

Ihr anderer Kämpfer ist Jasper Webb, der Junge mit den Skelett-Tattoos, der Chay bei meinem ersten Frühstück in Kingmakers belästigt hat. Der, der meine Schwester festhielt, während Rocco ihr die Kleider vom Leib schnitt. Unnötig zu sagen, dass ich ihn abgrundtief hasse und hoffe, er wird in der ersten Runde verprügelt.

Der vierte Jahrgang wählte Calvin Caccia aus, einen italienischen Erben, der laut Zoe letztes Jahr ebenfalls Kapitän war.

»Ich mag ihn nicht so sehr«, sagt Zoe. »Er ist arrogant und unhöflich und hegt einen Groll gegen Leo.«

»Das tun viele Leute«, entgegnet Leo auf der anderen Seite von Anna. »Nimm ihm das nicht übel. Wenn du jeden hasst, der mich hasst, wirst du nicht mehr viele Freunde haben.«

Zoe lacht. Leo mag Feinde haben, aber er ist immer noch einer der Beliebtesten an unserem College.

»Wer sind die anderen beiden?« Ich nicke in Richtung der letzten beiden Kämpfer, die sich am Rande des Rings aufwärmen. Einer ist ein großer schwarzer Typ mit einem durchtrainierten Körper und einem rasierten Kopf. Der andere ist tierisch groß, aber er sieht eher fett als muskulös aus.

»Das sind Zeke Golden und Lee Sparks«, sagt Anna. »Zeke ist geschickt. Und lass dich nicht von den zusätzlichen Kilos täuschen – Lee ist auch nicht schlecht.«

Die Kämpfer greifen mit ihren Händen in einen Sack, um den Namen eines Gegners herauszuziehen. Leo gibt ein irritiertes Grunzen von sich, als Silas Lee Sparks zieht, und ein weiteres, als Dean mit Zeke Golden gepaart wird. Es ist Pech, dass zwei Kämpfer aus dem zweiten Jahrgang gegen den erfahrenen vierten Jahrgang antreten müssen. Kenzo Tanaka zieht Jasper Webb. Die beiden früheren Kapitäne –

Kasper Markaj und Calvin Caccia – betreten als Erste den Ring.

Der Kampf ist schnell entschieden, Kasper besiegt Calvin Caccia mit Leichtigkeit, und es endet mit einem technischen K. o. nach nur einer Runde.

»Ha!«, schreit Zoe, die ihre Abneigung gegen Calvin nicht abgelegt hat. »Gut für Kasper. Ich wette, dadurch fühlt er sich besser wegen des letzten Jahres.«

Silas und Lee Sparks treten als Nächstes gegeneinander an. Es ist ein Kampf der Titanen, die beiden schwersten Kämpfer stürmen aufeinander los wie Stiere, umklammern sich und stoßen um sich, als ob sie Hörner hätten. Jedes Mal, wenn einer den anderen zu Boden wirft, hallt der Aufprall auf der Tribüne wider.

Hedeon sitzt direkt vor mir, nah genug, dass er seinen Rücken an meinen Schienbeinen abstützen könnte, wenn er sich zurücklehnen würde. Er sieht zu, wie Silas seine schweren Fäuste in das Gesicht seines Gegners schwingt. Mit jedem Schlag, den sein Bruder landet, zuckt Hedeon zusammen. Seine Haut ist fast so grau geworden wie die Mauern, die uns umgeben.

Silas gewinnt, aber nur zu einem hohen Preis. Er ist angeschlagen und blutet, doch das scheint ihn nicht zu stören. Lee sieht noch schlimmer aus. Er muss aus dem Ring getragen und direkt in die Krankenstation gebracht werden.

Hedeon stützt sein Gesicht in die Hände. Er macht einen kranken Eindruck.

Ich will fragen, ob es ihm gut geht, aber ich traue mich nicht.

»Willst du etwas trinken?«, fragt Ares und reicht eine Flasche Wasser hinüber.

Hedeon schaut auf, mit wildem Blick und wütend, als wolle er Ares anschnauzen. Er hält sich gerade noch so zurück.

»Danke«, murmelt er, nimmt das Wasser und schluckt es hinunter.

Dean ist als Nächster gegen Zeke Golden dran.

Spannung macht sich in der Menge breit. Der vierte Jahrgang hat bereits zwei seiner Kämpfer verloren – wenn Zeke nicht gewinnt, verlieren sie diesen Wettkampf und scheiden aus dem *Quartum bellum* aus.

Der Druck, unter dem Zeke steht, ist seinem Körper anzusehen, bei Dean genauso. Beide Kämpfer sehen angespannt aus, als sie in den Ring steigen. Im Gegensatz zu den ersten beiden Paarungen sind sowohl Dean als auch Zeke erfahrene Boxer. Die Hände mit professioneller Sorgfalt gewickelt, fallen beide ganz natürlich in ihre Haltung, noch bevor Professor Howell die Startglocke angeschlagen hat.

»Verdammte Scheiße«, haucht Anna, als der Kampf beginnt.

Dean und Zeke sind so schnell, dass ich kaum den Überblick behalten kann, während sie sich gegenseitig mit schnellen, verschlungenen Kombinationen angreifen. Das ist der Unterschied zwischen trainiert und durchtrainiert, zwischen Schlägern und Boxern. Das Publikum hält kollektiv den Atem an, die Schläge landen zu schnell, um noch zu jubeln.

Der Kampf geht über die vollen drei Runden. Ich kann nicht sagen, wer gewonnen hat, obwohl ich vermute, dass es Dean gewesen sein könnte. Sein Gesicht ist fast unversehrt, abgesehen von einem kleinen Bluterguss unter einem Auge.

Die Richter – Professor Howell, Professor Bruce und der Dekan selbst – beugen die Köpfe über ihre Wertungslisten. Die Menge wartet schweigend ab. Der Dekan nickt Dean anerkennend zu, als er die einstimmige Entscheidung verkündet.

Die Studierenden aus dem vierten Jahrgang brüllen vor

Wut. Sie haben das *Quartum bellum* verloren, ohne auch nur die Würde zu haben, in die Finalrunde zu kommen.

Dean sieht eher wütend als erfreut aus. Er wollte diesen Kampf wahrscheinlich direkt und eindeutig gewinnen, nicht durch eine Richterentscheidung.

»Ich kann es nicht glauben!«, schluchzt Anna. »Wir sind weiterhin dabei!«

»Ja«, sagt Leo mit einem angestrengten Lächeln.

»Das war ziemlich heftig«, seufzt Anna.

»Dean ist ein guter Kämpfer, deshalb habe ich ihn ausgewählt«, sagt Leo und versucht, die Eifersucht aus seiner Stimme herauszuhalten.

Anna erkennt es trotzdem. Sie packt sein Gesicht und küsst ihn. »Du würdest jeden von ihnen umhauen, wenn du da unten wärst«, sagt sie.

Leo lächelt beschwichtigend. »Ich weiß nicht so recht. Aber ich würde diesen Wichser Calvin Caccia auf jeden Fall schlagen, nicht wahr, Zoe?«

»Das ist richtig.« Zoe grinst.

Der zweite und dritte Jahrgang ist bereits in der Finalrunde, aber die weiteren Kämpfe werden trotzdem noch ausgetragen, aus Gründen der Prahlerei auf der Gewinnerseite und um möglicherweise einen Vorteil im letzten Wettkampf des *Quartum bellum* zu haben.

Die nächste Paarung ist Kenzo Tanaka gegen Jasper Webb.

Ich weiß, wen ich gewinnen sehen will, und nicht nur, weil ich den zweiten Jahrgang unterstütze. Jeder Freund von Rocco verdient eine Tracht Prügel.

Jasper Webb klettert in den Ring. Er wirkt ruhig und unbeeindruckt, selbst als die umstehenden Studierenden ihn ausbuhen. Er zieht sein Hemd aus und enthüllt eine Brust und einen Rücken, die genauso tätowiert sind wie seine Hände, mit einer perfekten anatomischen Darstellung der Knochen unter der Haut.

»Warum, glaubst du, hat er das getan?«, fragt Zoe leise neben mir.

»Ich weiß es nicht«, sage ich. »Um sich an unser unausweichliches Ende zu erinnern, nehme ich an. Oder er denkt einfach, es sieht gruselig aus.«

Ich sage es spöttisch, aber in Wahrheit macht Jasper eine imposante Figur, als er sein langes dunkelrotes Haar aus dem Gesicht wirft. Sein Körper ist schlank, hart und blass, mit Muskelpaketen unter den tätowierten Knochen. Selbst von hier oben kann ich sehen, dass seine grünen Augen so lebhaft sind wie die meiner Schwester, wenn auch unendlich kälter.

Er tritt gegen Kenzo Tanaka an, der seine dunklen Haare im Retrostil hochgestylt und sein Hemd ebenfalls ausgezogen hat, um das Drachentattoo zu zeigen, das vom Daumen bis zur Schulter verläuft.

»Es ist die Schlacht der Tinte«, sagt Leo. Er versucht, lässig zu klingen, doch sein Blick ist auf den Ring fixiert. Er will, dass Kenzo gewinnt. Er will, dass der zweite Jahrgang siegt.

Wir sind alle zur Enttäuschung bestimmt. Kenzo beginnt stark und trifft Jasper mit einigen bösartigen Tritten und Schlägen auf den Kopf. Jasper scheint es kaum zu spüren. Er steckt einen Schlag nach dem anderen ein, ohne zu taumeln.

Die zweite Runde beginnt, und Jasper geht so frisch in die Ringmitte, als würde der Kampf gerade erst beginnen. Kenzo feuert ein paar weitere Kombinationen auf ihn ab. Jasper weicht ihnen leicht aus. Geduldig wartet er auf eine Öffnung, schießt in die Lücke und trifft Kenzo mit einem einzigen massiven rechten Haken direkt auf den Kiefer. Kenzo geht schlaff und entkräftet zu Boden.

Die Menge brüllt. Jasper ist nicht beliebt, doch niemand kann die perfekte Präzision dieses Schlages leugnen. Professor Howell hebt Jaspers Arm in die Luft. Der Jubel ist ohrenbetäubend.

Howell ruft eine kurze Pause vor der nächsten Runde der Kämpfe aus. Nur ein paar Studierende verlassen die Tribüne. Obwohl die Finalteilnehmer des *Quartum bellum* bereits feststehen, ist der zweite und dritte Jahrgang immer noch gespannt, wessen Kämpfer triumphieren wird. Die Studierenden des ersten und vierten Jahrgangs scheinen ebenfalls am Ring zu kleben, gespannt darauf, wer als Nächstes gegen Silas kämpfen muss und ob Jasper seinen Haken auch gegen einen anderen Gegner einsetzen kann.

Miles erklimmt die Seite der Tribüne und quetscht sich in die Lücke zwischen Anna und Zoe.

»Wo bist du gewesen?«, fragt Zoe, deren Wangen allein vom Anblick von Miles rosig werden.

»Ich dachte, ihr habt vielleicht Hunger«, sagt er und reicht eine Papiertüte mit frisch gebackenen Schokokeksen herum. Sie sind warm und weich, die Schokosplitter noch flüssig aus dem Ofen. Ich schlinge meinen Keks in zwei Bissen hinunter.

»Ein Geschenk von deinen Freunden aus der Küche?« Zoe lacht.

»Ich sagte doch, sie würden ihre Seelen für die richtige Tüte eintauschen.« Miles grinst.

»Keine Milch?«, beschwert sich Leo.

»Nur für Zoe«, feuert Miles zurück, zieht eine gekühlte Glasflasche unter seinem Hemd hervor und reißt den Papierdeckel ab.

»Zoe, ich zahle dir fünfhundert Dollar für diese Milch«, sagt Leo, den Blick auf die Flasche gerichtet. »Ich werde ein Jahr lang alle deine Hausaufgaben machen. Bitte. Ich brauche sie.«

»Es ist genug da«, sagt Zoe, nimmt einen Schluck und reicht die Milch weiter. »Ich teile gern.«

»Und sie will deine Hausaufgabenhilfe nicht.« Anna lacht. »Das würde ihre Noten nur verschlechtern.«

»Dieses Jahr habe ich gelernt«, sagt Leo und tut so, als sei er gekränkt.

»Nicht so sehr wie Zoe.«

»Nun, wenn das der Standard ist, dann lernt keiner von uns.«

»Außer Ares«, fügt Zoe hinzu.

Ich höre dem Gespräch nur halb zu, weil ich über den Ring hinweg auf die für die Dozenten reservierten Doppelreihen blicke. Miss Robin sitzt am Rande der zweiten Reihe, ihr rotes Haar flammt in der Sonne und ihre dicke, übergroße Strickjacke passt nicht zum warmen Frühlingswetter.

»Sieh dir das an«, sage ich zu Zoe. »Miss Robin ist gekommen.«

»Es ist komisch, sie im Sonnenlicht zu sehen«, sagt Zoe.

»Nun, jetzt weißt du sicher, dass sie kein Vampir ist.«

»Ich wette, sie fühlt sich hier am College endlich wohl«, sagt Zoe. »Das freut mich – es dauert sicher eine Weile, sich an diesen Ort zu gewöhnen. Und an die anderen Professoren.«

»Ich mag Miss Robin«, sagt Miles, nimmt die Milch von Leo zurück und spült seinen Keks hinunter. »Neulich hat sie mir einen Gefallen getan.«

»Welchen denn?«, fragt Anna.

Ich sehe einen schnellen, amüsierten Blick zwischen Miles und Zoe hin- und herhuschen.

»Sie hat mein Lehrbuch im Fundbüro gefunden«, antwortet Miles.

Professor Howell klettert in den Ring und springt mühelos über das oberste Seil, obwohl es ihm bis zur Brust reicht.

»Bereit für die zweite Runde?«, ruft er in die Menge.

Die Studierenden brüllen ihre Zustimmung, noch lange nicht gesättigt.

Die Kämpfer werden erneut ausgelost, und dieses Mal gibt es einen hörbaren Aufschrei, als Silas mit Jasper Webb gepaart wird. Jasper hatte kaum Zeit, sich von seinem letzten Kampf zu erholen, aber er nimmt seine Position ein und sieht selbst im Angesicht von Silas' gewaltiger Körperfülle cool und unbekümmert aus. Jasper lässt seine Knöchel knacken, das scharfe Geräusch ist auf der ganzen Tribüne zu hören.

Die Kämpfer heben die Fäuste. Professor Howell läutet die Glocke.

Diesmal ist Jasper vorsichtig, um Silas' Schlägen auszuweichen. Er tanzt und weicht mit einer Geschwindigkeit aus, die beinahe an die von Dean heranreicht. Silas ist ungeheuer stark. Wenn er Jasper auch nur mit einem Schlag streift, ist die Wirkung brutal. Jasper beginnt aus Nase, Lippe und Augenbraue zu bluten.

Trotzdem teilt er fast so gut aus, wie er einsteckt. Wie ein Scharfschütze feuert er harte Schläge ab, die Silas genau dort treffen, wo Jasper es beabsichtigt. Er reißt eine Wunde über Silas' linkem Auge auf und trifft ihn dann noch einmal an derselben Stelle, wodurch ein Strom von Blut in Silas' Auge fließt und ihn halb blendet. Silas taumelt aus dem Gleichgewicht und wird immer wieder getroffen.

In der dritten Runde wird Silas müde. Jasper verdoppelt seine Geschwindigkeit. Er ist genauso schnell wie zu Beginn, vielleicht sogar schneller. Aber Silas ist so massiv, dass Jaspers Schläge nicht die gleiche Wirkung haben wie bei Kenzo Tanaka. Silas stolpert und taumelt, ohne zu Boden zu gehen.

Als die Glocke ertönt, ist es klar, dass Jasper nach Punkten gewonnen hat. Sowohl er als auch Silas sind ein einziges Chaos, Blut regnet auf den Boden.

Dean macht dagegen kurzen Prozess mit Kasper Markaj. Zoe will Kasper anfeuern, obwohl er aus dem dritten Jahrgang ist, doch es ist von Anfang an klar, dass er mit Dean nicht mithalten kann.

Dean bewegt sich mit tänzerischer Anmut. Jeder Schlag ist schnell, kalkuliert und furchtbar stark. Seine Fäuste sind Sensen, die durch die Luft schneiden.

Miss Robin lehnt sich in ihrem Sitz nach vorne, ihre dunklen Augen sind auf die Kämpfer gerichtet. Ihre Wangen sind gerötet, und sie schaut wie gebannt, atmet kaum.

Ich denke, dass sie vielleicht zu dieser speziellen Veranstaltung gekommen ist, weil sie Boxen mag. Es ist eine seltsame Vorliebe für jemanden, der so sanftmütig ist, aber die Menschen ähneln nicht immer ihren Interessen. Es gibt viele Omas, die Wrestling lieben, oder Biker, die gern backen.

Dean schlägt Kasper in der ersten Runde dreimal zu Boden. Beim dritten Fall steht Kasper nicht mehr auf. Er gibt auf und stolpert aus dem Ring, unterstützt von Professor Howell.

Dean hebt seine eigene eingebundene Faust zum Sieg, streng und ohne zu lächeln. Er scheint keine Freude an seinen Siegen zu haben. Und doch spüre ich, wie sehr er sie sich wünscht.

Professor Howell kündigt eine weitere Pause vor der letzten Runde an.

Nicht eine einzige Person verlässt ihren Platz.

Alle sind gespannt, ob sich Dean auch gegen Jasper durchsetzen wird.

»Ich wusste gar nicht, dass er so ein guter Kämpfer ist«, sagt Leo.

»Ich schon«, antwortet Miles, ohne zu lächeln. »Ich habe ihn im Kampfunterricht gesehen.«

»Trotzdem … Silas zu Fall zu bringen …«

»Silas war ziemlich angeschlagen von seinem ersten Kampf«, sagt Ares.

Hedeon beteiligt sich nicht an der Unterhaltung. Die Milch und die Kekse scheinen ihm zu schmecken, doch er ist immer noch mürrisch und blass.

Dean und Jasper nehmen ihre Plätze im Ring ein. Jasper ist stark gezeichnet von seinem Kampf mit Silas, während Deans Gesicht fast makellos ist. Keiner der beiden Jungen zeigt eine Spur von Nervosität – nur kalte Absicht. Dean hat sein Hemd ebenfalls ausgezogen, sein Körper ist der Beweis für endlose Stunden im Fitnessstudio: konzentriertes, wiederholtes Training, das jeden Muskel zu übermenschlicher Perfektion geformt hat.

»Allmächtiger Gott«, sagt Chay leise.

Anna wirft ihr einen beschwichtigenden Blick zu, wahrscheinlich wegen Leo.

»Es tut mir leid!«, flüstert Chay. »Ich weiß, wir hassen ihn, aber er ist ein Prachtexemplar. Keine Sorge, Leo, das bist du auch – ich habe dich nackt im Speisesaal gesehen, also weiß ich, was du zu bieten hast. Ich meine ja nur …«

Leo scheint es nicht zu stören, doch Ozzy ist auf der gegenüberliegenden Seite von Chay ziemlich still geworden.

Die Glocke läutet, und Dean und Jasper schließen den Raum schnell und lautlos. Wie Falken stürzen sie sich im Sturzflug aufeinander, umklammern sich und brechen auseinander, bloß um wieder anzugreifen, sogar noch schneller als bei Deans Kampf mit Zeke Golden. Ich habe die Hände vor den Mund gepresst und beiße hart auf meinen Fingerknöchel, ohne es zu merken.

Die Schläge erfolgen in beinahe konstantem Tempo, sowohl Dean als auch Jasper zucken zusammen und spucken Blut, aber keiner von beiden lässt auch nur einen Augenblick nach.

Jasper drückt Dean gegen die Seile und trifft ihn mit einer harten Kombination, die den Kampf entscheiden könnte. Doch Dean feuert mit einer Salve von Schlägen zurück, die Jasper hart zu spüren scheint. Er fällt auf die Knie, und Dean trifft ihn erneut, woraufhin er flach auf den Boden fällt.

Der Kampf ist vorbei. Dean hat gewonnen.

»Vielleicht hätte Jasper es schaffen können, wenn er nicht zuerst gegen Silas gekämpft hätte«, sagt Chay.

»Das bezweifle ich«, entgegnet Leo und schüttelt den Kopf. »Dean ist so verdammt gut.«

Ich weiß, dass die Feindseligkeit zwischen Leo und Dean immer noch nicht überwunden ist, aber Leos Realitätssinn lässt es nicht zu, dass er Deans Fähigkeiten leugnet. Er macht sich keine Illusionen, ob ihm die Wahrheit gefällt oder nicht.

»Du bist derjenige, der ihn ausgesucht hat«, erinnert Anna Leo. »Wir haben den zweiten Wettkampf gewonnen!«

»Dean hat ihn gewonnen.« Leo lacht.

»Unter deiner hervorragenden Führung.« Sie gibt ihm einen leichten Kuss auf den Mund.

Ich sehe, wie Miles und Zoe einen weiteren Blick austauschen. Wahrscheinlich wünschen sie sich, sie könnten zärtlich miteinander sein, wann und wo immer sie wollen. Sie wünschen sich, dass ihr Ehevertrag, wie bei Anna und Leo, eine Lizenz zum Daten ist und keine Gefängnisstrafe.

»Nun«, seufze ich, »ich gehe mal besser. Ich soll heute Nachmittag mit Rakel an einem Codierprojekt arbeiten.«

»Redet sie jetzt mit dir?« Chay lacht.

»Manchmal«, entgegne ich. »Eigentlich sogar sehr oft.«

»Ich wette, die arme Anna wünscht sich, ich würde sie ab und zu mit Schweigen bestrafen«, sagt Chay und grinst Anna an.

»Erst nach Mitternacht«, brummt Anna.

Ich klettere von der Tribüne herunter und plane, in den Computerraum im Wehrturm zu gehen.

Hinter mir höre ich Schritte. Ich drehe mich um und erwarte, Leo oder Miles zu sehen oder vielleicht sogar Ares. Stattdessen finde ich Hedeon nur eine Armlänge entfernt.

»Ach, hallo«, sage ich. »Du hast auch einen Kurs im Wehrturm?«

»Nein«, sagt Hedeon kurz angebunden.

Er ist immer noch blass und macht einen mürrischen Eindruck. Ich glaube, er hat die Kämpfe überhaupt nicht genossen.

Ich erwarte auch nicht, dass er mit mir läuft oder mit mir spricht. Wir haben vielleicht an Halloween zusammen getanzt, aber Hedeon und ich sind keine Freunde. Ich bin sicher, das Tanzen geschah bloß aus der Not heraus – es gibt zu wenig Mädchen in Kingmakers und Chay, Anna und Zoe waren bereits beschäftigt.

Daher bin ich überrascht, als Hedeon mit mir Schritt hält, schweigend und finster wie ein mürrischer, lang gezogener Schatten.

»Du bist gut in diesen Hacking-Kursen, hm?«, sagt er plötzlich.

»Äh, doch … ausreichend«, antworte ich. »Ich lerne noch.«

»Hast du Zugang zu den Schulcomputern?«

»Ja …«, sage ich zögernd. »Eingeschränkten.«

»Könntest du mehr bekommen?«

Er beobachtet mich. Seine Stimme ist ruhig, aber ich höre die versteckte Schärfe darunter.

Ich bleibe stehen. »Was genau willst du von mir?«

Hedeon packt mich am Arm und zieht mich in den Schatten der Waffenkammer, aus dem Strom der Studierenden, die auf den Wehrturm zusteuern.

»Ich möchte wissen, ob du dich in den Schulserver hacken kannst.«

»Keine Ahnung«, sage ich und starre in sein Gesicht. »Ich würde es nicht versuchen.«

»Ich könnte dich bezahlen«, sagt Hedeon. Jetzt höre ich die Dringlichkeit in seiner Stimme, wie sehr er das will.

Ich sollte einfach Nein sagen. Ich sollte das nicht einmal diskutieren. Aber es kribbelt in mir vor Neugier.

Ich war es gewohnt, mich um meine eigenen Angelegenheiten zu kümmern. Ich war immer schüchtern und vorsichtig.

Seitdem ich nach Kingmakers gekommen bin, bin ich viel neugieriger geworden. Es gibt eine Welt voller Geheimnisse und Lügen, die mich umgibt. Ich würde gern die Antworten auf ein paar Dinge wissen …

Vielleicht färben die Spione ja doch auf mich ab.

»Ich muss wissen, wonach du suchst«, sage ich. »Sonst weiß ich nicht, ob ich es tun kann.«

Hedeon mustert mich misstrauisch mit zusammengekniffenen Augen.

Ich versuche, meinen unschuldigen, großäugigen Ausdruck beizubehalten. Als ob ich ihm nur helfen wollte.

»Ich brauche Zugang zu Studierendenakten«, erklärt er. »Alte Aufzeichnungen.«

»Glaubst du, sie sind auf einem Server?«, frage ich. »Ich dachte, in Kingmakers wird alles von Hand geschrieben.«

Ich denke da an unsere Zulassungsbescheide, unsere Verträge, unsere Aufgaben, unsere Noten. Mein Eindruck war, dass alles auf Papier aufbewahrt wurde, sodass es verbrannt oder entsorgt werden konnte, ohne dass es eine dauerhafte Aufzeichnung gab.

»In den Archiven ist nichts zu finden«, sagt Hedeon frustriert. »Die Unterlagen müssen irgendwo anders sein.«

Ich halte den Atem an, weil mir klar wird, dass Hedeon

Saul diese Frage bereits gestellt hat. Das ist der Grund, warum er an dem Tag, an dem ich ihn unten im Untergeschoss traf, in Sauls Zimmer war – er wollte, dass Saul die Archive überprüft, zu denen Saul als Bibliothekshelfer Zugang hat.

Saul muss ihm gesagt haben, dass es dort unten keine Aufzeichnungen gibt.

Was bedeutet, dass sie online sein müssen.

Oder anderswo gespeichert.

»Ich weiß nicht, ob ich überhaupt nachsehen kann«, sage ich zu Hedeon. »Alle unsere Tastenanschläge werden im Computerraum aufgezeichnet. Ich bin sicher, sie haben einen ziemlich starken Schutz gegen unseren Zugriff auf den Schulserver.«

Hedeon wendet sich schon ab. Die Enttäuschung steht ihm deutlich ins Gesicht geschrieben.

Es ist dieser qualvolle Blick, der mich trifft und die Neugierde in Schuldgefühle verwandelt. Ich will ihm wirklich helfen.

»Warte!«, sage ich und rufe ihn zurück.

»Was?« Hedeon dreht sich zu mir um, wütend und entmutigt zugleich.

»Was ist mit den Ställen?«

Er runzelt die Stirn und versteht mich nicht.

»In der Nacht der Halloween-Party saß ich auf einem Stapel Kisten und habe sie umgeworfen. Da waren ein Haufen Papiere drin. Alte Dokumente. Die Couch ist aus dem Büro des Dekans. Vielleicht sind es die Papiere auch?«

Hedeon denkt darüber nach, die Lippen fest zusammengepresst. »Ich werde nachsehen«, sagt er. Und dann, als Nachschub: »Danke.«

»Kein Problem. Ich hoffe, es hilft.«

Sein Gesicht verfinstert sich noch einmal, und er knurrt: »Erzähl niemandem davon, Cat. Niemandem. Nicht einmal Zoe.«

»Werde ich nicht«, sage ich. »Ich meine, ich weiß ja nicht mal was.«

Hedeon sieht mich durchdringend an und schlendert dann davon.

Es ist wahr, ich weiß nichts.

Aber wenn Hedeon alte Schulakten will … dann fange ich an zu raten.

Kapitel 16

Zoe

Mit dem Beginn des Frühlings erwärmt sich das Wetter schnell. Die Studierenden veranstalten mehr Partys im Freien, unten am Moon Beach und an den Flussufern.

Ich habe drei extrem böse Briefe von meinem Vater erhalten, nachdem meine Cousins ihn über meine Teilnahme an diesen Partys informiert hatten. Ich zerknüllte die Briefe und warf sie halb gelesen weg. Es mag verrückt sein, aber ich fange an zu glauben, dass der Plan, den Miles und ich ausgearbeitet haben, tatsächlich funktionieren könnte – was mich untypisch leichtsinnig macht.

So oder so, mein Vater kann mir hier nichts anhaben. Er könnte mich über den Sommer bestrafen. Aber wenn Miles' Besuch nach Ende des Studienjahrs erfolgreich ist … könnte sich alles ändern.

Ich versuche, nicht darauf zu hoffen. Ich versuche, nicht einmal daran zu denken.

Was gar nicht so schwer ist, denn mein Kopf ist voll mit Miles selbst. Es ist mir noch nie so schwergefallen, im Unterricht aufzupassen. In jeder Minute, in der wir nicht zusammen sind, stelle ich mir vor, wie ich mich wieder mit ihm davonschleiche. Ich stelle mir sein schiefes Lächeln vor, sein leises, spöttisches Lachen, seine klaren grauen Augen, die mich an Stahl erinnern, an Rauch, an frühmorgendliches Licht …

Ich stelle mir seinen Körper vor mit seiner satten, nussbraunen Haut und seinen starken Muskeln, sein warmes Fleisch und seine noch wärmeren Hände, die mich wie eine Puppe in seinen Armen halten und berühren, während ich auf Wellen der Lust mitgerissen werde, die gewaltig und endlos sind.

Noch nie zuvor war ich glücklich gewesen, nicht wirklich. Ich wusste nie, wie es sich anfühlt.

Glück ist berauschend, süchtig machend. Ich bin betrunken davon. Es lässt mich glauben, dass ich alles tun kann. Es lässt mich glauben, dass alles in Ordnung sein wird.

Es verändert mich. Und es verändert auch Miles.

»So habe ich ihn noch nie erlebt«, sagt Anna. »Ich will nicht sagen, dass er vorher ein Arschloch war – ich meine, er war immer nett zu mir. Wenn ihm danach war. Aber er war besessen davon, alles auf seine Art zu machen, ohne Hilfe. Jeder ist sein Freund, und jeder schuldet ihm Gefallen, doch letztendlich ging es um Miles und was er wollte. Du bringst das Beste in ihm zum Vorschein, Zoe. Du gibst ihm etwas, für das er sich außerhalb seiner selbst interessiert.«

»Ich weiß nicht so recht«, sage ich und werde rot. »Ich versuche nicht, ihn zu ändern. Ich mag ihn genau so, wie er ist.«

Anna lacht. »Ach so, wirklich? Hast du den Miles vom letzten Jahr vergessen? Du musst wirklich blind vor Liebe sein.«

Ich starre sie mit offenem Mund an. Ich *hatte* tatsächlich vergessen, dass ich Miles in meinem ersten Jahr nicht mochte. Es scheint jetzt unmöglich, als wäre ich ein völlig anderer Mensch gewesen. Jemand, der verklemmt und unglücklich war, was natürlich auch stimmt.

»Ich hoffe, du magst ihn weiterhin.« Anna lächelt mich an. »Wir könnten eine Familie sein.«

Die Idee trifft mich wie ein Blitz aus purer Freude. Anna und Leo als echte Familie, nicht nur als Freunde … Miles als meine Familie …

Ich will es. Ich will es so sehr, dass es sich anfühlt, als ob es mich zerreißen würde.

»Kommst du heute Abend mit uns hinaus?«, frage ich Anna.

»Ich wünschte, ich könnte.« Sie seufzt. »Ich muss drei verschiedene Arbeiten abgeben. Leo wird mir in der Bibliothek Gesellschaft leisten, obwohl ich ihn nicht lassen sollte. Er lenkt mich mehr ab, als dass er eine Hilfe wäre.«

»Komm später zu uns, wenn du kannst …«

Chay unterbricht uns und stürmt mit Armen voller Bücher in den Raum. Sie wirft sie auf ihr Bett und schreit: »Scheiß auf den Unterricht! Scheiß auf die Hausaufgaben! Wann ist unser Picknick?«

»In einer Stunde.« Ich lache. »Leih mir was Schönes zum Anziehen.«

Chay, Ozzy, Miles und ich wollten unten auf dem Schulgelände ein Picknick machen. Ich hatte gehofft, Anna und Leo könnten sich uns auch anschließen, aber es klingt, als wären sie genauso beschäftigt wie Cat und würden in Hausaufgaben ersticken.

Anna hilft uns trotzdem, uns fertig zu machen, und sucht Jeans und Stiefel für mich aus, die ich anziehen soll. Chay leiht mir ein zu großes Queen-Shirt. Eine Hose kann ich mir von Chay nicht leihen, da sie so viel kleiner ist, dass die Hose eher wie eine Caprihose aussehen würde.

»Lass mich dein Make-up machen«, verlangt Chay.

»Aber nicht zu viel«, warne ich sie.

»Ich mache nie zu viel! Bei dir …«, fügt Chay lachend hinzu.

Chay verpasst mir schöne, dezente Smokey Eyes und ein wenig Lipgloss. Ich bürste meine Haare zu einem unordentlichen Pferdeschwanz hoch. Mit dem Band-Shirt und Annas Stiefeln fühle ich mich ein klein wenig wie ein Rockstar. Ich mag das. Ich habe mich noch nie »cool« gefühlt, bevor ich diese Mädchen getroffen habe.

Chay verbringt weitere vierzig Minuten damit, ihr eigenes aufwendiges Make-up aufzutragen, bis ich vor Ungeduld zappelig werde und sie fast aus der Tür ziehe.

»Schon gut, schon gut«, sagt sie, »ich komme ja schon!«

Chay sieht in einem weißen Sommerkleid, einer Strickjacke und Espadrilles überraschend süß und feminin aus. Die rosafarbenen Strähnen sind aus ihrem Haar verschwunden, sodass es jetzt nur noch eine weiche, flauschige Mähne in ihrem üblichen Rotblond ist, die einen schönen Kontrast zu ihrer goldenen Bräune bildet.

Als wir Ozzy und Miles vor den Steinmauern von Kingmakers treffen, starrt Ozzy Chay mit fassungsloser Miene an.

»Du bist einfach … perfekt«, sagt er.

Anstatt zu lachen und zuzustimmen, wie sie es normalerweise tun würde, entgegnet Chay: »Das ist wirklich süß von dir, Ozzy.«

»Er hat mir die Worte direkt aus dem Mund gestohlen«, knurrt Miles und legt seinen Arm um meine Taille. »Was kann ich dir jetzt sagen – was ist besser als Perfektion?«

»Das hier«, sage ich. »Dieser Moment, genau jetzt.«

Der Abend ist warm und klar, der Duft von frischem Gras liegt süß in der Luft. Winzige papierweiße Schmetterlinge flattern über die Wildblumen auf dem Feld. Das Licht ist golden und weich.

Ich sollte nicht zulassen, dass Miles mich berührt, solange wir noch in Sichtweite des Colleges sind. Aber es ist niemand in der Nähe. Ich fühle mich sicher und spüre, wie ich vor Glück erröte.

»Wohin sollen wir gehen?«, fragt Chay.

Ozzy hievt sich den Rucksack auf die Schulter. »Ich

dachte, wir könnten zu den Klippen oberhalb des Moon Beach gehen«, sagt er. »Uns den Sonnenuntergang ansehen.«

Wir marschieren über das Feld, dann durch einen Waldstreifen und anschließend westwärts durch die Weinberge. Die Reben beginnen gerade zu blühen, die Blätter sind grün und üppig, aber die Trauben noch winzig und hart.

»Die Terrasse hinter dem Haus meiner Eltern ist mit Fuchstrauben bedeckt«, erzählt Miles.

»Ach wirklich?«

»Es sind alte Reben, die vor zweihundert Jahren aus Italien hergebracht wurden.«

»Deine Familie hat sie hergebracht?«

Miles nickt. »In Chicago hatten wir ein altes georgianisches Haus. Es war seit Generationen in der Familie. Mein Großvater Enzo lebte dort, meine Mutter wurde dort geboren. Die Fuchstrauben wuchsen an der Seite des Hauses hoch und über die Pergola auf dem Dach. Aber das Haus brannte ab.«

Ich stöhne vor Mitgefühl.

»Um genau zu sein«, gibt Miles ein kurzes, freudloses Lachen von sich, »Deans Großvater hat es angezündet. Alexei Yenin – stell dir Dean vor, mit einer KGB-Ausbildung und einer noch schlimmeren Denkweise. Leos Vater hat Alexeis Tochter geheiratet, weißt du das?«

Ich nicke. Anna hat es mir erzählt, als sie mir die schwierige Vergangenheit zwischen den Cousins erklärte.

»Jedenfalls war Leos Vater Sebastian zu der Zeit im Haus, zusammen mit Deans Vater Adrian Yenin. Alexei war es egal. Er setzte das Haus in Brand, während sein eigener Sohn darin war. Sebastian ließ Adrian zum Sterben zurück, was auch fast passiert wäre. Mehr als die Hälfte seines Körpers war verbrannt.«

Ozzy und Chay hören genauso aufmerksam zu wie ich, obwohl ich sicher bin, dass zumindest Ozzy diese Geschichte schon einmal gehört hat.

»Onkel Seb kämpfte gegen Alexei Yenin. Er hat ihn getötet. Es war Rache, denn Alexei hatte zuvor Opa Enzo getötet. Er hatte auch versucht, den Rest meiner Onkel zu töten. Seb und Onkel Miko – Annas Vater, du kennst ihn.«

Chay nickt.

»Sie schlugen die Bratwa. Sie nahmen ihre Hälfte von Chicago zurück. Aber das Haus war völlig zerstört – die Bücher, die Fotos, das Klavier meiner Großmutter, sogar die Autos von Onkel Nero in der Tiefgarage. Meine Familie war am Boden zerstört. Sie haben nicht versucht, es wieder aufzubauen.

Im nächsten Frühjahr kam meine Mutter auf das Grundstück zurück, bevor es entrümpelt und verkauft werden sollte. Sie fand einen Zweig der Fuchstrauben, der noch wuchs. Grün, wo der Rest der Reben nur noch Asche war. Sie grub ihn aus und pflanzte ihn draußen am See wieder ein, wo sie und mein Vater gerade begannen, ihr eigenes Haus zu bauen. Er wuchs perfekt. Die Trauben sind dicker als je zuvor. Die Bienen und Wespen werden jeden Herbst betrunken.«

Ich habe Miles noch nie so reden hören. Er liebt es, über seine Pläne für die Zukunft zu sprechen. Ich habe ihn noch nie sentimental erlebt.

»Das Haus am See ist wunderschön«, erzählt Ozzy. »Ich war bereits dort – man kann von jedem Zimmer aus die Bäume und das Wasser sehen.«

Miles erzählte mir von dem Haus, von seinem kleinen Bruder, seiner Schwester und von seinen Eltern – dem strengen irischen Mafiaprinzen und der wilden italienischen Prinzessin, die gegen ihren Willen verheiratet wurden, um einen totalen Krieg zwischen ihren Familien zu vermeiden.

Natürlich hasse ich den Gedanken an jede Art von

Zwangsehe, aber Miles versicherte mir, dass sie nicht lange Feinde blieben.

»Sobald sie damit fertig waren, sich gegenseitig umbringen zu wollen, kamen sie gut miteinander aus«, fuhr er lachend fort.

Das ist ein Ergebnis, das für Rocco und mich nie eintreten könnte.

Eines, das ich nicht mal wollen würde, jetzt, da ich mich Hals über Kopf in Miles verliebt habe. Für mich gibt es kein anderes Happy End. Ich will Miles und sonst niemanden.

»Ich möchte, dass du es siehst«, sagt Miles plötzlich. »Ich möchte, dass du die Trauben und das Haus am See siehst. Ich möchte, dass du meine Familie kennenlernst.«

»Das würde mir gefallen«, sage ich und schlucke schwer. In Wahrheit bin ich von der Beschreibung von Miles' Eltern eingeschüchtert. Sie sind brillant und rücksichtslos – sie leiten halb Chicago. Da ich selbst nie liebevolle Eltern kannte, fällt es mir schwer, mir mächtige Menschen vorzustellen, die auch liebevoll und unterstützend zu ihren Kindern sind.

»Ich habe meiner Mutter von dir erzählt«, sagt Miles.

»Im Ernst?«

Ich bin fassungslos. Bei all den Versprechen, die Miles mir gemacht hat, ist das etwas anderes, etwas Konkretes und Reales. Er hätte das nicht getan, wenn es ihm nicht ernst damit wäre, unsere Beziehung zu vertiefen.

»Hast du deiner Mutter von mir erzählt?«, fragt Chay Ozzy auf ihre neckische Art. Sie macht nur einen Scherz – sie würde nicht erwarten, dass Ozzy seinen Eltern von ihrem Techtelmechtel erzählt.

Aber Ozzy sieht ihr mit ernster Miene in die Augen. »Ja«, sagt er.

Chay ist verdutzt. Sie ist einen Moment lang still und sagt dann: »Was hast du ihr gesagt?«

»Ich habe ihr gesagt, dass ich ein Mädchen kennengelernt habe, das frech, witzig und kreativ ist und verdammt gut aussieht, und dass ich verrückt nach ihr bin.«

Chays blaue Augen sind groß und erschrocken. Ausnahmsweise lacht sie nicht.

Sie öffnet den Mund, um zu antworten, scheint aber nicht zu wissen, was sie sagen soll.

Das macht nichts, denn wir sind an den Klippen angekommen, sodass sie nicht mehr reagieren muss.

Ozzy öffnet seinen Rucksack und holt eine Decke, eine Flasche Wein, mehrere Packungen Sandwiches und ein halbes Dutzend Äpfel heraus.

»Keine Gläser«, sagt Ozzy. »Ich habe mir gedacht, wir würden sie nur zerbrechen.«

»Du hast an den Flaschenöffner gedacht«, sagt Miles und lässt den Korken knallen. »Das ist alles, was zählt.«

Der Wein stammt aus genau den Weinbergen, die wir gerade durchquert haben. Auf der Flasche prangt das schlichte, dunkle Etikett mit einem Umriss der Insel, kein Text. Es ist ein reicher, dunkler Pinot Noir, den man vorsichtig trinken muss, weil die Wirkung schnell einsetzt.

Chay ist untypisch ruhig, während wir essen und trinken und über das glitzernde Wasser auf die untergehende Sonne schauen.

Wir sind gerade noch rechtzeitig gekommen, um zu sehen, wie die schwere orangefarbene Kugel in den Wellen versinkt. Genug Wolken bedecken den Himmel, dass wir direkt nach Westen schauen und beobachten können, wie die Farben von Rosa über Orange zu einem tiefen, blutigen Rot wechseln.

»Erzähl mir von deiner Familie«, sagt Chay zu Ozzy, nachdem wir über die Hälfte des Weins getrunken haben.

»Ich bin Einzelkind«, sagt Ozzy und beißt aggressiv in einen Apfel. »Ich habe aber tausend Cousins und Cousinen. Wir wuchsen wild und ungezügelt in Tasmanien auf. Wir sind in der Bay of Fires surfen gegangen – auf den Felsen sind überall orangefarbene Pflanzen, sodass es wirklich wie Feuer aussieht, besonders bei einem Sonnenuntergang wie diesem hier. Im Februar sind wir durch die Lavendelfelder gelaufen, wenn sie blühen. Es gibt auch Tulpenfelder und Himbeerfarmen – es ist verdammt schön, wirklich. Keiner weiß, wie schön es ist, weil keiner kommt, um es zu sehen.«

Ozzys Gesicht wird von der untergehenden Sonne zur Hälfte angestrahlt. Die Schatten heben die schroffen Linien seiner breiten Nase und seines Kiefers hervor, und wenn er lächelt, auch noch seine tiefen Grübchen. Ozzy mag nicht im klassischen Sinne gut aussehen, aber seine Ausstrahlung und sein Charme sind unbestreitbar, besonders, wenn er mit seinem hellen, melodischen Akzent spricht.

»Ich würde es gern sehen«, sagt Chay leise. Sie blickt auf ihre Hände, als sie es sagt, und dann riskiert sie einen kurzen Blick zu Ozzy.

»Mach keine Scherze, Mädchen«, knurrt er. »Ich kaufe dir sofort ein Ticket.«

Ich lehne mich mit dem Rücken an Miles' Brust und fühle mich mit seinen Armen um mich herum geborgen. Als sich der Himmel verdunkelt, wiegt mich der Rhythmus seines Atems, und ich werde schläfrig und friedlich.

»Was denkst du gerade?«, murmelt Miles in mein Ohr.

»Ich denke, das ist der schönste Tag meines Lebens«, sage ich. »All die besonders schönen Tage waren die mit dir. Sie werden einfach immer besser.«

»Das hat mir meine Mutter mal gesagt«, sagt Miles leise. »Wenn man seinen Seelenverwandten gefunden hat, ist jeder Tag der schönste.« Er neigt meinen Kopf zurück, damit er mich küssen kann. »Damals habe ich das nicht verstanden. Aber jetzt fange ich an, es zu begreifen.«

Ich strecke die Hand nach oben und fahre durch seine dicken, dunklen Locken. Der Kuss vertieft sich, und Chay sagt: »Ozzy, geh mit mir spazieren, damit ich ein bisschen nüchtern werde, bevor wir zurückgehen.«

»Klar«, sagt Ozzy liebevoll.

Mir ist klar, dass sie gehen, um Miles und mir ein wenig Privatsphäre zu geben, und ich weiß das zu schätzen.

Sobald sie außer Sichtweite sind und an den Klippen entlang nach Süden laufen, beginnt Miles, mich auszuziehen. Jetzt, da die Sonne fast untergegangen ist, weht eine Brise vom Meer um uns herum. Es fühlt sich kühl und köstlich an, als würde das Meer meine nackte Haut berühren. Nachdem Miles mich völlig nackt ausgezogen hat, fährt er sanft über mein Fleisch. Erst zeichnet er das Profil meiner Nase, meiner Lippen und meines Kinns nach, dann die Kurven meiner Brüste. Langsam kreist er nach innen, bis seine Fingerspitzen meine Brustwarzen zu harten, schmerzenden Punkten erregen. Dann streicht er leicht über meinen Bauchnabel.

»Du bist das Schönste, was ich je gesehen habe, Zoe«, knurrt er mit tiefer Stimme. »Kein Sonnenuntergang, kein Gemälde, keine Schöpfung von Gott oder Mensch ist atemberaubender als du.« Er lacht. »Nicht einmal in Tasmanien.«

Ich sollte Angst haben – ich bin nackt, wie Gott mich schuf, draußen auf der Klippe, wo mich jeder sehen kann. Überall auf der Insel laufen Studierende herum.

Aber ich fühle nichts als reine Glückseligkeit. Miles ist eine Droge – ihre Wirkung ist hemmungslose Hingabe.

»Nimm mich«, flehe ich ihn an. »Hier und jetzt.«

Ich muss ihn nicht zweimal bitten. Miles steckt das Gesicht zwischen meine Schenkel, drückt meine Knie auseinander, um meine Muschi so zu spreizen, wie er es mag. Er leckt mich überall, stellt sicher, dass ich feucht und pochend und bereit für ihn bin. Er wird nie müde, meine Muschi zu lecken. Er genießt es sogar noch mehr als ich, falls das möglich ist – er will es jedes Mal aufs Neue.

Ich habe das nie als einen dominanten Akt betrachtet, aber Miles hat nie mehr Kontrolle über mich, als wenn er zwischen meinen Beinen ist und eine Symphonie von Gefühlen orchestriert, die durch jede Zelle meines Körpers schießen und mich von Kopf bis Fuß in Besitz nehmen. So hat er mich in der Hand. Ich würde ihm alles auf der Welt geben, solange er nicht aufhört.

Er lässt mich betteln und schluchzen. Er gibt mir das Gefühl, dass ich sterbe. Und wenn ich erschöpft bin und vor Lust zittere, dann besteigt er mich und stößt seinen Schwanz in mich hinein. Alles, was ich tun kann, ist, mich an ihn zu klammern, während sich das Gefühl von Neuem aufbaut.

Ich wusste nie, dass Sex so viele Facetten haben kann. Manchmal kommandiert Miles mich herum, und das Machtspiel zwischen seiner Dominanz und meiner Unterwerfung ist erotisch. Manchmal ficken wir wie Tiere, die sich kratzen und beißen. Und manchmal ist Sex wie das hier: langsam und sinnlich, süßer als Honig und wärmer als ein Bad.

Unsere Körper verschmelzen miteinander, unsere Münder sind eins, unsere Zungen umschlungen. Ich kann kaum sagen, wo Miles aufhört und ich anfange. Die Wellen, die unten am Moon Beach anschlagen, sind weit weg und beruhigend. Der Himmel ist jetzt völlig dunkel. Der Kokon dieser Dunkelheit gibt mir das Gefühl, dass Miles und ich allein auf der Welt sind, zwei Menschen, die eigentlich eine Person, ein Wesen sind.

»Ich liebe dich«, flüstere ich. Ich weiß nicht, ob ich es laut gesagt habe oder nur in meinem Kopf.

»Ich liebe dich«, sagt Miles gleichzeitig.

Noch nie habe ich eine solche Verbindung oder ein solches Vergnügen empfunden.

Ich kann es nicht aufgeben. Nicht für irgendetwas.

Miles fickt mich tief, langsam und hart. Die Spitze seines Schwanzes trifft den tiefsten Punkt in mir, was unangenehm oder schmerzhaft sein sollte. Aber ich bin so erregt, dass es nicht schmerzhaft ist, sondern zutiefst befriedigend. Tatsächlich fange ich an, ein intensives Vergnügen an dieser versteckten Stelle zu spüren, Nerven, die noch nie zuvor berührt wurden, werden zum Brennen gebracht. Sie erwachen zum Leben, ein völlig neues Gefühl, und ich beginne auf eine Weise zu kommen, wie ich es noch nie zuvor getan habe, an einer Stelle, von der ich nicht einmal wusste, dass ich sie fühlen kann.

Der Orgasmus pulsiert in Wellen, krampft und drückt sich um Miles' Schwanz. Er beginnt auch zu kommen. Er kann sich nicht zurückhalten, wenn ich komme, während er in mir ist.

Miles schließt mich in seine Arme, er dringt tief in mich ein und hält seinen Schwanz dort, während er in Reaktion auf meinen Höhepunkt zuckt und pulsiert. Ich komme immer noch, ein langer, kontinuierlicher Orgasmus, der genauso lange anhält wie seiner, vielleicht sogar noch länger.

Wir keuchen und schwitzen beide in der kühlen Brise. Ich hasse es, dass ich meine Kleidung wieder anziehen muss, denn ich würde viel lieber die ganze Nacht in seinen Armen liegen.

Ich kann mich gerade noch rechtzeitig anziehen, bevor ich Ozzy rufen höre: »Hört auf, ihr Turteltauben, wir müssen zurück.«

Ich kann Ozzy und Chay durch das hohe Gras stapfen hören, bevor ich sie sehe. Ozzys helles Grinsen schimmert auf seinem Gesicht, und Chays Haar sieht so zerzaust aus, dass ich vermute, ihr Spaziergang wurde zu etwas Ähnlichem wie das, was Miles und ich taten.

Ozzy beginnt, die Picknickvorräte einzupacken, während Miles die Decke ausschüttelt.

»Wir hätten eine Taschenlampe mitbringen sollen«, sagt Chay.

»Der Mond wird in einer Minute aufgehen«, sagt Miles. »Wir werden es schon zurückschaffen.«

Tatsächlich geht der Mond hell und voll auf, eine flache silberne Scheibe, die die Sterne übertönt.

Es ist hell genug, dass wir nicht stolpern, als wir durch die Weinberge zurückgehen.

Ich glaube sowieso nicht, dass ich stolpern würde – ich fühle mich, als würde ich schweben, mit meiner Hand in der von Miles und meinen Füßen, die kaum den Boden berühren.

Nichts könnte diesen Moment ruinieren.

Bis wir aus den Bäumen kommen, die den Weinberg begrenzen, und eine furchtbar vertraute Stimme sagt: »Da seid ihr ja! Wir dachten, wir hätten euch verpasst.«

Vier Gestalten stehen auf dem Feld südlich von Kingmakers: Wade Dyer, Dax Volker, Jasper Webb und Rocco Prince. Sie bilden eine Barriere zwischen uns und dem Schloss.

Miles' Finger schließen sich fest um meine, während sich sein Körper wie versteinert anspannt. Er wirft einen kurzen Blick hinter uns. Ich weiß, dass er darüber nachdenkt, mir zu sagen, dass ich weglaufen soll. Aber das Einzige, was hinter uns ist, sind die Klippen und der Weg zum Moon Beach hinunter, der ebenfalls eine Sackgasse ist.

Wir wurden nachlässig. Seit Wochen hat Rocco nicht mit mir gesprochen. Er hat uns in falscher Sicherheit wiegen lassen, was sicher seine Absicht war. Er ließ Miles und mich ineinander versinken und vergessen, dass Rocco überhaupt existierte. Während er uns definitiv nicht vergessen hat.

»Was willst du?«, fragt Miles.

Ich weiß, dass er Angst hat, denn er kann die Nachteile unserer Situation genauso klar sehen wie ich. Aber da ist keine Spur von Angst in seiner Stimme. Er klingt so stark und klar wie immer.

»Ich will, was ich immer wollte«, sagt Rocco leise. Sein blasses Gesicht sieht im Mondlicht fahl und wächsern aus. »Ich will Zoe.«

Bevor ich den Mund öffnen kann, um zu antworten, tritt Miles vor mich.

»Nein«, sagt er.

Rocco lacht. Sein Lachen ist mehr Atem als Ton.

»Wir werden dich zusammenschlagen, bis du kaum noch blinzeln kannst, Miles. Dann werde ich mir nehmen, was mir versprochen wurde. Ich werde Zoe direkt vor deinen Augen ficken. Vielleicht lasse ich Wade und Dax und Jasper auch mal ran. Du wirst daliegen und zusehen und an deinem eigenen Blut ersticken. Wenn ich fertig bin, werdet ihr beide endlich die Wahrheit verstehen. Sie gehört zu mir. Das hat sie immer, und das wird sie auch immer.«

Er ruckt mit dem Kopf in Richtung Chay und Ozzy. »Ihr zwei könnt gehen.«

Chay spottet direkt in sein Gesicht: »Was glaubst du eigentlich, mit wem du hier redest? Du fasst unsere Freunde nicht an.«

Ich habe Chay nie mehr geliebt als in diesem Moment. Aber im Gegensatz zu Miles ist ihre Stimme nicht ruhig und selbstbewusst. Sie ist angespannt vor Angst, und ihr Ton kommt eine Oktave höher als normal heraus.

Ozzy unterstützt sie und wendet sich an Wade, Dax und Jasper, weil er weiß, dass es keinen Sinn hat, mit Rocco zu diskutieren. »Seid nicht dumm«, sagt er. »Das wird für keinen von euch gut enden.«

Wade grinst. Sein attraktives Gesicht sieht gar nicht hübsch aus, wenn es verächtlich verzogen ist.

»Bitte sag mir, dass das kein Doppeldate war, Chay«, spottet er. »Diesen schmierigen Typen zu ficken, ist eine Sache, aber tatsächlich mit ihm auszugehen … sag, dass das nicht so ist.«

Chay begegnet Wades Verachtung mit einem kalten Starren.

»Er ist zehnmal mehr Mann, als du jemals sein wirst«, sagt sie.

Wade hört auf zu lächeln. »Er wird zehnmal mehr Mann sein, wenn ich ihn in Stücke reiße«, zischt er und schreitet vorwärts.

Ich schreie: »Nein!«, und versuche, hinter Miles hervorzutreten, aber er lässt mich nicht und blockiert mich mit seinem Arm.

»Lass sie in Ruhe!«, rufe ich über Miles' Schulter.

»Komm jetzt mit mir, und ich werde ihnen nichts tun«, zischt Rocco. Seine Augen sind dunkel und glänzen in seinem weißen Gesicht.

»Auf keinen Fall«, bellt Miles, bevor ich antworten kann.

»So soll es sein«, sagt Rocco und schnippt die Klinge seines Messers heraus.

Wade, Dax, Jasper und Rocco greifen uns alle gleichzeitig an.

Wade und Dax rennen auf Ozzy zu, Jasper auf mich und Rocco auf Miles.

Es ist eine Unschärfe von Bewegung und Verwirrung in dem schwachen Licht.

Die Hälfte von dem, was ich wahrnehme, besteht aus Grunzen und Schreien und nicht aus dem, was ich tatsächlich sehen kann.

Rocco sticht wie wild mit seinem Messer auf Miles ein, die Klinge blitzt im Mondlicht immer wieder auf. Miles dreht sich und weicht aus, wobei ihn die Spitze mindestens zweimal trifft, sein Hemd durchschneidet und seinen Arm aufschlitzt.

Jasper kommt auf mich zu, genau wie er Dean im Ring angegriffen hat – mit rasender Geschwindigkeit und absoluter Ruhe. Ich versuche, seinem Griff zu entkommen, aber er ist viel schneller als ich. Seine Arme schließen sich um mich, härter als Eisen.

Ich versuche, mich an alles zu erinnern, was ich im Kampfunterricht gelernt habe, trete hart auf seinen rechten Fuß, schleudere meinen Kopf nach hinten und treffe ihn mit dem Hinterkopf auf den Mund. Ich höre Jaspers schmerzhaftes Stöhnen. Warmes Blut spritzt auf meinen Arm.

Jaspers Schlangenarme entspannen sich kaum für einen Moment. Als ich versuche, mich von ihm wegzudrehen, legt er seinen Unterarm um meine Kehle und presst mich gegen seine Brust.

Mir schwirrt der Kopf, als ich sehe, wie Wade und Dax auf Ozzy einschlagen, ein Chaos aus Faustschlägen, bei dem Ozzy so gut austeilt, wie er abbekommt, da er stämmig und kräftig ist. Seine Schläge brechen aus seinem Körper hervor und treffen die beiden anderen Jungs mit schallenden Geräuschen. Doch Wade und Dax sind größer und genauso kampferprobt. Sie würden Ozzy in wenigen Minuten überwältigen, wenn sie Chay nicht vergessen hätten.

Sie springt auf Dax' Rücken, schließt beide Arme um seine Kehle und würgt ihn hart. Dax stolpert rückwärts und versucht, sie abzuschütteln. Währenddessen greift Ozzy Wade an. Sie wälzen sich in dem zertrampelten Gras, schlagen und würgen sich gegenseitig.

Ich winde mich immer noch, schlage mit den Ellbogen um mich und versuche, Jasper am Körper zu treffen. Je mehr ich mich wehre, desto fester drückt er seinen Arm auf meine Kehle. Mir ist so schwindlig, dass ich kaum noch stehen kann.

Rocco holt erneut zum Schlag gegen Miles' Gesicht aus. Diesmal schafft es Miles, Roccos Handgelenk zu greifen und festzuhalten. Rocco schlägt Miles mit seiner freien Hand dreimal ins Gesicht, doch Miles hält seinen Todesgriff an Roccos Messer mit beiden Händen aufrecht und verdreht

Roccos Handgelenk, bis das Messer durch die Luft fliegt und im Gras neben Ozzys Stiefel landet.

Jetzt prügeln sich Rocco und Miles erbittert, und mir wird klar, dass ich Miles wieder einmal unterschätzt habe. Ich habe ihn noch nie kämpfen sehen. In diesem Moment ist Miles kein Tänzer oder Geschäftsmann. Er ist ein verdammter Killer. Er sieht wahnsinnig aus, als er Rocco immer und immer wieder schlägt, wilde Schläge ohne jede Vorsicht, ohne einen Hauch von Zurückhaltung.

Rocco ist eine Schlange, aber Miles ist ein Löwe. Egal wie Rocco nach ihm schnappt, ihn beißt und kratzt, Miles antwortet mit doppelter Wut.

Ich fasse Mut und verstärke meine Bemühungen, mich von Jasper zu befreien. Ich drehe und schlage um mich, bis ich es schaffe, nach hinten zu greifen und ihm mit meiner Faust in die Eier zu schlagen.

Das ist es, was ihn schließlich dazu bringt, loszulassen. Ich kann mich gerade befreien, als Wade Dyer Ozzy mit einem heftigen Schlag trifft, der ihn auf den Boden zurückwirft.

Dax taumelt, als Chay ihm die Luft abschneidet. Wade stürmt auf Chay zu und schlägt ihr seitlich ins Gesicht, hart genug, dass sie den Halt verliert und zu Boden stürzt.

Sowohl Miles als auch Ozzy brüllen vor Empörung. Miles schleudert Rocco weg, während Ozzy hochstolpert und auf Wade losgeht. Miles trifft Dax zweimal ins Gesicht, was ausreicht, um ihn zu erledigen, da er immer noch benommen und keuchend von Chays Schwitzkasten ist. In der Zwischenzeit verprügelt Ozzy Wade mit einer bis dahin nicht gekannten Wut. Wade verpasst Ozzy einen Ellenbogenschlag ins Gesicht, bei dem Knochen auf Knochen kracht und seine Nase bricht.

Miles ist so wütend, dass er sich auf Wade stürzt und immer wieder auf ihn einschlägt.

Wades Gesicht ist blutüberströmt, aber trotzdem hört Miles nicht auf.

Miles scheint völlig verrückt geworden zu sein.

»Stopp!!!«, schreie ich, packe ihn an der Schulter und ziehe ihn zurück.

Miles versucht, sich loszureißen, seine blutigen Fäuste immer noch erhoben, aber ich greife sein Hemd und ziehe so stark, dass er rückwärts auf mich fällt.

Wades Augen leuchten geradezu dämonisch in seinem blutverschmierten Gesicht. Heulend wie ein Tier stürzt er sich auf Ozzy, der im Gras neben ihm herumtastet und Roccos Messer aufschnappt.

Wade springt auf Ozzy, und Ozzy schwingt das Messer.

»Nein!!!«, schreie ich.

Das Messer verschwindet in der Seite von Wades Hals.

Mein Schrei hallt noch nach, während sich absolute Stille über die Gruppe legt.

Rocco steht auf. Sein Blick ist starr auf Wade gerichtet und seine Miene völlig ausdruckslos.

Jasper ist mehrere Schritte zurückgewichen. Er steht allein da, eine skelettierte Hand auf seine blutende Lippe gepresst.

Dax ist halb bei Bewusstsein und weiß nicht, was vor sich geht.

Chay macht große Augen, beide Hände vor den Mund gepresst.

Ozzy erstarrt auf der Stelle, entsetzt über das, was er getan hat.

Und Miles sieht aus, als müsste er sich gleich übergeben.

»Nicht bewegen«, sagt Miles zu Wade. »Fass es nicht an …«

Wade runzelt verwirrt die Stirn, während seine Hand an der Seite seines Halses herumfummelt und seine Finger den Griff des Messers streifen.

Er macht einen taumelnden Schritt nach vorne. Er öffnet den Mund, um etwas zu sagen. Alles, was herauskommt, ist ein erstickter, gurgelnder Laut und eine riesige Menge Blut.

Dann sinkt er auf die Knie und kippt nach vorne, mit dem Gesicht nach unten ins Gras.

»Wir müssen Hilfe holen«, schreit Ozzy.

Doch wir wissen alle, dass es zu spät ist.

Kapitel 17

Miles

Ich bin im Gefängnisturm, in der Zelle neben Ozzy.

Rocco Prince ist auf meiner anderen Seite, Dax und Jasper in der Zelle neben ihm.

Die Mädchen werden nicht gemaßregelt. Alle Zeugen stimmen darin überein, dass sie nicht freiwillig an dem Kampf teilgenommen haben.

Für Rocco, Dax, Jasper und mich beträgt die Strafe sieben Tage ohne Essen und nur einen halben Liter Wasser.

Die Quälerei ist extrem. Mit dem Hunger könnte ich umgehen, aber der Durst ist eine ständige Tortur. Meine Lippen sind rissig und ausgedörrt. Mein Rachen und meine Zunge sind so geschwollen, dass ich kaum sprechen kann. Meine Haut ist körnig vom Salz.

Ich bin schmutzig. Wir haben kein zusätzliches Wasser, um uns zu waschen. Ich kann nicht schlafen, weil ich von kühlen, fließenden Wasserhähnen träume und keuchend aufwache.

Doch nichts davon ist vergleichbar mit der Angst, zu wissen, dass mein bester Freund hingerichtet werden soll.

Viele Regeln in Kingmakers können umgangen werden. Einige können sogar aufgehoben werden. Das einzige unwiderrufliche Gesetz ist die Regel der Vergeltung.

Auge um Auge. Zahn um Zahn. Tod um Tod.

Ozzy ist bereits verurteilt worden.

Morgen wird er sterben.

»Sieh dir den Sonnenuntergang an«, zischt Rocco aus seiner Zelle. »Es ist dein letzter.«

Ozzy antwortet nicht. Vor zwei Tagen hat er aufgehört zu reden.

Ich bin es, der antwortet: »Dafür werde ich dich verdammt noch mal umbringen, Rocco. Ich werde dir das Fleisch vom Leib reißen und dir die Augen ausstechen …«

Ich kann meine Drohung nicht beenden, weil meine Kehle zu trocken zum Sprechen ist. Es endet in einem kraftlosen Röcheln.

Wades Eltern sind heute Morgen angekommen. Ich sah ihr Schiff durch das winzige Fenster in meiner Zelle.

Seine Leiche haben sie nicht mit nach Hause genommen. Sie bleiben, um der Hinrichtung beizuwohnen.

Ich würde alles tun, alles, um Ozzy zu retten.

Ich habe versucht, einen Ausweg aus dieser Situation zu finden. Tag und Nacht habe ich mir das Hirn zermartert, bis ich im Delirium war.

Es gibt nichts, was ich tun kann.

Als unsere Zellen wieder dunkel werden, flüstere ich: »Es tut mir leid, Ozzy.«

Ich erwarte nicht, dass er antwortet.

Aber nach einer langen Pause sagt er: »Es ist nicht deine Schuld, Miles. Du hast aufgehört … ich nicht.«

Kapitel 18

Cat

Sie zwingen das ganze College, an der Hinrichtung teilzunehmen.

Ich will nicht hingehen.

Ich versuche, mich in den Toiletten des Untergeschosses zu verstecken, aber Saul Turner findet mich und sagt: »Du gehst besser nach oben. Der Dekan hat nicht gerade gute Laune.«

Als ich im alten Saal Platz nehme, weine ich bereits. Mein Innerstes brennt, und ich glaube, ich muss mich übergeben. Ich will Ozzy nicht sterben sehen.

Rocco, Dax, Jasper und Miles sind gezwungen, in der ersten Reihe zu sitzen, gefesselt an ihre Stühle. Sie sehen schäbig und verwahrlost aus, abgemagert von der Woche des Hungerns und mit starren Augen wegen des Wassermangels. Rocco sieht am wenigsten mitgenommen aus, obwohl sein Gesicht jetzt so mager ist, dass es fast völlig ausgezehrt erscheint. Miles sieht wie ein völlig anderer Mensch aus – keine Spur von seiner früheren Überheblichkeit. Er ist gezeichnet und gebrochen.

Zoe ist gespenstisch bleich. Ich glaube, sie hat diese Woche auch nichts gegessen. Sie stolpert und wäre beinahe hingefallen, als wir unsere Plätze einnehmen. Leo muss ihr helfen, sie zu stützen. Anna hat schon den Arm um Chay gelegt. Chay laufen Tränen über die Wangen, wie immer, wenn ich sie in den vergangenen Tagen gesehen habe. Ihre Arme sind wund, wo sie ihre Fingernägel in die Haut gegraben hat.

Eine starre Spannung durchzieht Leo, Ares und sogar Hedeon, als wollten sie einen Angriff starten -- Ozzy und Miles befreien, ihnen zur Flucht verhelfen.

Wir alle wissen, wie unmöglich das wäre. Selbst wenn wir die Professoren und das Personal, die Crew auf dem Gelände, die als Sicherheitsdienst fungiert, und den Dekan selbst überwältigen könnten – das wäre alles sinnlos. Jede Familie, die einen Studierenden auf dieses College schickt, unterschreibt einen Blutvertrag. Ozzys Urteil ist gefällt. Hundert Mafia-Familien würden dafür sorgen, dass es vollstreckt wird – an ihm und an jedem, der versucht, ihm zu helfen.

Die Stille im alten Saal ist erdrückend. Kein Flüstern, keine Bewegungen, kein Knarren der Stühle. Sobald die Studierenden Platz genommen haben, ist es mucksmäuschenstill.

Selbst die höhlenartige Feuerstelle hört man nicht, kein Feuer brennt auf dem Rost.

Die Banner der Gründerfamilien hängen schlaff herunter, kein Windhauch bewegt sie. Ich sehe zu diesen Bannern auf und hasse jedes einzelne. Ich hasse die grausame und unbarmherzige Macht, die sie repräsentieren. Ich hasse diese Art zu leben, in der wir zum Äußersten getrieben und dann bestraft werden, wenn wir die Grenzen überschreiten.

Luther Hugo sitzt in einem Stuhl mit hoher Lehne und blickt zu den Studierenden.

Er trägt einen schwarzen Anzug, sein langes, dunkles Haar ist glatt aus der Stirn gekämmt, und seine spitzen Brauen liegen wie umgekehrte Vs über den glitzernden, käferschwarzen Augen. Er starrt auf den Angeklagten und dann auf den Rest von uns, seine Augen durchbohren jeden

Studierenden der Reihe nach. In seinem Gesichtsausdruck ist keine Freude zu erkennen, aber auch kein Mitleid.

Ich frage mich, wie oft er das schon gemacht hat.

Mr. und Mrs. Dyer sitzen links von ihm. Wades Eltern sind so blond und schön wie ihr Sohn. Ich hasse sie auch und leide nicht mit ihnen mit. Sie haben einen Abschaum großgezogen. Selbst im Tod hat Wade nicht aufgehört, Menschen zu verletzen. Es ist seine Schuld, dass wir heute alle hier sitzen. Seine Schuld – und vor allem Roccos. Aber nur Ozzy wird den höchsten Preis bezahlen. Er wird sterben, um den Blutrausch der Dyers zu stillen.

Rechts neben dem Dekan sitzt eine einfache, dunkelhaarige Frau in einem blauen Kleid. Ihr Gesicht ist blass und nüchtern. Ich frage mich, ob sie vielleicht die Frau des Dekans ist – ich habe nie gehört, ob er verheiratet war. Sie ist mindestens zwanzig Jahre jünger als er. Das ist unter Mafiosi üblich. Meine Stiefmutter ist zweiundzwanzig Jahre jünger als mein Vater.

Die Professoren stehen am Rande des Saals Wache, zusammen mit einem Dutzend anderer Mitarbeiter von Kingmakers. Mir wird klar, wie dumm ich war, zu glauben, dass diese stämmigen Männer mit den steinernen Mienen nur für niedere Aufgaben wie den Bau des Hindernisparcours und die Pflege des Geländes hier wären. Jetzt sehe ich sie als das, was sie sind – Soldaten.

Selbst die Professoren in ihren dunklen Anzügen erinnern mich an ihre früheren Berufe als Söldner, Attentäter, Folterer und Kriminelle. Ich sehe keine Tränen in den Augen von Professor Lyon und auch nicht in denen von Professor Howell. Ich verfiel in die angenehme Vorstellung, dass dies meine Professoren wären, dass dies mein College wäre. Ich vergaß, warum ich überhaupt so viel Angst hatte, hierherzukommen.

Wenigstens blieb Miss Robin fern. Ich hätte es nicht ertragen können, sie so emotionslos dastehen zu sehen wie der Rest von ihnen.

Der Dekan erhebt sich mit einer einzigen schnellen, kraftvollen Bewegung. Bei all den beeindruckenden Leistungen, die ich von Leo, Ares und Miles gesehen habe, vergisst man leicht den Unterschied zwischen einem zwanzigjährigen und einem ausgewachsenen Mann. Die Macht, die nur durch lange Erfahrung entsteht – der Unterschied zwischen einem Sprössling und einer abgehärteten Eiche.

Der Dekan ist massiv, kräftig gebaut, die Falten in seinem Gesicht so tief wie Axthiebe. Seine Visage ist die eines alten Gottes, und er sagt mit donnernder Stimme: »Ein Student wurde auf unserem Gelände getötet. Wade Dyer starb durch die Hand von Ozzy Duncan. Unsere Gesetze sind einfach – ein Leben für ein Leben. Die Schuld ist entstanden. Jetzt muss sie beglichen werden.«

Seine Stimme hallt noch lange, nachdem er zu sprechen aufgehört hat, durch den Saal.

Die Gesichter meiner Kommilitonen sind erschüttert, betroffen, aber niemand wagt es, auch nur hörbar zu weinen. Nicht einmal ich.

Der Dekan nickt in Richtung der Doppeltüren am Ende des Ganges. Professor Holland und Professor Knox bewegen sich aus ihren militärischen Positionen und ziehen sie auf.

Ozzy wird von Professor Penmark in den Saal geführt, so angekettet, dass er kaum gehen kann. Sein Haar ist strähnig und ungewaschen, sein Gesicht so ausdruckslos wie das von Miles. Seine Hände sind hinter dem Rücken gefesselt, und die Ketten machen bei jedem Schritt ein schrecklich klirrendes Geräusch. Sein Weg scheint endlos zu sein – vielleicht bewegt er sich langsam, weil er weiß, dass diese Momente seine letzten sind.

Er trägt immer noch seine College-Uniform, schmutzig und zerfleddert. Irgendwie scheint mir das das Schrecklichste von allem zu sein – ein Symbol für sein Vertrauen in die Hochschule, die sich jetzt so gefühllos gegen ihn wendet.

Ich will ihn nicht ansehen, aber es scheint feige, mich abzuwenden. Sein Mund ist verschlossen, sein Blick starr auf den Boden vor ihm gerichtet. Er sieht keinen von uns an. Ich glaube, er versucht, in Würde zu sterben.

Professor Penmark zwingt Ozzy, vor uns zu knien, direkt vor der kalten, leeren Feuerstelle. Professor Lyons reicht dem Dekan ein langes, stählernes Messer, mit geschnitztem Griff und scharfer Klinge.

Mir wird flau im Magen.

Es ist barbarisch. Wahnsinnig. Ich kann nicht glauben, dass sie ihn ausbluten lassen wollen wie ein Schwein.

Ich erwarte, dass sie Ozzy ein paar letzte Worte sagen lassen, aber sein Mund bleibt fest verschlossen. Ich weiß nicht, ob das seine Entscheidung ist oder ob Mafiosi verpflichtet sind, bis zum Grab zu schweigen.

Die Köpfe von Dax und Jasper sind gesenkt, sie starren auf ihre Knie. Miles sieht Ozzy an und stemmt sich gegen seine Fesseln, so schwach und erschöpft er auch sein mag. Ich kann Roccos Gesicht nicht sehen – doch ich weiß ganz genau, dass er lächelt.

Der Dekan hält das Stahlmesser in der rechten Faust und prüft die Klinge mit dem Daumen.

Die Frau im blauen Kleid steht auf. Sie geht nach vorne und stellt sich in die Lücke zwischen dem Dekan und Ozzys kniender Gestalt. Sie sinkt zu Boden, nimmt Ozzys Kopf in ihre Hände und flüstert ihm etwas ins Ohr. Ozzys Kopf ruckt hoch. Er dreht sich um und sieht in ihr Gesicht, erschrocken und entsetzt.

Ozzy hatte die Frau nicht gesehen, so sehr war er darauf fixiert, geradeaus zu gehen. Der Ausdruck der Angst in seinem Gesicht verrät mir, wer sie ist. Nicht die Frau des Dekans, es muss Ozzys Mutter sein.

»Nein!!! Neeeeeiiiiiin!!!«, schreit Ozzy, als Professor Penmark ihn an den Schultern packt und zurückschleift.

Jetzt kniet Mrs. Duncan mit geradem Rücken und entschlossener Miene an seinem Platz. Ruhig streicht sie sich das dunkle Haar aus dem Gesicht und legt die Handflächen flach auf die Oberschenkel.

»Neiiiin!!!«, brüllt Ozzy mit zerreißender Stimme.

Bevor ich ganz begreife, was passiert, packt der Dekan die Haare von Mrs. Duncan und zieht ihren Kopf zurück. Er setzt die stählerne Klinge an ihre bleiche Kehle und zieht sie mit einem schnellen Schnitt durch. Ein Spalt öffnet sich wie ein grinsender Mund. Blut fließt vorne an ihrem Kleid herunter, dunkel wie Wein. Ozzys Mutter gibt keinen Laut von sich. Sie stirbt stumm, sinkt zu Boden.

Mehrere Studierende kreischen, und andere schreien vor Empörung.

Chay wird ohnmächtig und fällt so schnell nach vorne, dass Anna gerade noch Zeit hat, sie aufzufangen, ehe ihr Kopf auf den Stuhl vor ihr schlägt.

Mein Magen zieht sich zusammen. Ich muss mir beide Hände vor den Mund halten und den Kopf zur Seite drehen, um den Anblick der reglosen Gestalt am Boden zu vermeiden.

Ich sehe Dean Yenin hinter mir sitzen. Sein Gesicht ist totenbleich, die Augen weit aufgerissen. Er sieht aus wie von einem Stromschlag getroffen.

Ozzy schreit immer noch. Er hat nicht aufgehört, obwohl seine Stimme zu einem heiseren Röcheln übergegangen ist.

Professor Penmark hebt Mrs. Duncans schlaffe Hand an und prüft ihr Handgelenk auf einen Puls. Er nickt dem Dekan zu, um zu bestätigen, was wir alle mit grausiger Klarheit sehen können.

Der Dekan steht den Dyers gegenüber. Mit kalter Förmlichkeit verkündet er: »Die Schuld ist beglichen.«

Die Dyers stehen auf. Mrs. Dyer schaut auf den Leichnam von Mrs. Duncan hinunter, auf die Blutspur, die sich noch immer auf dem polierten Boden ausbreitet. Ihre Oberlippe zuckt, und sie wendet sich ab, ohne auch nur einen Blick für den schluchzenden Ozzy übrig zu haben.

Der Dekan hebt die Hand, um uns zu entlassen.

Das Poltern der aufstehenden Studierenden höre ich kaum, denn ich bin betäubt von meinem eigenen Herzschlag, der in meinen Ohren pocht. Ich fühle mich gefangen, eingeklemmt von der Masse an Körpern, die langsam nach draußen strömen. Nachdem ich mich durchgeschoben habe, stürme ich aus dem alten Saal über die schmale Rasenfläche und laufe zu den Toiletten im Wehrturm. Dann stolpere ich in die nächstgelegene Kabine, falle auf die Knie und erbreche mich in die Toilette. Ich höre mindestens zwei andere Studierende, die das Gleiche tun.

Am liebsten würde ich mich für immer hier drin verstecken.

Ich kann nicht wieder hinausgehen. Heute Abend kann ich nicht zum Essen in die Mensa gehen und heute Nacht nicht in meinem Bett schlafen. Ich kann morgen nicht in den Unterricht zurückkehren, um wie gewohnt zu lernen und zu üben.

Es ist mir unbegreiflich, wie Menschen an diesem Wahnsinn teilnehmen können und dann ganz normal weitermachen, als wäre nichts passiert.

Doch nach einigen Minuten auf den kalten Fliesen kniend, stehe ich auf und gehe zum Waschbecken, um mir Wasser ins Gesicht zu spritzen.

Und dann verlasse ich das Bad, immer noch in der Lage, zu stehen, immer noch in der Lage, mich zu bewegen. Schwebend in diesem seltsamen, gefühllosen Zustand.

Ich will nicht mehr hier sein. Ich möchte diesen Ort verlassen.

Aber wohin sollte ich gehen? Ich hasse mein Zuhause genauso.

Ich wandere wie benommen den Flur entlang.

Als ich an der Tür zur Jungentoilette vorbeigehe, höre ich ein Geräusch, das den Nebel durchbricht.

Schluchzen. Verzweifeltes, gequältes Schluchzen.

Ein Junge weint, heftiger, als ich es je zuvor gehört habe.

Er weint so stark, dass es scheint, als würde es ihn umbringen.

Ich höre zu und denke: *Gott sei Dank, jemand versteht das. Jemand hat gespürt, wie furchtbar das war, wie unerträglich.*

Sein Kummer ist mein Kummer. Tatsächlich ist sein Kummer sogar noch schlimmer.

Ich kann die Tiefe seines Schmerzes hören, der meinen eigenen in den Schatten stellt. Es ist ein privates, einsames Geräusch, und doch fühle ich den Zwang, ihn zu trösten.

Ich schiebe die Tür auf und gehe hinein.

Ich bahne mir einen Weg durch das Labyrinth aus Waschbecken und Kabinen, Schränken und Ablagen. Der Junge ist in der hintersten Ecke des Raumes, sein widerhallendes Schluchzen macht es schwer, ihn zu finden.

Mein Kopf pocht, und ich kann kaum geradeaus sehen.

Trotzdem werde ich weitergetrieben, hilflos zu dem Jungen gezogen.

Vielleicht bin ich nicht hier, um ihn zu trösten. Vielleicht will ich selbst Trost.

Endlich finde ich ihn. Ganz allein hat er sich über dem letzten Waschbecken zusammengekauert und das Gesicht in den Armen vergraben. Seine Schultern zittern, während er weint, als würde es ihm das Herz zerreißen. Ich nehme seine hochgewachsene, schlanke Gestalt und sein weißblondes Haar kaum wahr. Unbemerkt trete ich hinter ihn und lege ihm die Hand auf die Schulter.

Er wirbelt herum, die Trauer verwandelt sich im Nu in Wut.

Ich habe einen schrecklichen Fehler gemacht.

Das ist kein Junge – das ist Dean Yenin.

Und er sieht aus, als sei er bereit, mir mit seinen Zähnen die Halsschlagader herauszureißen.

Sein Gesicht ist nass von Tränen. Er weiß, dass ich es sehe. Er weiß, dass ich ihn weinen gehört habe.

Er packt mich an der Kehle und schleudert mich gegen die Wand. Mein Kopf schlägt gegen die Fliesen.

Seine Faust zieht sich zurück. Ich erhasche einen flüchtigen Blick auf geprellte und geschwollene Knöchel, bevor er sie direkt auf mein Gesicht richtet.

Ich schreie und schließe fest die Augen.

Ich höre das Zerbersten von Fliesen, als seine Faust gegen die Wand neben meinem Ohr schlägt.

Als ich die Augen öffne, bereue ich es sofort, denn Deans Gesicht ist direkt an meinem, und er hat seine Nase an meine Wange gedrückt. Mit loderndem Blick zischt er: »Wenn du das irgendjemandem erzählst … *egal wem* … bringe ich dich verdammt noch mal um.«

Dean lässt meinen Hals so abrupt los, dass ich auf den kalten Boden falle. Ein Stück der zerbrochenen Fliese hat meine Wange geschnitten – ein Blutstropfen fällt von meinem Gesicht auf den Boden und hebt sich rot vom weißen Marmor ab.

Als ich aufschaue, ist Dean verschwunden.

Ich knie eine ganze Weile dort und zittere hilflos.

Kapitel 19

Zoe

Ich habe versucht, Ozzy und Miles zu besuchen, während sie im Gefängnisturm eingesperrt waren, aber es war niemandem erlaubt, hineinzugehen, und sie durften keine Nachrichten empfangen.

Der Dekan verhörte Chay und mich. Wir erzählten ihm alles, was Rocco seit der allerersten Schulwoche getan hatte. Es spielte keine Rolle. Alles, was sie interessierte, war der Tod von Wade.

Die Schuld erstickt mich, erdrückt mich.

Ich kann mich nicht einmal bei Ozzy entschuldigen, weil er mit der Leiche seiner Mutter nach Tasmanien zurückgekehrt ist, und er wird nicht mehr nach Kingmakers kommen.

Ich schreibe ihm Briefe. Seinem Vater ebenfalls.

Er hat nicht geantwortet. Was ich auch gar nicht erwarte.

Er hat bereits gesagt, was er sagen wollte – in einer Notiz, die er auf Miles' Bett hinterlassen hat, adressiert an uns beide:

Es ist nicht eure Schuld. Passt auf euch auf!

Weder Miles noch ich glauben es.

Es ist unsere Schuld.

Wir wollten das haben, was uns verboten wurde.

Die Stimmung in Kingmakers ist in den Wochen nach dem Tod von Mrs. Duncan düster und dunkel. Keiner der Studierenden hatte zuvor eine Hinrichtung miterlebt. Wir alle kannten die Regeln, aber die Realität war weit weg. Jetzt liegt sie direkt vor uns. Spaß und Spiel sind zu Ende.

Die Leute tuscheln, wenn ich vorbeigehe. Sie starren mich an.

Ich fühle mich, als ob ich verflucht wäre.

Jeder, der versucht, mir zu helfen, ist ebenfalls verflucht.

Ich habe Angst, in der Nähe von irgendjemandem zu sein, sogar von Anna und Chay und Cat. Besonders von Cat.

Nun, da Rocco Miles so erfolgreich verwundet hat, indem er ihn beschämt und ihm seinen besten Freund genommen hat, kann ich nicht anders, als zu befürchten, dass er Cat als Nächstes angreift. Er will mich von allen isolieren, die ich liebe. Er will mir keine Hilfe oder Unterstützung durch meine Freunde gestatten.

Außerdem hat er wieder angefangen, mir zu folgen. Er beobachtet mich überall, wo ich hingehe. Ständig starrt er mich an. Immer lächelnd.

Chay ist am Boden zerstört über das, was mit Ozzy passiert ist, und noch unglücklicher darüber, dass er weg ist. Sie hat ihn angefleht, am College zu bleiben oder wenigstens im Herbst wiederzukommen, aber er hat sich geweigert.

Seit er weg ist, ist sie in eine tiefe Depression verfallen. Völlig ungeschminkt, mit verheddertem Dutt und roten Augen stolpert sie in den Unterricht – ein Zustand, in dem ich sie noch nie zuvor gesehen habe.

Sie hat einen Hass auf Rocco entwickelt, der meinen eigenen fast noch übertrifft. Sie mochte ihn noch nie, aber jetzt hegt sie eine brennende Wut, die mir Angst macht, weil ich befürchte, dass sie impulsiv handeln könnte, wenn sie die Chance dazu bekommt.

Rocco ist eine von mir entfesselte Plage.

Es gibt nur einen Weg, sie einzudämmen.

Zwei Wochen nachdem Ozzy gegangen ist, besuche ich Miles in seinem halb leeren Schlafsaal. Sobald er mein Gesicht sieht, weiß er, warum ich gekommen bin.

»Nicht«, fleht er mich an. »Sag es nicht.«

»Ich muss es tun.«

Ich habe mir geschworen, nicht zu weinen, doch etwas Heißes und Nasses läuft bereits an beiden Seiten meines Gesichts herunter.

»Ich kann dich nicht mehr sehen«, sage ich.

Miles sieht mich an. Er ist immer noch dünn von seiner Woche im Gefängnisturm. Ich bezweifle, dass er seitdem etwas gegessen hat. Schatten verdunkeln seine Augen und die Vertiefungen seiner Wangen. Seine grauen Augen wirken groß und dunkel. Adern zeichnen sich auf seinen Armen und Handrücken ab.

Und doch ist er wunderschön. So verdammt schön.

Er ist schön, wenn er traurig ist und wenn er Angst hat. Wenn er glücklich ist oder wenn er wütend ist. Er ist ein Diamant mit hundert Facetten. Jede einzelne ist für mich rein und perfekt.

Aber er gehört nicht zu mir, und das hat er auch nie.

Ich war nie dazu bestimmt, einen solchen Schatz zu haben.

»Ich werde Rocco am Ende des Studienjahrs heiraten«, sage ich. »Es hat keinen Sinn, es noch länger aufzuschieben. Sonst macht er euch allen nur das Leben schwer.«

»Das kann ich nicht zulassen«, sagt Miles leise.

»Dir bleibt nichts anderes übrig«, entgegne ich. »Es gab nie eine Wahl, für keinen von uns.«

Miles sieht mich an, wie er es immer tut, fixiert und intensiv, und nimmt jeden Teil von mir in sich auf.

»Ich habe dir ein Versprechen gegeben«, sagt er.

»Es war ein unmögliches Versprechen. Ich weiß, du hättest es gehalten, wenn du könntest.«

Er sieht mich an. Dann steht er mit einer schnellen Bewegung von seinem Bett auf und kommt zu mir. Ich glaube, er will mich küssen, und ich weiß nicht, wie ich die Kraft finden soll, ihn wegzuschieben.

Stattdessen nimmt er meine Hand und hebt sie an seine Lippen.

Er sieht mir in die Augen, seinen Mund auf meine Fingerknöchel gepresst. Seine Berührung sagt mir deutlicher, als alle Worte es je könnten, dass er mich liebt, dass er mich immer lieben wird.

Und ich liebe ihn. Ich liebe ihn und Cat und Chay und Anna, Ozzy und Leo und Hedeon auch.

Deshalb darf ich nicht länger egoistisch sein.

Ich verlasse Miles' Zimmer mit der Absicht, nie wieder zurückzukehren.

Kapitel 20

Miles

Im Gefängnisturm hatte ich viel Zeit zum Nachdenken.

Noch länger in den Wochen danach, als Ozzy weg und ich allein auf meinem Zimmer war.

Was mir klar wurde, ist Folgendes:

Wenn Zoe nicht gewesen wäre, wäre es *meine* Mutter gewesen, die hingerichtet worden wäre.

In dieser Nacht war ich wütend.

Ich wollte Wade, Jasper, Dax und vor allem Rocco töten.

Sie haben uns bedrängt und angegriffen und dabei jede verdammte Grenze überschritten. In diesem Kampf, als Zoe in Gefahr war und Chay und Ozzy verletzt waren, verlor ich die Kontrolle. Ich hätte jeden einzelnen von ihnen töten können.

Es war Zoe, die schrie, ich solle aufhören.

Sie war diejenige, die mich zurückholte. Die einzige Person, die mich in diesem Moment zur Vernunft bringen konnte.

Ozzy hat den tödlichen Schlag ausgeführt.

Aber es hätte genauso gut ich sein können.

Dann wäre es *meine* Mutter gewesen, die ihr Leben gegeben hätte, die die Strafe auf sich genommen hätte, die die Schuld bezahlt hätte. Ich weiß, sie hätte es getan, ohne zu zögern. Genau wie Ozzys Mutter.

Es hätte mich umgebracht. Es hätte meine Seele vergiftet.

Trotz aller Schuldgefühle und des Entsetzens über das, was mit Mrs. Duncan passiert ist, ist eines sicher: Ich brauche Zoe. Ich brauche sie, verdammt noch mal! Ich bin nicht gut ohne sie.

Zoe bringt das Beste in mir zum Vorschein. Sie macht mich klüger, stärker, entschlossener. Und vor allem hält sie den dunklen und rücksichtslosen Teil von mir zurück.

Sie ist mein Ruder, meine Führung.

Ich kann nicht ohne sie fliegen, sonst stürze ich ab und verbrenne, ich weiß es.

Und ich liebe sie, verdammt noch mal! Das ist der wichtigste Teil von allem. Ich mag sie, ich liebe sie, ich bewundere sie, ich bete sie an. Ich überlasse sie nicht den Qualen von Rocco. Das hat sie nicht verdient. Es ist mir egal, was es kostet, sie zu retten, oder was ich riskieren muss.

Es war kein Fehler, sich Rocco entgegenzustellen. Mein Fehler war, die Sache zu lange auf sich beruhen zu lassen.

Ich muss es beenden. Jetzt gleich.

Als Zoe also mein Zimmer verlässt, warte ich weniger als eine Minute, bevor ich mich an die Arbeit mache.

Kein Planen mehr. Es ist Zeit zu handeln.

Das Erste, was ich mache, ist, Ozzy anzurufen.

Ich erwarte nicht, dass er beim ersten Versuch abhebt, aber zu meiner Überraschung antwortet er fast sofort.

»Wenn es eine weitere Entschuldigung ist, will ich sie nicht hören«, sagt er. »Ich ersticke verdammt noch mal an meinen Schuldgefühlen, ich kann nicht damit umgehen, dass du dich auch noch darin suhlst.«

»Wie geht es dir?«, frage ich ihn. »Wie geht es deinem Vater?«

»Er ist ein totaler Chaot. Er will den Dekan töten. Meine Onkel mussten ihn fesseln. Wortwörtlich.«

»Er wusste nicht …«

»Nein. Meine Mutter hat den Brief vom College bekommen. Sie hat ihn vor ihm versteckt. Er wusste nicht mal, dass sie Tasmanien verlassen hatte, bis … na ja. Darüber brauchen wir nicht zu reden. Es genügt zu sagen, dass wir in einem verdammt beschissenen Zustand sind. Aber wir überleben.«

»Es tut mir so, so leid, Ozzy.«

Er macht einen langen Atemzug mit einer Pause in der Mitte.

»Ich weiß, Kumpel. Ich weiß, dass es das tut. Es tut mir leid, es tut dir leid. Wir haben uns zusammen in einen Schlamassel gebracht, aber ich war es, der zum Messer griff. Also spar dir das, verdammt noch mal! Ich kann nicht über sollte und würde nachdenken, sonst werde ich wahnsinnig. Das hätte sie nicht gewollt.«

Seine Stimme bricht nun vollständig.

Ich habe Mrs. Duncan nie getroffen. Ozzy besuchte mich in Chicago, und wir hatten geplant, dass ich diesen oder nächsten Sommer nach Tasmanien komme. Aber das wird jetzt nicht mehr passieren.

Ich habe nicht einmal mit ihr gesprochen. Trotzdem habe ich das Gefühl, sie zu kennen, weil Ozzy ständig von seinen Eltern sprach.

Ich wusste, dass Mr. Duncan einen illegalen Bergbau betrieb und auch mit Schwarzmarktmetallen und Steinen handelte. Er stammte aus einer kriminellen Familie, die sich bis in die Zeit zurückverfolgen ließ, als Tasmanien noch Van Diemen's Land war, und davor bis zu den professionellen Kleinganoven in London.

Mrs. Duncan war die Tochter des Gouverneurs. Sie sang im Kirchenchor. Sie sollte nicht einmal denselben Flur wie Mr. Duncan entlanggehen, als sie Teenager waren und dieselbe Schule besuchten.

Dennoch haben sie sich verliebt.

Ozzy war das Ergebnis.

Sie heirateten jung und blieben zusammen, glücklich nach allen Aussagen von Ozzy.

Er sagte, seine Mutter sei lustig und lebensfroh gewesen. Dass sie Ozzy und seinen Vater mit in die Kirche schleppte, aber auch, dass sie Würfelspiele und Schießen liebte. Sie hatte keine Ahnung von Technik, aber sie kaufte Ozzy seine erste Spielkonsole.

Da ich über all diese Dinge im Bilde bin, weiß ich, dass sie ein guter Mensch war. Ich weiß, was Ozzy und sein Vater verloren haben. Ich hatte gesehen, wie sie Ozzys Gesicht mit Zärtlichkeit in ihre Hände nahm, ohne eine Sekunde zu zögern, als sie ihr Leben anstelle des seinen anbot.

»Was hat sie zu dir gesagt?«

Ich habe kein Recht, das zu fragen, aber ich möchte es trotzdem wissen.

»Sie sagte: ›Ich liebe dich, Junge. Keine weitere Gewalt mehr für dies hier. Mach glücklich und stark weiter.‹« Ozzy hält inne und schluckt. »Sie wollte nicht, dass ich versuche, Rache zu nehmen. Aber ich weiß nicht, ob ich das tun kann. In fünf, zehn Jahren … wenn es keinen Zusammenhang mehr gibt, wenn sich außer mir niemand mehr daran erinnert … werde ich sie umbringen. Rocco, Jasper, Dax.«

»Wenn du das willst, werde ich dir helfen«, verspreche ich ihm. »Was auch immer du vorhast … Ich bin da.«

»Ich hatte gehofft, dass du das sagen würdest«, antwortet Ozzy leise.

»Jetzt hätte ich gern eine Portion Vergeltung«, sage ich. »An Rocco. Auch wenn ich zugeben muss, dass das eigennützig ist …«

»Du willst ihm Zoe wegnehmen. Du willst den Plan durchziehen.«

Ozzy weiß es schon. Er hat damit gerechnet.

»Ja. Ich will es sofort machen. Wie lange braucht der Server, um bereit zu sein?«

»Ich habe ihn gestern fertiggestellt.«

»Wie? Du hattest doch noch gar nicht daran gearbeitet …«

»Ich wusste, du würdest anrufen. Eher früher als später. Und ich brauchte die Ablenkung.«

»Du bist einverstanden damit, dass ich weitermache?«

»Natürlich bin ich das. Wenn du es nicht tust, bekommt er, was er will.«

Nun bin ich an der Reihe und spüre, wie meine Kehle zu sehr anschwillt, um zu sprechen. Ich schaffe es kaum: »Danke, Mann. Ernsthaft. Ich kann dir nicht sagen …«

»Nein, das kannst du nicht, also versuch es erst gar nicht. Das ist eine wunderschöne Arbeit. Die bisher beste von mir.«

Nachdem ich den Anruf beendet habe, krame ich meine Liste mit sehr schwer zugänglichen Kontakten hervor. Männer, deren persönliche Handynummern nur fünf oder sechs Menschen auf der Welt kennen – manchmal nicht einmal ihre Ehefrauen.

Wenn man so eine Nummer anruft, bekommt man immer eine Antwort.

Ich rufe zwei solcher Männer an. Und ich vereinbare zwei Treffen für die gleiche Zeit morgen Abend.

Beide Parteien wollen zuerst nicht teilnehmen. Ich muss all meine Überzeugungskraft einsetzen. Ich muss aggressive Versprechungen machen, die katastrophale Folgen nach sich ziehen, wenn ich sie nicht einhalte.

Schließlich stimmen sie zu.

Jetzt habe ich zwei weitere Probleme zu lösen, und ich glaube, dass nur eine einzige Person mir dabei helfen kann.

Ich muss meinen neuen besten Freund finden, Ares Cirillo.

* * *

Es überrascht mich nicht, dass ich ihn auf der zweiten Ebene des Bibliotheksturms aufspüre. Zum Glück ist Zoe nicht bei ihm. Er sitzt ganz allein an einem großen Tisch, der angesichts seiner kräftigen Statur klein wirkt. Das ganze Jahr über hat er sich die Haare nicht geschnitten – sie hängen struppig um sein Gesicht, während er sich über sein Papier beugt. Alles mit der Hand zu schreiben, ist ein verdammter Albtraum in Kingmakers, besonders, wenn man eine Hand von der Größe eines Topfhandschuhs hat wie Ares. Ich kann kaum den Radiergummi am Ende des Stifts sehen.

»Ich wusste, dass ich dich hier finden würde«, sage ich und lasse mich auf den Sitz direkt neben ihm fallen.

Ares blickt auf, erschrocken und misstrauisch.

Ares war schon immer etwas nervös in meiner Nähe. Ich glaube nicht, dass er mir jemals ganz vertraut hat. Was zeigt, dass er wirklich intelligent ist.

»Hallo, Miles«, sagt er mit seiner tiefen Stimme. »Das mit deinem Freund tut mir echt leid. Ich mochte Ozzy.«

»Ich auch. Er ist aber nicht derjenige, der tot ist, er ist nur nach Hause gegangen, also kannst du die Gegenwartsform verwenden.«

»Tut mir leid«, sagt Ares wieder und zuckt mit den Schultern. »Ich meinte bloß … na ja, du weißt schon.«

Jetzt ist er noch mehr aus dem Gleichgewicht – was, wie ich denke, gut für mich ist. Ich will, dass er sich schuldig fühlt.

»Ozzy und ich arbeiteten an einem Projekt. Etwas, das wir an die Princes und die Romeros verkaufen wollen. Etwas, um Zoe zu helfen. Du willst das auch, nicht wahr, Ares? Du willst Zoe helfen? Ihr seid gute Freunde, nicht wahr?«

Ares verrutscht in seinem Sitz und blickt mich schuldbewusst an.

»Wir sind *nur* Freunde«, sagt er. »Ich hoffe, das ist klar. Wir haben nie …«

»Natürlich«, sage ich und klopfe ihm ein wenig zu fest auf die Schulter. »Ihr seid nur Kumpels.«

»Richtig.«

»*Genau*. Jedenfalls stimmst du zu, dass Zoe ein verdammter Schatz ist, den Rocco Prince nicht verdient hat. Also bin ich sicher, dass du alles tun wirst, um ihr zu helfen.«

Ares starrt mich mit seinen babyblauen Augen an. Er ist kein Regelverstoßer, also glaube ich nicht, dass ihm der nächste Teil gefallen wird.

»Was genau soll ich denn tun?«, fragt er.

»Nichts allzu Aufwendiges. Zuerst müsstest du mir die Kontaktinformationen von der Malina besorgen.«

Ares' Kopf macht einen krampfhaften Ruck. Das ist ungefähr die Reaktion, die ich erwartet habe, als ich die ukrainische Mafia erwähnte.

»Wie kommst du darauf, dass ich …«

»Ich weiß, dass deine Familie Bratwa-Verbindungen in St. Petersburg hat.«

»Was meinst du …«

»Ares, du weißt, dass ich alles weiß. Also lass den Scheiß. Dein Vater ist nicht mehr aktiv, hat aber noch Beziehungen und kann mir sicher die Nummer besorgen. Ruf ihn an, ich habe ein Telefon hier. Du musst nicht mal bis Sonntag warten.«

Ares starrt mich an, die Lippen fest aufeinandergepresst.

Nach einem Moment sagt er: »Ich könnte ihn fragen. Aber ich glaube, du machst einen Fehler.«

»Warum?«

»Du willst keine Geschäfte mit der Malina machen.«

»Ich weiß, was sie sind.«

»Du hast keine Ahnung. Was immer du denkst, sie sind zehnmal schlimmer. Sie haben keine Ehre, überhaupt nichts davon. Die Machenschaften, die sie anwenden, sind mehrere moralische Ebenen unter dem, was du dir vorstellen kannst.«

»Sie werden nur einen begrenzten Teil des Plans ausmachen. Ich habe die Risiken bedacht. Danke für deine Besorgnis«, sage ich Ares mit Nachdruck.

Ich muss die Malina benutzen, es gibt keine andere Wahl. Es hat also keinen Sinn, darüber zu streiten. Sie sind die Einzigen, die perfekt für alles geeignet sind, was ich brauche.

»Was ist die zweite Sache?«, fragt Ares. Seine Arme sind nun über der breiten Brust verschränkt, und ich merke, dass er noch weniger begeistert wirkt über das, was jetzt kommen könnte.

»Das hier ist noch einfacher«, sage ich. »Du musst bloß ein Boot fahren.«

Ares runzelt die Stirn. »Welches Boot?«

»Eines, um von dieser Insel zu kommen.«

Jetzt ist sein Gesichtsausdruck nicht mehr nur ein Stirnrunzeln, sondern eine absolute Verneinung.

»Nein«, sagt Ares. »Das kann ich nicht tun.«

»Warum nicht? Ich weiß, dass du segeln kannst.«

»Ich werde das nicht tun. Wir könnten vom College verwiesen werden.«

»Was kümmert dich das? Du willst doch gar nicht in ein kriminelles Unternehmen.«

»Das ist mir egal. Ich will meinen Abschluss machen. Es ist wichtig für meine Familie.«

»Du wirst nicht verwiesen. Denn wir werden nicht erwischt. Wir werden eines Nachts abfahren und am Morgen wieder zurück sein, niemand wird uns vermissen.«

»Das kannst du unmöglich garantieren. Und außerdem, mit welchem Boot willst du das …« Er bricht ab, als es ihm klar wird. »Nein«, fährt er fort und schüttelt noch heftiger den Kopf, »auf keinen Fall. Woher weißt du das überhaupt?«

»Woher weißt *du* das?«, frage ich, noch neugieriger geworden. Ares scheint nicht der Typ zu sein, der das geheime ultraschnelle, verdammt schicke Schnellboot des Dekans entdecken könnte.

»Einer der Professoren hat es mir erzählt«, murmelt Ares.

»Nun, das wird dem Dekan nicht gefallen. Aber er wird einen großen Kratzer an der Seite seines Bootes noch weniger mögen, also fährst du mich besser. Ich weiß bereits, wo er die Schlüssel aufbewahrt. Ich brauche bloß einen Chauffeur ...«

Ich weiß, dass Ares es nicht tun will. Ganz und gar nicht.

In der Tat, er hat Angst. Denn Ares ist ein guter Junge, der die Regeln befolgt. So wie Zoe es früher tat.

Pech für Ares, dass ich einen sehr verderblichen Einfluss habe.

Ich lege ihm wieder die Hand auf die Schulter und drücke fest zu. Dann beuge ich mich vor und sehe Ares direkt in die Augen.

»Ich habe einen sehr engen Zeitplan und keine Zeit für Tauschgeschäfte. Hier ist also eine noch nie da gewesene Gelegenheit für Großzügigkeit. Ein Maß an Großzügigkeit, das ich vielleicht nie wieder in meinem Leben haben werde. Sag mir, was es ist, Ares. Nenn mir deinen Preis.«

Ares sieht mich aufmerksam an und stellt stille Überlegungen an, die ich nur erahnen kann.

Ich warte und warte, denn ich weiß, dass es besser ist, eine aufkeimende Antwort nicht zu unterbrechen.

Schließlich antwortet er. »Einen Gefallen«, sagt er.

»Welchen?«

»Das ist der Knackpunkt. Einen Gefallen meiner Wahl, der zu einem Zeitpunkt meiner Wahl bestimmt wird. In der Zukunft. Aber das Versprechen kommt jetzt.«

»Gibt es eine Grenze für diesen Gefallen? Du wirst mich doch nicht um mein Erstgeborenes mit Zoe bitten?«

Ares erlaubt sich ein kleines Lächeln. »Nein«, sagt er. »Nichts, was Zoe traurig machen würde.«

»Dann bin ich einverstanden. Jeden verdammten Gefallen, zu jeder Zeit, das verspreche ich dir.«

»Also gut.« Er streckt mir die Hand hin, um den Deal nun und für immer zu besiegeln. »Ich werde es tun.«

Es ist so schwer, den Seufzer der Erleichterung nicht auszustoßen, der in meiner Brust eingeschlossen ist.

»Ausgezeichnet«, sage ich und schüttle ihm die Hand. »Perfekt. Lass uns deinen Vater anrufen.«

***

Ares und ich werden das Boot des Dekans stehlen müssen.

Er hält es in einer privaten Koje in den Höhlen direkt unter Kingmakers verschlossen. Man kann es nicht von der Landseite aus erreichen – man muss sich selbst unter die Gebäude begeben.

Kingmakers erstreckt sich über mehrere Ebenen im Untergrund.

Jeder weiß über das Untergeschoss und den Wasserpool unter der Waffenkammer Bescheid. Jeder weiß von den Archiven unter der Bibliothek, obwohl nur Miss Robin und ihre Helfer Zugang haben.

Aber das ist weniger als die Hälfte des Geländes unter dem College.

Ich entdeckte die Tunnel in meinem ersten Jahr. Es dauerte Monate, bis ich Zugang zu einem der Generalschlüssel bekam, und weitere Monate, um eine Kopie zu machen. Außer Luther Hugo haben nur zwei Professoren und einer von der Bodencrew Zugang. Und jetzt auch ich.

Ich breche in das Büro des Dekans ein, um die Schlüssel für sein Boot zu stehlen. Das Schloss an seiner Tür zu knacken, ist einfach, aber den Mut zu haben, seinen persönlichen Raum zu betreten, ist schwierig. Sobald ich einen Fuß über die Schwelle setze, schlägt mir der Geruch von Zigarrenrauch und teurem Aftershave entgegen, der Geruch von Metall und Leder, und ich gebe zu, ich möchte mich umdrehen und weglaufen.

Trotz aller Regelverstöße, die ich am College begehe, ist Luther Hugo niemand, mit dem ich mich anlegen möchte. Ich habe mich immer bewusst von ihm ferngehalten. Wade Dyers Tod war der erste Anlass, der uns zwang, von Angesicht zu Angesicht zu sprechen.

An diesem Tag war ich bereits die Stufen des Gefängnisturms hinaufgeschleppt und in eine Zelle geworfen worden, sodass ich in diesem Büro noch nie zuvor war.

Ich bin in der obersten Etage des Wehrturms. Reiches, dunkles Holz mit Verzierungen bedeckt die Wände und die Decke. Eine Fensterreihe an der gegenüberliegenden Wand bietet einen Blick auf das Burggelände. Ich bin verblüfft, wie weit man schauen, wie viel der Dekan von hier oben beobachten kann. Die gegenüberliegenden Fenster blicken direkt über die Klippen auf das darunterliegende Meer.

Die Wellen schlagen gegen die Felsen. Man sollte meinen, dass es auf dieser Seite keinen Ausgang gibt – schließlich muss das große Schiff, das alle Studierende auf die Insel bringt, auf die Leeseite der Insel ausweichen, um in den geschützten Hafen zu gelangen. Doch das Schiff des Dekans ist kein Segelschiff, sondern eine Sportjacht, die wie ein Geschoss geformt ist und fast jeden Wellengang durchdringen kann.

Ich bin mir ziemlich sicher, dass er seine Schlüssel hier drin aufbewahrt, denn das eine Mal, als er die Insel spät in der Nacht verließ, machte er zuerst einen kurzen Halt in seinem Büro.

Eigentlich hätte ich in der Spionageabteilung sein sollen wie Cat. Ich habe den Dekan oft genug aus der Ferne beobachtet. Er ist eine seltsame Figur für mich. Sehr wohlhabend wie alle Hugos. Und doch blieb er die meiste Zeit am College, heiratete nie, zeugte keine Kinder, leitete seine Geschäfte aus der Ferne.

Vielleicht gefällt ihm die Macht, das College zu kontrollieren und die nächste Generation der Mafia zu formen. Dennoch ist es eine ungewöhnliche Berufung für einen Mann, der einst als Vollstrecker bekannt war.

Er könnte Vergeltung für all seine Taten fürchten. Die Insel ist ein guter Ort für den vorzeitigen Ruhestand – ruhig und schwer angreifbar.

Er hat immer noch seinen ganzen Luxus um sich herum. Das Büro ist vollgestopft mit Büchern, Zeitungen, Zigarren, Cognac, einem Bärenfell und einer Kiste mit ungeöffneten Trüffeln. Auch die Bekannten des Dekans leisten ihm Gesellschaft in Form von gerahmten Fotos an jeder Wand.

Ich überfliege sie mit einem Blick – neugierig, aber wissend, dass ich keine Zeit habe, so herumzuschnüffeln, wie ich es gern tun würde. Ich erkenne Politiker und Berühmtheiten, aber auch bekannte Mafiosi. In der zivilen Welt sind die Hugos für ihre Wohltätigkeit und ihr Engagement für die Kunst bekannt. Die meisten dieser Fotos wurden bei Wohltätigkeitsveranstaltungen aufgenommen.

Andere Schauplätze kenne ich von der Insel. Das Foto, das links neben dem Schreibtisch des Dekans hängt, zeigt Luther selbst, der neben vier Studierenden steht – drei Jungen und einem Mädchen. Luther schüttelt die Hand des Mädchens, das errötet und erfreut aussieht, während die drei Jungen, die alle deutlich größer sind als sie, einen enttäuschten bis verbitterten Gesichtsausdruck haben.

Ich vermute, das sind die Kapitäne von einem *Quartum bellum*. In diesem Fall hat das Mädchen wahrscheinlich das Siegerteam angeführt. Sie ist hübsch, dunkelhaarig, blauäugig. Zu jung, um im vierten Jahrgang zu sein. Vermutlich könnte ich ihren Namen an der Wand der Gewinner unten in der Waffenkammer finden.

Luther selbst sieht viel jünger aus – sein Haar ist komplett schwarz, dicht und ungebändigt. Sein Gesicht hat bereits Falten, aber nur um die Augen und auf der Stirn. Seine Wangen sind glatt und bartlos. Normalerweise lässt das einen Mann schwächer aussehen, doch in seinem Fall zeigt es, dass er einmal gut aussehend war, auf eine aggressive, verruchte Art und Weise.

Ich frage mich, ob das Mädchen später berühmt wurde und er deshalb dieses Bild behalten hat. Jeder andere an seinen Wänden ist jemand Bedeutendes.

Allerdings interessiere ich mich mehr für den Schlüsselbund, der an einem kleinen Haken direkt neben dem Foto hängt. Ich schnappe ihn mir und bringe sein Klimpern mit meinen Fingern zum Schweigen.

Dann schleiche ich aus dem Büro und vergewissere mich, dass ich die Tür hinter mir wieder abschließe. Ich kontrolliere sogar, dass ich keine Fußabdrücke auf dem Plüschteppich hinterlassen habe.

Von dort ist es ein Leichtes, die Treppe hinunterzujoggen, um Ares im Erdgeschoss zu treffen. Er hält meinen Laptop unter einem Arm und wippt unruhig von einem Fuß auf den anderen.

»Wo warst du so lange?«, zischt er.

»Das waren weniger als fünf Minuten.« Ich strecke meine Hand nach dem Laptop aus. Ich will ihn bei mir behalten, denn er ist ein ziemlich entscheidender Teil des Plans.

»Lass uns einfach gehen«, sagt Ares. »Je eher wir gehen …«

»Ich weiß, ich weiß. Desto eher kommst du wieder in dein gemütliches Bett und kannst so tun, als wäre das alles nie passiert. Komm, folge mir.«

»Ich dachte, wir gehen hinaus?«, sagt Ares und schaut verwirrt in Richtung der Vordertüren des Wehrturms, als ich ihn stattdessen weiter ins Innere führe.

»Nicht hinaus … hinunter«, antworte ich.

Ich führe ihn zu einer verborgenen Tür neben einem muffigen alten Wandteppich. Die Tür ist schmal und könnte durchaus ein Kleiderschrank sein. Wenn man nicht wüsste, wonach man sucht.

Die Tür öffnet sich mit einem Quietschen. Ares zuckt zusammen, aber ich ignoriere es. Es ist niemand da, der es hören könnte.

Diese Treppe ist dunkler und feuchter als die oberirdischen, der Stein glatt und stellenweise glitschig. Ich benutze mein Telefon, um den Weg zu beleuchten. An manchen Stellen ist die Decke so tief, dass Ares sich bücken muss, um nicht mit dem Kopf anzustoßen. Ich versuche, ihn jedes Mal zu warnen, wenn ich mich unter einen neuen Felsvorsprung ducke.

Der Weg schlängelt und windet sich. Manchmal durchqueren wir einen beinahe flachen Tunnel, ein anderes Mal geht es eine Treppe hinunter, die so steil ist, dass meine Oberschenkel brennen.

»Wie weit geht das hinunter?«, fragt Ares und klingt dabei etwas unbehaglich. Ich verstehe ihn: Die Vorstellung, dass Hunderte von Tonnen Fels und Burg über uns liegen, ist nicht besonders angenehm. Vor allem, wenn man bedenkt, dass Kalkstein porös ist und sich zersetzen kann, wenn Wasser durchsickert. Dennoch denke ich, dass eine Burg, die siebenhundert Jahre lang stand, mir heute Nacht wohl kaum auf den Kopf fallen wird.

»Wir sind fast da«, sage ich zu ihm mit leichter Übertreibung.

Zehn Minuten später sind wir tatsächlich in der privaten Schiffshöhle des Dekans angekommen. Das Boot dümpelt auf dem Wasser, der spitze Bug hebt und senkt sich wie ein Pferd, das seinen Kopf hin und her wirft und darauf wartet, losgaloppieren zu können. Es ist mindestens sechzig Fuß lang, schnittig und glänzend, grafitschwarz lackiert mit dunkel getönten Fenstern.

»Man könnte in einer Nacht wie dieser drei Meter von diesem Ding entfernt sein und es nicht sehen«, sage ich zu Ares.

Ares starrt darauf und schüttelt langsam den Kopf. »So etwas habe ich noch nie gesteuert.«

»Ich bin sicher, dass du den Dreh herausbekommst.«

Ich werfe ihm die Schlüssel zu. Ares fängt sie mit Leichtigkeit in der linken Hand.

»Siehst du? Das sind die Art von Reflexen, auf die ich zähle, um uns durch die Strömungen zu bringen.«

Tief einatmend beginnt Ares mit dem Ablegen. Ich sehe ihm an, dass er weiß, was er tut, allein die Art, wie er mit den Seilen umgeht. Ich bin schon an Deck gesprungen, ungeduldig darauf, dass wir losfahren.

Ares gesellt sich einen Moment später zu mir und wirft einen letzten nervösen Blick zurück in Richtung der Treppen.

»Entspann dich«, sage ich zu ihm. »Du hast nie bemerkt, dass der Dekan manchmal nachts abreist. Warum sollte uns jemand sehen?«

»Ich habe nicht aufgepasst«, murrt Ares. »Ich habe in meinem Bett geschlafen, so wie ich es jetzt tun sollte.«

»Komm schon«, sage ich und grinse, »tu es für Zoe. Und für das fantastische Druckmittel, das du gegen mich haben wirst. Ich kann es kaum erwarten, zu sehen, wozu du mich zwingen wirst. Den Super Bowl fälschen? Den Präsidenten ermorden?«

Ares ignoriert mich und weigert sich, Scherze zu machen, während wir unseren Hals riskieren.

Er startet den Motor und steuert uns vorsichtig hinaus.

Ich dachte, dass dies der knifflige Teil sein würde – die Navigation durch den engen steinernen Durchgang.

Aber sobald wir im offenen Wasser sind, wird es noch

viel schlimmer. Die Wellen schlagen von allen Seiten auf uns ein, ohne Rhythmus und Grund, als wollten sie uns hochheben und gegen die Felsen schmettern, als sei das Boot eine Piñata und der Ozean eine Bande randalierender Partygänger.

Ares muss den Motor voll aufdrehen, dann abbremsen, uns ein- und aussteuern, die Lücken timen, um uns wieder nach vorne zu bringen, das Boot immer so manövrieren, dass wir nicht an der Breitseite getroffen werden und umkippen.

Da hilft es auch nicht, dass es eine mondlose schwarze Nacht ist. Mehrmals scheinen sich Felsen wie Seeungeheuer aus dem Wasser zu erheben. Ares verfehlt sie nur um wenige Meter.

Mein Herz schlägt mir bis zum Hals. Alles, was ich tun kann, ist, Warnungen zu rufen, während Ares sich gegen das Lenkrad stemmt und jeder Muskel an seinen Unterarmen hervorsteht.

Endlich haben wir das Schlimmste überstanden und befinden uns auf offenem Meer, wo wir mit schnellem und gleichmäßigem Kurs auf das unsichtbare Ufer zusteuern. Ares steht bleich und stumm da, er will sich nicht mit mir freuen.

»Das war der absolute Wahnsinn!«, rufe ich und klopfe ihm auf die Schulter.

»Wir müssen das Gleiche auf dem Rückweg machen«, erinnert mich Ares, »mit den Wellen, die uns vorwärtstreiben, anstatt uns zurückzuhalten – was vielleicht noch schlimmer ist.«

»Mach dir keine Sorgen«, entgegne ich. »Wenn die Malina uns tötet, brauchen wir nicht mehr zurückzukommen.«

Ares dreht sich um und starrt mich an. »Mach keine Witze. Denk nicht einmal daran, mit diesen Leuten Dummheiten zu machen. Das Einzige, was sie zum Lachen bringen würde, wäre, dir die Kehle durchzuschneiden.«

»Hey«, sage ich jetzt ernst, »da musst du dir keine Sorgen machen. Ich werde Zoe nicht im Stich lassen.«

Ares blickt mich an und sieht mir an, dass ich die Wahrheit sage. »Ich weiß«, erwidert er. »Deshalb habe ich dem hier zugestimmt.«

Das Boot des Dekans ist unendlich viel schneller als das große Segelschiff, das uns zur Insel brachte, aber wir werden trotzdem ein oder zwei Stunden brauchen, um ans Ufer zu kommen. Ich kann nur eine begrenzte Zeit damit verbringen, über endlose schwarze Wellen hinauszuschauen, bevor Ares im Vergleich dazu relativ faszinierend erscheint.

»Ich weiß, dass ich dich wegen Zoe angeschnauzt habe«, sage ich, »aber wieso bist du nie mit ihr ausgegangen? Oder mit Chay oder einem der anderen vielen, vielen Mädchen, die auf den starken, stillen Typ stehen?«

Ares zuckt mit den Schultern. »Ich bin nicht an einer Verabredung interessiert.«

»An Mädchen im Speziellen oder …«

»Ich mag Mädchen«, sagt er ganz offen.

»Nur nicht die an unserem College.«

Er nimmt seinen Blick für einen Moment vom Wasser und sieht mich finster an. »Warum bist du so neugierig?«

»Es liegt in meiner Natur. Ich mag es, aus Menschen schlau zu werden. Du bist mir allerdings ein Rätsel.«

»Tut mir leid, dich zu enttäuschen.«

»Du magst es also, diesen Hauch von Mysterium zu bewahren?«

Als er merkt, dass ich nicht lockerlasse, stößt Ares einen irritierten Seufzer aus und dreht sich zu mir um.

»Das hat doch keinen Sinn, oder? Ein Mädchen wie Chay, wenn sie mit mir ausgeht … sie würde ihre Meinung schnell genug ändern, wenn sie jemals nach Syros käme. Ich bin vielleicht in Kingmakers, aber ich bin nicht wie der Rest von euch.«

»Warum bist du dann hier?«, frage ich. »Warum bist du nicht auf ein normales College gegangen?«

»Manchmal wünschte ich, ich hätte es getan«, sagt Ares, und jetzt ist sein Gesicht dunkel, voll von einer Wut, die er kaum zurückhalten kann. »Du machst, was du willst, Miles. Du verstehst nicht, wie es ist, deiner Familie etwas zu schulden. Sie verlangen es von dir, und du versuchst, es zu geben, auch wenn es unmöglich ist.«

Ich nehme an, die Cirillos wollen, dass er ihren Namen und ihr Erbe am College weiterführt, auch wenn sie im wirklichen Leben kaum mehr zur Mafia gehören. Immerhin waren sie eine der Gründerfamilien. Eine von nur noch sieben Überlebenden. Sie müssen den Reichtum und den Status der Hugos betrachten und denken, dass sie das hätten sein können … dass sie dort vielleicht sein sollten.

»Ich verstehe die Ansprüche der Familie«, sage ich. »Ich bin ein Erbe, schon vergessen? Ich soll die Nachfolge meines Vaters in Chicago antreten. Aber ich werde es nicht tun. Soll doch mein Bruder seinen Platz einnehmen oder meine Schwester! Ich gehe meinen eigenen Weg. Das kannst du auch, du musst nicht tun, was sie verlangen.«

»Vielleicht nicht in deinem Fall«, antwortet Ares. »Meine Familie ist nicht die deine.«

Ich versuche, ihn wieder aus der Reserve zu locken, während das Boot weiterfährt, aber offenbar hat Ares beschlossen, dass es bereits genug Konversation war.

***

Wir fahren in den Jachthafen von Dubrovnik ein. Ares wirft die Seile hinunter und will mit mir von Bord gehen, aber ich sage zu ihm: »Bleib hier beim Boot.«

»Willst du nicht, dass ich mit dir hineinkomme?«, fragt er und blickt in Richtung des Hotels Oasis.

»Nein.« Ich schüttle den Kopf. »Entweder akzeptieren sie den Deal an oder nicht.«

»Du solltest jemanden haben, der dir den Rücken stärkt«, sagt Ares und hält das Seil fest in seinen Händen.

»Ich weiß das zu schätzen, Mann, aber ich bin so oder so in der Unterzahl. Bleib hier, und wenn ich in drei Stunden nicht wieder da bin, fährst du allein nach Kingmakers zurück. Ich kann nicht zulassen, dass du meinetwegen vom College verwiesen wirst.«

Ares runzelt die Stirn, bleibt aber an Bord.

Ich laufe allein durch die schwach beleuchteten Straßen der Altstadt, den Laptop unter den Arm geklemmt. Goldene Lampen brennen überall entlang der Ufermauer. Die rot gedeckten Häuser glühen, als wäre jedes einzelne ein brennender Ofen.

Ich habe die Präsidentensuite im Oasis gebucht, die die gesamte oberste Etage umfasst und einen eigenen privaten Concierge beinhaltet. Das allein hat mich 20 000 Dollar gekostet, aber das ist ein Tropfen auf dem heißen Stein im Vergleich zu dem, was ich ausgegeben habe. Ich habe den ganzen Fonds leer geräumt und bereue keinen Penny davon, nicht eine Minute lang. Ich hoffe nur, dass es funktioniert.

Der Concierge begrüßt mich und schaut überrascht, als ich ihm meinen Namen nenne. Es ist die College-Uniform – ich bin sicher, dass er jemanden erwartet hat, der älter ist.

»Hier entlang, Sir«, sagt er. »Ich habe Ihren Anzug bereit.«

Er nimmt mich mit in die oberste Etage, in die geräumige Suite. Ich überblicke das private Besprechungszimmer, die volle Bar und die weit geöffneten Glastüren, die auf die Dachterrasse führen. Die Meeresbrise weht herein. Wahrscheinlich könnte ich Ares von hier aus sehen, wenn das Boot nicht tarnfarben lackiert wäre.

Meine Kleidung liegt tatsächlich auf dem Bett, wie der Concierge versprochen hat.

Ich bestellte einen mitternachtsblauen Brioni, zusammen mit Kalbsleder-Slippern, einem weißen Hemd und Manschettenknöpfen aus Opal. Der Concierge stellte auch eine Reihe von Toilettenartikeln auf der Marmorarbeitsplatte des prächtigen Badezimmers bereit.

Ich spüle mir das Meersalz von der Haut, rasiere mich, ziehe mich an, frisiere mich und gebe ein seidenes Einstecktuch in mein Jackett.

Der Mann, der mich im Spiegel anschaut, wirkt zehn Jahre älter, unendlich selbstbewusst, in Vorfreude auf die kommende Nacht. Der kleine Teil von mir, der sich immer noch in mir windet, versucht, einen Einwand zu äußern – aber ich schlage ihn rücksichtslos nieder. Es gibt keinen Platz für Angst oder Nervosität.

Eines weiß ich mit Sicherheit: Kein Mensch hat jemals etwas erreicht, ohne daran zu glauben, dass er es kann.

Ich schaue auf die Uhr. 23:50.

Noch zehn Minuten.

Ich setze mich an den opulenten Besprechungstisch. Der einzige Gegenstand auf dem Tisch ist ein geschlossener Laptop, der ganz leise ist. Ich nehme den Platz an der Stirnseite ein. Das mag einige meiner Besucher beleidigen, wird jedoch den passenden Ton für den Abend setzen.

Drei Minuten später meldet sich der Concierge: »Ihr erster Gast ist da.«

»Schicken Sie ihn hoch«, sage ich.

Die Tür zur Suite ist nicht verschlossen, sodass Alvaro Romero direkt hineinspazieren kann. Mit steifen Schultern, angespanntem Kiefer und funkelndem Blick schreitet er herein. Er wählt den Platz am anderen Ende des Tisches, direkt mir gegenüber, und ich unterdrücke ein Lächeln, weil ich ihn genau dort haben will. Er weigert sich, die Machtposition abzutreten – ich ziehe es vor, ihn am Ende zu haben, wo seine Einwände weit weg sein werden.

»Sie haben ganz schön Nerven, mich hierherzurufen, Junge«, knurrt er zur Begrüßung.

Und doch fällt mir auf, dass er sich ebenfalls sorgfältig angezogen hat. Also ist er nicht uninteressiert an dem, was ich zu sagen habe. Er will sich nur erst ein wenig Luft machen.

Sein dickes graues Haar ist frisch gekämmt, und er ist so adrett gekleidet wie Zoe auch. Abgesehen davon sehe ich nicht viel von seiner Tochter in ihm. Er ist grobschlächtig und hat ein schwaches Kinn, während Zoe Schönheit und Selbstbewusstsein ausstrahlt.

»Danke, dass Sie die Reise gemacht haben«, sage ich. »Wie Sie wissen, bin ich im Moment etwas eingeschränkt, wie weit ich reisen kann.«

»Ja ... Ich frage mich, wie Ihr Dekan es finden würde, zu hören, dass Sie eine Exkursion nach Dubrovnik gemacht haben. Ich könnte mein Problem mit einem Telefonat lösen.«

»Ich bin sicher, ich würde vom College verwiesen werden«, sage ich ruhig. »Ich glaube aber nicht, dass das Ihr Problem lösen würde.«

Romero lehnt sich über die weite Fläche des glänzenden Tisches. Seine dunklen Augen lodern. »Ich weiß nicht, woher Sie die Frechheit nehmen, überhaupt mit mir zu reden, da Sie meine Tochter unter Missachtung Ihres eigenen Hochschulvertrags und ihres Ehevertrags geschändet haben. Ich sollte Sie kastrieren lassen, Junge.«

Das ist das zweite Mal, dass er mich »Junge« nennt. Am liebsten würde ich ihm das abwertende Wort wieder in den Rachen zurückschieben, aber ich lege es in eine mentale Beschwerdeakte, damit ich es ihm später heimzahlen kann, wenn ich will. Im Moment muss ich mich konzentrieren.

»Mr. Romero«, sage ich höflich, »obwohl wir uns noch nicht persönlich begegnet sind, habe ich das Gefühl, dass ich Sie dennoch ein wenig einschätzen kann. Ihre Tochter Zoe ist brillant, diszipliniert, zutiefst loyal. Ich weiß, dass diese Eigenschaften von ihren Eltern stammen müssen.«

Er sieht mich finster an. Ihm gefällt meine Vertrautheit mit seiner Tochter nicht, doch er lässt sich von dem Kompliment trotzdem beeinflussen.

»Ich denke, Sie sind ein Mann von Ehre. Ein Mann, der sich an seine Vereinbarungen halten will. Und ein Mann, der intelligent genug ist, eine Gelegenheit zu erkennen, wenn sie sich ihm bietet.«

»Ich habe bereits eine Möglichkeit in petto«, sagt er kalt.

»Ja, aber das hat seinen Preis. Der Preis ist Ihre Tochter. Ich erwarte nicht, dass Sie sich den Gefühlen beugen … aber Sie können Rocco Prince' Persönlichkeit nicht ignorieren.«

Romeros schwere Augenbrauen sinken so tief, dass seine Augen darunter zu bloßen Schlitzen werden.

»Diese jüngere Generation«, zischt er. »Ihr seid weich. *Romantisch.*« Er spricht es aus wie einen Fluch. »Töchter sind keine Söhne. Eure Eltern mögen euch erlauben, diese Spiele zu spielen. Meine Töchter werden *gehorchen.*«

Ich höre das Gift in seiner Stimme. Das ist ein heikler Punkt für ihn. Hier zeigen sich sein Stolz und seine Wut auf Zoe wegen der Sünde, als Mädchen geboren zu sein.

Dieter und Gisela Prince betreten den Raum.

Romero erschrickt, weil ich ihn nicht darüber informiert habe, dass seine zukünftigen Verbündeten an diesem Treffen teilnehmen würden.

Ich bin ebenfalls überrascht. Ich habe nur Mr. Prince erwartet, nicht seine Frau.

Sie setzen sich auf meine linke Seite, etwas näher zu mir als zu Romero, was ich für ein gutes Zeichen halte.

Dieter Prince ist ein wenig besser gelaunt als Romero. Er mustert mich mit kalten blauen Augen, die denen von Rocco nicht unähnlich sind. Sein schwarzer Schnurrbart verdeckt den Ausdruck seiner Lippen.

»Mein Hubschrauber wartet«, sagt er schnell. »Ich habe nur vor, eine Stunde zu bleiben. Also erklären Sie mir bitte, warum ich Sie nicht hier und jetzt aufschlitzen sollte, weil Sie versucht haben, meinem Sohn die Braut zu stehlen.«

»Weil Sie sich nicht um die Braut kümmern«, antworte ich. »Und die Romeros sich auch nicht. Dies ist ein Geschäft – Zoe ist bloß das Wachssiegel. Können wir alle auf die Lüge verzichten, dass die Ehe ein wesentlicher Bestandteil des Arrangements ist?«

»Sie zeigen Ihre Unerfahrenheit«, sagt Prince streng. »Verträge werden gebrochen. Abmachungen ändern sich. Ehen halten. Nur eine Ehe stellt sicher, dass die Zukunft beider Familien miteinander verwoben ist. Nur so können wir sicherstellen, dass unsere Interessen auf Dauer übereinstimmen.«

»Was ist Ihnen das wert?«, frage ich. »Zehn Millionen? Einhundert?«

»So viel Geld haben Sie nicht«, schnauzt Romero vom unteren Ende des Tisches.

»Nein«, sage ich. »Aber Sie könnten es bekommen.«

Die Princes und Romero tauschen Blicke aus. Romero schnaubt, stur und abweisend. Ich sehe einen Funken Interesse in den Augen von Dieter Prince. Das Geld ist ihm wichtig. Die Zahl ist wichtig, ich sehe es.

»Wovon reden Sie?«, fordert Prince.

»Sie bauen eine Vertriebsroute«, sage ich. »Von Barcelona nach Hamburg. Es ist eine gute Route, zweifelsohne. Alvaro Romeros Produkt und Ihre Männer. Aber was wäre, wenn sie fünfmal so groß wäre? Was, wenn sie sich bis nach Kiew und in die Türkei erstrecken würde? Was, wenn Sie

Bestellungen aus jeder Stadt Nordeuropas annehmen könnten, alle zur gleichen Zeit? Unauffindbar und unentdeckbar.«

Der dunkle Schnurrbart von Prince zuckt.

»Erklären Sie das«, sagt er.

»Der Knackpunkt beim Verkauf von Schmuggelware ist das Bestellsystem. Man braucht ein Netzwerk von niederen Händlern, die das Produkt persönlich verkaufen. Haben Sie schon mal von Amazon gehört?«

»Natürlich«, sagt Romero, immer noch gereizt.

»Sie wären das Amazon der Drogen.«

»Wie kommen Sie darauf?«, erkundigt sich Prince.

»Online-Bestellung über das Dark Web, geleitet durch einen privaten Server. Sie schicken das Produkt über Ihren Vertriebskanal. Sie müssen das Geld nicht persönlich annehmen und sich nicht mit all den lästigen Unannehmlichkeiten von Wechselkursen, Transport und Geldwäsche herumschlagen. Sie nehmen die Zahlung in Bitcoin entgegen, völlig unauffindbar. Dann tauschen wir es in amerikanische Dollars um.«

»Wie?«, sagt Prince. »Wer tauscht es um?«

Ich schaue auf meine Uhr. »Das ist das letzte Teil des Puzzles«, sage ich. »Sie sollten in diesem Moment ankommen.«

»Das ist Träumerei«, spuckt Romero. »Alles nur Gerede. Sie können nichts davon umsetzen.«

»Das habe ich bereits«, sage ich. »Es ist schon erledigt.«

Ich klappe den Deckel des Laptops auf und drehe den Bildschirm zu ihnen. Er beugt sich vor und blinzelt, um etwas zu sehen. Ein Strom von Zahlen ergießt sich wie fließendes Wasser über den Bildschirm, direkt vor seinen Augen.

»Das sind Bestellungen«, sage ich. »In Echtzeit. Die Leute bestellen Ihr Produkt, während wir hier sitzen.«

Prince und Romero starren, die Zahlen spiegeln sich in

ihren Augen. Zahlen, die einen Fluss von Geld darstellen, der direkt in ihre Taschen fließt.

In dieser ergreifenden Stille kommt die Malina durch die Tür.

Marko Moroz ist eine Bestie von einem Mann – fast zwei Meter groß, breit, mit einer Mähne aus rötlich braunem Haar von der Farbe eines Fuchsfells. Seine Augen haben einen gelblichen Schimmer, und seine Lippen sind dick und fleischig. Seine Hände sind so groß und vernarbt, dass sich die Finger ständig krümmen. Er trägt eine Jacke und Stiefel im Militärstil, seine vier Soldaten sind ebenfalls in Kampfmontur gekleidet.

Diese Soldaten wurden wegen ihrer Größe und Brutalität ausgewählt. Ich sagte Moroz, dass wir uns ohne Waffen und ohne Leibwächter treffen würden. Doch er brachte als Zeichen der Stärke seine vier größten mit.

Sie sind mit den Tattoos ihrer Errungenschaften gekennzeichnet. Die ukrainischen Tattoos ähneln den russischen – eine brennende Frau, die an einen Scheiterhaufen gekettet ist, als Zeichen der Rache an dem, der sie verraten hat. Eine Hand, die eine Tulpe hält, um anzuzeigen, dass der Träger bei seinem 16. Geburtstag in einem Gefangenenlager war. Ein mit einer Schlange umwickelter Dolch, der den Träger als Meisterdieb ausweist. Diese Männer lassen Dieter Prince und Alvaro Romero im Vergleich dazu wie Banker aussehen. Sie versuchen nicht, sich unauffällig zu verhalten. Sie tragen die Spuren ihrer Gewalt mit Stolz.

Unbehagen ergreift den Raum. Dieter und Gisela Prince sitzen kerzengerade in ihren Stühlen, und Romero macht große Augen wie ein Schuljunge. Er leckt sich die Lippen, und sein Blick schweift zur offenen Tür, als würde er in diesem Moment die Flucht ergreifen wollen.

»Ich hoffe, wir sind nicht zu spät«, sagt Moroz mit seiner tief akzentuierten Stimme.

»Genau pünktlich«, sage ich. »Bitte, machen Sie es sich bequem.«

Ich gestikuliere zur offenen Seite des Tisches. Moroz setzt sich, während seine Männer stehen bleiben und sich im Raum verteilen.

Ich muss mich beeilen, denn die Princes und Alvaro Romero werden so schnell wie möglich von hier verschwinden wollen. Sie werden keine Geschäfte mit der Malina machen wollen, das will niemand. Es sei denn, ihre Gier ist stark genug, um ihre Vorbehalte zu überwinden.

»Marko Moroz hat amerikanische Dollars«, sage ich. »Eine große Menge aus seinen Geschäften in Brighton Beach. Er ist auf der Suche nach einer Investitionsmöglichkeit. Die Malina kann unser Vertriebsnetz von Deutschland aus den ganzen Weg durch Polen, Litauen, Lettland und Estland, durch Weißrussland in die Ukraine hinunter und dann über das Schwarze Meer in die Türkei erweitern. Die Malina wird den Bitcoin nehmen und ihn zum Kauf von Immobilien in Dubai verwenden. Im Gegenzug erhalten Sie saubere amerikanische Dollars. Für diesen Service verlangen sie nur einen dreißigprozentigen Anteil an den Gewinnen und zusätzlich fünf Prozent für den Umtausch.«

»Zehn«, wirft Moroz sofort ein. Er lächelt und zeigt mehrere Goldzähne. »Zehn Prozent für den Währungsumtausch und *vierzig* Prozent des Gewinns. Das scheint mir fair für alles, was ich leisten werde.«

Darüber haben wir nicht gesprochen, obwohl ich erwartet habe, dass Moroz bei der ersten Gelegenheit versuchen wird, mich unter Druck zu setzen.

Ich unterdrücke meine Irritation und das aufsteigende Gefühl der Panik, dass Prince und Romero diesen Deal nicht annehmen werden. Er muss gut klingen, sonst arbeiten sie nicht mit Moroz zusammen.

»Eine zehnprozentige Umtauschgebühr ist angemessen«, stimme ich zu. »Der Gewinn sollte gleichmäßig durch drei geteilt werden – jeweils 33,3 Prozent. Halten wir es für die Buchhalter einfach, ja?«

Dieter Prince schaut genau hin, um zu sehen, ob sich Moroz zur Vernunft bringen lässt.

Moroz überlegt lange, dann nickt er langsam. »Ja«, meint er. »Wir wollen die Buchhalter nicht verwirren.«

»Dann ist es also abgemacht«, sage ich und schaue mich zur Bestätigung bei den Princes und Romero um. »Gleiche Gewinnbeteiligung. Zehn Prozent an die Malina für den Umtausch in amerikanische Dollars. Und zusätzlich ein Prozent Gebühr für die Bitcoin-Brieftasche. Ein Schnäppchen für sauber gewaschenes Geld.«

Es ist ein schönes Geschäft, und jeder an diesem Tisch weiß das.

Die Princes und Romero tauschen Blicke aus. Ich ließ den Laptop-Bildschirm zu ihnen gerichtet, sodass sie die Aufträge beobachten konnten, die sich schon während unseres Gesprächs auftürmten. In der kurzen Zeit, in der das Programm läuft, sind bereits mehrere Millionen Dollar zusammengekommen.

Sie wollen nicht mit der Malina zusammenarbeiten. Sie wissen, dass das Geld in einer offenen Bärenfalle sitzt, die jeden Moment zuschnappen kann. Aber sie wollen Marko Moroz auch nicht abweisen, während er ihnen direkt gegenübersitzt. Ich habe damit gerechnet, dass sein Einschüchterungsfaktor in beide Richtungen wirkt.

»Was haben Sie davon?«, fragt Mrs. Prince plötzlich und überrascht uns alle. Sie hatte die ganze Sitzung über nicht gesprochen und saß wie ein blasser, stummer Schatten neben ihrem Mann.

»Ich bekomme Zoe Romero«, sage ich schlicht. »Kein Geld, keine Drogen, kein Anteil. Ich will nur sie. Im Gegenzug übergebe ich die Plattform, den Server, die Bitcoin-Brieftasche – alles.«

»Das kann doch nicht Ihr Ernst sein«, schnaubt Dieter Prince.

»Das muss eine vergoldete Muschi sein.« Moroz lacht und klopft sich mit seinen schinkengroßen Händen auf die Oberschenkel.

Romero ärgert sich über die Beleidigung seiner Tochter, setzt aber sofort eine gute Miene auf, als Moroz in seine Richtung blickt.

»Das ist es, was ich will«, sage ich leise und erinnere mich dann, dass Zoe noch etwas braucht, um glücklich zu sein, also sage ich: »Und Catalina. Kein Ehevertrag für sie. Sie heiratet, wen immer sie will, nachdem sie ihren Abschluss gemacht hat.«

Romero ist zutiefst empört und stottert am Ende des Tisches. Er muss von allen Anwesenden das größte Opfer bringen – die Mädchen sind seine einzigen beiden Kinder. Seine einzigen Schachfiguren. Aber schließlich sind Bauern in den Augen von Schachmeistern nicht viel wert. Bei all dem Ärger, den Zoe ihm bereitet hat, hat er vielleicht genug von Eheverträgen.

Die Stille dehnt sich aus. Keiner will zuerst sprechen.

Moroz hat die wenigste Geduld.

»Also was?«, fordert er und schlägt mit seiner massiven Faust auf den Tisch, sodass wir alle zusammenzucken. »Ich habe einen Haufen Geld und keine Zeit zu verschwenden. Sind wir uns alle einig?«

»Ja!«, schreit Romero auf, mehr aus Nervosität als alles andere.

Dieter Prince schaut seine Frau an. Er scheint nach einem Weg zu suchen, wie er sich aus diesem Deal herauswinden kann, ohne in Schwierigkeiten zu geraten.

Frau Prince hat eine andere Sichtweise.

»Dieser Weg ist besser«, sagt sie leise. »Mehr Geld. Mehr Verbündete. Kein Ehevertrag.«

Ihre blauen Augen treffen meine für einen kurzen Moment.

Sonst sagt sie nichts, aber ich bin mir sicher, dass tief in ihrem Inneren ein gewisses Maß an Sympathie für Zoe vorhanden ist. Und nicht sehr viel Liebe für ihren Sohn.

»So soll es sein«, sagt Mr. Prince. »Rocco ist jung. Er hat noch viel Zeit, jemand anderen zu finden.«

Er verabschiedet Zoe in einem Atemzug, während er wieder auf den Laptop-Bildschirm starrt.

Am liebsten würde ich ihm den Laptop über den Schädel hauen. Aber ich bin zu begeistert von dem, was ich gerade abgezogen habe. Der größte verdammte Deal meines Lebens. Für den größten Preis, den man sich vorstellen kann.

»Lasst uns anstoßen, während ich den Vertrag aufsetze«, sage ich.

Als wir alle unterschrieben haben und schon ziemlich alkoholisiert sind, weiß ich, dass ich es kaum noch rechtzeitig zum Dock zurückschaffen werde. Moroz hat sich Shots eingeschenkt, die seinen Becher füllen, und er fängt an, einen verrückten Glanz in seinen Augen zu bekommen. Ich will von hier verschwinden, bevor er mir auf die Schulter klopft, was mir den Kopf von den Schultern reißen könnte.

Wir verabschieden uns und gehen in der Lobby auseinander, wobei wir alle darauf warten, dass die Malina zuerst verschwindet, ehe wir uns trauen, im Dunkeln alleine loszuziehen.

Ich sprinte zu den Docks hinunter, immer noch in meinem Anzug, da ich meine College-Uniform im Hotel vergessen habe.

Ich bin zehn Minuten über den drei Stunden, die Ares und ich vereinbart haben.

Aber das schnittige schwarze Boot wartet am Ende seines Liegeplatzes.

»Du solltest doch ohne mich fahren«, sage ich zu Ares.

»Ich weiß«, seufzt er. »Ich brauche dich irgendwie, um wieder durch diese Felsen zu kommen.«

»Und du warst leicht besorgt, dass ich tot sein könnte.«

»Besorgt oder hoffnungsvoll?«

»Definitiv besorgt.«

»Nur weil ich dachte, ich könnte meinen Anteil an diesem superwichtigen Geschäft verlieren.«

Ich lache. »Es gibt keinen Anteil. Ich bin jetzt total pleite. Ich habe alles ausgegeben.«

Ares schüttelt den Kopf. »Das klingt nicht nach einem sehr guten Deal.«

Ich stelle mir das Gesicht von Zoe vor, wenn ich ihr erzähle, was ich getan habe. Wie sich ihr Unglaube in ein Lächeln verwandelt, das heller ist als die Morgendämmerung.

»Es ist ein richtig genialer Deal«, sage ich zu ihm. »Der beste, den ich je gemacht habe.«

Kapitel 21

Cat

Als ich Zoe beim Frühstück nicht sehe, mache ich mir Sorgen, dass ihr wieder etwas Schreckliches zugestoßen ist.

Stattdessen stürmt sie in mein Zimmer im Untergeschoss, während ich meinen Rucksack mit Büchern vollstopfe.

Sie kommt nur selten in meinen Schlafsaal – niemand, der kein Spion ist, kommt gern dorthin. Sie finden es unheimlich, und um fair zu sein, sind die Spione nicht gerade einladend.

Wir sind die einzige Abteilung, in der sich die männlichen und weiblichen Studierenden eine Etage teilen. Während ich einige der älteren Studentinnen wie Shannon Kelly und Isabel Dixon kennengelernt habe, hasse ich es, die Toiletten am anderen Ende des Flurs zu besuchen, weil das bedeutet, dass ich auch an den Türen einiger absolut furchterregender Bewohner wie Jasper Webb und meinem eigenen Arschloch-Cousin Martin Romero vorbeigehen muss.

Ihre Räume sind Höhlen, und ich habe die leise Befürchtung, dass sie, wenn ich nicht schnell genug an ihrer Tür vorbeilaufe, ihren tentakelartigen Arm ausstrecken und mich hineinziehen könnten.

Aus all diesen Gründen bin es meist ich, die Zoe im hellen, sauberen Solar besucht.

Heute bin ich einfach nur erleichtert, sie überhaupt zu sehen, zumal ich sofort erkennen kann, dass sie vor Aufregung strahlt.

»Er hat es getan!«, schreit sie. Ihre Stimme ist ganz erstickt vor lauter Emotionen. »Miles hat es getan!«

»Was getan?«, frage ich verwundert.

»Er hat die Princes überzeugt, den Ehevertrag aufzulösen.«

Ich starre sie mit offenem Mund an, denn ich bin nicht in der Lage zu verarbeiten, was ich da höre.

»Wie … bist du sicher?«

Ich möchte mit meiner Schwester feiern, aber ich habe Angst, dass das unmöglich wahr sein kann. Ich will nicht, dass ihre Hoffnungen so schnell zerschlagen werden, wie sie entstanden sind.

Zoe senkt die Stimme, obwohl wir allein in meinem Zimmer sind. Rakel ist schon zum Unterricht gegangen.

»Letzte Nacht hat er sich mit Ares hinausgeschlichen. Sie sind nach Dubrovnik gefahren, und Miles hat einen neuen Deal mit den Princes und unserem Vater gemacht.«

Zoe klingt unglaublich aufgeregt. Ich habe sie nicht mehr so glücklich gesehen seit … vielleicht noch nie.

»Weiß Rocco davon?«, flüstere ich.

»Noch nicht. Aber er wird es erfahren.«

Zoe ist überglücklich. Sie kann es kaum erwarten, dass Rocco erfährt, dass seine Pläne über den Haufen geworfen worden sind.

Ich hingegen fühle eine neue Stufe des Grauens.

Rocco wird das nicht gut aufnehmen. Ganz und gar nicht.

Ich will das aber nicht zu Zoe sagen. Ich will ihr nicht die Freude an diesem Moment nehmen.

Also werfe ich einfach die Arme um sie und halte sie fest.

»Ich freue mich so sehr für dich, Zoe«, sage ich. »Du hast es verdient.«

Sie umarmt mich noch fester, ihr schlanker Körper zittert vor Aufregung. »Der Deal ist auch für dich, Cat. Unser Vater wird keinen Heiratsvertrag für dich abschließen. Das darf er nicht. Du wirst niemanden heiraten müssen, den du nicht magst.«

Ich stoße einen langen Seufzer aus. Das war ein zukünftiger Horror, über den ich noch nie nachgedacht hatte, weil er mir zu viel Angst machte.

»Miles hat das vereinbart? Für mich?«, frage ich.

»Ja.« Zoe zieht sich zurück, um mich anzusehen, und streicht ein paar wilde Locken aus meinem Gesicht. Sofort springen sie wieder nach vorne, ungebändigt wie immer. »Er weiß, wie sehr ich dich liebe.«

Ich habe mir nie eine freie Zukunft für mich vorstellen können. Es ist überwältigend. Ich weiß nicht, wo ich anfangen soll, Pläne zu machen. Ich fühle mich, als stünde ich vor einem Buffet mit tausend Gerichten.

Was würde ich tun, wenn ich wirklich alles auf der Welt tun könnte?

Würde ich nach Pintamonas gehen?

Das war mein Plan, bevor ich hierherkam.

Aber ich weiß nicht, ob ich das noch will. Mein Fortschritt in Kingmakers war hart erkämpft. Ich habe ganz unten in meinem Jahrgang angefangen, als die Schwächste, die Unfähigste. Im Laufe der Zeit bin ich gewachsen. Ich habe Dinge gelernt. Ich habe Fähigkeiten an Kraft und Einfallsreichtum entdeckt, von denen ich nie wusste, dass ich sie besitze. Nach und nach haben sich meine Noten verbessert, sodass ich nicht länger zu den Versagern gehöre. Vielleicht finde ich mich sogar in der Mitte des Klassenspiegels wieder.

Wer weiß, wo ich in einem weiteren Jahr sein könnte? Oder in zwei oder drei?

Ich habe mir einmal vorgestellt, dass ich am Tag der Abschlussfeier so stark und selbstbewusst sein würde wie Saul Turner, ein Student des letzten Jahrgangs.

Das scheint nicht länger eine unmögliche Vorstellung zu sein.

»Ich muss mich bei Miles bedanken«, sage ich zu Zoe. »Obwohl ich nicht weiß, wie man sich jemals bei jemandem für so etwas bedanken kann.«

»Ich weiß«, sagt Zoe. »Ich kann es einfach nicht glauben.«

Aber sie tut es. Sie glaubt es absolut.

Erst ein Anruf zu Hause bei meinem Vater überzeugt mich vollends. Ich rufe ihn am Sonntag an, das ist der Tag, an dem wir die altmodischen Telefone im Erdgeschoss des Wehrturms benutzen dürfen.

Normalerweise rufe ich meinen Vater nie an. Er kommuniziert über Briefe, die ich ungern öffne.

Heute jedoch scheint er meinen Anruf zu erwarten.

»Hallo, Catalina.«

Er nennt mich nie Cat. Das hat er noch nie.

»Hallo, Vater.«

»Ich nehme an, deine Schwester hat dir die Neuigkeiten erzählt.«

»Sie sagte, du hättest eine neue Vereinbarung mit den Princes getroffen. Ein vorteilhafteres Arrangement.«

Ich versuche, ihm zu schmeicheln. Ich kenne den Stolz meines Vaters. Wenn er eine Spur von Triumph in Zoe oder mir spürt, wird er wütend sein.

»Ich erwarte nicht, dass ihr Mädchen die Komplexität meines Geschäfts versteht. Aber ja, man könnte sagen, es ist unendlich viel vorteilhafter«, sagt er mit übertriebenem Großmut.

»Ich freue mich sehr für dich, Vater.«

»Es ist peinlich für deine Schwester, von ihrem Verlobten verstoßen zu werden. Sie sollte besser hoffen, dass der Amerikaner es ernst meint, sie zu heiraten. Ich bezweifle, dass jemand anderes interessiert ist, nach dem, wie sie sich verhalten hat.«

»Ich glaube, es ist ihm sehr ernst mit ihr«, sage ich leise.

Mein Vater antwortet mit einem angewiderten Schniefen.

»Ich hoffe, du wirst dich nie wie eine Schlampe benehmen, Catalina. Ich habe dich dazu erzogen, zu verstehen, was eine Frau ihrem Mann schuldet. Der Wert einer Frau ist leicht zu verlieren. Wie eine Flasche Wein, sobald der Korken geknallt ist …«

»Ich verstehe, Vater«, sage ich schnell.

Ich schäume vor Wut, meine Hand zittert um den Hörer. Wie kann er es wagen, so über Zoe zu reden, da er doch noch nie in seinem Leben Liebe oder Hingabe empfunden hat? Er ist ein Heuchler, ein Reptil, ein widerlicher …

»Sieh zu, dass du es verstehst«, sagt er kurz angebunden und legt auf.

Im Gegenzug knalle ich den Hörer auf, und ich wünschte, ich hätte den Mut gehabt, es vor ihm zu tun.

Ich hasse ihn. Ich hasse ihn so sehr.

Ich verabscheue die Vorstellung, diesen Sommer nach Hause zu fahren. Ich wünschte, das Studienjahr würde nie enden, ein Gefühl, von dem ich nie gedacht hätte, dass ich es einmal empfinden würde, aber nun will ich es von ganzem Herzen.

Da bleibe ich lieber in Kingmakers. Das kann ich jetzt sagen. Bei all seinen Fehlern, bei all den Arten, wie es mich erschreckt, ist dieser Ort wenigstens ehrlich in seinen Absichten. Niemand gibt hier vor, mich zu lieben, gibt vor, mein Bestes im Sinn zu haben, während er mich von innen heraus vergiftet.

Mein Vater weiß nichts darüber, wer ich bin.

Ich bin ein verdammter Spion.

Luther Hugo machte keinen Fehler, als er meine Abteilung auswählte. Er sah sich meine Schulzeugnisse an. Er bemerkte, was mein Vater sich nie die Mühe machte zu sehen. Wachsende Kompetenzen. Grundlegendes Fachwissen.

Diese Fähigkeiten habe ich das ganze Jahr über aufgebaut. Jetzt ist es an der Zeit, sie in die Praxis umzusetzen.

Ich bin den Terror leid, ich bin es leid, darauf zu warten, dass man mich angreift, damit ich reagieren kann.

Es ist Zeit, mich meiner letzten Angst an diesem Ort zu stellen.

Zeit, auf die Jagd nach Rocco Prince zu gehen.

***

Eine der wenigen Kurse, die mir in Kingmakers von Anfang an Spaß gemacht haben, ist *Tarnung und Infiltration*. In dieser Klasse ist es von Vorteil, klein und unscheinbar zu sein und leicht übersehen zu werden. Auch Professor Burrows ist ein kleiner, schmächtiger Mann mit einem sanften, sorgfältig abgestimmten britischen Akzent und einem unscheinbaren Gesicht. Das Einzige, was an ihm auffällt, sind seine seltsam winzigen, babyähnlichen Zähne, die sich nur bei der seltenen Gelegenheit zeigen, wenn er über seinen eigenen Witz lacht.

Professor Burrows hat uns beigebracht, wie wir uns unbemerkt an unsere Beute heranpirschen können.

»Der erste Schritt ist die Recherche«, erklärt er uns. »Ihr solltet eine gute Vorstellung davon haben, wohin eure Zielperson gehen wird, bevor sie das Haus verlässt. Wenn ihr die Absicht habt, ihr zu einem unbekannten Ort zu folgen, haltet Abstand, beobachtet ihre Position über indirekte Quellen wie zum Beispiel Fensterreflexionen und seid darauf vorbereitet, euer Aussehen *unterwegs* zu verändern. Mützen, Sonnenbrillen und beidseitig tragbare Jacken können von Nutzen sein.«

Als ich anfange, Rocco Prince auf dem Campus zu folgen, versuche ich, alle Tipps von Professor Burrow zu nutzen. Ich leihe mir eine von Rakels Mützen, um meine Haare zu bedecken, und schlüpfe in und aus meiner College-Jacke. Dann verstecke ich mich hinter Stapeln von Lehrbüchern in der Bibliothek und bulligen Vollstreckern in der Mensa. Ich erinnere mich an die Anweisung des Professors, nicht immer direkt der Zielperson zu folgen, sondern auf parallelen oder diagonalen Wegen zu gehen, mal zu überholen und mal außer Sichtweite zu verharren.

Rocco ist ein Raubtier mit fein ausgeprägten Instinkten. Wenn ich ihn auch nur zu lange ansehe, ruckt sein Kopf hoch, und seine kalten blauen Augen suchen nach der Quelle des Kribbelns in seinem Nacken – diesem sechsten Sinn, dass er beobachtet wird.

Aber er sieht mich nicht. Denn ich habe gelernt, mich hinter Säulen und im Schatten von Treppenhäusern zu verstecken, ganz still zu sitzen, ohne mit der Wimper zu zucken, das Gesicht in einem Buch zu vergraben, während sein Blick über mich hinweggeht.

Jeder weiß, wann Rocco von der Auflösung seiner Verlobung erfahren hat, denn er verwüstet das Wohnheimzimmer, das er sich mit Dax Volker teilt. Er zertrümmert die Möbel, reißt die Matratzen auseinander, wirft sogar einen Stuhl durch sein eigenes Fenster. Für diesen kleinen Wutanfall wird seine Familie zu einer Geldstrafe verurteilt, und er muss die Demütigung auf sich nehmen, zwei Wochen lang auf dem Gelände zu arbeiten.

Ich hätte erwartet, dass er sofort Vergeltung an Miles und Zoe übt, doch das tut er nicht. Er spricht nicht einmal mit Zoe, was sie als ein gutes Zeichen wertet.

»Ich weiß, dass er stinksauer ist, aber er muss sich an die Entscheidung seiner Eltern halten«, sagt Zoe zu mir.

Zoe sieht schöner aus, als ich sie je gesehen habe: ihre Haut leuchtet, ihr Haar ist dunkel und glänzend, ihre Augen strahlen wie Frühlingsklee. Sie trägt immer noch ihre Lieblingshose, aber ihre Bluse ist teilweise aufgeknöpft und die

Ärmel sind hochgekrempelt. Ein Gürtel schnürt ihre schlanke Taille ein und zeigt ihre Figur auf eine Weise, wie sie es früher nie getan hätte.

Zum ersten Mal in ihrem Leben fühlt sie sich geborgen, sicher, als ob Miles' Arme um sie geschlungen sind, auch wenn er eigentlich nicht im Raum ist.

Ich will dieses Gefühl der Sicherheit nicht durchbrechen, nicht eine Sekunde lang. Doch ich habe Angst um sie, und ich kann sie nicht abschütteln.

»Ich glaube einfach nicht, dass er dich so einfach gehen lässt«, sage ich zu Zoe.

»Scheiß auf ihn«, erwidert sie und wirft gebieterisch den Kopf herum. »Es gibt keinen Vertrag mehr. Wenn er versucht, mich auf dem Campus zu verletzen, wird er bestraft. Außerhalb des Geländes bleibe ich bei Miles. Du kannst auch mit uns kommen, Cat. Komm diesen Sommer nach Chicago. Unserem Vater wird es egal sein – er wird bei diesem Geschäft in Geld ertrinken. Miles sagt, es läuft bereits prima.«

Sie ist im Rausch des Triumphs, glückselig und voller Pläne.

Ich fürchte, dass es bei Miles genauso ist.

Sie können nicht sehen, was ich sehe.

Sie beobachten nicht, wie Rocco von Tag zu Tag blasser und giftiger wird. Er ist eine Schlange, die verhungert – und das macht ihn nur noch gefährlicher.

»Ich glaube, er verliert auch seine Freunde«, sagt Zoe. »Jasper war stinksauer wegen der Woche in der Gefängniszelle, und soweit ich gehört habe, ist Dax auch nicht gerade glücklich darüber, dass Rocco ihr Zimmer verwüstet hat.«

Mir ist aufgefallen, dass Roccos Freunde in seiner Gesellschaft nicht besonders glücklich zu sein scheinen. Jasper spricht kaum, und Dax ist mürrisch und leicht reizbar. Einige seiner Anhänger sind nach dem Vorfall mit Wade Dyer ganz verschwunden. Rocco schnauzt jeden an, der übrig bleibt, bis seine Gruppe von einem Dutzend Lakaien auf drei oder vier schrumpft.

Trotzdem folge ich ihm, während sich das Studienjahr dem Ende zuneigt, bis nur noch ein paar Wochen übrig sind. Denn ich vertraue nicht darauf, dass er uns ohne eine letzte Konfrontation an Bord des Schiffes lässt.

***

Eine Woche vor dem letzten Wettkampf des *Quartum bellum* lerne ich in der Bibliothek. Sosehr ich diesen Ort normalerweise auch genieße, ich sehne mich danach, draußen zu sein, wo die Orangenbäume in voller Blüte stehen, die Sonne scheint, das Gras duftet. Das Wetter ist jetzt richtig warm. Niemand trägt mehr Pullover oder Jacken, nicht einmal Strümpfe. Die Mädchen liegen mit hochgezogenen Röcken auf dem Rasen, um etwas Farbe auf ihre Beine zu bekommen. Die Jungen hängen herum, werfen Fuß- und Baseballe und tun so, als würden sie nicht hinsehen.

Ich wäre gern dort unten, aber ich stehe kurz davor, tatsächlich anständige Noten zu bekommen, sofern ich meine Abschlussprüfungen gut überstehe. Also bin ich eine der Einzigen im Turm und widerstehe dem Lockruf des Frühsommers.

Zumindest ist das der Fall, bis ich mehrere Schritte höre, die die Rampe hochkommen.

Instinktiv schlüpfe ich von meinem Sitz und verstecke mich zwischen den Bücherregalen.

Die Schritte klingen schwer und männlich. Die gesenkten Stimmen haben eine Spur der Bosheit, die mir nur allzu vertraut ist.

»Hast du gesehen, wie sie auf dem Rasen lag, mit dem Kopf in seinem Schoß? Wie sie sich zur Schau stellt?«

Roccos fauchende Wut lässt meine Haut kalt und klamm werden. Ich bleibe genau da, wo ich bin, eingekeilt in dem winzigen Raum, nur einen Meter von den Jungs entfernt.

»Nun, er hat genug für sie bezahlt. Soll er sie doch haben! Ich persönlich hätte das Geld behalten.«

Ich höre das hässliche Lachen von Dax Volker.

Ich erwarte, dass sie weiter die Rampe hinaufgehen, aber sie scheinen stehen geblieben zu sein. Es gibt ein Scharren von Stühlen und ein Aufschlagen von Büchern, nachdem sie ihre Sachen auf einen Tisch in der Nähe jenes Tisches geworfen haben, den ich benutzt habe.

»Sie denkt, sie hat gewonnen. Sie denkt, sie kann mit ihm herumlaufen und mir ins Gesicht lachen.«

»Sie hat gewonnen. Es ist vorbei. Gib's auf.«

Mit dieser Stimme bin ich nicht so vertraut, da ich ihn kaum sprechen gehört habe, doch ich vermute, dass der tiefe, verächtliche Kommentar von Jasper Webb kam. Ich bin mir dessen sicher, als er sofort von dem scharfen Geräusch begleitet wird, mit dem Jasper seine Fingerknöchel in schneller Folge knackt.

»Das würdest du tun, oder?«, zischt Rocco. »Du würdest aufgeben. Wie damals, als Dean Yenin dich fertiggemacht hat.«

»Er musste nicht vorher gegen dieses massive Ungetüm kämpfen«, schnappt Jasper zurück. »Was zum Teufel weißt du schon davon – du warst nicht im Ring. Du kannst nicht mal boxen.«

»Ich kann mein Messer jederzeit gegen deine knochigen Fäuste einsetzen«, knurrt Rocco.

»Hört auf damit!«, sagt Dax, gleichzeitig gelangweilt und verärgert. »Mann, warum müsst ihr euch immer gegenseitig anschnauzen! Ich habe dieses College und dieses ganze verdammte Jahr satt. Ich kann es kaum erwarten, den Sommer auf Ibiza zu verbringen und verkorkste Bikini-Schlampen zu ficken.«

Rocco schweigt eine Minute lang, aber seine Gedanken kehren offensichtlich immer wieder zu Zoe zurück.

»Es ist noch nicht vorbei«, sagt er.

Ich höre die verzweifelten Seufzer der beiden anderen, die bei diesem Thema eindeutig an ihrer Grenze angelangt sind.

»Okay, was zum Teufel willst du dann dagegen tun?«, fragt Dax, jetzt offensichtlich angriffslustig.

»Was auch immer es ist, lasst mich da raus«, fügt Jasper hinzu. »Ich habe keine Lust, mich noch einmal mit dem Dekan anzulegen. Im Gegensatz zu euch beiden habe ich keine süße Mutti, die sich für mich die Kehle durchschneiden lassen will.«

»Ich bezweifle, dass meine es anbieten würde«, sagt Rocco leise.

Es ist das erste Mal, dass ich ihn etwas zugeben höre, das als verletzlich ausgelegt werden könnte. Aber er sagt es nicht mit einer gewissen Traurigkeit. Er stellt nur eine Tatsache fest. Er hat ausgerechnet, wozu er seine Mutter gebrauchen kann, und Selbstaufopferung steht nicht auf der Liste. Es ist ihm egal, ob sie ihn liebt oder nicht.

»Was dann?«, fragt Dax mit dem Willen, es hinter sich zu bringen. »Wie lautet dein Plan?«

»Mein Plan ist es, zu warten«, sagt Rocco mit seiner sanftesten Stimme. »Ich werde zwei Jahre warten, drei Jahre, vier … Ich werde warten, bis wir unseren Abschluss haben und sie verheiratet sind. Vielleicht warte ich, bis sie schwanger ist.« Er lacht leise und genießt diese Idee. »Im achten Monat schwanger, kurz vor der Geburt ihres ersten Kindes. Dann werde ich sie finden. Ich werde an ihre Tür klopfen. Und in dem Moment, in dem sie sie öffnet – ahnungslos und unwissend –, nehme ich einen Becher dieser Säure und werfe ihn ihr direkt ins Gesicht. Ich verbrenne sie, mache sie blind, zerstöre sie. Mal sehen, wie sehr er sie dann will, wenn sie ein richtiges Monster ist.«

Dax und Jasper schweigen und können sich nicht einmal ein Schmunzeln abringen, als sich die Verderbtheit dieses Plans wie ein eisiger Nebel über ihren Tisch legt.

»Glaubst du, dass es dich in vier Jahren noch interessiert?«, fragt Jasper und versucht, seine Abscheu zu verbergen.

»Ich würde fünfzig Jahre warten, um es zu tun«, antwortet Rocco. »Aber das werde ich nicht müssen. Glück ist ein Anästhetikum. Sie werden sich viel früher daran gewöhnen. Sie werden glauben, dass ich aufgegeben habe, weil sie das glauben wollen. Ich werde es nie vergessen. Ich werde es nie verzeihen. Nicht, bis ich bekomme, was ich will.«

Mein Magen hebt sich, abrupt und ohne Vorwarnung. Ich muss mir die Hand vor den Mund halten, so wie ich es im alten Saal an dem Tag tat, als Ozzys Mutter getötet wurde.

Wie sehr ich mich auch in diesem Jahr verändert habe, der Brechreflex ist das Einzige, was ich nicht kontrollieren kann.

Vermutlich hat Rocco das Klatschen meiner Hand gehört. Er scheint sich umzusehen und fragt scharf: »Wem gehört die Tasche?«

Ich kann gerade noch sehen, wie mein Rucksack über die Ecke meines verlassenen Stuhls hängt. Als ich mich zwischen den Bücherregalen versteckt habe, habe ich vergessen, ihn mitzunehmen.

Mein Instinkt sagt mir, ich soll fliehen, aber Rocco kann mich nicht sehen. Er kann nicht wissen, dass ich zugehört habe.

»Ich weiß es nicht«, sagt Dax. »Der Rucksack hängt schon die ganze Zeit da. Wahrscheinlich hat ihn jemand vergessen.«

»Hol ihn her«, bellt Rocco. »Durchsuche ihn. Sieh nach, wem er gehört.«

Dax' Stuhl schabt über den Teppich, als er aufsteht und Roccos Anweisung befolgt.

Jetzt bin ich in Panik, weil ich weiß, dass mein Name in mehreren meiner Lehrbücher steht. Wenn Dax sie durchsieht, wird er es Rocco sagen, und Rocco wird definitiv wissen, dass ich irgendwo in der Nähe bin. Er wird wissen, dass das kein Zufall ist.

Ich bin kurz davor, aus meinem Versteck zu platzen wie ein aufgescheuchtes Huhn, als ich eine helle Stimme höre, die sagt: »Hat jemand den Rucksack vergessen? Ich nehme ihn.«

Miss Robins übergroße Strickjacke und ihre rote Mähne werden sichtbar, als sie sich die Tasche schnappt, noch bevor Dax' große Hand sie umschließen kann.

»Danke, Jungs«, sagt sie und geht bereits davon.

»Hat sie etwas davon gehört?«, fragt Rocco in leisem Ton, nachdem sie weg ist.

»Nein«, sagt Dax. »Und wen kümmert es schon – sie lebt nicht in derselben Welt wie wir. Hast du je gesehen, wie sie über diesen bröckeligen Schriftrollen voller Rattenscheiße sitzt? Sie hält sich für einen verdammten mittelalterlichen Mönch oder eine Nonne oder so einen Scheiß.« Er lacht wieder einmal dreckig. »Sie zieht sich auch an wie eine Nonne. Trotzdem würde ich sie über den Tisch beugen. Ich mag Rothaarige. Genau wie unser Jasper hier, nicht wahr, Jasper?«

»Nein«, erwidert Jasper kühl. »Ich bin nicht daran interessiert, die Bibliothekarin zu ficken.«

All das scheint Rocco genug abgelenkt zu haben, um den geheimnisvollen Rucksack zu vergessen.

»Lass uns gehen«, sagt Dax. »Ich habe keine Lust zu lernen.«

»Wann hast du das schon«, sagt Rocco schnippisch.

»Es ist fast Zeit zum Abendessen, und im Gegensatz zu euch beiden esse ich tatsächlich gern.«

»Wenn man den Fraß, den sie hier servieren, Essen nennen kann.«

Ohne darauf zu warten, dass Rocco auch nur ansatzweise zustimmt, sammelt Dax seine Bücher ein. Rocco und Jasper folgen ihm.

Ich bleibe genau dort, wo ich bin. Meine Beine sind zu schwach, um mich zu tragen – selbst wenn ich mutig genug wäre, mich zu bewegen.

Ich habe jedes Wort gehört, das Rocco gesagt hat. Und genau wie Dax und Jasper weiß ich, dass er keinen Scherz gemacht hat.

Rocco wird seine Rache an meiner Schwester nehmen. Er wird so lange warten, wie er muss. Weder Zeit noch Distanz werden seinen Hass auslöschen. Er ist eine Gefahr für sie, solange er lebt.

Für dieses Problem gibt es nur eine Lösung.

Ich will es nicht zugeben. Ich will den Gedanken nicht in meinem Kopf zulassen. Aber ich weiß es so sicher, wie ich morgens die Sonne aufgehen und nachts den Mond am Himmel sehen kann.

Der einzige Weg für Zoe, sicher zu sein, ist, dass Rocco stirbt.

Kapitel 22

Zoe

Die letzten Uniwochen sind die schönsten meines Lebens.

Rocco ist so verbittert, dass er mich nicht einmal anschaut – was genau das ist, was ich will.

Miles und ich haben die Freiheit, jeden möglichen Moment miteinander zu verbringen. Wir gehen Hand in Hand zum Unterricht, wir sitzen bei jeder Mahlzeit zusammen, wir bleiben bis spät in die Nacht auf, lachen und reden, schauen alte Filme oder ficken wie die Karnickel bei jeder Gelegenheit.

Die Freude, im Freien zu flirten und romantisch zu sein, ist zehnmal größer, als ich es mir vorgestellt habe. Noch nie habe ich mich so leicht und so frei gefühlt.

Oft schließen sich Anna und Leo uns an, um Filme zu schauen oder die Insel zu erkunden. Chay kommt manchmal mit, aber ich weiß, dass sie sich ein bisschen wie das fünfte Rad am Wagen fühlt. Sie war in einem schrecklichen Zustand wegen dem, was mit Ozzys Mutter passiert ist. Erst als Ozzy anfing, sonntags ihre Anrufe entgegenzunehmen, wurde sie wieder fröhlicher. Miles schenkte ihr ein Handy, und jetzt verkriecht sie sich stundenlang in ihrem Zimmer und redet mit Ozzy.

»Ich werde ihn in Tasmanien besuchen«, erzählt sie mir. »Sobald das College vorbei ist.«

»Als Freunde oder …?«

»Es ist kein Mitleid«, sagt Chay mit Nachdruck. »Ich habe ihn vermisst, seit er weg ist. Ehrlich gesagt sogar sehr.«

»Das ist toll, Chay«, sage ich. Das meine ich ganz ehrlich. »Ich dachte immer, Ozzy wäre gut für dich.«

Ich habe meinen eigenen Besuch für die Sommerferien geplant – ich fahre nach Chicago, um Miles' Familie kennenzulernen. Ich habe Cat gefragt, ob sie mitkommen möchte. Keiner von uns beiden war bisher in den Staaten, und ich glaube nicht, dass unser Vater etwas dagegen haben wird. Miles zeigte mir die laufenden Transaktionen auf dem Offshore-Server, die bereits die großzügigen Prognosen übertreffen, die er in jener Nacht in Dubrovnik gemacht hatte. Unser Vater wird zu sehr damit beschäftigt sein, sein Geld zu zählen, um etwas anderes zu tun.

Cat schien nicht so begeistert zu sein, wie ich erwartet hatte. In letzter Zeit war sie auffällig ruhig, ging mir fast aus dem Weg. Sie sagt, sie sei mit Lernen beschäftigt, aber ich frage mich, ob sie sich einsam fühlt, wenn ich so sehr mit Miles beschäftigt bin. Als ob sie denkt, dass ich sie ganz vergessen würde.

Ich versuche ihr klarzumachen, dass das nie passieren wird.

»Du weißt, dass du immer meine beste Freundin sein wirst, und ich werde mich immer um dich kümmern, Cat. Egal, was mit mir und Miles passiert, das wird sich nie ändern.«

»Ich weiß«, sagt Cat und sieht mich mit ihren großen dunklen Augen an, die ihr halbes Gesicht einzunehmen scheinen.

»Was ist denn los? Machst du dir immer noch Sorgen um Rocco? Er hat kein einziges Wort zu mir gesagt. Ich glaube wirklich, er wird sich damit abfinden. Die Princes werden das ganze Geld, das sie verdienen, nicht aufs Spiel setzen wollen. Miles könnte immer noch den Server abschalten, wenn Rocco versucht, uns anzugreifen.«

Cat sieht mich nur ernst an. Sie ist kreidebleich.

»Ist es wegen den Abschlussprüfungen?« Ich stupse sie an. »Deine Noten sind jetzt viel besser, ich bin sicher, du …«

»Es ist nichts«, sagt sie und schüttelt den Kopf. »Ich bin nur müde. Es war ein langes Jahr.«

***

Der letzte Wettkampf des *Quartum bellum* findet an einem schwülen Freitag im Mai statt. Die Sonne knallt auf unsere Köpfe, als wären wir in den Tropen. Jedes Mitglied unseres Teams schwitzt, bevor der Wettkampf überhaupt begonnen hat.

Die Studierenden des zweiten Jahrgangs treten gegen den dritten an. Rund um das offene Feld wurden Tribünen aufgebaut, damit das ganze College zuschauen kann.

Leo hofft natürlich, uns das zweite Jahr in Folge zum Sieg zu führen. Wenn wir vier Jahre in Folge Meister werden, wird er den Rekord von Adrik Petrow brechen, dem St. Petersburger Vollstrecker, dessen Name als einziger Kapitän, der drei Jahre in Folge gewonnen hat, in die Geschichte eingegangen ist.

Adrik hat seinen Abschluss gemacht, kurz bevor ich nach Kingmakers kam. Folglich habe ich ihn nie kennengelernt, doch Miles versichert mir, dass seine Heldentaten nicht übertrieben sind.

»Er war wirklich der Hammer«, sagt Miles. »Ich habe noch nie jemanden gesehen, der so gut in absolut allem war. Manche Leute hielten ihn für ein Arschloch, aber ich mochte ihn.«

»Du magst also Arschlöcher«, sagt Leo.

»Deshalb sind wir beide immer so gute Freunde gewesen.« Miles grinst.

»Ich werde seinen Rekord schlagen«, sagt Leo voller Eifer. »Im *Quartum bellum* und in allem anderen.«

»Viel Glück dabei«, sagt Miles. »Du hast heute den richtigen Start erwischt – ich glaube nicht, dass es so schwer sein wird, den dritten Jahrgang zu schlagen.«

»Das ist dein Team«, erinnere ich ihn.

Miles und ich stehen uns auf dem Spielfeld gegenüber, er in einem schwarzen Hemd, ich in einem weißen. Technisch gesehen sind wir Gegner, und ich soll mein Bestes geben, um ihn zu besiegen. Im Training kann ich nicht aufhören, in sein hübsches Gesicht zu starren, und ich glaube, ich würde ihm sofort einen Pokal überreichen, wenn er mich nett darum bitten würde.

Miles schaut sich beim Rest seines Teams um, zu denen der Kapitän Simon Fowler, Kasper Markaj, Jasper Webb und Dax Volker gehören sowie die Bratwa-Erbin Claire Turgenew, ihre Cousine Neve Markov und mein eigener Cousin Martin. Das wäre ihre »All-Star-Besetzung«, wenn man die Besten herauspicken wollte. Der Rest reicht von mittelmäßig bis schlecht in Bezug auf Stärke und Fähigkeiten.

»Mein Team ist scheiße«, sagt Miles unverblümt. »So ist das nun mal. Manche Jahre sind stärker als andere. Das ist mir egal. Mir wäre es lieber, du schlägst uns schnell, damit ich aus dieser Hitze rauskomme.«

»Wo ist Rocco?«, sage ich plötzlich und sehe mich um.

Rocco ist aus dem dritten Jahrgang. Er sollte hier auf dem Feld sein. Die Anwesenheit beim *Quartum bellum* ist Pflicht.

»Wen interessiert das?«, fragt Miles. »Es ist sein Problem, wenn er beim Schwänzen erwischt wird. Ich wünschte, ich hätte die gleiche Idee gehabt. Aber jetzt ist es zu spät – Professor Howell hat mich schon gesehen.«

Professor Howell schreitet in die Mitte des Spielfelds, seine silberne Lieblingspfeife hüpft gegen seine Brust. Schweiß glänzt bereits auf seinem mageren, gebräunten Gesicht und in seinem kurz geschnittenen schwarzen Haar.

»Alle bereit?«, brüllt er.

Es gibt einen schwachen, hitzemüden Beifall von der Menge und einen noch schwächeren Anerkennungsschrei von den Teilnehmern.

Professor Howell hebt seine Startpistole in den wolkenlosen Himmel und feuert.

Kapitel 23

Miles

Der letzte Wettkampf ist im Wesentlichen eine riesige Partie Tauziehen. Anstelle eines einzelnen Seils gibt es ein Netz, das in der Mitte mit einer Reihe von Flaggen bespannt ist. Das erste Team, das die Flaggen in die eigene Endzone ziehen kann, gewinnt.

Weil so viele Studierende in jedem Team sind – insgesamt fast siebzig –, beinhaltet die Taktik die Verlagerung der Arbeitskraft auf verschiedene Bereiche des Netzes. Die Teams wechseln zwischen plötzlichen Ausbrüchen aggressiver Kraft und langen, zermürbenden Kämpfen, bei denen die Studierenden schwitzen und sich anstrengen, während sich das Netz kaum bewegt.

Ich hasse es, verdammt.

Ich finde das *Quartum bellum* mühsam und sinnlos und neige dazu, mich so wenig wie möglich anzustrengen – gerade genug, dass meine Teamkollegen nicht merken, dass ich kaum arbeite. Das ist schwer, wenn alle in fünf Minuten vor Schweiß triefen.

Das raue Seil verbrennt unsere Hände und schabt die Haut von den Handflächen. Das Gras unter unseren Füßen wird bald von eingesunkenen Schuhen aufgerissen, und die Spieler werden häufig von den Füßen gerissen und mit dem Netz mitgeschleift, bis ihre Haut aufgeschürft und sie mit Grasflecken übersät sind.

Ich hatte gehofft, dass es bald vorbei sein würde, aber es ist schnell klar, dass es ein langer Kampf wird. Beide Teams haben zwar immer wieder Momente des Triumphs, in denen sie das Netz einige Meter in Richtung ihrer Endzone ziehen, doch dieser Fortschritt wird sofort wieder durch das gegnerische Team zunichtegemacht.

Wie immer hat Leo die bessere Strategie. Er nutzt unerwartete Kraft- und Richtungswechsel, um uns buchstäblich von den Füßen zu ziehen. Er wechselt seine Spieler aus und entlastet diejenigen, die am stärksten unter Druck stehen, sobald sie anfangen zu schwächeln. Stück für Stück zieht er das Netz näher auf seine Seite.

Trotzdem wird es ein oder zwei Stunden dauern, bis mein Team merkt, dass sie geschlagen sind.

Ich beschäftige mich damit, Zoe anzustarren.

Sie schuftet wie eine kleine Arbeitsbiene. Ihr schwarzes Haar hat sich aus dem Pferdeschwanz gelöst und klebt ihr im Gesicht. Ihre Wangen sind gerötet. In der Tat sieht sie ziemlich ähnlich aus, wenn sie auf mir sitzt und auf meinem Schwanz reitet – was besagten Schwanz in meinen Shorts aufwachen lässt. Dieser Gedanke ist das Einzige, das mich diesen verdammten Wettbewerb genießen lässt. Es macht mir nichts aus, wenn er sich in die Länge zieht, solange ich Zoe dabei zuschauen kann, wie sie lacht und schreit und dabei ihren göttlichen Körper einsetzt.

Sie fängt meinen Blick auf und grinst mich an, wobei ihre weißen Zähne aufblitzen.

»Du könntest versuchen zu schieben, statt zu ziehen«, ruft sie. »Wir werden dich von deinem Elend befreien.«

»Du wirst mich nie respektieren, wenn ich dich gewinnen lasse«, rufe ich zurück und gebe dem Netz einen scharfen Ruck, der sie nach vorne reißt. Zoe lacht nur, drückt ihre schmutzigen Turnschuhe in den aufgewühlten Dreck und zieht, so fest sie kann, womit sie absolut nichts erreicht.

Dean Yenin steht ein wenig links von Zoe. Er wirft gereizt den Kopf zurück, genervt von unserem Austausch. Natürlich behandelt er den Wettkampf, als würde das Wohl und Wehe der Welt davon abhängen. Er knurrt verärgert, wenn Leo einen Befehl ruft, folgt aber der Strategie, wenn der Nutzen offensichtlich ist.

Silas Gray hört nicht so genau zu. Als Leo ihnen zuruft, sie sollen nach links ziehen, reißt er das Netz in die entgegengesetzte Richtung und übt dabei unerwartete Kraft auf den von Dean gehaltenen Teil aus. Mit einem üblen Ruck wird Deans Arm zur Seite gerissen. Er stößt einen erstickten Schrei aus und lässt das Netz los. Sein Arm hängt in einem schiefen Winkel – die Schulter ist definitiv ausgerenkt.

»Du verdammter Idiot!«, knurrt Dean. Sein Gesicht ist scharlachrot.

Silas starrt ihn teilnahmslos und ohne Reue an.

Leo lässt das Netz los, um nachzusehen. Er zieht eine Grimasse über den baumelnden Arm.

»Geh lieber auf die Krankenstation«, sagt er.

»Ach, im Ernst?«, brüllt Dean, die Zähne zusammengebissen vor Schmerz.

»Ich kann jemanden mit dir schicken …«, beginnt Leo.

»Mach dir nichts draus, er hat mir den Arm ausgerissen, nicht die Beine.« Dean pirscht über das Feld, wobei er mit seinem guten Arm das lose, schwingende Glied an seinem Körper festhält.

»So ein Pech«, sage ich zu Kasper Markaj. »Das hätte keinem netteren Kerl passieren können.«

Kasper schnaubt und greift erneut nach dem Netz.

»Kommt schon, ihr Faulpelze!«, brüllt Simon Fowler unserer Mannschaft zu. »Wir haben sie genau da, wo wir sie haben wollen, sie fallen um wie die Fliegen!«

Ich seufze. »Er ist kein William Wallace, aber er versucht sein Bestes.«

Kapitel 24

Cat

Rocco muss sterben, und ich bin die Einzige, die es tun kann.

Zoe oder Miles würde man sofort verdächtigen.

Wenn sie Rocco töten, werden das der Dekan und die Princes herausfinden. Ihr neues gemeinsames Leben wird zerstört sein, bevor es überhaupt begonnen hat.

Tatsächlich muss ich dafür sorgen, dass, wenn Rocco stirbt, es ganz offensichtlich ist, dass Zoe und Miles nichts damit zu tun hatten.

Deshalb muss es während des letzten Wettkampfes des *Quartum bellum* passieren.

Zoe und Miles werden vor den Augen des ganzen Colleges gegeneinander antreten. Keiner kann ihnen vorwerfen, dass sie Rocco getötet haben.

Ich hingegen werde ein anderes Alibi brauchen.

Aber ich bin bereits einen Schritt voraus.

Der erste Schritt besteht darin, die Falle zu ködern.

Ich beginne damit, Notizen in Roccos Taschen zu hinterlassen. Es ist riskant, denn dazu muss ich mich in den achteckigen Turm schleichen und das Schloss zu seinem Zimmer knacken.

Schlösserknacken ist eines der ersten Dinge, die man in Kingmakers lernt, zumindest in der Spionageabteilung. Wir haben es gleich in der ersten Woche behandelt. Ich bin ziemlich gut darin geworden, denn filigrane, knifflige Handarbeit ist etwas, das ich schon bei der Herstellung von Schmuck und Papierkunst perfektioniert habe.

Der schwierigere Teil ist, all den männlichen Erben auszuweichen, die sich fragen könnten, warum ich mich in ihren Turm geschlichen habe. Außerdem muss ich meinen schleichenden Ekel überwinden, irgendetwas anzufassen, das Rocco gehört. Seine Kleidung hat einen kränklich-süßen Geruch, der mich an verfaulendes Obst erinnert.

Die Notizen, die ich für Rocco hinterlasse, sind absichtlich vage und verlockend.

Dinge wie:

Ich weiß, was du getan hast.

Ich habe Beweise.

Ich werde dich entlarven.

Du musst zahlen, damit ich schweige.

Ich erwarte eigentlich nicht, dass Rocco sich durch diese Notizen bedroht fühlt. Ganz im Gegenteil: Ich denke, sie werden ihn irritieren und wütend machen, weil er sie nicht verstehen wird. Es wird ihn in den Wahnsinn treiben, nicht zu wissen, wer das macht oder warum.

Er wird vielleicht denken, dass ich mich auf die Geschichte beziehe, die Claire Turgenew mir erzählt hat: über den Jungen, den er in seinem alten Internat gequält und ermordet hat. Oder er wird es mit einer der hundert anderen grausamen und ekelhaften Taten in Verbindung bringen, die in seinen Erinnerungen schlummern.

Es ist nicht wichtig, was er denkt – es ist nur wichtig, dass ich seine Neugierde wecke.

Ich hinterlasse ein Dutzend Notizen über drei Tage hinweg, versteckt in den Taschen seiner Hose, seines Rucksacks und zwischen den Seiten seiner Lehrbücher. Dann höre ich auf.

Die Unterbrechung ist wichtig, um ihn aus dem Konzept zu bringen. Um ihn noch mehr paranoid zu machen. Um sicherzustellen, dass er antwortet, wenn ich meine letzte Nachricht hinterlasse.

Drei Tage vor dem *Quartum bellum* schleiche ich mich spät in der Nacht aus dem Untergeschoss. Ich stehle Steine von dem bröckelnden Glockenturm an der nordwestlichen Ecke des Campus und trage sie auf die Mauern hinauf. Schwere Steine, jeder von ihnen wiegt fünf bis zehn Kilo. Ich verstecke sie unter meinem Oberteil und trage sie einen nach dem anderen hinauf, bis meine Beine von Dutzenden Runden die Treppe hinauf und herunter zittern.

Dann durchsuche ich die Ställe. Ich schaue durch die Stapel von kaputten Möbeln, schimmligen Büchern, abgenutzten Kreidestücken und alten Ablagekästen.

Seit ich Hedeon Gray gesagt habe, er solle diese Kisten nach alten Studierendenunterlagen durchsuchen, war ich nicht mehr hier. Ich halte in meiner Suche inne, um die Kisten selbst zu überprüfen, und frage mich, ob er gefunden hat, was er suchte.

Die Akten sind offensichtlich durchwühlt worden, aber ich sehe keine Studierendenunterlagen. Ich habe mir die Unterlagen an Halloween nicht so genau angesehen – vielleicht war es ein dummer Vorschlag. Entweder das, oder Hedeon fand, was er suchte, und nahm es mit sich.

Als ich meine eigene Suche wiederaufnehme, finde ich einen großen Sack aus Segeltuch voller alter Tauchausrüstungen. Ich kippe die Taucherausrüstungen aus und nehme den Sack.

Jetzt brauche ich nur noch ein Seil.

***

Am Tag vor dem *Quartum bellum* hinterlasse ich meinen letzten Zettel. Ich lege ihn direkt auf Roccos Kissen, wo er ihn unmöglich übersehen kann. Ich teile ihm Zeit und Ort des Treffens mit und weise ihn an, 5000 Dollar mitzubringen, um mein Schweigen zu garantieren.

Natürlich erwarte ich nicht, dass er Geld mitbringt.

Das Geld ist eine Ablenkung.

Ich kann nicht sagen, ob mein Plan einigermaßen clever oder außerordentlich dumm ist. Ich bewege mich in einer Art Benommenheit, tue, was ich für notwendig halte, während ich nicht wirklich glaube, dass ich es durchziehen kann.

Ich bin keine Killerin. Ich war nie eine.

Und doch muss ich ihn töten.

Ich habe Zoe nicht gesagt, was ich vorhabe. Sie darf es nicht wissen und Miles auch nicht. Es ist der einzige Weg, sie zu beschützen. Wenn etwas schiefgeht … nun, daran darf ich nicht denken. Meine Schwester war bereit, ihr Leben für meines zu opfern. Sie war bereit, Rocco zu heiraten, um mich zu beschützen. Ich muss das Gleiche für sie riskieren.

Als ich die Treppe des achteckigen Turms hinuntereile, vergesse ich, auf Schritte zu achten, die nach oben kommen. Ein kleiner Fehler – aber einer, der sich als verhängnisvoll erweist, als ich direkt in Dean Yenin hineinlaufe.

Er packt mich an der Kehle und drückt mich gegen die gebogene Steinwand.

Sofort bin ich wieder im Badezimmer des Wehrturms, wo Dean mir mit einem wütenden, tränenüberströmten Gesicht gegenüberstand.

Er muss sich an dasselbe erinnern, denn seine Hand zieht sich um meine Kehle zusammen, bis ich einen erstickten Schrei ausstoße und mich an seinen Fingern festkralle.

»Was machst du hier drin?«, knurrt er. Sein Atem ist heiß auf meinem Gesicht.

»Nichts!« Ich quieke und versuche, seine Hand von meinem Hals zu ziehen. Genauso gut könnte ich versuchen, Stahl zu verbiegen. Seine Finger graben sich nur weiter ein, bis mein Kopf schwummrig wird und meine Beine unter mir nachgeben.

»Warum bist du hier? Suchst du nach mir?«

Seit jenem Tag im Badezimmer habe ich nichts anderes getan als das genaue Gegenteil. Ich habe Dean Yenin gemieden, als wäre er die Medusa und sein Blick würde mich in Stein verwandeln.

»Nein!« Ich keuche, mein Kopf beginnt sich zu drehen, und die Welt um mich herum wird schwarz.

Dean lockert seinen Griff so weit, dass ich atmen kann, doch er hält mich immer noch mit seinen drahtigen Armen auf beiden Seiten an die Wand gedrückt.

»Warum bist du dann hier? Lüg mich nicht an, verdammt!«

»Ich habe nur nach Miles gesucht!« Ich lüge, verhalte mich aber so, als wäre ich zu erschrocken, um das zu tun. »Ich hatte eine Nachricht von Zoe.«

»Eine Nachricht?«, spottet Dean. »Bist du ihr Laufbursche?«

Er lässt meinen Nacken los. Ich massiere meine Kehle und versuche zu schlucken.

»Sie ist meine Schwester«, sage ich. »Sie sind zusammen, weißt du?«

»Natürlich *weiß* ich das.« Dean verdreht die Augen über meine Idiotie. »Das ganze College weiß von deiner Schlampen-Schwester.«

»Nenn sie nicht so!«, schnauze ich. Meine Empörung wird durch die Tatsache untergraben, dass meine Stimme ein hohes Quietschen von sich gibt. Trotzdem attackiert mich Dean mit neuer Wut und erschreckt mich so sehr, dass ich Sportjacht und auf der Treppe auf meinen Hintern falle.

»Was zum Teufel willst du dagegen tun?«, zischt er, die Hände an seinen Seiten zu Fäusten geballt.

Unten am Boden sehe ich meine Chance – ich schiebe

mich unter seinem Arm weg und sprinte die Treppe hinunter. Dean macht sich nicht die Mühe, zu versuchen, mich zu fangen.

Mein Herz rast ohne Unterlass, als ich den ganzen Weg vom Turm bis zum Untergeschoss laufe. Es war ein knappes Entkommen – und ich habe verdammtes Glück, dass es Dean war und nicht Rocco.

***

Am Morgen des *Quartum bellum* bin ich zu nervös, um zu essen. Ich muss aber zum Frühstück gehen, denn das ist ein entscheidender Teil des Plans.

Ich sitze an Zoes Tisch, zusammen mit Miles, Leo und Anna, Ares, Chay und Hedeon. Chay sieht so fröhlich aus, wie ich sie seit Wochen nicht mehr gesehen habe, und sie hat wieder angefangen, sich zu schminken. Hedeon hingegen ist so mürrisch wie immer. Er stochert griesgrämig in seinem Essen herum und blickt nur auf, um seinen Bruder anzustarren, der ein halbes Dutzend Eier und doppelt so viel Speck in sich hineinschaufelt.

»Esst gut«, fordert Leo die Studierenden des zweiten Jahrgangs auf. »Ich brauche euch alle in Topform für den Wettkampf.«

»Willst du jetzt auch noch unser Frühstück kontrollieren?«, neckt Anna ihn.

»Auf jeden Fall werde ich das. Ich würde euch füttern, wenn es euch hilft, besser abzuschneiden.«

»Nein, danke«, sagt Ares.

»Bist du sicher?«, fragt Leo, spießt einen großen Bissen Pancakes auf und tut so, als würde er ihn mit einer Fliegerbewegung zu Ares' Mund bringen.

»Bloß nicht«, versucht Ares zu sagen, aber Leo stopft ihm bereits den Pancake in den Mund.

Dies führt zu einem zweiminütigen Handgemenge, bei dem Ares mit vollem Mund etwas über den Pancake nuschelt und Leo ihm empfiehlt, er solle seine Kraft nicht verschwenden, während beide versuchen, sich gegenseitig von ihren Sitzen zu reißen.

Der Kampf ist die perfekte Ablenkung. Ich nehme mein Messer in die Hand, das wie alle Messer in Kingmakers schwer und gezackt ist, mit einem geschnitzten Griff und einer Klinge aus gehärtetem Stahl. Bestimmt ist es schon hundert Jahre alt, so wie es aussieht. O Gott, ich hoffe, es ist nicht mit Tetanus infiziert.

Das ist leider der Teil des Plans, den ich am meisten fürchte.

Unter dem Deckmantel von Leos und Ares' Rauferei schlitze ich mit einem schnellen Schnitt meinen eigenen Arm auf. Die gezackte Klinge reißt mein Fleisch auf, und das Blut ergießt sich auf meinen karierten Rock, bevor ich meinen Arm wegziehen kann.

»Autsch!«, kreische ich.

»Cat!«, schreit Zoe. »Was ist passiert?«

»Mir ist das Messer ausgerutscht«, sage ich und schiebe die Unterlippe vor. Meine Unterlippe zittert. Es ist kein Schauspiel – mein Arm tut wirklich weh, und mir ist unwohl bei dem, was ich mir angetan habe. Ich wollte einen großen Schnitt machen, aber es blutet stärker, als ich erwartet habe, und mir wird langsam schwindlig.

Hedeon ist am schnellsten. Er schnappt sich eine Leinenserviette und drückt sie über meinen Arm.

»Du solltest besser zu Dr. Cross gehen«, sagt er. »Das wird genäht werden müssen.«

»Gute Idee«, sage ich.

Ich stehe auf und wackle leicht.

»Ich bringe dich hin!«, bietet Zoe an.

»Ich übernehme das«, sagt Hedeon.

»Willst du, dass ich mitkomme?«, fragt mich Zoe, die Augenbrauen besorgt zusammengezogen.

»Nein«, sage ich schnell. »Geht ihr nur vor, ich komme schon klar. Der Wettkampf fängt gleich an.«

»Komm schnell zurück«, sagt Leo zu Hedeon.

Anna gibt ihm einen Klaps auf den Arm, weil er unhöflich war.

»Wir brauchen ihn!«, sagt Leo. »Und dir gute Besserung, Cat! Tut mir leid mit deinem Arm.«

»Ich werde Hedeon gleich zurückschicken«, verspreche ich.

Hedeon muss verschwinden, und zwar schnell, deshalb bin ich gern bereit, Leos Bitte nachzukommen.

Trotzdem bin ich dankbar, dass ich mich auf dem Weg zur Krankenstation auf seinen Arm stützen kann. Mit dem Messer war ich echt ein wenig übereifrig. Ich musste sicherstellen, dass ich tief genug schneide, um es nähen zu lassen, aber ich habe es übertrieben.

»Die Pancakes waren ein bisschen zu hart«, sagt Hedeon und wirft mir einen ungläubigen Blick von der Seite zu.

»Ich weiß, ich bin tollpatschig«, sage ich mit meiner besten traurigen Babystimme.

Hedeon beißt sich auf die Kante seiner Unterlippe, er glaubt mir nicht ganz.

Ich habe ein paar Dinge, die ich ihn gern fragen würde, aber jetzt ist nicht die Zeit, um zu schnüffeln oder ihn zu verärgern. Ich brauche ihn wirklich, um mich zu stützen. Hedeon ist nicht annähernd so groß wie sein Adoptivbruder, aber er ist immer noch eins fünfundachtzig und stark. Irgendwie möchte ich ihn bitten, mich über seine Schulter zu legen, weil auch ich, wie Leo sagte, meine Kräfte schonen will. Aber aus anderen Gründen als für das *Quartum bellum*.

»Ich schätze, du wirst den Wettkampf verpassen«, sagt Hedeon.

»Ich werde euch im Geiste von hier aus unterstützen«, sage ich und nicke in Richtung des langen, niedrigen Gebäudes der Krankenstation.

»Willst du, dass ich mit hineinkomme?«, fragt Hedeon.

»Nein«, sage ich. »Aber ich danke dir. Für die Serviette und den Arm.«

Ich lasse seinen warmen, kräftigen Bizeps los.

Hedeon blinzelt auf mich herab, als wolle er noch etwas sagen. Stattdessen schüttelt er den Kopf mit einem mürrischen *Gern geschehen* und geht in den Speisesaal zurück.

Dr. Cross öffnet nach einmaligem Klopfen die Tür.

»Der Wettkampf hat noch nicht einmal begonnen!«, krächzt er empört. »Wie kannst du jetzt schon verletzt sein?«

»Ich habe mich beim Frühstück geschnitten«, sage ich und ziehe die blutgetränkte Serviette zurück, um ihm die Wunde zu zeigen.

»Geschnitten mit was? Einem Säbel?«, zischt er.

»Die Messer sind scharf.«

»Und die Studierenden sind anscheinend Idioten.«

»Das kann für Sie ja keine Überraschung sein«, sage ich und schenke ihm ein entwaffnendes Lächeln. »Wann haben Sie hier am College eigentlich angefangen?«

»Schon lange vor deiner Geburt und wahrscheinlich auch vor der deiner Eltern«, sagt Dr. Cross und verdreht hinter seiner dicken Brille die Augen. »Nun, es ist nicht so schlimm. Ich werde es nähen. Du wirst vielleicht eine Narbe behalten, aber besser am Arm als im Gesicht.«

Er wäscht sich die Hände am stählernen Waschbecken und beginnt dann, seine Utensilien zusammenzusuchen.

»Setz dich aufs Bett, bevor du mir noch umfällst«, bellt er.

»Mir ist ein bisschen schwindlig«, gebe ich zu. »Ich bin nicht dazu gekommen, mein Frühstück zu essen. Könnte ich vielleicht einen Tee haben?«

»Das ist nicht das Four Seasons!«, bellt Dr. Cross. Aber

einen Moment später beruhigt er sich und sagt: »Ich werde den Tee aufsetzen, und du kannst ihn trinken, sobald ich es genäht habe. Halte den Druck auf der Wunde, während ich weg bin.«

Er geht in seine Wohnung zurück, um den Wasserkocher und die Tassen zu holen. Ich höre, wie er in seiner kleinen Küche herumläuft, und nutze die Gelegenheit, um ein paar Kapseln aus meiner Tasche zu holen. Ich habe sie selbst hergestellt, mit einer sorgfältig abgemessenen Dosis. Eine sollte ausreichen, doch ich werde sicherheitshalber beide nehmen.

Einige Minuten später kommt Dr. Cross mit einer Teekanne und zwei Tassen zurück. Die Tassen sind abgeplatzt und passen nicht zusammen, aber der Tee duftet bereits herrlich.

»Ich habe keine Sahne«, sagt er schroff.

»Mir schmeckt er pur am besten.«

»Lass ihn eine Minute ziehen«, bellt er, obwohl ich nicht versucht hatte, die Kanne zu berühren.

Dr. Cross füllt eine Spritze mit Lidocain und injiziert meinen Arm an mehreren Stellen. Der ganze Arm ist so heiß und pochend, dass ich kaum spüre, wie die Nadel an den Rändern des verletzten Fleisches einsticht.

»Wir geben der Spritze eine Minute, um zu wirken«, sagt er. »Jetzt kannst du den Tee einschenken.«

Ich hebe den Topf mit meinem unverletzten Arm an und gieße vorsichtig die zwei Tassen voll.

»Ich habe den Zucker vergessen«, schimpft Dr. Cross und geht in seine Küche zurück.

Ich lasse beide Kapseln in seine Tasse fallen. Die durchsichtige Hülle löst sich sofort im heißen Tee auf und hinterlässt nur ein feines weißes Pulver am Boden der Tasse, das er nicht bemerken sollte, sofern er nicht genau hinschaut. Ich hoffe inständig, dass ich es richtig dosiert habe, denn ich will den Doktor wirklich nicht verletzen.

Ich hebe die andere Tasse an und schlürfe den Tee, obwohl er brühend heiß ist.

»Er ist wirklich gut!«, sage ich zu Dr. Cross, als er zurückkommt.

»Du willst keinen Zucker? Ach ja, richtig, du hast gesagt, du trinkst deinen Tee pur. Ist ja auch gesünder, aber ich bin mein Verlangen nach Zucker nie ganz losgeworden.«

Er kippt drei Löffel in seinen Tee und rührt um, ohne zu bemerken, dass etwas nicht stimmt.

»Ah!«, sagt er nach einem zufriedenen Schlürfen. »Dann wollen wir mal loslegen.«

Er setzt seine Tasse ab, um Nadel und Faden in die Hand zu nehmen. Entschlossen wende ich mein Gesicht dem Fenster zu. Ich will nicht hinschauen. Dr. Cross arbeitet zügig trotz seiner von Arthritis geplagten Hände. Als er fertig ist, ist die Nahtlinie an meinem Arm sauberer, als es die gezackte Wunde verdient hätte.

»Fertig!«, sagt er mit Genugtuung. »Ich lege auch einen Verband an. Halte die Wunde sauber. Komm wieder, um einen neuen Verband zu holen, wenn du ihn brauchst. Die Fäden werden sich in ein paar Wochen von selbst auflösen. Was auch immer du tust, zupfe nicht daran herum.«

»Kann ich mich noch ein bisschen ausruhen?«, frage ich ihn. »Mir ist immer noch schwindlig.«

Er wirft einen Blick auf die Uhr. »Wenn du willst. Du wirst den Wettkampf verpassen, aber das ist vielleicht besser so. Es ist verdammt heiß heute. Es ist nicht gut, draußen in der Sonne zu sitzen.«

Er räumt schnell und effizient auf, dann wäscht er sich noch einmal die Hände. Als er sich zum Gehen wendet, sage ich: »Dr. Cross! Sie haben Ihren Tee vergessen!«

»Stimmt«, sagt er, hebt die Tasse und nimmt noch einen Schluck. »Noch warm.«

Gott sei Dank.

Er setzt sich auf das Bett neben meinem und trinkt weiter. Er schlürft bei jedem Schluck, aber es ist kein unangenehmes Geräusch. In der Tat ist es seltsam beruhigend.

»Wie ist dein Familienname?«, fragt er und blinzelt mich durch die zentimeterdicken Gläser seiner Brille an.

»Romero.«

Er macht ein abweisendes Geräusch. »Nie davon gehört. Ich kenne kaum noch eine der Familien.«

»Ist Ihre Familie Teil der Mafia?«, frage ich ihn.

»Meine Mutter war eine Umbra«, sagt er voller Stolz. Als er merkt, dass ich nicht weiß, was das bedeutet, fügt er ungeduldig hinzu: »Sie waren eine der Gründerfamilien, Mädchen, guter Gott, was bringen sie euch da draußen bei?«

Ich bin erleichtert, als ich sehe, dass er seinen Tee ausgetrunken hat. Noch erleichterter bin ich, als ich sehe, dass sein Blinzeln immer länger und langsamer wird.

»Ich werde zu alt dafür«, sagt er mürrisch und blickt auf die gewaschenen und sterilisierten Instrumente, die er noch nicht weggeräumt hat.

»Warum ruhen Sie sich nicht aus, und ich bringe die Utensilien in den Schrank zurück?«, biete ich an.

»Na gut, in Ordnung …«, sagt er und lehnt sich mit über der Brust verschränkten Fingern an das Kissen zurück. »Ich kann mich genauso gut einen Moment ausruhen. Es wird sicher noch die eine oder andere Verletzung geben, bevor der Tag zu Ende ist.«

Er schließt die Augen, sein Atem wird bereits langsamer.

Leise schließe ich die Vitrine auf und lege die Instrumente an ihren sorgfältig beschrifteten Platz zurück.

Ich versuche, mich lautlos zu bewegen, versuche, nicht einmal zu atmen.

Bald steht Dr. Cross' Mund offen, und lange Schnarchgeräusche kommen röchelnd heraus.

Ich warte erst fünf, dann zehn quälende Minuten. Ich muss sicher sein, dass er tief und fest schläft, ehe ich gehe.

Die Dosis, die ich ihm gegeben habe, sollte ihn für Stunden außer Gefecht setzen.

Einige Teile dieses Plans sind gut organisiert, aber andere beruhen auf Zufall. Es war pures Glück, dass ich die einzige Person war, die heute Morgen Dr. Cross' Dienste in Anspruch genommen hat, und ich hoffe, es bleibt vorerst so. Das *Quartum bellum* ist der kritische Faktor. Es ist ein harter Wettkampf, der zumindest zu ein paar Verletzungen führen wird.

Ich muss so schnell wie möglich weg und wieder zurück.

Ich muss auch vor Rocco an unserem Treffpunkt sein.

Ich schleiche auf Zehenspitzen herum, schließe die Tür zur Krankenstation und klappe dann das hintere Fenster gerade so weit auf, dass ich hindurchschlüpfen kann. Der schwere hölzerne Fensterflügel knarrt. Ich werfe einen besorgten Blick zurück auf den schlummernden Dr. Cross und stelle erleichtert fest, dass er seine Position nicht verändert hat. Sein anhaltendes Schnarchen beruhigt meine Ängste, dass ich ihm eine Überdosis gegeben habe.

Ich schlüpfe durch den engen Raum und eile dann über das verlassene Gelände, als ich außerhalb der Burgtore das ferne Rufen und Stöhnen des *Quartum bellum* höre.

Ich schaue auf die Uhr. Für den Fall, dass Rocco versucht, mich zu überrumpeln, muss ich unbedingt rechtzeitig auf der Mauer sein.

Ich erklimme die Treppe und komme auf der Mauer an, wo Rocco Prince meine Schwester vor so vielen Monaten fast in den Selbstmord getrieben hat. Vielleicht weiß er schon allein durch unseren Treffpunkt, dass sich die Notizen auf Zoe beziehen. Ich hoffe, das ist ein zusätzlicher Anreiz für ihn, zu kommen.

Das größte Risiko zu diesem Zeitpunkt ist, dass Rocco

einen Freund mitbringt. Er muss allein kommen. Wenn er das nicht tut, kann ich nur den Plan aufgeben und weglaufen.

Ich bin früh dran. Rocco ist zu spät. Die vereinbarte Zeit verstreicht, dann werden es zehn Minuten und zwanzig Minuten länger. Die Sonne prallt auf meinen Kopf. Noch immer höre ich die anhaltenden Jubelrufe des Wettkampfes, obwohl sie schwächer scheinen als zuvor, das Publikum erschöpft von der Hitze.

Wenn Rocco nicht bald kommt, muss ich gehen. Ich kann nicht riskieren, dass jemand zur Krankenstation kommt und die Tür verschlossen findet. Das ist vielleicht bereits passiert. O Mann, dieser Plan ist voller Schwachstellen! Ich versuchte verzweifelt, einen Zeitpunkt zu finden, an dem meine Schwester vor Verdacht sicher ist. Alle meine Pläne erscheinen mir kindisch und zum Scheitern verurteilt, wenn ich sie im grellen Licht der Realität betrachte.

Ich berühre die lose Schlaufe des Seils, die hinter mir auf den Mauern liegt, anschließend trete ich vorsichtig auf den Holzstift, der direkt hinter meiner Ferse in der Wand steckt. Der Bolzen ist gespannt. Er könnte sich jeden Moment lösen.

Ich bin keine Ingenieurin. Ich hatte kaum die Kraft, das einzurichten. Ich weiß nicht, ob es funktionieren wird. Ich glaube nicht, dass Rocco kommen wird. Mann, ich bin so eine Idiotin! Was habe ich mir nur dabei gedacht?

Ich bin im Begriff, alles aufzugeben. Ich will mich umdrehen und weglaufen. Dann höre ich ein entferntes Knarren, das sich sehr nach einer Tür anhört.

Ich halte inne, erstarrt wie ein Reh, die Ohren nach weiteren Geräuschen spitzend.

Ich höre ein Kratzen, das Schritte auf der Treppe sein könnten.

Dann eine lange Pause.

Dann endlich steigt eine schlanke, dunkle Gestalt an der Wand empor.

Bei all der Zeit, die ich mit Riesen wie Miles, Leo und Ares verbracht habe, vergesse ich manchmal, dass Rocco im Vergleich zwar bescheiden proportioniert, aber immer noch viel größer ist als ich. Er ist auch schneller und unendlich viel stärker. Mit unheimlicher Geschwindigkeit, geöffnetem Kiefer und durchbohrendem Blick schreitet er auf mich zu.

Er bleibt nicht stehen, bis er wenige Zentimeter von mir entfernt ist.

»Was für eine Enttäuschung«, sagt er in einem angewiderten Ton.

»Hast du mein Geld dabei?«, frage ich. Ich hatte gehofft, einen Anschein von Selbstvertrauen aufbringen zu können, aber meine Stimme verrät mich immer. Sie kommt hoch und schwach heraus, mit einem Knacken in der Mitte des Satzes.

»*Geld?*«, spottet Rocco, und es ist eines der wenigen Male, an die ich mich erinnere, dass er lacht. »Du dachtest, ich würde Geld mitbringen?«

»Wenn du es nicht …«, beginne ich.

»Wenn ich es nicht habe, *was* dann?«, unterbricht er mich und macht einen furchtbar schnellen Schritt auf mich zu, sodass ich mit dem Rücken an die Wand gepresst bin. Ich taste hinter mir nach der Schlaufe des Seils, die verschwunden zu sein scheint.

»Dann werde ich dich entlarven!«, quieke ich.

»Wovon zum Teufel redest du?«, brüllt Rocco. Die Verwirrung ist das Einzige, was ihn davon abhält, mich zu erdrosseln. »Ich bin nur hier heraufgekommen, um zu sehen, welcher hinterhältige und lebensmüde Idiot Zettel in meinen Taschen hinterlässt! Ich wollte demjenigen meinen Namen quer über die Brust ritzen. Aber jetzt, da ich weiß, dass *du* es bist …« Er zieht sein Messer schneller als ein Blinzeln aus der Tasche und klappt die Klinge auf. »Jetzt muss ich mir wohl etwas Kreativeres für Zoes kleine Schwester einfallen lassen …«

»Warte!«, rufe ich verzweifelt, um Zeit zu gewinnen, während meine Finger das Seil verfehlen. »Wir können einen Deal machen!«

»So viel Spaß das auch machen würde«, zischt Rocco und greift mit seiner schlanken, blassen Hand nach mir, »ich hasse Deals, verdammt noch mal!«

Meine Finger schließen sich um die Schlaufe, ich ergreife sie und werfe das Lasso um Roccos Handgelenk. Er starrt es mit offenem Mund und amüsiertem Spott an.

»Was zum Teufel …?«

Ich trete den Stift, so fest ich kann, und schlage ihn von der Wand ab.

Ich hatte nur eine Chance, es zu tun. Rocco sieht zu, wie das Seil über die Mauer zischt. Verständnis dämmert in seinem Gesicht, gerade als sich die Schlinge um sein Handgelenk festzieht und ihn nach vorne reißt.

Er schwingt sein Messer nach mir und versucht, es mir in die Brust zu rammen. Ich sinke bereits auf die Knie und schlage meine Arme schützend über meinen Kopf.

Rocco lässt das Messer fallen und greift mit seiner freien Hand verzweifelt nach mir, während er nach vorne gezogen wird. Wenn ich größer wäre, würde es funktionieren. Er würde mich packen und mit sich hinüberziehen. Aber ich bin klein. Ich kauere mich zusammen wie eine kleine Maus, während Rocco über meinen Kopf gezogen wird. Die Spitze seiner Schuhe streift meine Haare, als er über die Wand kippt und mit einem markerschütternden Schrei hinunterstürzt.

Der Leinensack mit Steinen zieht ihn nach unten. Er wiegt über hundert Kilo, viel mehr als Rocco selbst. Ohne den Stift, der ihn festhielt, stürzt er geradewegs nach unten, und Rocco wird hinterhergeschleift, während er die ganze Zeit schreit. Ich höre den Aufprall nicht, aber ich höre, wie der Schrei verstummt – die Stille ist plötzlich und abrupt.

Ich will nicht über die Mauer schauen.

Und doch muss ich es.

Ich muss mir absolut sicher sein.

Mit beiden Händen vor dem Mund und mit zitternden Beinen zwinge ich mich aufzustehen. Ich spähe über die Mauer.

Ich sehe eine dunkle Gestalt auf den Felsen unter mir liegen. Der Sack aus Segeltuch ist zerrissen und hat seine Steine überall verteilt.

Am liebsten möchte ich zurücksinken und mich hier zitternd verstecken, so lange, bis es aufhört.

Aber ich muss auf die Krankenstation zurück.

Kein Teil dieses Plans ist schwieriger als der Rückweg. Ich muss drei oder vier Mal anhalten, mein Magen hebt sich. Zum Glück ist nichts darin außer Tee, sodass ich die Übelkeit in Schach halten kann. Erbrochenes darf ich nicht als Beweis hinterlassen.

Ich mache mir keine Sorgen wegen der Fingerabdrücke auf dem Seil. Die raue Jute sollte keine Fingerabdrücke aufnehmen, und die Flut kommt bald. Die Wellen werden gegen die Überreste von Rocco Prince schlagen und Fasern und Haare wegspülen. Vielleicht spülen sie sogar die Leiche weg.

Nein, es ist mein Alibi, das ich brauche. Ich muss in die Krankenstation zurück, bevor jemand merkt, dass ich weg bin.

Ich renne über den Campus, ungesehen, soweit ich das beurteilen kann. Ich schleiche um die Rückseite des Gebäudes und bleibe vor dem Fenster stehen.

Für einen Moment glaube ich, ein Geräusch zu hören, etwas fast Unhörbares, einen Schritt auf dem Gras. Ich werfe den Kopf wild herum und sehe überhaupt nichts. Definitiv höre ich Dr. Cross schnarchen.

Vorsichtig schiebe ich mich durch den Fensterspalt zurück und lasse den Fensterrahmen so leise wie möglich herunter. Dann schlüpfe ich zurück unter die Decken meines ungemachten Betts.

Ich glaube nicht, dass sich Dr. Cross auch nur einen Zentimeter bewegt hat.

Ich beobachte ihn mehrere Minuten lang, das Herz schlägt mir nach wie vor bis zum Hals. Mein Gehirn arbeitet noch schneller.

Du bist ein Mörder. Ein Mörder. Ein Mörder.

Ich verdränge diesen Gedanken.

Ich habe so ein verdammtes Glück, dass es funktioniert hat. Zumindest glaube ich das. Na ja, hoffe es …

Ich könnte immer noch erwischt werden. Es gibt so viele Dinge, die ich übersehen haben könnte. Ich bin keine Kriminelle. Ich bin nicht mal ein Spion, nicht wirklich. Ich weiß nicht, welcher Wahn mich packte, zu denken, ich könnte das durchziehen. Es war reines Glück, falls ich es geschafft habe.

Ich schaue auf die Uhr.

Dann räuspere ich mich laut. Als das nicht klappt, steige ich aus dem Bett und schüttle Dr. Cross.

»Was ist los?«, brummt er und kommt abrupt zu sich.

»Es tut mir leid, Dr. Cross. Ich dachte nur, Sie würden nicht zu lange schlafen wollen. Es ist schon eine Viertelstunde her.«

Was gelogen ist. Es ist über eine Stunde vergangen. Ich kann bloß hoffen, dass er nicht auf die Zeit geachtet hat.

Er schaut auf die Uhr.

»Ja, stimmt«, sagt er und schüttelt den Kopf. »Ich will nicht zu lange schlafen. Läuft der Wettkampf noch?«

»Ich habe keine Ahnung.«

»Wie fühlt sich der Arm an?«

»So gut wie neu«, sage ich und zeige ihm den unversehrten Verband.

»Gut. Dann hilf mir, die Laken hier zu wechseln«, sagt er und deutet auf die beiden benutzten Betten.

»Das tue ich gern.«

Wir wechseln die Laken, und Dr. Cross bringt sie zu den anderen Waschsachen. Während er weg ist, höre ich ein aggressives Klopfen an der Tür. Das Herz rutscht mir in die Hose. Ich renne zur Tür und merke, dass ich vergessen habe, sie aufzuschließen. Schnell drehe ich den Riegel und öffne die Tür, um Dean Yenins wütendes, schweißnasses Gesicht zu sehen. Er hält seinen linken Arm an seinen Körper gepresst, die Schulter in einem unnatürlichen Winkel.

»Hol den Arzt!«, bellt er.

Ich renne, um zu gehorchen.

Dr. Cross eilt in den Raum zurück und begutachtet Dean mit einem Blick.

»Das müssen wir wieder einrenken«, sagt er. »Mädchen – wie war dein Name?«

»Cat«, stottere ich.

»Halte ihn ruhig.«

Ich will Dean Yenin nicht anfassen. Aber aus langer Gewohnheit zu gehorchen, schreite ich zur Tat. Behutsam greife ich nach Deans unverletztem Arm. Die Muskeln unter seiner Haut sind steinhart. Er dreht sich zu mir um und sieht mich ganz seltsam an.

»Beiß hier drauf«, sagt der Arzt und stopft Dean einen Lederstreifen in den Mund.

Dean beißt hart zu, als Dr. Cross seinen verletzten Arm nach oben schwingt. Dean stößt einen erstickten Schrei aus, seine gesunde Hand klammert sich krampfhaft an meinen Rock. Er packt meinen Oberschenkel, und ich spüre nicht einmal den Druck seiner Hand, weil ich davon abgelenkt bin, wie verletzlich Dean aussieht, wenn er Schmerzen hat.

Er lässt mich abrupt los. Ich tue das Gleiche.

Dr. Cross mobilisiert Deans Arm behutsam und stellt sicher, dass sein Schultergelenk wieder in der Gelenkpfanne sitzt.

»Besser?«, fragt er.

»Ja«, antwortet Dean. Sein Gesicht ist immer noch blass und verschmitzt.

»Ich gehe jetzt besser«, sage ich. »Ich würde gern das Ende des *Quartum bellum* sehen. Läuft es noch?«

»Das tut es«, sagt Dean. Seine Augen sind auf meine gerichtet.

»Nun … danke, Dr. Cross«, sage ich und gehe zur Tür.

»Ich komme mit«, sagt Dean.

Das gefällt mir gar nicht, aber ich kann ihn nicht wirklich aufhalten.

Sobald wir außerhalb der Krankenstation sind, sage ich: »Ich werde rennen, um das Ende nicht zu verpassen!«, und sprinte von ihm weg, mit dem paranoiden Gefühl, dass ich seine Schritte hören werde, die mir nachjagen.

Er lässt mich gehen.

Trotzdem bin ich zu nervös, um auch nur über die Schulter zu schauen, als ich durch die Tore zu den provisorischen Tribünen laufe und mich in der Menge verstecke.

Kapitel 25

Zoe

Nach mehreren zermürbenden Stunden, in denen unsere Handflächen aufgerieben sind und es sich anfühlt, als würde man uns allen gleich die Schultern auskugeln, wie es bei Dean der Fall war, schafft es der zweite Jahrgang endlich, die Flaggenlinie in unsere Endzone zu ziehen.

Wir sind zu erschöpft, um überhaupt zu jubeln.

Die Menge der zuschauenden Studierenden und Dozenten ist gleichermaßen müde vom Sitzen in der prallen Sonne und kann sich kaum zu einer Reaktion aufraffen, als Professor Howell Leos Arm in die Luft hebt und sein Team zum zweiten Mal in Folge zum Sieger des *Quartum bellum* erklärt.

Leo hat sich zumindest ein wenig Enthusiasmus bewahrt. Er ist schweißgebadet und taumelt, aber er grinst immer noch und klopft so vielen Teamkollegen wie möglich auf die Schulter, während er Anna mit seinem freien Arm fest an sich zieht.

Miles reicht mir eine Flasche mit wundersam kaltem Wasser, das er von Gott weiß woher geholt hat. »Können wir wieder Freunde sein, jetzt, da wir keine Todfeinde mehr sind?«, fragt er und grinst.

Ich schlucke das Wasser hinunter und gieße es mir in seliger Erleichterung über das Gesicht. »Allein für dieses Wasser werde ich für immer deine beste Freundin sein«, verspreche ich ihm.

»Ich werde dich daran erinnern«, sagt Miles, nimmt mich in seine Arme und küsst mich ohne Rücksicht darauf, wie schmutzig und verschwitzt wir beide sind.

Ich kann es nicht fassen, dass er mich nun auf dem Feld küssen kann, ohne sich darum zu kümmern, wer uns sehen könnte.

Seine Lippen brennen heiß von der Sonne und der Anstrengung. Ich fühle mich schlaff und schwach in seinen Armen, und das nicht nur, weil ich erschöpft bin.

»Was muss ich tun, um dich von all diesen Leuten wegzubekommen?«, knurrt Miles und setzt mich sanft auf dem aufgewühlten Gras ab, ohne mich jedoch loszulassen.

»Ich würde mich gern zusammen mit dir wegschleichen«, sage ich zu ihm. »Ich sollte aber nach Cat sehen. Das war ein tiefer Schnitt heute Morgen, ich weiß nicht, warum die Messer hier so verdammt scharf sind …«

»Ich glaube, sie ist gleich da drüben«, sagt Miles und nickt in Richtung der Tribüne, wo die Studierenden lethargisch hinuntergehen und sich der Menge anschließen, die zum Schloss zurückläuft.

Ich sehe Cat mit ihrer Zimmergenossin Rakel gehen. Cat war offensichtlich bei Dr. Cross, denn ihr linker Unterarm ist mit einem frischen weißen Verband umwickelt, aber sie sieht nach wie vor blass und wackelig aus.

Ich jogge zu ihr hinüber, Miles folgt mir.

»Hey! Wie geht's dir?«

»Mir geht's gut«, sagt Cat mit zittriger Stimme. »Wie geht es euch? Glückwunsch, übrigens.«

»Bist du sicher, dass es dir gut geht?«, frage ich und streiche Cat die Haare von der Wange, um ihr Gesicht besser sehen zu können. »Du wirkst ein bisschen …«

»Ich sagte doch, es geht mir gut!«, schreit Cat und macht damit klar, dass ich nicht noch einmal fragen soll.

Es ist untypisch für sie, mich anzuschnauzen, aber schließlich ist Cat dieses Jahr sehr erwachsen geworden. Ich sollte sie nicht bevormunden, schon gar nicht vor ihrer Zimmergenossin. Cat will, dass Rakel sie respektiert – das weiß ich.

Und in der Tat sehen die beiden Mädchen recht vertraut miteinander aus, als wir durch das Steintor auf das Schulgelände gehen.

»Ich hoffe, sie haben das Mittagessen fertig«, sagt Rakel. »Kommst du mit mir essen, Cat, oder willst du warten, bis alle geduscht haben?«

»Ich muss unbedingt duschen«, erklärt Miles, »und ich gehe besser, bevor das ganze heiße Wasser ausgeht.«

»Nein! Du solltest zuerst etwas essen«, sagt Cat abrupt. »Wir sollten alle zusammenbleiben.«

»Klar, wenn du willst.« Miles zuckt mit den Schultern. »Ich bin am Verhungern.«

»Hast du Dean auf der Krankenstation gesehen?«, frage ich Cat. »Silas Gray hat ihm fast den Arm abgerissen.«

Cat nickt. »Er kam rein, als ich gerade gehen wollte. Er …«

»Was ist denn hier los?«, sagt Miles, genervt von der Menschenmenge, die den Engpass zwischen Waffenkammer und Mensa verstopft.

Die Studierenden vor uns scheinen zu etwas hinaufzuschauen. Und tatsächlich: Als wir uns vorwärtsschieben, sehe ich einen Schwarm lärmender Seevögel, die in der Luft über der nördlichen Mauer kreisen. Die weißen Vögel drehen sich, krächzen und tauchen ab, um sich auf dem Felsen darunter zu tummeln.

»Was machen die da?«, sagt Miles.

»Warum gibt es so viele von ihnen?«, fragt Rakel.

Cat starrt schweigend zu den Vögeln hinauf.

Ich habe ein seltsames Gefühl der Vorahnung. Vielleicht liegt es daran, dass ich mit meiner *abuelita* den Film *Die Vö-*

gel gesehen habe. Dieser seltsame, scharfe Ruf der Möwen hat seitdem einen unheimlichen Klang für mich.

»Wer weiß, warum Vögel tun, was sie tun«, sage ich.

»Da unten muss etwas sein«, meint Miles.

»Wen kümmert das, lass uns essen gehen«, sage ich abweisend.

Ich möchte nicht an diese spezielle Klippe denken, da ich sie selbst zu nah gesehen habe.

Miles, der mich sofort versteht, nimmt meine Hand und wendet sich dem Speisesaal zu: »Ich hoffe, die haben frisches Brot.«

»Ich fühle mich nicht gut«, sagt Cat mit leiser Stimme.

»Ein Grund mehr, etwas zu essen«, entgegnet Miles und nimmt auch Cats Arm.

Rakel starrt immer noch auf die Mauer. »Jemand ist hochgeklettert.«

Unwillkürlich drehe ich mich um. Jemand ist tatsächlich die Treppe hinaufgesprintet und beugt sich nun über die Brüstung, um hinunterzuspähen. Im Schatten der Sonne kann ich nicht sicher sein, wer es ist, aber aufgrund der schlaksigen Statur und der ungeschnittenen Haare denke ich, dass es dieser Spion aus dem vierten Jahrgang, Saul-irgendwas, sein könnte.

Er ruft den Studierenden etwas am Fuß der Mauer zu.

»Was sagt er?«, frage ich Miles, unfähig zu hören.

»Ich glaube … ich glaube, er hat gesagt, da unten ist jemand«, sagt Miles.

Cat dreht sich um und erbricht sich auf das Gras.

Kapitel 26

Miles

Die Leiche am Ende der Mauer ist Rocco Prince.

Das Gerücht geht auf dem Campus um, lange bevor die Professoren es bestätigen.

Und obwohl diese Information nicht öffentlich geteilt wird, erzählt mir einer von der Geländecrew, dass Rocco mit einer Schlinge um sein Handgelenk gefunden wurde. Am anderen Ende des Seils war ein Leinensack mit Steinen.

»Er hatte eine Schlinge um sein *Handgelenk?*«, frage ich verwirrt.

»So ist es«, sagt der Mitarbeiter und schüttelt grimmig den Kopf. »Diese Scheiße wird eine ganz neue Stufe von Kopfschmerzen auslösen, verdammt!«

Die Studierenden werden in ihren Zimmern eingeschlossen, während der Todesfall untersucht wird. Das Personal bellt Befehle mit einem neuen Maß an Anspannung heraus. Es ist das erste Mal in der Geschichte von Kingmakers, dass zwei Studierende innerhalb weniger Monate getötet wurden.

Nichts kann die Spekulationen aufhalten.

»Ich glaube, er hat sich umgebracht«, sagt Simon Fowler zu mir. »Er war schon immer ein Spinner.«

Dass Rocco freiwillig von dieser Wand springen würde, kann ich mir überhaupt nicht vorstellen.

Trotzdem fühle ich eine immense Erleichterung, weil ich

weiß, dass er tot ist. Das einzige Problem ist, dass der Verdacht auf mich fallen wird.

Zum ersten Mal in meinem Leben bin ich tatsächlich unschuldig. Aber das wird mir niemand glauben.

Selbst Simon scheint vorsichtig zu sein.

»Wenn ich nicht den ganzen Tag neben dir gestanden hätte, würde ich vielleicht denken, du hättest ihn geschubst …« Er lacht und wirft mir einen Blick von der Seite her zu.

»Ich wünschte, ich könnte die Hand desjenigen schütteln, der das getan hat«, antworte ich.

Ich nehme an, es ist möglich, dass Rocco sich an einen Sack mit Steinen gebunden und sie von den Wänden gestoßen hat, weil ihm der Mut zum Sprung fehlte. Aber ich glaube es einfach nicht.

Was bedeutet, dass es einen Mörder auf dem Campus gibt. Jemand, der Rocco so sehr hasste wie ich.

»Vielleicht war es Dax«, sagt Simon. »Er war ziemlich sauer wegen der Woche in der Zelle. Ganz zu schweigen davon, dass Rocco ihr Zimmer verwüstet hat.«

»Mach weiter, du Verschwörungstheoretiker.« Ich lache. »Du hast eine ganze Menge Theorien.«

Simon grinst, unbeeindruckt von meinem Spott. »Es ist nicht schwer, eine Liste von Leuten zu erstellen, die Rocco Prince gehasst haben.«

Ja, das stimmt. Doch ich finde den Zeitpunkt verdächtig. Unangenehm verdächtig.

Sofort werde ich ins Büro des Dekans gebracht.

Er sitzt hinter seinem mit Kratzern überzogenen uralten Schreibtisch und hat die Hände vor sich gefaltet. Ich tue so, als würde ich mich zum ersten Mal in seinem Büro umsehen und wäre nicht erst vor ein paar Wochen hier gewesen. Seine silbernen Schlüssel hängen wieder an dem Haken, an den ich sie zurückgehängt habe.

»Nette Einrichtung«, sage ich zu Luther Hugo und nicke in Richtung seiner Fotoausstellung. »Ist das der britische Premierminister, der Ihnen die Hand schüttelt?«

Hugo ignoriert meinen Kommentar, beobachtet mich aber ganz genau. Mir fallen seine grafitfarbenen Augen und seine schwarzen, mit Silber gesprenkelten Brauen auf. Professor Penmark steht zu seiner Linken und Professor Graves zu seiner Rechten. Leider sind beide nicht meine größten Fans.

»Warst du am Tod von Rocco Prince beteiligt?«, fragt Hugo geradeheraus.

»Ich glaube, das waren hauptsächlich die Steine«, sage ich. »Und ein bisschen der Sturz.«

»Jetzt wäre ein guter Zeitpunkt, deine Unverschämtheit abzulegen«, sagt Hugo mit der Art von Stimme, die sich anhört, als ob sich ein Satz Schneidezähne um meinen Halsansatz schließen würde. »Wenn du nicht eine weitere Woche in einer Zelle verbringen willst, wirst du meine Fragen vollständig und ehrlich beantworten.«

»Ich verstehe, warum Sie denken, dass ich es war«, sage ich und sehe ihm in die Augen. »Aber falls Sie es noch nicht gehört haben, ich habe bereits einen Deal mit Zoes Vater ausgehandelt und auch mit den Princes. Rocco war kein Problem mehr für mich. Ganz zu schweigen davon, dass ich im *Quartum bellum* antrat, während Rocco seinen Schwanensprung machte.«

»Du erwartest, dass wir das glauben?«, mischt sich Professor Penmark ein. Seine knochigen weißen Hände zucken. Er scheint von dieser relativ zivilen Art der Befragung irritiert zu sein. Ich wette, er wünschte, er hätte mich an einen Tisch gefesselt, auf dem alle seine fiesen Geräte ausgebreitet sind, damit er mich zur Kooperation »überreden« kann.

»Ich denke nicht, dass es hier um ›Glauben‹ geht«, sage ich. »Sehen wir uns die Fakten an: Es gibt keine Beweise dafür, dass ich Rocco getötet habe. Weil ich es nicht getan habe.«

»Wer war es dann?«, verlangt Professor Graves in seiner üblichen aufgeblasenen Art zu wissen. »Klär uns auf.«

»Das halbe College hat ihn gehasst«, sage ich und zucke mit den Schultern. »Oder vielleicht hat er es selbst getan. Möglich wär's.«

Luther Hugo hat den Blick nicht von meinem Gesicht abgewandt, nicht eine Sekunde lang.

Seine glitzernden schwarzen Augen sind wie ungeschliffene Edelsteine, tief in die Höhlen gedrückt.

»Die Wahrheit ist deine einzige Chance auf Gnade«, sagt er leise.

Was völlig gelogen ist. Es gibt keine Chance auf Gnade.

»Die Wahrheit wird uns frei machen«, sage ich und lasse mir keinen Anflug von Nervosität anmerken. »Ich habe ihn nie angefasst, und ich weiß nicht, wer es war.«

Diese Aussage ist zu neunundneunzig Prozent richtig.

Das eine Prozent würde ich nie mit dem Dekan oder den Professoren teilen.

Ich weiß nicht, wer Rocco getötet hat … aber ich habe einen wilden, unglaublichen Verdacht.

***

Mühsam muss ich an diesem Abend mein Gespräch mit dem Dekan wiederholen, als Dieter Prince mich anruft.

Er klingt nicht wie ein Mann, der gerade seinen Sohn verloren hat.

Er klingt wie ein Mann, der ein kleines Ärgernis erlitten hat, was mit einer unerwarteten Steuerrechnung oder dem Verlust seiner Lieblingsgolfschläger vergleichbar ist.

»Warst du an Roccos Tod beteiligt?«, fragt er in dem Moment, als ich den Hörer abnehme.

»Nein«, sage ich. »Ich war sehr zufrieden mit unserer Vereinbarung. Rocco hatte weder zu Zoe noch zu mir ein Wort gesagt. Ich vertraute darauf, dass er sich an die Vereinbarung halten würde.«

Was nicht ganz stimmt. Ich würde Rocco nicht einmal zutrauen, eine Briefmarke für mich zu lecken, aber das brauche ich Dieter Prince nicht erzählen.

»Ich nehme an, der Dekan hat Ihnen gesagt, dass ich zum Zeitpunkt des Vorfalls im Blickfeld des gesamten Colleges war.«

»Das war sein Eindruck«, gibt Prince steif zu.

»Das ist eine Tatsache«, wiederhole ich. »Ich habe Hunderte von Zeugen.«

»Du hättest jemanden anheuern können, der es tut.«

»Wen denn?« Ich muss fast lachen. »Das ganze College war da.«

Dieter schweigt eine Minute lang und überlegt.

Mir ist aufgefallen, dass er nicht nach Kingmakers gekommen ist, um die Leiche seines Sohnes abzuholen.

Und das Geld stapelt sich immer noch auf dem gemeinsamen Konto. Er steht kurz davor, seine erste Überweisung amerikanischer Dollar von der Malina zu erhalten. Er will es. Ich weiß, dass er es will.

»Also bleibt unsere Abmachung wie vereinbart bestehen?«, fragt er nach einer langen Pause.

»Das hoffe ich doch sehr.«

»Dann ist das beschlossene Sache«, sagt er schnell und beendet das Gespräch.

***

In der Woche nach Roccos Tod ist Zoe wie betäubt.

Ich weiß, dass sie zutiefst erleichtert ist. Aber gleichzeitig scheint sie nicht in der Lage zu sein, sich zu freuen.

»Ich kann es einfach nicht glauben«, sagt sie und schüttelt den Kopf. »Ich wünschte fast, ich hätte die Leiche gesehen. Es scheint unmöglich …«

»Er ist definitiv tot«, versichere ich ihr. »Sonst würde mir der Dekan nicht so viel Ärger machen.«

»Scheiß auf Rocco, ich bin begeistert«, sagt Chay grimmig und spießt eine Bratkartoffel mit ihrer Gabel auf, als wir im Speisesaal beim Frühstück sitzen. »Ich wünschte, wir hätten Zeit, eine Party zu feiern, bevor das Studienjahr zu Ende ist.«

Cat ist schweigsam und stochert in ihrem Essen herum.

»Kommst du mit uns nach Chicago?«, frage ich sie.

Sie zögert. »Ach … ich weiß es nicht. Ich bin mir sicher, dass ihr beide lieber allein sein wollt …«

»Nein, wollen wir nicht«, sage ich. »Zoe braucht Gesellschaft, damit sie nicht zu viel Angst hat, meine Familie kennenzulernen. Ehrlich gesagt sind sie ziemlich anstrengend, aber sie werden euch Mädchen lieben. Ich warne dich, Caleb wird dich anbaggern, er wird sich nicht zurückhalten können.«

Cat errötet und zappelt auf ihrem Sitz.

Zoe lächelt mich aufmunternd an. Ich weiß, dass sie wirklich will, dass Cat mitkommt.

»Wir können uns ein Baseballspiel ansehen … und wir haben eine tolle Bäckerei, in der es lila Kokosnusskuchen gibt …«

»Ich mag Kokosnuss«, sagt Cat und wird ein wenig fröhlicher.

Cat scheint von Roccos Tod noch mehr erschüttert zu sein als Zoe selbst.

Ich verstehe, dass Rocco für diese Mädchen ein Bösewicht war, ein Schrecken, der in seiner Abwesenheit fast so stark war wie in seiner Gegenwart. Auch für mich war er eine verdammt große Stressquelle.

Aber ich kann nicht anders, als zu denken …

Nur sehr wenige Leute waren außer Sichtweite, als Rocco getötet wurde.

Eine dieser Personen war Cat.

Sie hatte allen Grund der Welt, Rocco tot sehen zu wollen. Wie ich muss sie den Verdacht gehabt haben, dass Rocco für Zoe weiterhin gefährlich war. Dass er nicht so einfach aufgeben würde.

Ich hatte Zoes Ehevertrag aufgelöst, doch ich dachte keine Sekunde lang, dass Rocco keine Bedrohung mehr darstellte. Er war ein ungelöstes Problem, das weiterhin über meinem Kopf schwebte. Ich wusste, dass ich mich irgendwann mit ihm befassen musste.

Jetzt ist er weg.

Und ich bin darüber froh, so verdammt froh.

Aber ich kann nicht umhin, mich zu fragen, wem ich das zu verdanken habe.

Cat war auf der Krankenstation bei Dr. Cross. Hedeon brachte sie dorthin, und Dean Yenin folgte ihr zurück. Also war sie technisch gesehen nie allein. Ihr Alibi ist fast so solide wie meines.

Trotzdem frage ich mich …

Ich schaue sie an, wie sie da sitzt, klein und schüchtern wie ein neugeborenes Lamm.

Auch wenn Cat in diesem Jahr einen weiten Weg zurückgelegt hat, ist die Vorstellung, dass sie Rocco Prince ermorden könnte, lächerlich. Ich komme mir dumm vor, dass ich es überhaupt in Betracht ziehe.

Am Ende des Tages ist es egal, wer es getan hat.

Er ist verdammt noch mal tot. Und er wird nicht zurückkommen.

KAPITEL 27

CAT

Die Woche nach Roccos Tod ist ein Nebel ständiger Paranoia, in dem ich sicher bin, dass sich jeden Moment Hände um meine Arme schließen, ich aus meinem Sitz gerissen und von den Lakaien des Dekans in den Gefängnisturm gezerrt werde.

Selbst wenn ich schlaflos in meinem schmalen Bett unten in der sonnenlosen Höhle des Untergeschosses liege, erwarte ich jeden Moment, dass die Tür aufgebrochen wird.

Aber das passiert nie.

Keiner kommt, um mich zu verhaften.

Niemand spricht überhaupt mit mir.

Miles wird vom Dekan verhört. Auch das bringt mein Innerstes wieder zum Brodeln, aus Angst, dass sie ihn in Ketten legen und ich zugeben muss, dass nicht er, sondern ich es war, der Rocco Prince ermordet hat.

Doch nach einer Woche unaufhörlichen Klatsches und den Gerüchten, in der Studierende und Dozenten von nichts anderem mehr zu reden scheinen, verzieht sich der Sturm so schnell, wie er hereingebrochen ist. Die Princes schicken einen Lieutenant, um die Leiche zu bergen. Und alle anderen scheinen zu vergessen, dass Rocco jemals existiert hat.

Dax und Jasper besuchen wie immer mit teilnahmslosen Mienen die Kurse, als ob sie nicht gerade zwei ihrer vermeintlich besten Freunde verloren hätten.

Es gibt keine Konsequenzen oder Strafen für irgendjemanden.

»Sie wollen nicht zugeben, dass sie den Mörder nicht finden können«, sagt Chay beim Mittagessen. »Sie wollen nur, dass die ganze Sache verschwindet.«

»Vielleicht hat sich Rocco wirklich umgebracht«, sagt Ares.

»Das bezweifle ich.« Zoe schüttelt den Kopf.

»Es geht nur vorbei, weil es den Princes egal ist«, sagt Miles. »Er ist ihr Erbe – aber sie haben ihn nicht geliebt. Wie sollten sie auch?«

»Trotzdem …«, sagt Zoe. »Ihr einziges Kind …«

»Vor einem Jahr hätten sie vielleicht einen größeren Wirbel gemacht«, sagt Miles. »Dieter Prince ist abgelenkt.«

»Er ist ein Soziopath wie Rocco«, sagt Zoe kalt. »Er fühlt nichts.«

»Das ist eine gute Sache«, sagt Miles sanft zu ihr. »Sonst wäre das vielleicht ein größeres Problem geworden. So wie es aussieht … haben wir Glück.«

Er wirft einen kurzen Blick in meine Richtung.

Zweimal habe ich jetzt bemerkt, wie Miles mich ansah, als ob er mein Geheimnis ahnen könnte.

In der Vergangenheit hätte ich die Wahrheit sofort verraten.

Aber nun habe ich das ultimative Pokerface.

Ich bin innerlich taub, hohl und emotionslos.

Ich habe jemanden umgebracht.

Ich bin ein Mörder.

Ich weiß, dass Rocco schrecklich war. Ich weiß, dass er meiner Schwester wehtun wollte. Ich weiß, dass er sterben musste.

Und dennoch … fühle ich mich so verdammt schuldig.

Ich kann es nicht unterdrücken.

Ich kann es nicht aufhalten.

Trotz all der Dinge, die mich an meinem Plan ängstigten – die Möglichkeit, dass Rocco mich foltern oder töten würde, die Chance, dass ich gefasst und hingerichtet werden würde, oder einfach die Tatsache, dass es vielleicht überhaupt nicht funktionieren würde, dass ich versagen und Rocco immer noch frei herumlaufen würde, um sich an meiner Schwester zu rächen …

Das Einzige, was ich nie bedacht habe, ist, wie schrecklich ich mich danach fühlen könnte.

Ich habe etwas Unwiderrufliches getan.

Was auch immer für den Rest meines Lebens passiert … Ich bin jetzt anders. Ich bin nicht mehr unschuldig. Ich bin nicht mehr gut.

Ich kann das niemals zurücknehmen.

Und würde es auch nicht – das ist der verrückteste Teil von allem. Ich bereue es nicht. Meine Schwester ist sicher und glücklich. Das ist es, was ich wollte.

Aber selbst diese Tatsache dient nur als Beweis dafür, dass ich wirklich ein böser Mensch bin.

Ich lerne mich selbst auf eine Art und Weise kennen, wie ich es vorher nie getan habe.

Ich habe ohne zu zögern getötet. Und ich würde es wieder tun.

Gott sei Dank ist das Studienjahr vorbei. Ich habe mich durch meine Abschlussprüfungen gequält, abgelenkt und mit nebligem Kopf. Trotzdem habe ich sie alle bestanden, weil ich genug von dem hart erarbeiteten Wissen behalten habe, das ich in diesem Jahr gelernt habe.

Nun habe ich mich von Miles und Zoe überreden lassen, sie nach Chicago zu begleiten, zumindest für ein paar Wochen. Ich werde Amerika zum allerersten Mal sehen.

Ich kann kein so angenehmes Gefühl wie Aufregung empfinden. Doch ich werde erleichtert sein, von diesem Campus weg zu sein, wo ich nicht mehr an dem Mauerstück vorbeikommen muss, an dem ich das ultimative Verbrechen begangen habe.

Ich hoffe, dass ein langer Sommer den Schmerz dämpfen wird und ich im Herbst hierher zurückkehren kann, um so zu tun, als sei nichts passiert.

Es hilft, dass niemand über Rocco Prince sprechen will. Bis September haben sie ihn vielleicht wirklich ganz vergessen.

***

Die Waggons sind gekommen, um unser Gepäck abzutransportieren und uns zum Hafen hinunterzubringen. Alle Studierenden nehmen dasselbe Schiff nach Dubrovnik zurück, also werde ich dieses Mal mit Zoe zusammen sein. Wir werden direkt nach Chicago fliegen.

Ich bin nervös, die Familie Griffin kennenzulernen, aber ich weiß, dass Miles es uns angenehm machen wird und Zoe sie mit ihrer Intelligenz und Schönheit bezaubern wird. Wie immer werde ich ihr stiller Schatten sein, sicher an ihrer Seite.

Das Untergeschoss ist fast menschenleer. Die meisten haben heute früh ihr Gepäck hochgetragen und dann die restliche Zeit mit Lachen, Reden und Herumtollen in der Sommersonne verbracht.

Ich halte mich hier unten auf, weil ich allein sein und noch ein bisschen länger in der kühlen, trockenen Dunkelheit sitzen will.

Um mich zu beschäftigen, habe ich meinen Skizzenblock ausgepackt und versuche, ein Bild von einem Mädchen zu zeichnen, das auf dem Rand des Brunnens in der Mensa sitzt – dem Brunnen neben dem Speisesaal, der das kälteste und köstlichste Wasser der Insel liefert.

Ich liebe diesen moosbefleckten Brunnen. Doch in meiner Zeichnung sieht er unheimlich und dunkel aus, wie ein leeres Auge, das in das Zentrum der Erde hinabführt.

Ich höre das Kratzen von Metall im Schloss. Ich glaube, es ist Rakel, die ihren Schlüssel dreht. Sie muss etwas in ihrer Kommode vergessen haben.

Stattdessen schwingt die Tür auf, und Dean Yenin tritt ein.

Seine breiten Schultern füllen den Türrahmen aus, zwischen seinem Kopf und dem Rahmen gibt es nur einen Zentimeter Platz. Seine helle Haut und sein Haar sehen in dem schwachen Licht weiß wie Asche aus. Wie immer ist er tadellos gepflegt – die Hose gebügelt, das Hemd frisch und blütenweiß, die Hände vollkommen sauber. Die einzige Farbe an ihm sind seine violettfarbenen Augen, die auf eine Weise schön sind, wie es nur tödliche Dinge sein können.

Seit er mein Zimmer betreten hat, habe ich die Luft angehalten.

Ich bin wie erstarrt auf dem Bett, mein Bleistift fällt mir gefühllos aus den Fingern. Er rollt von mir weg über den Boden. Keiner von uns beiden schaut nach, wo er landet.

Dean greift hinter sich und schließt die Tür mit einem leisen *Klack*.

Diese Bewegung sagt mir mehr als alles andere, dass seine Absichten nicht gut sind.

Langsam und bedächtig geht er auf mich zu.

Ich stelle mich ihm entgegen. Selbst bei meiner vollen Körpergröße befindet sich mein Kopf weit unter seinem Kinn. Ich schaue auf seine Brust, wo die harten Muskelpakete die Knöpfe seines Hemdes spannen. Um ihm ins Gesicht zu sehen, muss ich meinen Kopf ganz nach hinten neigen.

Aus der Nähe betrachtet, ist Dean schrecklich schön. Er ist die Art von Ungeheuer, bei dem es einen umbringen könnte, ihn anzusehen.

Anmutig bückt er sich, um meinen Skizzenblock aufzuheben. Er begutachtet die Zeichnung, und seine dunklen Wimpern senken sich, während er jeden Teil davon betrachtet.

»Das erinnert mich an Timokleia«, sagt er. »Kennst du sie?«

Seine Worte sind ein kalter Frost, der durch meinen Körper fegt, das Blut in meinen Adern gefrieren lässt und mein Herz zum Stillstand bringt.

Die Barockkünstlerin Elisabetta Sirani malte eine Szene, die Plutarch in seiner Biografie über Alexander den Großen erzählt.

Als Alexanders Truppen die Stadt Theben einnahmen, vergewaltigte ein thrakischer Hauptmann Timokleia. Danach fragte er sie, ob sie von verstecktem Geld wisse. Timokleia sagte ihm, dass sie Bescheid wisse, und führte ihn in ihren Garten, wo sie versprach, dass in ihrem Brunnen Gold zu finden sei. Als er sich bückte, um nachzusehen, stieß sie ihn hinein und warf Steine auf seinen Kopf, bis er tot war.

Ich blicke in Deans Augen und sehe, dass er mein Leben in seinen Händen hält.

Mit schrecklicher Zärtlichkeit streicht er mit dem Finger über meine Wange.

»Ich weiß, was du getan hast«, sagt er.

Ich kann nicht sprechen. Ich kann nicht einmal blinzeln. Alles, was ich tun kann, ist, zu zittern.

»Ich sah etwas Merkwürdiges, als ich zur Krankenstation ging. Dich. Durch ein Fenster klettern.«

Ich schüttle den Kopf, stumm und entsetzt.

»Doch«, versichert mir Dean. Seine Augen sind auf meine gerichtet. »Ich habe dich gesehen. Du hast ihn auf die Mauer gelockt. Und du hast ihn hinuntergestoßen.«

Er weiß es. Er weiß es. Er weiß es.

»Alexander hat Timokleia begnadigt«, sagt Dean. »Aber niemand wird dich begnadigen.«

Meine Zunge ist eisig im Mund, aber ich muss sprechen.

»Bitte …«, flüstere ich.

»Du willst, dass ich dein Geheimnis für mich behalte?«, fragt Dean. Seine Stimme ist so sanft wie eine Liebkosung.

Ich nicke. Ich würde vor ihm auf die Knie fallen und betteln, wenn ich mich bewegen könnte.

»Ich werde nichts verraten«, verspricht mir Dean. »Aber versteh eines … Du gehörst jetzt mir. Wenn wir wieder zum College kommen, gehörst du mir. Du wirst meine Dienerin sein. Meine Sklavin. So lange, wie ich dich will.«

Dean nimmt mein Kinn in seine Hand und drückt seinen Daumen gegen meine Lippen. Er versiegelt mich zum Schweigen.

Dann lässt er mich dort zurück und stürzt mich in eine Angst, wie ich sie noch nie erlebt habe.

Epilog

Zoe

Chicago

Es ist der Geburtstag von Sabrina Gallo.

Wir feiern im Shedd Aquarium, wo die Tische um raumhohe Glasfenster angeordnet sind, durch die man Haie, Rochen und Schildkröten in ihrer Unterwasserwelt beobachten kann. Das plätschernde blassblaue Licht gibt uns das Gefühl, dass auch wir alle unter Wasser sind, besonders die Paare, die sich verträumt auf der Tanzfläche drehen.

Ich bin froh, dass ich die meisten von Miles' Familie inzwischen einzeln kennengelernt habe, denn sie sind eine ziemlich einschüchternde Gruppe. Die Gallos sind alle wunderschön, mit der nussbraunen Haut, den dicken dunklen Locken und den surrealen grauen Augen, die ich bei Miles kennen- und lieben gelernt habe. Das gibt mir zumindest ein Gefühl der Vertrautheit, obwohl sich jeder von ihnen in seiner scharfen und provozierenden Persönlichkeit so sehr unterscheidet, dass ich aufmerksam bleiben muss.

Niemand ist so schön wie Sabrina Gallo selbst. Ich habe noch nie ein so exotisches und atemberaubendes Mädchen gesehen. Sie ist ganz in ihrem Element, als sie ihren Stapel an Geschenken von Familienmitgliedern und die Küsse und Glückwünsche von Freunden entgegennimmt.

Eine Vielzahl von Jungen umkreist sie und kämpft um ihre Aufmerksamkeit.

»Wie alt wird sie?«, frage ich Miles.

»Siebzehn. Noch ein Jahr, bis sie nach Kingmakers kommt.«

»Ich sehe schon, sie wird beliebt sein.«

Miles schüttelt den Kopf. »Sie wird eher Ärger machen. Mit Sabrina gibt es mehr Probleme als mit dem Rest meiner Cousins und Cousinen zusammen.«

Sogar Miles' Onkel Dante ist mit seinen drei Kindern und seiner Supermodel-Frau, die ich aus den Zeitschriften und Plakaten meiner Jugend kenne, aus Paris eingeflogen. Dante ist so groß, dass er Silas Gray im Vergleich dazu zierlich erscheinen lässt, und sein ältester Sohn Henry ist sein Spiegelbild, nur dass seine Haut ein bisschen dunkler ist und seine Gesichtszüge etwas sanfter sind. Während Dante Furcht einflößend ist, hat Henry eine Sanftheit in seinen tiefbraunen Augen und den vollen Lippen, die fast so viele weibliche Augenpaare in seine Richtung lenkt wie die Schar der Männer, die Sabrina umkreisen.

Auch die Griffins sind zur Party gekommen, darunter die elegante Riona Griffin mit ihrem gut aussehenden Rancher-Ehemann und ihren vier rothaarigen Söhnen. Die Sprösslinge gruppieren sich um einen Tisch in der Ecke und spielen eine Art Kartenspiel, das viel Gelächter hervorruft. Aber es sorgt auch für Momente der Spannung, in denen es scheint, als würden alle vier stämmigen Jungs vom Lande in einen Faustkampf ausbrechen, der den Tisch und die Stühle wie Kleinholz unter ihrer geballten Masse zerschlagen würde.

Anna und Leo tanzen zusammen, wobei Anna besonders anmutig aussieht, wenn sie sich um die Achse von Leos Hand dreht, während ein riesiger Mantarochen direkt hinter ihr schwebt, als würden sie eine Art Pas de deux vollführen.

Leos Eltern sitzen am Tisch, der der Tanzfläche am nächsten ist, und füttern Leos kleine Schwester Natasha, die bald ihren ersten Geburtstag feiert, mit Kuchenstückchen. Das Überraschungsbaby scheint seine Eltern neu belebt zu haben. Während sie lachen und den kichernden, mit Zuckerguss verschmierten Säugling kitzeln, sehen Sebastian und Yelena kaum älter aus als Leo und Anna.

Miles' Eltern sind an ihrem eigenen Tisch in ein Gespräch vertieft. Ihre Knie liegen dicht beieinander, und ihre Köpfe berühren sich fast, während Aida ihrem Mann lebhaft eine Anekdote erzählt und dabei wild mit den Händen gestikuliert. Callum Griffin hört ihr aufmerksam zu, lacht gelegentlich und hält seinen Blick immer auf ihr Gesicht gerichtet.

Ich hatte große Angst, sie zu treffen. Ich konnte kaum atmen, als das Taxi vor ihrem Haus anhielt. Dann kam Aida auf den Rasen gerannt, barfuß und in abgeschnittenen Jeansshorts, und zog mich sofort in die längste und wärmste Umarmung meines Lebens. Sie fing an, mich mit Fragen zu löchern, Miles zu necken und sich um Cat und mich zu kümmern, bis ich zu abgelenkt war, um nervös zu sein.

Miles' Vater Callum ist höflich und vornehm, aber erschreckend in seiner Intensität. Er hat diesen analytischen Blick, der einen in Stücke zu zerlegen scheint, der jedes bisschen von einem bewertet. Ich habe es nur geschafft, die Fassung zu bewahren, weil ich das schon einmal bei Miles selbst erlebt hatte.

Wie sein Sohn ist auch Callum den Menschen, die er liebt, unglaublich zugetan – angefangen bei seiner Frau bis hin zu Miles, Caleb und Noelle. Er interessiert sich sehr für jedes seiner Kinder, sogar für die kleine Noelle, die jede Nacht mithilfe ihres Vaters an ihrem Modell der Helix-Brücke arbeitet.

Ihr Haus ist immer voll von laufenden Projekten, Gesprächen, Gelächter und leckerem Essen. Aida bringt Köstlichkeiten aus ganz Chicago mit nach Hause, die wir probieren können, falls wir beim Sightseeing welche verpasst haben.

Es ist seltsam, wie sich ihr modernes Glasprisma so gemütlich und einladend anfühlen kann, während die Villa meines Vaters immer wie ein gemietetes Hotel wirkte.

Daniela leitet die Villa wie eine strenge Vorarbeiterin, während Aida so warmherzig und ehrlich ist, dass es unmöglich ist, sich in ihrer Nähe nicht wohlzufühlen. Wie Miles hat sie einen boshaften Sinn für Humor und ein gutes Herz.

In den wenigen Wochen, die wir in Chicago sind, hat sie ein Dutzend verschiedener Aktivitäten für Miles und mich organisiert und oft Caleb mit Cat mitgeschickt, um uns Gesellschaft zu leisten. Caleb ist etwas jünger als Cat und kann intensiv und aggressiv sein, aber er hat seine Rolle als Fremdenführer sehr ernst genommen und versucht, Cat jeden Winkel der Stadt zu zeigen, von dem er glaubt, dass er für sie interessant sein könnte.

Cat ist leicht zufriedenzustellen. Sie hat sich in jedes Museum, jedes Denkmal und jede historische Sehenswürdigkeit vertieft. Sie hat sich sogar bereit erklärt, mit uns eine Helikoptertour über die Stadt zu machen, obwohl ich weiß, dass sie nicht gern in irgendeinem Flugzeug fliegt – schon gar nicht in einem, das zwischen Wolkenkratzern hindurchfliegt.

Im Moment tanzt sie mit Dario Gallo, Dantes Jüngstem, der schlanker gebaut ist als sein Vater und sein Bruder und der Cat nicht gerade geschickt herumwirbelt. Cat hat rosige Wangen, ist atemlos und sieht sehr hübsch aus in dem blauen Glitzerkleid, das wir heute Nachmittag auf der Magnificent Mile gekauft haben.

Ich habe auch ein neues Kleid erstanden. Es ist jadegrün und rückenfrei, etwas, das ich mich vorher nie getraut hätte zu tragen. Es schmiegt sich an mich wie eine zweite Haut und lässt Miles' Augen ständig an mir kleben, was alles ist, was ich mir von einem Kleid wünschen kann.

»Willst du den Rest des Aquariums sehen?«, fragt mich Miles.

Nero und Camille Gallo haben das ganze Lokal für die Party ihrer Tochter gemietet. Die langen gläsernen Gänge sind fast komplett leer, denn die meisten Gäste scheinen das Essen, Trinken und Tanzen dem Betrachten der Fische vorzuziehen.

»Ich würde gern mit dir spazieren gehen«, sage ich.

Miles nimmt meinen Arm. Wir schlendern durch den langen Unterwassertunnel, wo Aale und Haie direkt über unseren Köpfen schwimmen.

Das Licht färbt unsere Haut leicht blau und hebt einen Hauch von Topas in Miles' Augen hervor. In seinem eleganten Smoking sieht er außerordentlich gut aus. Der knackige weiße Kragen und die schwarze Fliege betonen die maskulinen Linien seines Kiefers.

Unter dem wässrigen, wechselnden Licht zieht er mich fest an sich und küsst mich, bis mir der Kopf schwirrt. Sein Mund ist warm und weich und schmeckt angenehm nach Champagner.

»Ich möchte etwas mit dir besprechen«, sagt er.

»Was ist los?«

»Einleitend möchte ich sagen, dass du nicht zustimmen musst. Ich werde nicht böse sein, wenn dir die Idee nicht gefällt.«

»Du wirst nicht versuchen, mich zu überzeugen?« Ich lache. »Das glaube ich erst, wenn ich es sehe.«

»Nun, das habe ich nicht gesagt«, entgegnet Miles und grinst. Dann holt er tief Luft und zieht die Augenbrauen hoch. »Ich habe dein Skript an einen Freund eines Freundes in Los Angeles geschickt. Er war interessiert.«

»Was?«, keuche ich.

»Er ist eine Art Agent – und er arbeitet auch als Script Doctor. Ihm gefiel deine Geschichte. Er meint, du solltest versuchen, eine Version zu schreiben, die man als TV-Pilotfilm drehen könnte.«

»Miles, du hast mir nicht gesagt, dass du das tun würdest!«

»Ich habe nur die Fühler ausgestreckt.«

Ich schaue ihn genau an, auf seine hochgezogenen Schultern und seinen konzentrierten Ausdruck. Ich kenne Miles gut genug, um zu erahnen, worauf das hinausläuft.

»Ich weiß, was du vorhast.«

Miles versucht, sein Lächeln zu verbergen. »Ach ja? Was?«

»Du willst, dass ich mit dir nach Los Angeles komme.«

Miles lacht. »Langsam kommst du mir auf die Schliche, du Schlaubergerin.«

Er nimmt meine beiden Hände und führt sie an seine Lippen, wobei er seinen scharfen Blick auf mich gerichtet hält. »Es ist mir egal, ob ich einen Abschluss mache«, sagt er. »Ich habe schon bekommen, was ich von Kingmakers wollte. Und ich glaube nicht, dass du so sehr an dem Ort hängst, jetzt, da du dir keine Zeit mehr bis zur arrangierten Heirat erkaufen musst. Ich könnte noch ein Jahr bleiben, aber nach meinem Abschluss hättest du noch immer ein ganzes Studienjahr. Ich möchte nicht von dir getrennt sein.«

Ich überlege, was er sagt. Mein Gehirn dreht sich.

Es ist wahr – ich möchte nicht von Miles getrennt sein, wenn er das College vor mir beendet. Das ist noch ein Jahr hin, aber ich verstehe, worauf er hinauswill: Wenn wir bereits wissen, dass wir uns ein gemeinsames Leben aufbauen wollen, worauf warten wir dann noch?

Trotzdem zögere ich.

Miles kennt den Grund schon, ich muss ihn nicht erklären.

»Du willst Cat nicht im Stich lassen«, sagt er.

Ich nicke. Die Sicherheit und das Wohlbefinden meiner Schwester liegen mir sehr am Herzen. Ich hasse die Vorstellung, sie irgendwo allein zu lassen. Besonders an einem so gefährlichen und unberechenbaren Ort wie Kingmakers.

»Rocco ist nicht mehr da«, sagt Miles. »Sie wird immer noch Anna, Leo und Chay haben, die auf sie aufpassen. Und ich weiß nicht, ob du es bemerkt hast … aber Cat hat sich sehr verändert. Sie ist kein Kind mehr – sie kann auf sich selbst aufpassen.«

Es schmerzt mich, das zu hören, auch wenn ich weiß, dass es wahr ist und ich möchte, dass meine Schwester selbstbewusst und unabhängig ist. Miles hat recht – Cat hat sich enorm entwickelt. Ich glaube, sie hasst Kingmakers nicht einmal mehr, oder zumindest ist es zu einer Herausforderung statt zu einer Qual geworden.

»Ich müsste mit ihr reden …«, sage ich zögernd.

»Natürlich«, antwortet Miles mit dem Schimmer eines beginnenden Triumphs in seinen Augen. Er weiß, dass er auf mich wirkt. Er weiß, dass die Vorstellung von uns beiden im warmen kalifornischen Sonnenschein, in der Meeresbrise unter den Palmen, unglaublich verlockend für mich ist. Ich wollte schon immer Los Angeles sehen. Ich wollte schon immer an dem Ort sein, an dem alle meine Lieblingsfilme gedreht wurden.

»Ein Problem wäre da noch«, sage ich und zucke zusammen. »Ich habe kein Geld, Miles. Ich habe zwei Monatsgehälter für dieses Kleid ausgegeben. Ich habe keine Ersparnisse. Und leider musstest du alle deine Ersparnisse aufbrauchen, um mir zu helfen.«

Ich beiße mir auf die Lippen und fühle mich innerlich krank. Für das, was Miles für mich getan hat, bin ich unglaublich dankbar, aber ich konnte nie die Schuldgefühle abschütteln, dass ich ihn all das Geld gekostet habe, all die

Jahre der Arbeit. Ich verstehe nicht, wie er seinen Traum verfolgen kann, Vermittler und Produzent zu werden, wenn unser gemeinsames Nettovermögen ein grünes Kleid ist.

Miles lacht nur, so unbekümmert wie immer.

»Ich zeige dir etwas«, sagt er und holt sein Telefon heraus. Er öffnet eine seltsame kleine App mit einem einfachen grünen Block als Symbol.

Nachdem sie geladen hat, sehe ich einen digitalen Zähler, der sich jede Sekunde um einen Bruchteil eines Betrags erhöht.

»Was ist das?«, frage ich und runzle die Stirn.

»Als ich den Deal mit deinem Vater, den Princes und der Malina gemacht habe, haben wir alle vereinbart, dass die Parteien den Gewinn gleichmäßig durch drei teilen würden. Darüber hinaus würde die Malina zehn Prozent für die Dienstleistung des Umtauschs von Bitcoin in gewaschene amerikanische Dollars erhalten.«

Ich nicke und kann so weit folgen. Miles hat mir das schon mal erklärt.

»Zusätzlich erhebt die Bitcoin-Brieftasche eine Gebühr von einem Prozent.«

Ich nicke wieder, verstehe aber immer noch nicht.

»Ich bin die Bitcoin-Brieftasche«, sagt Miles.

Ich starre ihn an, blicke auf sein lachendes, schelmisches Gesicht.

»Du nimmst ein Prozent?«

»Das habe ich schon die ganze Zeit. Ich habe es bei dem Treffen nicht erwähnt, weil ich sichergehen wollte, dass ich das bekomme, was ich wirklich will, nämlich dich und Cat frei von den schwachsinnigen Plänen deines Vaters. Niemand hat nach der Bitcoin-Brieftasche gefragt – es ist eine angemessene Gebühr. Recht großzügig sogar.«

Ich schaue mir die Zahl noch einmal an und verstehe endlich. Es sind bereits 187 962 Dollar auf dem Konto. Und wie ich sehe, kommen innerhalb einer Minute weitere 1,53 Dollar hinzu. Das Geld rollt herein, Stück für Stück, abgeschöpft von der riesigen Summe, die an die Malina, meinen Vater und die Princes fließt.

»Das reicht für den Anfang«, sagt Miles.

Ich schüttle verwundert den Kopf über ihn. »Du hast immer etwas in der Hinterhand, oder?«

Er zuckt mit den Schultern. »Ich kann nicht anders. Ich bin einfach so verdammt gut im Geldverdienen.«

Seine zentrale Frage hat er nicht aufgegeben.

»Kommst du mit mir, Zoe? Von hier direkt nach Los Angeles?«

Ich schaue in sein hübsches, entschlossenes Gesicht. Ein Gesicht, das ich verdammt noch mal liebe. Ein Gesicht, zu dem ich niemals Nein sagen könnte.

»Ja«, flüstere ich. »Liebend gern.«

Miles nimmt mich in seine Arme und küsst mich immer wieder.

Seine Küsse werden intensiver, und er lässt seine Hände an dem dünnen, eng anliegenden Kleid über meinen Körper gleiten.

»Komm her«, knurrt er und zerrt mich in den nächsten Raum.

Wir befinden uns in einem ruhigen, dunklen Raum, dessen hintere Wand eine riesige Glasscheibe ist, und blicken in ein Becken voller Quallen. Ihre schwimmenden Glocken und hängenden Tentakel treiben friedlich durch das Wasser, die transparenten Körper sind in Rosa-, Gelb- und Blautönen gefärbt.

Miles zieht mich auf sich auf die nächstgelegene Bank, sodass mein Kleid auf meine Oberschenkel hochrutscht. Er umgreift meine Taille und drückt mich an sich, sodass ich spüren kann, wie hart sein Schwanz ist – wie eine Eisenstange, die an seinem Hosenbein herunterhängt.

Er küsst mich tief und erforscht meinen Mund mit seiner Zunge.

Dann massiert er langsam meine Oberschenkel. Mit seinen großen, warmen Händen weckt er die Muskeln auf, lässt das Blut durch meinen Körper strömen. Er weiß genau, was er tut. Während die Neuronen in meinen Beinen zum Leben erwachen, beginnt meine Muschi zu pochen, als wäre auch sie aus dem Schlummer erwacht. Sie schreit danach, berührt zu werden. Ich will, dass seine Finger mich dort und überall streicheln. Ich bin hungrig und gierig nach diesem Mann.

Jetzt reibe ich mich aus eigenem Antrieb an Miles, presse meinen ganzen Körper gegen ihn, sauge und beiße auf seine Lippen.

Miles öffnet den Reißverschluss seiner Hose und holt seinen Schwanz heraus. Anschließend zieht er meine Unterwäsche zur Seite und schiebt seinen Schwanz, ohne zu zögern, in mich hinein. Es hat etwas so Heißes an sich, dass er mich fickt, ohne mich zu entkleiden, zu ungeduldig, um auch nur mein Höschen auszuziehen.

Mein Rock verdeckt ein wenig, was wir tun, aber niemand würde missverstehen, wie ich auf seinem Schoß auf- und abhüpfe, meine Beine um seine Taille geschlungen, meine Hände in seinem Haar vergraben. Jeden Moment könnte hier jemand vorbeikommen, und es ist mir scheißegal – ich muss ihn jetzt haben und kann nicht aufhören, ihn zu reiten.

Miles legt seine Hände unter meinen Hintern, steht auf und hebt mich in die Luft. Er trägt mich zur Glasscheibe hinüber und drückt meinen Rücken gegen das kühle Glas. Jetzt hat er einen Gegendruck, um mich so hart zu ficken, wie er will, indem er seine kräftigen Beine benutzt, um in mich zu stoßen. Ich bin eingeklemmt zwischen dem kalten Glas und seinem brennenden Körper.

Ich drücke mein Gesicht an seinen Hals, rieche sein Parfüm und das, was er benutzt, um seine Locken zu bändigen, den Duft seiner Haut und seines Schweißes. Ein berauschender Cocktail. Mir schwirrt der Kopf. Ich lecke den Schweiß von der Seite seines Halses und dann auch an seinem Ohr, sauge am Ohrläppchen und nehme es fest zwischen meine Zähne.

»Du freches Mädchen«, knurrt Miles und stößt immer fester in mich hinein.

Seine Finger graben sich in meinen Hintern. Die Reibung meines auf die Seite gezogenen Höschens an meiner Klitoris macht mich wild. Es ist rau und fast zu viel. Aber bei Miles ist nie etwas zu viel. Ich kann nie genug bekommen.

»Fick mich härter«, flehe ich ihn an. »Ich will, dass dein Sperma den Rest der Nacht aus mir heraustropft.«

»Du bist verrückt«, stöhnt er, und ich weiß, dass er es liebt. An diesem allerersten Tag auf der Mauer hat er diesen Funken Wahnsinn in mir gesehen, das ist mir klar. Er wusste, dass ich nicht so ruhig und kontrolliert war. Er liebte mich deswegen und wollte das in mir erst recht entfesseln.

Das will ich auch. Ich will so kühn sein wie Miles, so tapfer wie er. Ich will alles, was ich im Leben möchte, ohne Angst oder Zögern angehen.

»Bring mich zum Orgasmus, und ich folge dir überallhin auf der Welt«, verspreche ich ihm.

Miles drückt mich gegen das Glas und fickt mich besinnungslos. Ich komme hart und schnell, tief in mir an der Stelle, die nur Miles finden kann, die einzige Stelle, die mich befriedigt. Sobald er mich »Das ist es, o mein Gott, ich komme!« stöhnen hört, hat auch Miles einen Orgasmus. So will ich es haben, so will ich es immer haben – zusammen und perfekt im Einklang.

Wir lassen uns gegen das Glas sinken, Miles immer noch in mir. Er küsst meinen Nacken und jagt mir Schauer über den Körper, als hätten wir nicht gerade erst gefickt. Ich will ihn schon wieder, bevor er überhaupt aus mir heraus ist.

»Du machst mich so glücklich«, sagt er und drückt seine Stirn gegen meine.

»Du hast mein ganzes Leben verändert«, erwidere ich ihm.

***

Als wir uns so weit wieder hergerichtet haben, dass wir keinen Verdacht erregen, kehren Miles und ich zur Party zurück. Cat lässt sich an unserem Tisch nieder, erschöpft vom Tanzen mit Dario Gallo, Caleb Griffin und Teddy Boone in schneller Folge.

Miles geht Getränke holen.

Ich nutze die Gelegenheit, mit Cat zu sprechen, während wir allein sind.

Ich sage ihr, dass Miles möchte, dass ich mit ihm nach Los Angeles ziehe. Ich sage ihr, dass ich darüber nachdenke.

Cat hört zu. Ihre großen dunklen Augen zerreißen bereits mein Herz.

»Ich will gehen«, sage ich. »Aber ich will dich nicht verlassen. Ich mache mir Sorgen, dass du allein am College bist.«

Cat seufzt und schenkt mir ein kleines Lächeln. »Ich werde dich vermissen, Zoe«, sagt sie. »Aber du musst gehen.«

»Das *muss* ich nicht …«

»Doch, das musst du. Du weißt nie, wie viel Zeit du hast, um Dinge zu tun. Keiner von uns weiß das. Du kannst nicht weitere zwei Jahre damit verschwenden, mich zu babysitten.«

»Aber was ist, wenn …«

»Geh, Schwesterherz«, unterbricht sie mich. »Geh und

mach dir keine Sorgen um mich. Ich bin neunzehn. Nächstes Jahr werde ich zwanzig. Ich bin kein Kind mehr. Ich bin nicht mal mehr dieselbe Person wie letztes Jahr. Ich habe Dinge gelernt. Ich habe Dinge getan.« Sie schluckt. »Geh einfach. Ich werde sauer auf dich sein, wenn du es nicht tust.«

Ich nehme ihre Hand und drücke sie fest. »Bist du sicher? Du wirst mich nicht zu sehr vermissen?«

»Ich komme schon klar.«

Cat sagt mir immer die Wahrheit. Aber da ist etwas in ihrem Gesicht, das mir nicht gefällt. Etwas Unausgesprochenes. Etwas, das sie belastet.

Ich halte ihre Hand in meiner und sehe sie genau an. »Du weißt, dass du mir alles sagen kannst«, sage ich.

Cats Augen treffen meine für einen kurzen Moment und fallen dann auf unsere verschränkten Finger, während sie mit den Schultern zuckt und sagt: »Klar. Natürlich.«

»Und du kannst mich jeden Tag anrufen … Ich bin sicher, Miles kann dir ein Telefon besorgen.«

»Die Sonntage werden reichen«, sagt Cat und drückt im Gegenzug meine Hand. Als sie beschließt, dass das nicht reicht, beugt sie sich vor und umarmt mich. »Ich liebe dich, Zoe. Du verdienst es, glücklich zu sein. Das hast du immer.«

»Das tun wir beide.«

Cat nickt, ohne zu antworten.

Miles stellt eine neue Runde Getränke vor uns.

»Was habe ich verpasst?«, fragt er.

»Tanz mit mir und ich sage es dir«, antworte ich.

»Ich liebe dieses Angebot«, erwidert er und zieht mich schon auf die Beine.

Er nimmt mich in seine Arme und wiegt mich auf diese sanfte, fließende Art, die die Musik um uns herum zu beeinflussen scheint, als ob der Rhythmus uns folgt und nicht umgekehrt.

Ich schaue ihm direkt in die Augen. »Ich komme mit dir«, sage ich. »Wann immer du willst.«

»Gut.« Miles grinst. »Ich habe nämlich bereits dein Ticket gekauft.«

Triggerwarnung

Dieses Buch enthält potenziell triggernde Inhalte:

- Gewalt
- Tierquälerei
- Suizidgedanken/Selbstmordversuch
- Hinrichtung
- Mord
- gelegentlicher Drogenkonsum

Kingmakers
Jahr 3

Leseprobe

Die unbarmherzigen Gänge einer Mafia-Universität sind kein Ort für die zierliche und sanfte Cat, die ihr erstes Studienjahr nur knapp überlebt hat, allerdings um den Preis ihrer Unschuld. Cat hat etwas Schlimmes getan, und Dean Yenin hat es gesehen. Nun wird sie vom bösesten Tyrannen in Kingmakers erpresst. Er bietet ihr einen teuflischen Handel an: sein Schweigen und seinen Schutz … wenn Cat ihm gehört.

Deans Dominanzspiele bringen Cat dazu, Dinge zu tun, von denen sie nie gedacht hätte, dass sie sie tun würde. Aber selbst die sadistischsten Spiele haben Regeln, und Deans Faszination für Cat könnte sein Untergang sein.

In Kingmakers ist die Liebe eine Waffe, die von den tödlichsten Spielern eingesetzt wird. Aber Gebrochenheit kann zu unerwarteter Stärke führen, und manchmal ist derjenige, der die Macht hat, derjenige, der am verwundbarsten für ihren Zauber ist …

Cat

Nach einem langen und schmerzhaft süßen Sommer in Chicago gehe ich nun wieder an Bord des Schiffs nach Kingmakers.

Die Realität meiner Situation bricht über mich herein.

Es war leicht zu vergessen, in welchen Schwierigkeiten ich stecke, als ich die Stunden mit Zoe, Miles und Miles' kleinem Bruder Caleb beim Sightseeing verbracht habe.

Ich hätte nie gedacht, dass ich als Gast so gut behandelt werden könnte. Die Griffins nahmen mich in ihre Familie auf – auch wenn es Zoe ist, die einheiraten wird, nicht ich.

Sie kümmerten sich um all meine Bedürfnisse, zeigten mir die Stadt, kauften mir Delikatessen und Souvenirs und sorgten dafür, dass mir nie langweilig wurde, ich einsam war oder es mir auch nur an irgendwas fehlte.

Ich verdrängte die Erinnerung an das, was ich in Kingmakers getan hatte.

Tat so, als würde ich zu den Griffins gehören, als wäre Chicago schon immer meine Heimat gewesen.

Aber jetzt ist alles vorbei.

Ich war für eine trostlose Woche bei meinem Vater in Barcelona, bevor ich meine Koffer erneut packte.

Vater war so gut gelaunt wie noch nie. Der Deal, den er mit Miles Griffin abgeschlossen hat, übertraf seine kühnsten

Träume, was die schiere Menge an Geld angeht, die auf sein Konto fließt. Das war die Abmachung: Miles' Dark-Web-Drogen-Pipeline im Austausch für Zoe. Miles hat meinen Vater und seine Verbündeten zu sehr reichen Männern gemacht.

Als kleine Überraschung hat Miles sichergestellt, dass mein Vater mich nicht zu irgendwelchen Heiratsverträgen zwingen darf. Dieser hat seinen Teil der Abmachung eingehalten: Er ließ mich die ganze Woche in Spanien in Ruhe und verlangte nicht einmal, dass ich ihn und meine Stiefmutter Daniela zu irgendwelchen langweiligen Partys begleite.

Trotzdem war es eine lange, einsame Woche nach der Wärme und dem Trubel des Griffin-Haushalts.

Ich vermisse Zoe jetzt schon.

Sie fragte mich erneut, ob ich mit ihr und Miles nach Los Angeles kommen will. Ich hätte das Angebot so gern angenommen. Ich fühle mich bei den beiden sicher. Zoe ist die einzige Person auf dem Planeten, die mich wirklich und bedingungslos liebt, die alles tun würde, um mich zu beschützen.

Aber ich wusste, dass ich nur das fünfte Rad am Wagen sein würde. Ein Anker, der sie hinunterzieht, während sie versuchen, ein gemeinsames Leben aufzubauen.

Ich muss zurück in mein eigenes Leben in Kingmakers. Auch wenn es die Hölle wird.

Es ist ironisch. Meinem Vater ist es verboten, mich gegen meinen Willen in einen Ehevertrag zu zwingen. Aber ich habe mich bereits in etwas viel, viel Schlimmeres verstrickt.

In dem Moment, in dem ich einen Fuß auf das Schiff nach Kingmakers setze, sehe ich mich nach Dean Yenin um.

Ich erinnere mich an die letzten Worte, die er zu mir gesagt hat, als wäre es vor drei Minuten gewesen und nicht vor drei Monaten.

»Ich weiß, was du getan hast …«

»Ich habe dich gesehen …«

»Ich werde nichts verraten. Aber versteh eines … Du gehörst jetzt mir. Wenn wir wieder in die Uni kommen, gehörst du mir. Bist meine Dienerin. Meine Sklavin. So lange, wie ich es will …«

Ich hätte Zoe beinahe hundert Mal meine Tat gebeichtet. Ich hätte ihr fast gesagt, was ich getan habe. Aber am Ende schluckte ich die Worte jedes Mal hinunter. Es fühlte sich an wie ein Klumpen der Angst, der tief in mir lag.

Das ist eine Last, die ich tragen muss, nicht sie.

Wenn ich Zoe die Wahrheit sagen würde, könnte sie sich nie frei fühlen, nicht mit Miles nach Los Angeles gehen.

Sie wäre gezwungen, bei mir zu bleiben, zu versuchen, mich vor etwas zu schützen, das sie nicht verhindern kann.

Dean weiß, was ich getan habe. Er könnte es jederzeit dem Dekan sagen. Nichts kann ihn davon abhalten, das zu tun. Meine einzige Chance ist, mich auf Deans Wohlwollen zu verlassen. Auf seine Gnade zu hoffen.

Das einzige Problem ist, dass ich glaube, dass er so etwas nicht kennt.

Ich versuche, einen Mann zufriedenzustellen, der nicht zufrieden sein kann.

Dean ist bösartig. Rachsüchtig. Voller Wut. Er könnte mich mit einem einzigen Satz vernichten, nur weil ich ihn schief ansehe.

Die Geschichte seines Hasses ist lang und kompliziert.

Er hasst Leo Gallo aufgrund der Feindschaft ihrer Familien.

Er hasst Miles und Zoe, weil Miles der Cousin von Leo ist.

Und er hasst mich, weil ich Zoes Schwester bin.

Aber das kratzt kaum an der Oberfläche.

Ich habe den Sommer lang darüber nachgedacht und mich gefragt, wie ich wirklich seinen Zorn auf mich gezogen habe.

Der *wahre* Grund seiner Wut auf mich liegt darin, dass ich ihn in einem Moment gesehen habe, in dem er verletzlich und ungeschützt war.

Ich sah ihn heulend, nachdem Ozzys Mutter vom Dekan hingerichtet wurde. Ich sah ihn zusammengekauert, mit tränenüberströmtem Gesicht, als er dem Sturm des Schmerzes in seinem Inneren nachgab.

Und das wird er mir nie, nie, nie verzeihen.

Ich habe Dean schwach und verletzlich gesehen. Er wird mich eher töten lassen, als mir die Gelegenheit zu geben, es jemand anderem zu erzählen.

Und wie der Idiot, der ich bin, habe ich ihm das perfekte Druckmittel gegeben.

Ich habe Rocco Prince, den Verlobten meiner Schwester, ermordet.

Und Dean weiß es.

Die Regel der Vergeltung ist das eiserne Gesetz in Kingmakers: Auge um Auge, Zahn um Zahn, Leben um Leben.

Wenn Dean jemandem erzählt, was ich getan habe, werde ich hingerichtet, genau wie Ozzys Mutter. Ich werde gezwungen sein, vor der gesamten Studentenschaft zu knien, damit der Dekan mir die Kehle aufschlitzen kann.

Das ist die Situation, in der ich mich befinde, als ich auf dem sonnenverbrannten Deck des Schiffs stehe. Eine falsche Bewegung und Dean wird mich den Wölfen zum Fraß vorwerfen. Meine einzige Überlebenschance besteht darin, zu hoffen und zu beten, dass irgendwo, tief in seinem Inneren, ein Funken Menschlichkeit lebt.

Oder vielleicht wird es ihm einfach langweilig, mich fertigzumachen, und er geht zu etwas anderem über.

Ich kann keinen anderen Ausweg sehen.

Anna Wilk und Leo Gallo kommen Hand in Hand über den Steg. Anna ist eine von Zoes besten Freundinnen. Sie war außergewöhnlich nett zu mir während meines ersten

Studienjahres, als ich vor lauter Angst vor den unbekannten Anforderungen in Kingmakers beinahe zusammenbrach.

»Cat!«, ruft sie erfreut und umarmt mich.

Ich habe Anna im Sommer in Chicago gesehen, aber sie drückt mich, als wären wir Monate getrennt gewesen.

»Es macht mich so traurig, dich hier ohne Zoe zu sehen. Aber du wirst sowieso die ganze Zeit mit mir und Chay rumhängen. Du wirst den Platz deiner Schwester einnehmen, sonst werden wir wirklich am Boden zerstört sein.«

»Das würde ich gern«, antworte ich dankbar. Ich war mir nicht sicher, ob Anna und Chay weiter mit mir abhängen wollen – jetzt, da Zoe beschlossen hat, nicht mehr zur Uni zu gehen.

»Ich vermisse Miles auch«, sagt Leo mürrisch. »Man hätte darauf wetten können, dass er genau dann abhaut, wenn er sich endlich in einen vernünftigen Menschen verwandelt.«

Dean Yenin ist der Nächste, der das Schiff betritt, flankiert von seinen Handlangern Bram Van Der Berg und Valon Hoxha. Instinktiv verstecke ich mich hinter Leos stattlicher Figur, aber es ist sinnlos. Deans scharfe Augen richten sich sofort auf mich. Zum ersten Mal sehe ich, wie sein Gesicht sich zu einem Lächeln verzieht.

Sein Lächeln ist viel schlimmer als sein finsterer Blick. Die gleichmäßigen weißen Zähne täuschen mich keine Sekunde lang. Das ist ein Grinsen der reinen Bosheit.

O mein Gott, ich ertrage das verdammt noch mal nicht.

»Worüber freut der sich denn so?«, fragt Leo misstrauisch.

»Wer weiß!« Anna zuckt mit den Schultern, unbekümmert und gleichgültig. »Lasst uns einen Platz suchen, bevor sich das ganze Schiff füllt.«

Wir machen uns auf den Weg zum Bug, wo die Luft frischer ist und die Meeresbrise direkt in unsere Gesichter weht. Wir verlassen den Hafen in Dubrovnik und segeln in

Richtung der abgelegenen Insel Visine Dvorca, auf der sich die Festung Kingmakers befindet.

Sobald das Schiff ablegt, werden wir erst im Frühjahr wieder in die Zivilisation zurückkehren.

Ich lasse mich auf einen Stapel aufgewickelter Seile sinken, zusammen mit Ares Cirillo, der in geselligem Schweigen neben mir sitzt und den Matrosen bei der Arbeit zusieht.

Als das Schiff aus dem Hafen läuft, frischt die Brise auf, und eine angenehm salzige Gischt weht uns ins Gesicht. Doch die Sonne knallt auf unsere Köpfe, und schon bald entledigen sich die Studierenden aller möglichen Kleidungsstücke, darunter Jacken, Strümpfe und sogar Hemden.

Dean Yenin lehnt an der Reling und zieht das weiße Hemd aus. Die Haut darunter ist kaum dunkler als das Hemd, geprägt von Muskeln, die in unzähligen Stunden in unserer Sporthalle hart erarbeitet wurden. Als er sich umdreht, um das Hemd über die Reling zu hängen, sehe ich einen sibirischen Tiger auf seinem Rücken. Dean erinnert mich selbst an einen weißen Tiger – blass und bösartig, bestehend aus Sehnen, harten Muskeln und dem Wunsch, Fleisch von Knochen zu reißen.

Bram Van Der Berg reibt seine bräunliche Haut mit Öl ein, offenbar fest entschlossen, noch eine weitere Nuance dunkler zu werden, bevor er die Insel erreicht.

»Gib das her«, murmelt Dean und schnappt es sich von Bram.

Er schreitet zu mir herüber, ein Grinsen auf dem Gesicht.

»Cat!«, brüllt er und lässt mich damit zusammenzucken. »Reib mir den Rücken ein.«

Anna lacht spöttisch.

»Bram soll das machen«, sagt sie. »Cat ist beschäftigt.«

Dean ignoriert sie, die blassen violetten Augen sind auf mich fixiert.

»Jetzt«, sagt er leise.

Ich spüre, wie ich von meiner Position auf dem Seil aufspringe und gehorche, bevor ich überhaupt darüber nachgedacht habe.

»Okay«, murmle ich, mein Gesicht glüht.

Anna runzelt die Stirn. »Du musst nicht auf ihn hören«, sagt sie zu mir.

Anna und Dean waren während ihres ersten Studienjahrs kurz miteinander ausgegangen, aber ich weiß, dass sie mich nicht deshalb in Schutz nimmt. Anna ist die Art von Feministin, die ihre Schwestern immer beschützt, egal ob sie den betreffenden Mann kennt oder nicht.

Dean beobachtet mich, sein Gesicht verfinstert sich, als ich den Befehl nicht sofort befolge.

»Es macht mir wirklich nichts aus«, stottere ich und stolpere über meine eigenen Füße, als ich über das Deck eile.

Die anderen blicken mir verwirrt nach, als ich das Öl von Dean nehme und es in die Hände gieße.

»Reibe meinen Rücken ein«, sagt er. »Langsam. Und verschütte keinen einzigen verdammten Tropfen.«

Meine Hände zittern, und mein Gesicht brennt, als weitere Studierende die bizarre Vorstellung beobachten, wie ich, ein schüchterner kleiner Niemand, einem der widerwärtigsten Studenten den Rücken einöle.

Deans Haut ist glatt und sonnengewärmt, die Muskeln sind steinhart.

»Massiere die Knoten heraus«, befiehlt er.

Ich versuche zu gehorchen, aber meine zierlichen Hände kommen gegen die harten Muskeln nicht an. Ich kann die Finger überhaupt nicht versenken.

Dean bringt mich dazu, seinen Rücken und die Schultern einzureiben, dann die ganze Länge seine Arme hinunter.

»Jetzt die Brust«, sagt er und grinst.

Er dreht sich zu mir um und schaut mir ins Gesicht, während ich Öl auf seinen Brustmuskeln verteile. Ich kann seinen Blick nicht erwidern. Ich fühle mich total gedemütigt, gezwungen, dies vor Hunderten von zuschauenden Studierenden zu tun. Dean ist so viel größer als ich, sodass ich mich auf die Zehenspitzen stellen muss, nur um den oberen Teil seiner Schultern zu erreichen.

Wenn ich so nah bei ihm stehe, erschaudert mein ganzer Körper. Ich fühle mich wie eine Maus, die gezwungen ist, in den Klauen eines Tigers herumzutanzen. Ich zittere, mein Gehirn sagt mir, dass das viel zu nah ist und dass ich sofort fliehen soll.

Ich kann Deans Haut unter dem Kokosnussöl riechen. Er riecht sauber und frisch geduscht, aber als die Sonne auf uns beide herabstrahlt, nehme ich einen Hauch seines tatsächlichen Duftes wahr, ein intensives und prickelndes Aroma wie die grau-grünen Dämpfe von Absinth. Es macht mich schwach und wackelig.

»Du kannst aufhören«, sagt er und entlässt mich abrupt.

Er wendet sich ab und schreitet zurück zu seinen Kameraden, als würde ich nicht einmal existieren.

Ich bin seltsam enttäuscht, fast wütend.

Ich habe ihn zwanzig Minuten lang eingeschmiert. Er hätte wenigstens »Danke« sagen können.

Dann verblasst dieser Anflug von Idiotie, und ich bin einfach nur erleichtert, dass er mich so leicht hat davonkommen lassen.

Ich kehre zu Anna und den anderen zurück.

»Du musst nicht tun, was er sagt!«, entrüstet sich Anna. »Ich weiß, dass er unheimlich ist, aber er wird dir nichts tun, wenn wir dabei sind.«

Ich weiß, dass Annas Absichten gut sind, aber in diesem speziellen Fall liegt sie wirklich falsch.

Ich *muss* tun, was Dean sagt.

Denn die Konsequenzen werden schrecklich sein, wenn ich mich weigere.